FRANK REHFELD

Elbensturm

Frank Rehfeld

Elbensturm

Die Zwerge von Elan-Dhor 2

Roman

Originalausgabe

blanvalet

MIX
Papier aus verantwortungsvollen Quellen
FSC® C014496

Verlagsgruppe Random House FSC-DEU-0100
Das für dieses Buch verwendete FSC®-zertifizierte Papier
Super Snowbright liefert Hellefoss AS, Hokksund, Norwegen.

1. Auflage
Originalausgabe November 2012 bei Blanvalet,
einem Unternehmen der Verlagsgruppe
Random House GmbH, München

Redaktion: Simone Heller
Karte: Jürgen Speh
HK · Herstellung: sam
Satz: Uhl + Massopust, Aalen
Druck und Einband: GGP Media GmbH, Pößneck
Printed in Germany
ISBN: 978-3-442-26824-5

www.blanvalet.de

1

NIEMANDSLAND

An einem unbekannten Ort, zu einer unbekannten Zeit

»Barlok«, krächzte die Gestalt zum wiederholten Male, als wäre der Name ein Rettungsanker, an dem sie sich inmitten einer reißenden Strömung festklammerte. Und in gewisser Hinsicht traf das auch zu.

Als bloßes Bewusstsein war er durch die Unendlichkeit getrieben, ohne Erinnerungen, ohne jedes Zeitgefühl. Falls dort, wo er sich befunden hatte, Zeit überhaupt eine Bedeutung besaß.

Nun jedoch war er in die reale Welt zurückgekehrt. Er verfügte wieder über einen Körper, und die Erinnerungen brachen mit der Wucht einer Gesteinslawine über ihn herein, die ihn mit sich fortzureißen und unter sich zu begraben drohte. In seinem Geist herrschte Aufruhr. Informationen prasselten ungeordnet auf ihn ein, wie die Steine eines ungeheuer großen Mosaiks, ohne dass sein Verstand damit nachkam, sie zu ordnen.

Inmitten dieses Durcheinanders *war* sein Name wie ein Rettungsanker, der ihm Halt verlieh, ein Punkt der Ordnung, an dem er alles andere ausrichten konnte.

»Du heißt also Barlok und entstammst dem Volk der Zwerge«, sagte die Gestalt neben ihm nach einer Weile und erinnerte ihn wieder daran, dass er nicht allein war. Barlok schreckte aus seinem Dämmerzustand auf und wandte den Kopf. Zum ersten Mal sah er seine Begleiterin an.

Thalinuel war eine Elbin, das hatte er bereits gewusst. Sie hatte es ihm selbst gesagt, als er inmitten der Unendlichkeit treibend auf sie gestoßen war, denn im Gegensatz zu ihm hatte sie ihr Gedächtnis behalten und war sich ihrer selbst bewusst gewesen, hatte ihm sogar einen Teil ihrer Geschichte erzählt. Aber da hatte er sie nur als körperloses Bewusstsein wahrgenommen, sie jedoch nicht gesehen.

Jetzt erschreckte ihn ihr Anblick.

Sie überragte ihn um mehr als zwei Köpfe, und wie fast alle Angehörigen ihres Volkes hatte sie blondes Haar, doch trug sie es nicht lang. Es war kurz geschnitten, und die knapp fingerlangen Reste standen ihr wirr und verfilzt vom Kopf ab. Auch ihr Gewand war schmutzig, stellenweise sogar zerrissen, und hing unförmig wie ein Sack an ihr herab. Am meisten entsetzten ihn jedoch ihre zahllosen Verletzungen: Ihre Arme und Beine und ihr Oberkörper, soweit er zu sehen war, waren übersät mit braungrünen Flecken, die offenkundig von Schlägen oder Stößen herrührten, außerdem war ihre Haut an vielen Stellen abgeschürft und dick mit Schorf bedeckt.

»Für unsere Körper ist im Inneren des Tores keinerlei Zeit verstrichen, sie waren nicht existent«, sagte sie, als sie seinen Blick bemerkte. »Dadurch sind wir nicht nur der Alterung entgangen, sondern befinden uns auch im gleichen Zustand wie zu dem Zeitpunkt, als wir von dem Tor verschlungen wurden.«

»Aber deine Verletzungen …«

»Ich hatte eine … ziemlich schlimme Zeit, bevor es geschah. Wenn sich die Gelegenheit ergibt, werde ich dir weiter davon berichten. Jetzt haben wir Dringenderes zu tun. Wir müssen erst einmal herausfinden, wo wir überhaupt sind. Wir scheinen allein zu sein.«

Barlok blickte sich um. Sie befanden sich auf einem gut zwei Dutzend Schritte durchmessenden Felsplateau am Fuße eines Berges. Auf einer Seite erhob sich eine steile Felswand, auf den anderen war es von gut doppelt mannshohen Gesteinsbrocken wie von einer natürlichen Brustwehr umgeben. Geröll bedeckte den Boden. Der Himmel war mit dichten, dunklen Wolken verhangen, die alles ganz grau und eintönig erscheinen ließen.

»Ich kann … mich nun wieder an alles erinnern«, sagte er. »Diese Thir-Ailith, zu denen du einst gehört hast – ich weiß nicht, ob sie etwas mit den Wesen zu tun haben, denen ich mein Hiersein verdanke. Sie waren schreckliche Zerrbilder von Elben, weshalb wir sie auch Dunkelelben nannten. Viele Jahrtausende vor meiner Zeit gab es einen Krieg innerhalb deines Volkes, und sie wurden in Katakomben tief unter dem Schattengebirge verbannt, bis wir sie unwissentlich befreiten, und sie über Elan-Dhor, unser Reich, herfielen.«

»Dann ist es ihnen also gelungen zu überleben.« Thalinuel ballte die Fäuste. »Und du sagst, ihre Verbannung lag bereits Jahrtausende vor deiner Zeit?«

»So ist es. Ja, sie haben überlebt, doch sie haben einen schrecklichen Preis dafür bezahlt. Ihr Denken und Handeln wurde nur noch von Blutdurst und Hass auf jede andere Lebensform bestimmt, sogar körperlich haben sie sich verändert. Durch das Tor, in das ich beim entscheidenden Kampf gegen sie gesogen wurde, haben sie sich mit magischer Kraft aus einer anderen Welt versorgt. Nur dadurch konnten sie überhaupt überleben. Die Hochelben, die uns bei unserem Krieg unterstützten, sprachen von einer ungeheuer starken und bösen Macht auf der jenseitigen Daseinsebene. Unter diesen Umständen sollten wir wohl froh sein, dass uns kein Empfangskomitee erwartet hat.«

»Wahrscheinlich. Du musst mir alles erzählen, was du weißt, aber nicht jetzt. Erst müssen wir herausfinden, was dies für eine Welt ist, doch nach allem, was du gesagt hast, dürfen wir nicht erwarten, hier freundlich aufgenommen zu werden.«

»Reizende Aussichten«, brummte Barlok. »Obwohl ich nicht verstehe, wieso dieses Tor nicht bewacht wird. Irgendetwas muss geschehen sein, wodurch wir aus dem Tor herausgeschleudert wurden. Ich habe etwas ungeheuer Finsteres wahrgenommen, das an uns vorbeigezogen ist, also muss das Tor unmittelbar vor unserer Ankunft geöffnet worden sein.«

»Du hast Recht und auch wieder nicht. Es ist schwierig zu erklären.« Thalinuel zögerte. »Auf den meisten Welten gibt es mehr als nur ein Tor, und wie die Vielzahl von Stollen in einer Zwergenmine sind sie untereinander verbunden. Man kann beim Öffnen eines Tores ein bestimmtes Ziel wählen, aber da wir unkontrolliert hinausgestoßen wurden, sind wir durch Zufall hier gelandet und nicht an einem anderen Ort auf dieser Welt. Seien wir froh darüber, so wurden wir wenigstens bis jetzt noch nicht entdeckt.«

Barlok scharrte mit den Füßen in dem lockeren Geröll auf dem Boden und stampfte ein paarmal kräftig auf.

»Kaum zu glauben, dass sich genau hier ein Tor befinden soll, das diese Welt mit anderen verbindet«, murmelte er. »Können wir es nicht nutzen, um wieder in unsere Heimat zurückzukehren?«

»Nein.« Entschlossen schüttelte die Elbin den Kopf. »Meine Kräfte würden niemals ausreichen, es erneut zu öffnen. Zeit meines Lebens war ich eine Kriegerin und habe mich kaum um Magie gekümmert. Ich verstehe nur wenig von diesen Dingen und wüsste nicht einmal, wie ich anfangen sollte.«

Sie trat auf den Felsenkranz zu und schwang sich mit geschmeidigen Bewegungen hinauf. Gleich darauf erstarrte sie.

»Was ist los?«, fragte Barlok. »Was siehst du?«

Thalinuel antwortete nicht. Fast eine Minute lang stand sie völlig regungslos da. Schon wollte Barlok sie ein weiteres Mal ansprechen, als sie endlich wieder aus ihrer Erstarrung erwachte und sich zu ihm herumdrehte. Ihr Gesicht war noch blasser geworden als zuvor.

»Sieh es dir selbst an.« Sie bückte sich und half ihm, die steilen Felsblöcke hinaufzuklettern. Als er oben angelangt war, konnte er verstehen, warum sie auf den Anblick so erschüttert reagiert hatte.

Steil und unwegsam fiel das Gebirge in Felswänden und Klippen vor ihnen ab, durchzogen von Schründen und Rissen, dazwischen immer wieder Täler, Plateaus und sanftere Abhänge, die mit nadelspitz aufragenden Felsen gespickt waren.

Aber das war nicht einmal das Schlimmste. Viel schrecklicher war die Ebene, die sich daran anschloss.

Bis zum Horizont erstreckte sich vor ihnen eine verheerte Einöde, ein totes, verbranntes Land. Flüsse und Tümpel aus Feuer schienen es zu durchziehen, doch rasch erkannte Barlok, dass es sich ebenfalls um Schründe handelte, wo der Boden aufgerissen und glühende Lava bis an die Oberfläche gestiegen war.

Nichts Fruchtbares gab es in diesem Land, keine Wälder oder Wiesen, nicht einen Flecken Grün, so weit sein Blick reichte.

»Bei den Dämonen der Unterwelt! Was … was ist das?«, stieß er krächzend hervor. »Was kann ein Land so vollständig zerstören?«

»Ich kenne keine Dämonen der Unterwelt, aber was immer du darunter verstehst, ich denke, du kommst der Wahrheit damit ziemlich nah.« Thalinuels Stimme bebte. »Dies ist die Macht des Bösen, die du siehst. Eine Welt in Chaos und Vernichtung, beherrscht von den Göttern der Finsternis. Irgendwann sieht jede Welt so aus, in der sie und ihre Kreaturen die Oberhand gewinnen.«

»Wir haben bereits gewusst, dass diese Welt vom Bösen beherrscht wird. Was wir nun sehen, ist nur eine Bestätigung«, stellte Barlok fest.

Den allergrößten Teil seines Lebens hatte er unter der Erde verbracht. Lediglich die Flucht vor den Thir-Ailith hatte ihn gezwungen, einige Zeit auf der Oberfläche zu leben, aber er liebte sie nicht sonderlich, und sie war ihm stets fremd geblieben. Insofern schockierte ihn der Anblick nicht übermäßig, aber er konnte nachvollziehen, wie unerträglich er für die in engem Einklang mit der Natur lebende Elbin sein musste.

»Trotzdem – ich hatte zumindest gehofft, dass es nicht ganz so schlimm sein würde. Aber das hier … Machen wir uns nichts vor: Wir sind verloren! Wir werden nicht einmal von diesem Berg herunterkommen. Es gibt keinen Weg und ...«

»Lass das nur meine Sorge sein«, unterbrach Barlok sie. »Ein Zwerg braucht keinen Weg, um sich im Gebirge zu bewegen. Es wird nicht einfach werden, aber ins Tal werden wir gelangen. Nur, was nutzt uns das? Wir müssen essen und trinken. Wasser können wir vielleicht finden, aber woher sollen wir feste Nahrung bekommen? Dieses Land dort unten ist völlig tot. Dort wächst nichts. Selbst wenn wir es erreichen, werden wir dort verhungern.«

Er ließ seinen Blick noch einmal über die trostlose Ebene wandern und ballte die Fäuste. Sollte das etwa ihr Schicksal sein? Waren sie der ewigen Gefangenschaft innerhalb des Tores nur entronnen, um nun hier elend zugrunde zu gehen? Er weigerte sich, daran zu glauben. So grausam konnte das Schicksal einfach nicht sein!

Er war Krieger, sogar einer der berühmtesten Kriegshelden von Elan-Dhor. Im Kampf gegen die Dunkelelben hätte er mit Freuden sein Leben gegeben, um sein Volk zu retten, und nichts anderes als den Tod hatte Barlok auch erwartet, als das Tor ihn verschlungen hatte. Davor hatte er keine Angst. Er hatte stets daran geglaubt, dass er eines Tages im Kampf den Heldentod sterben würde. Dementsprechend wäre es ihm lieber gewesen, inmitten einer gewaltigen Schar von Feinden aus dem Tor herauszutreten und von ihnen niedergemacht zu werden, als hier im Nirgendwo einer fremden Welt erbärmlich zu verhungern oder zu verdursten.

»Das Leben ist zäh und hartnäckig«, behauptete Thalinuel. Sie schien den ersten Schock überwunden und sich wieder etwas gefangen zu haben. »Es lässt sich nicht so leicht ausrotten, sondern überdauert oft im Verborgenen und kehrt an den unverhofftesten Orten zurück. Ich vermute, nicht einmal dieses Land hier ist völlig tot. Irgendwelche Pflanzen werden selbst diese Verheerungen überstanden haben.«

»Vielleicht ein paar Gräser oder Flechten, aber ich kann weit und breit keine Bäume oder Büsche entdecken, sodass wir uns von Obst oder Beeren ernähren könnten.«

»Wir werden sehen. Erst einmal müssen wir das Tal überhaupt erreichen. Wie ich dir schon gesagt habe – ich habe eine schwere Zeit durchgemacht, bevor ich in das Tor geriet. Mein Körper ist davon noch ziemlich geschwächt.«

Barlok trat bis unmittelbar an die Felskante und blickte noch einmal in die Tiefe. Von dem Plateau aus fiel das Gestein in jeder Richtung fast lotrecht mindestens ein halbes Dutzend Meter ab, viel zu hoch für einen Sprung auf den unebenen Fels. Ein gebrochenes Bein würde in dieser Umgebung den sicheren Tod bedeuten.

Sorgfältig musterte er die Felsen und entdeckte eine Stelle, an der sie deutlich rauer und zerklüfteter waren. Dort gab es eine Menge kleiner Vorsprünge und auch Vertiefungen im Gestein, die einem Kletterer Halt boten.

»Sieh dir das an«, sagte er. »Traust du dir zu, hier hinunterzuklettern?«

Thalinuel zögerte einen Moment, dann nickte sie.

»Normalerweise würde ich das sogar mit verbundenen Augen schaffen«, behauptete sie. »Aber auch so dürfte es kein allzu großes Problem sein. Immerhin bin ich eine Elbin, und hier geht es eher um Geschicklichkeit als um Kraft.«

»Dann los. Ich klettere zuerst. Solltest du abrutschen, kann ich dich dann immer noch …«

»Warte!« Thalinuel ergriff ihn mit einer Hand am Arm und hielt ihn zurück, mit der anderen deutete sie auf etwas Dunkles, das hoch über der Ebene am Himmel kreiste. »Was ist das?«

Auch Barlok starrte in die angegebene Richtung, konnte aber nicht mehr als einen winzigen Punkt erkennen.

»Wohl nur ein Vogel«, sagte er nach einigen Sekunden und zuckte mit den Achseln.

»Dafür ist es zu groß. Es fliegt sehr hoch und ist viel weiter entfernt, als es den Anschein hat«, widersprach Thalinuel. »Wenn das ein Vogel ist, dann muss er gigantisch sein.«

»Deine Augen sind offenbar wesentlich schärfer als meine. Worum es sich handelt, kannst du nicht erkennen?«

»Nein, aber es gefällt mir auf jeden Fall nicht. Solange wir nicht mehr über diese Welt wissen, sollten wir zunächst einmal alles als Gefahr betrachten, was sich nicht als harmlos erwiesen hat. Und was immer es ist, ich habe das Gefühl, dass es uns besser nicht entdecken sollte. Gehen wir lieber in Deckung.«

Sie sprangen wieder von dem Felsenkranz herab und duckten sich dahinter. Allerdings vermochte Barlok seine Neugier nicht zu zügeln und spähte alle paar Sekunden vorsichtig über die Kante.

Das unbekannte Wesen kreiste noch immer über der Ebene, doch sank es dabei allmählich tiefer und näherte sich dem Gebirge. Nach wie vor konnte er keine Einzelheiten ausmachen, aber er erkannte immerhin, dass es tatsächlich weitaus größer sein musste, als er zunächst angenommen hatte.

Er war gewiss nicht ängstlich, aber jetzt erwachte mit einem Mal eine tiefe, kreatürliche Furcht in ihm, dass es noch näher kommen und sie entdecken würde, und er war froh, dass er auf die Elbin gehört und sie sich versteckt hatten. Selbst aus der Entfernung meinte er mittlerweile spüren zu können, dass das Wesen durch und durch böse war, erfüllt von einer abgrundtiefen Bosheit, der sie nichts entgegenzusetzen hatten.

Barlok wünschte, es würde abdrehen und dorthin zurückfliegen, woher es gekommen war, doch den Gefallen tat ihm das Wesen nicht. Stattdessen kam es beständig näher. Barloks Hände wurden feucht und begannen zu zittern.

»Ich spüre es auch«, stieß Thalinuel hervor. »Eine Präsenz, wie auch ich sie noch niemals zuvor erlebt habe. Aber ich habe davon gehört. Wenn mein Verdacht zutrifft… Bei den lichten Göttern, welch ein unglaublicher Narr war Molakan! Wie konnte er sich nur jemals mit diesen Mächten einlassen!«

»Was für Mächte? Wovon sprichst du? Weißt du, was für eine Kreatur das ist?«

»Ich habe einen Verdacht, aber noch bin ich nicht sicher. Es könnte ein Drache sein, oder …« Sie schluckte schwer. »Nein, ich … ich kann nicht einmal darüber reden.«

Ihr war anzusehen, wie sehr die Gedanken sie quälten, deshalb gab Barlok sich für den Moment damit zufrieden, obwohl ihre Andeutungen ihn mehr beunruhigten, als jede konkrete Erklärung es vermocht hätte.

Ein Drache …

Feuer speiende Drachen gehörten zum reichen Schatz von Phantasiegestalten des Zwergenvolkes, waren Bestandteil zahlreicher Schauermärchen über die Oberfläche jenseits ihrer Minen. Auch in den Legenden anderer Völker, beispielsweise der Menschen, tauchten sie auf, doch hatte Barlok sie bislang stets für genau das gehalten: Mythen und Legenden, erfundene Kreaturen wie die im Leib der Erde hausenden Erzfresser – nichts, was es wirklich gab.

Und nun behauptete Thalinuel, das hoch am Himmel kreisende Wesen könnte ein leibhaftiger Drache sein, vielleicht sogar etwas noch Schrecklicheres. Unter normalen Umständen hätte Barlok ihre Aussage als Hirngespinst abgetan, aber es hatte sie in eine völlig fremde Welt verschlagen, und niemand konnte sagen, welche Kreaturen hier leben mochten. Möglicherweise jedoch sogar tatsächlich Drachen …

»Sieh nur!«, stieß er hervor.

Die Kreatur schien etwas entdeckt zu haben, denn sie begann plötzlich pfeilschnell mit angelegten Flügeln zur Ebene hinabzuschießen und wurde dabei größer und größer. Der Schrecken, der von Barlok Besitz ergriffen hatte, stieg sprunghaft an, und nur mit Mühe gelang es ihm, dagegen anzukämpfen. Es war ein Gefühl, als würde das Wesen ihm selbst aus der Entfernung nicht nur allen Mut, sondern auch alle Wärme aus dem Körper saugen.

Erst wenige hundert Meter über dem Boden entfaltete die Kreatur ihre Schwingen wieder und ging in einen Gleitflug über. Es waren gezackte Flügel wie die einer Fledermaus, mit einer gewaltigen Spannbreite, die auch nötig war, um den gigantischen Körper in der Luft zu halten. Und gigantisch war er wahrlich, wie Barlok jetzt sehen konnte, vergleichbar höchstens mit einem Zarkhan, der größten Bestie der Tiefenwelt. Einzelheiten jedoch konnte er auch jetzt nicht erkennen.

Dafür stöhnte Thalinuel neben ihm auf und schlug die Hände vor das Gesicht. Barlok bekam es nur aus den Augenwinkeln mit, da er unfähig war, seinen Blick von dem Ungeheuer abzuwenden. Was immer es entdeckt haben mochte, schien doch keine Bedeutung zu haben, da es nicht mehr tiefer sank, sondern sich flügelschlagend wieder in die Höhe schraubte. Das fast unerträgliche Gefühl der Beklemmung, das Barlok verspürte, ließ nach und legte sich schließlich ganz, als die Kreatur in der Ferne verschwand.

Erst jetzt wandte er sich Thalinuel zu. Sie war totenblass geworden, blankes Entsetzen flackerte in ihren Augen.

»Was … was war das? Wirklich ein Drache?«, fragte er beklommen.

»Nein.« Thalinuels Stimme bebte. »Etwas ungleich Schlimmeres. Etwas, vor dem sich selbst Drachen fürchten. Ein Dämon vom Anbeginn der Zeiten. Die schrecklichste Schöpfung der Chaosgötter, fast schon selbst ein Gott. Ein Schattenmahr!«

Barlok überlegte kurz. Irgendwo hatte er den Begriff schon einmal gehört, konnte sich aber weder an genauere Einzelheiten erinnern noch daran, in welchem Zusammenhang das gewesen war. Dennoch lief ihm bereits bei der bloßen Erwähnung ein Schauer über den Rücken.

»Sei froh, dass du noch niemals mit diesen Kreaturen zu tun hattest«, sagte Thalinuel, als hätte sie seine Gedanken gelesen. »Nur Wenige, die nicht selbst dem Chaos dienen, haben eine Begegnung mit einem von ihnen überstanden. Sie sind grauenvoll. Jede Welt, auf die sie gelangen, unterwerfen sie und verwandeln sie in einen Hort des Schreckens und der Furcht. Kaum jemand vermag ihrer Macht zu widerstehen. Auch hier, in dieser Welt, wird es nicht anders sein. Ausgerechnet hierhergeschleudert zu werden ist wahrscheinlich das Schlimmste, was uns widerfahren konnte.«

Barlok schwieg einige Sekunden lang. Auch wenn Thalinuel ihre Situation in düstersten Farben malte, weigerte er sich zu glauben, dass sie so hoffnungslos war. Anderseits hatte er selbst die ungeheure Macht und Boshaftigkeit der Kreatur gespürt, obwohl sie ihm noch nicht einmal nahe gekommen war.

Etwas Ähnliches hatte er auch bei den Dunkelelben empfunden, allerdings nicht annähernd so stark, und lediglich, wenn er sich in ihrer unmittelbaren Nähe befunden hatte. Da die Thir-Ailit jedoch nur durch die magische Unterstützung aus dieser Welt lebensfähig gewesen waren, hatte er auch damals vielleicht in Wahrheit schon die üble Macht der Schattenmahre wahrgenommen.

»Erzähl mir mehr darüber«, verlangte er. »Was sind das für Kreaturen? Was für eine Macht besitzen sie?«

»Eine unglaubliche. Sie sind die Geißel aller freien Völker, kennen nichts als Chaos, Unterdrückung und Zerstörung. Jeder Widerstand wird von ihnen brutal gebrochen; was sie nicht unterwerfen können, das vernichten sie mitleidlos. Ihre körperlichen Kräfte sind so immens, dass sie einen ausgewachsenen Drachen in Stücke reißen können, aber darüber hinaus verfügen sie auch über gewaltige magische Fähigkeiten. Und wie du gerade am eigenen Leibe erfahren hast, vermögen sie die Herzen selbst der tapfersten Krieger mit solcher Furcht und solchem Entsetzen zu erfüllen, dass diese ihre Waffen wegwerfen und fliehen.«

»Selbst wenn der Schrecken noch so groß ist, ein Zwergenkrieger wird sich niemals von seiner Furcht überwältigen lassen und einfach davonrennen«, behauptete Barlok stolz. »Ich wünschte nur, ich hätte Knochenbrecher, meine Streitaxt, hier.«

»Auch sie würde dir gegen einen Schattenmahr nichts nützen. Gegen die ihnen untergebenen Kreaturen des Chaos dürfte sie immerhin eine Wirkung zeigen. Aber selbst wenn, was würde uns eine Axt gegen Heerscharen von Dienern des Bösen helfen?«

»Du weißt ziemlich viel über diese Bestien, wenn man bedenkt, dass du selbst nur eine einfache Kriegerin bist und dies eine völlig fremde Welt für dich darstellt.«

Leichtes Misstrauen wallte in Barlok auf. Während sie gemeinsam im Tor gefangen gewesen waren, hatte Thalinuel begonnen, ihm ihre Geschichte zu erzählen, war damit jedoch noch nicht zum Ende gekommen. Immerhin wusste er, dass sie selbst einst zu den Ausgestoßenen gehört hatte, auch wenn das vor der Zeit gewesen war, als sie in die Katakomben unter dem Schattengebirge verbannt und dort zu Dunkelelben geworden waren. Diese Verwandlung hatte sie nicht mitvollzogen, aber was genau damals geschehen war, wusste er immer noch nicht.

Und damit auch nicht, auf welcher Seite sie wirklich stand!

»Natürlich weiß ich viel über sie«, schnaubte Thalinuel und hob den Kopf. Stolz blitzte plötzlich in ihren Augen. »Kein Elb wird jemals den glorreichsten Kampf unseres Volkes vergessen, als es uns vor Äonen gelungen ist, die Schreckenstyrannei der Schattenmahre über unsere Welt zu brechen und sie zu vertreiben!«

»*Unsere* Welt? Du meinst …«

»Ja. Auch die Welt, aus der wir stammen und die wir Elben Athalien nennen, war einst eine Welt des Chaos, unterjocht von den Schattenmahren. Das liegt Äonen zurück, lange, bevor der erste Zwerg geboren wurde. Sie führten dort eine Schreckensherrschaft, bis die Götter des Lichts beschlossen, sie nicht länger gewähren zu lassen. Wir Elben wurden entsandt, ihnen Einhalt zu gebieten.«

»Demnach ist es also doch möglich, gegen sie zu kämpfen und sie zu besiegen!«

Thalinuel nickte. Sie erhob sich und stützte ihre Hände auf den Steinring.

»Damals waren wir ein junges und wildes Volk, stark, entschlossen und zahlreich. Wir lebten nur für die Aufgabe, die uns die Götter übertragen hatten. Und dennoch dauerte der Krieg Jahrhunderte und kostete unvorstellbare Opfer. Mit Feuer, Stahl und Magie gelang es uns schließlich, die Mächte des Bösen zu besiegen. Aber nicht einmal wir waren in der Lage, die Schattenmahre zu töten, wir konnten sie nur bezwingen und durch ein Tor treiben, das wir hinter ihnen zerstörten. Es war der größte Kampf, den unser Volk je ausgetragen hat, die größte Tat, die wir je vollbrachten. Das ist der Hauptgrund, warum wir zu meiner Zeit das Verhalten der jüngeren Völker als so undankbar empfanden. Es ging nicht nur darum, dass sie sich gegen uns wandten, nachdem wir lange Zeit ihre Lehrer und Mentoren gewesen waren. Ohne unseren heldenhaften Kampf hätte es sie vermutlich niemals gegeben, oder höchstens als Sklaven der Mahre. Und diese Gefahr wird immer bestehen, deshalb gibt es seit ihrer Vertreibung keinen größeren Frevel, als ein Tor zu öffnen. Man kann im Voraus meist nicht sicher wissen, wohin es führen wird, und so besteht immer die Gefahr, den Schattenmahren auf diese Art einen Weg zurück zu ermöglichen.«

»Aber die Thir-Ailith haben es dennoch getan«, murmelte Barlok. Die Dunkelelben hatten immerhin so viel Verstand bewiesen, das Tor nur einen kleinen Spalt weit zu öffnen, gerade genug, dass sie mit den Schattenmahren Kontakt aufnehmen und diese sie mit ihrer Magie verwandeln und ihnen ein Überleben in der unterirdischen Felswüste ermöglichen konnten.

Er spürte, wie ihm erneut ein Schauer über den Körper rann, als er daran dachte, was hätte passieren können, wenn sie nur einen winzigen Fehler begangen oder in ihrer Aufmerksamkeit irgendwann nachgelassen hätten. Zweifellos war genau das die Hoffnung der Mahre gewesen, weshalb sie ihnen Unterstützung gewährt hatten.

Der Gedanke war zu schrecklich, um ihn weiterzuverfolgen, und er führte noch einen weiteren, nicht minder schrecklichen mit sich: Sie waren hier in der Einöde einer fremden, feindlichen Welt gestrandet, ohne die geringste Hoffnung auf eine Rückkehr. Thalinuel hatte bereits erklärt, dass es außerhalb ihrer Fähigkeiten lag, ein Tor zu öffnen, aber selbst wenn es anders gewesen wäre, hätten sie dies unter keinen Umständen tun dürfen, wenn sie nicht Gefahr laufen wollten, Verderben über ihre eigene Welt zu bringen.

Er verdrängte auch diesen Gedanken und stand ebenfalls auf.

»Bei dieser dichten Wolkendecke kann man die Sonne nicht sehen«, sagte er. »Wir wissen also nicht, wie spät es ist, aber ich hoffe, es wird noch ein paar Stunden hell bleiben. Nutzen wir die Zeit, um uns einen Weg aus diesen Bergen zu suchen.«

2

RUINEN

August 9430 neuer Zeitrechnung der Elben

Lhiuvan rannte.

Er war auf der Flucht, ohne zu wissen, wovor er floh. Es war seinem Verstand entfallen, ebenso wie alles andere: wo er sich befand, wie er hierhergekommen und wie er überhaupt in diese Situation geraten war. Im Moment war all das auch bedeutungslos. Er wusste nur, dass etwas Schreckliches hinter ihm her war und dass ihn ein furchtbares Schicksal erwarten würde, wenn es ihn einholte.

Verfallene Gebäude säumten seinen Weg, Ruinen, die zum Teil kaum noch mehr als von Unkraut überwucherte Schutthaufen waren. Fensteröffnungen kamen ihm wie schwarze, tote Augenhöhlen vor, aus denen er mit gierigen Blicken angestarrt wurde, aber das war nur Einbildung. Nirgends zeigte sich die geringste Spur von Leben. Er war allein, allein mit seinem Verfolger.

Es war Nacht, doch der Mond hing voll und hell am Himmel und goss sein silbernes Licht über die zerstörte Stadt, sodass Lhiuvan fast wie bei Tage jedes Detail seiner Umgebung erkennen konnte.

Sein Atem ging keuchend, und seine Brust schmerzte. Bleigewichte schienen an seinen Beinen zu hängen und immer schwerer zu werden. Dennoch quälte der Elb sich ohne Pause weiter. Nackte Panik trieb ihn voran.

Immer wieder tauchte er in Seitenstraßen ein und wechselte die Richtung, ohne dass es ihm gelang, seinen Verfolger abzuschütteln. Ebenso wenig würde es ihm etwas nützen, sich zu verstecken, obwohl die Ruinen genügend Möglichkeit dazu boten. Aber das Grauen, das hinter ihm her war, würde sich dadurch nicht von seiner Fährte abbringen lassen, sondern ihn überall aufspüren.

Ihm blieb nichts anderes übrig, als weiterzulaufen, weiter und immer weiter, bis die Erschöpfung ihn letztlich überwältigte und seine Flucht damit ein Ende fand. Schon jetzt schmerzten seine Beine, und er merkte, dass er beständig langsamer wurde.

Seine Panik wuchs und half ihm, noch einmal alle Kraftreserven zu aktivieren. Einige Minuten lang rannte er schneller, dann war auch seine letzte Kraft endgültig aufgebraucht. Sein Lauf ging in ein mühsames Taumeln über, bis seine Füße ihm vollends den Dienst versagten.

Zu Tode erschöpft stürzte er zu Boden. Obwohl er wusste, dass ihm dies nicht helfen würde, wälzte er sich hinter eine halb eingestürzte Mauer und blieb keuchend liegen, unfähig, sich noch einmal zu erheben.

Sein Verfolger näherte sich ihm …

Lhiuvan spürte es; ein Teil von ihm wusste es ohne jedes Wenn und Aber. Ein kalter Hauch streifte ihn, und seine Furcht wuchs noch weiter an, sofern dies überhaupt möglich war. Eisige Spinnenbeine schienen über sein Rückgrat zu tasten.

Wuchtige Schritte erschütterten den Boden. Wie eine Puppe an den Fäden eines Spielers richtete er sich auf

Knie und Ellbogen auf und kroch gegen seinen Willen vorwärts, bis er um die Kante der Mauer spähen konnte.

Sein Verfolger stand nur wenige Schritte von ihm entfernt. Ein Wimmern entfuhr dem Elb, und die Wärme seines Blutes schien sich in Eis zu verwandeln, als er die titanische Scheußlichkeit erblickte. Wie ein Turm ragte sie vor ihm auf, war mindestens so groß wie zehn übereinanderstehende Männer – ein wahrer Koloss. Lhiuvan sah gezackte Schwingen, die jetzt angelegt waren, aber gewaltig sein mussten, sobald das Wesen sie entfaltete. Zahlreiche Tentakel pendelten anstelle von Armen herab, und schwarze, irgendwie schmierig glänzende Panzerplatten bedeckten den riesigen Leib, dazwischen wuchsen überall lange, wie Widerhaken gebogene Stacheln hervor, doch blieb das Ungeheuer merkwürdig undeutlich und schattenhaft, als wäre es in Rauch gehüllt, der es Lhiuvan gnädigerweise unmöglich machte, Einzelheiten zu erkennen.

Der Anblick war auch so schon schrecklich genug. Zu schrecklich, um ihn zu ertragen, umso mehr, als die Bestie sich nun niederbückte und ihre Tentakel in seine Richtung ausstreckte, um nach ihm zu greifen. Sie berührten fast sanft seine Schulter, rüttelten ihn und …

Mit einem gellenden Schrei fuhr Lhiuvan auf. Wie schon zuvor wusste er weder, wer er war, noch, wo er sich befand oder wie er hierhergeraten war, doch diesmal dauerte das Gefühl der Orientierungslosigkeit nur wenige Momente an, dann begriff er, dass er geträumt hatte. Lediglich das Rütteln an seiner Schulter war echt gewesen, und als er den Kopf ein wenig zur Seite wandte, blickte er in das bleiche, von langen, schwarzen Haaren eingefasste Gesicht einer jungen Frau.

»Herr?«, fragte sie besorgt.

Das demütig hervorgestoßene Wort zerstörte das Gefühl der Erleichterung, das Lhiuvan mit der Erkenntnis überkommen hatte, dass er nur geträumt hatte, denn es rief ihm wieder ins Gedächtnis, dass er in einem Schrecken gefangen war, der schlimmer war als jeder Albtraum.

Die Bestie aus seinem Traum – sie verfolgte ihn nicht. Sie befand sich bereits *in ihm!*

Mit einem Schlag erinnerte er sich wieder, wie sich unbemerkt während der Entscheidungsschlacht gegen die Thir-Ailith der winzige Teil eines Schattenmahrs in ihm eingenistet hatte, als er bei dem Versuch, den Zwergenkrieger Barlok zu retten, mit dem magischen Tor in eine von den Ungeheuern beherrschte Welt in Berührung gekommen war. Der Schattenmahr hatte ihn dazu manipuliert, heimlich zu dem Tor zurückzukehren, und hatte dort vollends die Herrschaft über ihn gewonnen, aber sein Hauptziel hatte er nicht erreicht: das Tor zu öffnen, um auch körperlich in diese Welt zu gelangen und sie zu unterjochen. Andere Elben hatten Lhiuvan von seinem gefährlichen Vorhaben abgebracht, doch galt er bei seinem Volk seither als Verräter, da sie nichts von dem Feind in seinem Inneren bemerkt hatten.

Auch die Hoffnungen des Schattenmahrs, ein anderes Tor in dem uralten Heiligtum Tal'Orin inmitten des Düsterwaldes öffnen zu können, hatten sich nicht erfüllt, da das Tor zerstört war. Immerhin jedoch war er in Tal'Orin auf eine Gruppe von Nocturnen gestoßen, letzte Überlebende eines für ausgestorben gehaltenen Volkes, die sich ihm bereitwillig unterworfen hatten. Zu ihnen gehörte auch Aila, die nun an seinem Lager kniete und ihn wachgerüttelt hatte.

»Ist alles in Ordnung, Herr?«, fragte sie. »Ihr habt geschrien und Euch wild hin und her geworfen.«

Lhiuvan antwortete nicht, sondern lauschte in sich hinein. Aber die Stimme des Schattenmahrs blieb stumm, und auch sonst war von der Bestie nichts zu spüren. Wenigstens für den Moment besaß er die alleinige Kontrolle über seinen Körper.

»Schon gut«, murmelte er und ließ sich wieder zurücksinken.

Was früher für ihn selbstverständlich gewesen war, bedeutete nun reinste Wonne. Seit sie sich in Tal'Orin befanden, hatte sich der Schattenmahr weitgehend zurückgezogen und ließ ihn gewähren. In welcher Form hätte Lhiuvan ihm hier schon schaden können? Die Nocturnen, die einzigen Bewohner der Ruinenstadt, hatten sich der Bestie unterworfen und waren ihr treu ergeben.

Die Kämpfe auf dem Weg nach Tal'Orin und der erfolglose Versuch, das Tor zu öffnen, hatten den Schattenmahr viel Kraft gekostet. Gut zwei Wochen lag das nun schon zurück, aber noch immer schien er sich davon nicht völlig erholt zu haben und kümmerte sich wenig um das, was um ihn herum vorging.

So genoss Lhiuvan die Gelegenheiten, wenn er Herr über seinen eigenen Körper war, auch wenn er wusste, dass er dennoch die Ketten der Sklaverei trug, so locker diese zurzeit auch sein mochten. Sollte er doch etwas unternehmen, um die Pläne des Schattenmahrs zu durchkreuzen, oder gar versuchen, sich selbst zu töten und ihn dadurch seines Werkzeugs zu berauben, würde dieser ihn sofort daran hindern, darüber machte sich Lhiuvan gar keine Illusionen.

Er warf einen Blick zum Fenster. Es war mit einem schweren Tuch verhängt, doch auch an den Seiten sickerte keinerlei Licht durch. Draußen war es also noch dunkel. Er konnte nicht lange geschlafen haben, wahrscheinlich höchstens eine Stunde. Sein Herzschlag hatte sich wieder normalisiert, dennoch wusste er, dass er nicht wieder einschlafen würde. Er wollte es auch gar nicht. Obwohl die Wirklichkeit schlimmer als jeder böse Traum war, fürchtete er sich davor, wieder in den Albtraum zurückzugleiten.

Stattdessen schwang er die Beine von seinem Lager und stand auf. Wenn er Glück hatte, war einer der anderen Elben noch wach, die der Schattenmahr wie ihn unter seine Kontrolle gezwungen hatte, indem er einen winzigen Teil von sich in sie verpflanzt hatte. Ansonsten würde er allein ein wenig durch die Stadt schlendern.

Seine Versuche, sich mit den Nocturnen zu unterhalten, hatte Lhiuvan bereits nach kurzer Zeit aufgegeben. Sie verehrten den Schattenmahr in ihm, fürchteten ihn zugleich aber auch. An ihm selbst, dem Elb, in dessen Körper er hauste, hatten sie keinerlei Interesse. Dadurch war es unmöglich, mit ihnen ein vernünftiges Gespräch zu führen.

Umso mehr überraschte es ihn, als Aila ihn plötzlich ansprach, als er schon fast die Türöffnung erreicht hatte.

»Wie … wie ist es, ihn in sich zu tragen?«, stieß sie hervor.

Lhiuvan verharrte und wandte sich zu ihr um.

»Was?«

Sie trat ein paar Schritte auf ihn zu. Ihre dunklen Augen, die anders als bei den übrigen Angehörigen ihres Volkes nicht faustgroß waren, sondern kaum größer als die eines Elben, musterten ihn scheu. Aber sie unterschied sich auch noch auf andere Weise grundlegend von den übrigen Nocturnen. Ihre Haut war zwar ebenfalls totenbleich, weil auch sie das Licht der Sonne nicht vertrug, aber wenigstens sah sie nicht aus wie ein zusammengeknülltes Blatt Papier, voller Falten und durchzogen von unzähligen tiefen Furchen. Stattdessen war ihre Haut glatt und ebenmäßig.

Entweder hatte sie eine Mutation durchgemacht, oder sie war keine reinrassige Nocturne, obwohl Lhiuvan sich nicht vorstellen konnte, wie dies möglich sein sollte, da ihr kleines Volk hier völlig abgeschieden von der Außenwelt lebte. Er hatte sie ein paarmal darauf angesprochen, aber nur ausweichende Antworten erhalten.

»Khraátam der Große, Fürst der Schattenmahre«, sagte sie. »Der Beherrscher von Welten. Er ist fast schon ein Gott. Wie ist es, ihn in sich zu tragen?«

Wäre nicht alles so todernst gewesen, hätte Lhiuvan bitter gelacht. Wie es war, einen Schattenmahr in sich zu tragen, in seinem eigenen Körper hilfloser Sklave einer Bestie zu sein, deren Ziel es war, die Welt zu erobern und in einen Ort des Grauens zu verwandeln? *Es ist das Schrecklichste, was man sich vorstellen kann*, hätte die ehrliche Antwort lauten müssen, doch sie auszusprechen, wäre ein Fehler gewesen, falls der Schattenmahr dies überhaupt zulassen würde. Aila hätte ihn vermutlich ohnehin nicht verstanden.

Ihr ganzes Leben lang hatten sie und ihre Begleiter vergeblich versucht, das in Tal'Orin verborgene Tor zu öffnen, um den Schattenmahren eine Rückkehr in diese bereits vor Äonen von ihnen beherrschte Welt zu ermöglichen. Schon damals waren die Nocturnen ihre willfährigen Diener gewesen. Für sie waren die blasphemischen Kreaturen des Chaos wirklich fast Götter, wie Aila gesagt hatte – sie waren die einzige Hoffnung für ihr auf wenige Dutzend geschrumpftes Volk, nicht nur zu überleben, sondern vielleicht sogar zu neuer Größe und Bedeutung zu erstarken.

Für sie musste es gänzlich unverständlich sein, dass er es keineswegs als Ehre betrachtete, einen Teil Khraátams in sich zu tragen. Zudem würde es ihr Misstrauen wecken. Bislang betrachteten sie ihn als eine Art Auserwählten und bemühten sich, ihm alle Wünsche zu erfüllen, selbst wenn diese zweifelsfrei nur von ihm und nicht von dem Schattenmahr geäußert wurden. Dies war das einzig Angenehme an seiner Situation.

»Es ist… nun ja, außergewöhnlich«, erwiderte er nach einigen Sekunden. »Auf jeden Fall bedeutet es ungeheure Macht.« *Macht für den Schattenmahr, der ohne meinen geraubten Körper keinerlei Unheil in dieser Welt stiften könnte*, fügte er in Gedanken hinzu.

»Wie ich Euch darum beneide.« Aila senkte den Kopf.

Lhiuvan starrte sie noch einige Sekunden lang an, dann wandte er sich ab und verließ das Haus. Wie alle Bauwerke hier in Tal'Orin war es vom Zahn der Zeit stark in Mitleidenschaft gezogen, doch die Nocturnen hatten sich bemüht, es wie einige andere wieder herzurichten, so gut es ging.

Das galt auch für das benachbarte Gebäude, in dem seine elbischen Gefährten untergebracht waren. Auch sie waren von Khraátam versklavt worden, indem er einen winzigen Teil von sich in ihren Geist gepflanzt hatte, doch dachte dieser Teil nicht eigenständig, sondern sorgte nur dafür, dass sie widerstandslos seine Befehle ausführten. Nur fünf von ihnen waren noch am Leben. Die anderen waren genau wie die sie begleitenden Tzuul entweder bereits auf dem Weg durch den Düsterwald von den

Ghoulen und Sarn getötet worden, oder die Nocturnen hatten sie in dem Bemühen, das Tor durch Blutopfer zu öffnen, abgeschlachtet.

Kein Geräusch drang aus dem Haus, und es brannte auch kein Licht. Seine Hoffnung, dass die anderen noch wach wären und er sich für eine Weile zu ihnen gesellen könnte, zerschlug sich damit.

Ohne Ziel schlenderte er ein Stück die Straße entlang. Erst nach einiger Zeit merkte er, dass Aila ihm immer noch mit wenigen Schritten Abstand folgte. Das war noch ungewöhnlicher als das Gespräch, das sie zuvor mit ihm begonnen hatte. Genau wie die anderen Nocturnen mied sie seine Nähe zumeist. Er blieb stehen.

»Was ist los? Was willst du?«, fragte er barscher als eigentlich beabsichtigt.

Gleich darauf tat es ihm schon wieder leid, dass er sie so grob angefahren hatte. Aila verwirrte ihn. Ihr Denken war ohne Zweifel das einer Nocturne. Sie betete die Mächte des Chaos an und würde jedem Befehl des Schattenmahrs gehorchen. Mit eigenen Augen hatte er mitangesehen, wie sie kaltblütig mehrere der Tzuul und Elben aus seinem Gefolge getötet hatte, in der Hoffnung, durch dieses Blutopfer das Tor öffnen zu können. Sie verehrte die Bestie in ihm, und allein deshalb schon war sie sein Feind. Er hätte sie hassen müssen, aber das gelang ihm nur bedingt.

Das große Problem war, dass sie nicht aussah wie eine Nocturne. Zwar besaß sie deren bleiche Haut, doch auch sein eigenes Volk war hellhäutig, sodass er dies keineswegs als hässlich empfand – so wenig wie ihr sonstiges Aussehen. Ihre dunklen Augen und die langen schwarzen

Haare bildeten einen für ihn zwar fremdartigen, aber reizvollen Kontrast zu ihrer Blässe.

Nun blickte sie ihn erschrocken an, und ein fast panischer Ausdruck glitt über ihr Gesicht. Sie wich zwei Schritte zurück.

»Ich … Es ist nichts«, stieß sie hervor. »Ich wollte nur …«

Sie biss sich auf die Lippen und zögerte noch einen Moment, dann fuhr sie herum und lief davon.

Lhiuvans schlechtes Gewissen regte sich. Er wollte ihr nacheilen, als er für einen Sekundenbruchteil hinter einem Schuttberg etwas Buntes zu sehen glaubte, das inmitten der trostlosen Steinöde einen völligen Widerspruch darstellte und ihm gerade deshalb sofort auffiel. Er blickte genauer hin, konnte jedoch nichts mehr entdecken und glaubte schon, sich etwas eingebildet zu haben, beschloss dann aber doch, der Sache auf den Grund zu gehen. Mit Aila konnte er auch später noch sprechen.

Langsam näherte er sich dem Schutthaufen, aber so vorsichtig er auch war, wurde er dennoch völlig überrascht, als etwas, das wie ein knallbunter Pelzball aussah und ihm gerade einmal bis zu den Knien reichte, plötzlich auf ihn zugeschossen kam. Noch bevor er reagieren konnte, bohrten sich durch seine Hose hindurch nadelspitze Zähne in seine Wade.

»Aua!«, keuchte er. »Was …«

Der Schmerz verging so schnell wieder, wie er gekommen war, und als er instinktiv das Bein zu einem Tritt hob, war das Fellbündel bereits wieder mehrere Schritte zurückgewichen.

»So, das war ich dir noch dafür schuldig, dass du versucht hast, mich umzubringen«, sagte es mit heller, piepsiger Stimme. Es plusterte sich auf und sah für einen Moment noch einmal fast wie ein puscheliger, in allen Farben des Regenbogens schimmernder Ball aus. Dann sank sein Fell herab und schmiegte sich eng um seinen schmächtigen Körper.

»Du!«, rief Lhiuvan verblüfft. »Was machst du Nervensäge hier? Wie bist du an den Sarn und Ghoulen vorbeigekommen und in die Stadt gelangt?«

»Ganz einfach, ich habe sie in die Flucht geschlagen! Ich habe ihnen einen solchen Schrecken eingejagt, dass sie wohl eine Weile brauchen werden, um sich davon zu erholen.« Das Wesen legte die Hand auf den Griff des Messers, das in seinem Gürtel steckte. »Die wissen, mit wem man sich besser nicht anlegt. Und was ich hier mache, siehst du doch: Ich stehe hier rum und verplempere meine kostbare Zeit damit, mit dir blöd zu diskutieren.«

Lhiuvan lauschte in sich hinein. Er fürchtete, dass Khraátam ihm jeden Moment den Befehl erteilen könnte, die seltsame Gestalt zu töten, wie er es schon einmal getan hatte. Mit seiner großen Klappe, seinem bunten Gesicht, das an eine Mischung aus einer Katze und einem Äffchen erinnerte, und dem lächerlich wirkenden roten Tuch, das es sich um den Kopf geschlungen und im Nacken verknotet hatte, wirkte das Wesen harmlos und niedlich, aber um was für ein Geschöpf auch immer es sich handeln mochte, es war mehr, als es den Anschein erweckte.

Zweimal war Lhiuvan ihm bereits bei seinen Bemühungen begegnet, sich durch den Düsterwald einen Weg bis nach Tal'Orin zu bahnen, und beim zweiten Mal hatte es ihm auf den Kopf zugesagt, dass er einen Schattenmahr in sich trüge. Das hatte die Bestie in ihm so aus der Fassung gebracht, dass sie von ihm verlangt hatte, das Fellwesen unverzüglich zu töten, doch es war ihm entkommen. Umso mehr wunderte es Lhiuvan, dass der Schattenmahr sich jetzt zurückhielt.

»Wenn du dir Sorgen wegen des hässlichen Dinges machst, das in dir steckt, dann reg dich ab. Es ist im Moment beschäftigt. Wahrscheinlich träumt es gerade davon, alle existierenden Welten zu erobern und sich zum Herrscher über die gesamte Schöpfung zu machen. Aber uns bleibt nicht viel Zeit.«

Lhiuvan hatte selbst das Gefühl, in einem bizarren Traum gefangen zu sein. Fassungslos starrte er das Pelzwesen an.

»Wer … wer bist du?«, presste er hervor. »Oder besser – *was* bist du?«

»O Mann, bist du einfach zu dämlich, es zu kapieren, oder kannst du dir nicht mal die einfachsten Sachen merken?« Das Wesen schüttelte den Kopf und schnitt eine Grimasse. »Ich habe dir doch schon zweimal gesagt, dass ich dir meinen Namen ganz bestimmt nicht …«

»Hör auf mit dem Unsinn!« Lhiuvan machte Anstalten, das Wesen zu packen, verzichtete dann aber darauf. Es war ohnehin zu flink für ihn. »Du magst das vielleicht lustig finden, aber für mich ist das alles todernst. Und nicht nur für mich!«

»Für die Kleine wohl auch, wie?« Feixend blickte das Wesen in die Richtung, in der Aila verschwunden war. »Ich dachte schon, die würde dir die ganze Zeit nachlaufen. Ich glaube, die will was von dir. Na ja, ist ja auch ganz niedlich, an der würde ich auch gerne mal ein bisschen knabbern. Aber in deiner Lage solltest du eigentlich andere Probleme haben. Oder denkst du etwa, du wärst in einem Märchen, in dem dir die Kraft der Liebe am Ende helfen wird, das Böse zu besiegen?«

»Ich habe bei Aila in keiner Weise …« Lhiuvan brach ab und gestikulierte mit den Händen. »Ich muss verrückt sein, dass ich überhaupt mit dir darüber spreche. Ich …«

Erst jetzt fiel ihm plötzlich etwas auf. Es war überaus seltsam, dass der Schattenmahr sich nicht längst bemerkbar gemacht hatte und zuließ, dass er sich mit dem pelzigen Geschöpf scheinbar frei unterhielt, statt zu verlangen, dass er es augenblicklich tötete. Es wusste von der Bestie in ihm und hatte behauptet, sie wäre derzeit abgelenkt. Vielleicht stimmte das sogar tatsächlich.

Es gab keine Möglichkeit für ihn, sich gegen ihren Willen die Herrschaft über seinen Körper zurückzuerkämpfen oder sie gar daraus zu vertreiben, was ihn dazu verdammte, ein hilfloses Werkzeug ihrer Machenschaften zu sein, deren Ziel Tod und Vernichtung war. Seine einzige Möglichkeit, ihre Pläne zu durchkreuzen, bestünde darin, sich selbst zu töten. Gerne hätte er sein Leben hingegeben, um sein Volk und seine Welt vor dem Untergang zu bewahren, aber selbst das hatte die Kreatur bislang verhindert.

Vielleicht bot sich jetzt jedoch eine Chance dazu …

Ohne weiter nachzudenken, packte Lhiuvan den Griff seines Schwertes. Sein Gegenüber stieß ein Schnauben aus, schüttelte den Kopf und blickte ihn missbilligend an.

»Du bist wirklich ein Idiot. Was soll das nützen, wenn du das vorhast, was ich gerade glaube? Wenn schon, dann hättest du es früher tun müssen. Jetzt aber steckt der Schattenmahr auch in den anderen Trotteln von deiner Sorte. Wenn du stirbst, ändert das gar nichts. Außer für dich natürlich, denn du bist dann tot. Nicht, dass es um einen Dummkopf weniger schade wäre, es gibt so viele, da kommt es auf einen mehr oder weniger auch nicht an.«

»Dann bräuchte ich wenigstens nicht mehr mitzuerleben, wie er diese Welt unterjocht, und würde selbst keine Schuld mehr daran tragen«, knirschte Lhiuvan, zog die Hand jedoch wieder zurück. Der Gedanke war verlockend, dem Albtraum auf diese Art zu entrinnen und ewigen Frieden zu finden, aber es wäre nur eine Flucht. Ändern würde er dadurch in der Tat nichts. Jetzt nicht mehr. »Was soll ich denn sonst tun? Gibt es nichts, was du tun kannst, um mir zu helfen?«

»Ich?«, feixte das Puschelwesen. Es schien das alles immer noch als einen Riesenspaß zu betrachten. »Sehe ich so blöd aus, dass ich dich aus einer Patsche rausholen würde, in die du dich selbst reingeritten hast? Statt rumzujammern, solltest du lieber zusehen, wie du da selbst rauskommst.«

»Und wie kann ich das machen?«

»Jetzt soll ich auch noch für dich denken! Braucht ihr Elben vielleicht auch noch jemanden, der euch wickelt? Dabei ist die Sache doch ganz einfach: Kämpfe vor allem weiter gegen ihn, damit das Böse nicht auch deinen Geist vergiftet, und dann … Verflixt, die schon wieder! Ich sag ja, die läuft dir nach. Na gut, war nett, mit dir zu plaudern, ich habe ohnehin noch Wichtigeres vor.«

Blitzartig duckte sich das Wesen wieder hinter den Schuttberg und war im nächsten Moment verschwunden. Als Lhiuvan den Kopf wandte, sah er Aila, die zögernd die Straße in seiner Richtung entlangkam. Enttäuscht ballte er die Fäuste, und Zorn loderte in ihm hoch. Musste sie ausgerechnet jetzt wieder auftauchen?

Weniger noch als zuvor wusste er, was er von der Pelzkreatur halten sollte. Sie war nicht einfach nur ein Aufschneider, sondern hinter ihrer großen Klappe lauerten verborgene Fähigkeiten, auch wenn er sich über deren Natur noch nicht im Klaren war. Aber dass es so war, hatte sie bewiesen, indem sie den Schattenmahr in ihm sofort erkannt hatte und hierher in die von den Sarn und Ghoulen belagerte Stadt gelangt war. Darüber hinaus erweckte das Wesen den Eindruck, als ob es mehr über den Schattenmahr wissen würde, als es bislang preisgegeben hatte. Ob das nur prahlerisches Gerede war, konnte er nicht einschätzen, aber gerade deshalb hätte er sich gerne noch länger mit dem merkwürdigen Wesen unterhalten.

Nun, die Chance war vertan, und es brachte ihm nichts, wenn er sich darüber noch lange ärgerte.

Aila blieb zwei Schritte vor ihm stehen und rang sichtlich nervös ihre Hände.

»Verzeiht, dass ich Euch noch einmal anspreche«, murmelte sie mit demütig gesenktem Kopf. »Vorhin schient Ihr nicht reden zu wollen, deshalb habe ich es nicht gewagt, Euch weiter zu belästigen. Aber es ist wichtig: für mich und für mein Volk.«

Lhiuvan seufzte und nahm auf dem Schutthaufen Platz.

»Du belästigst mich nicht. Worum geht es, dass es dir so wichtig ist?«

»Unser Volk … In den ruhmreichen Tagen von Khraátams Herrschaft waren wir Nocturnen einst ein großes und mächtiges Volk, das treu den Göttern des Chaos und der Dunkelheit diente. Aber im Zeitalter des Feuers wurden wir zu Zehntausenden, zu Hundertausenden dahingemetzelt.« Erneut biss sie sich auf die Lippe. »Es ist nicht leicht, mit Euch darüber zu sprechen, Herr. Ausgerechnet jemand aus dem verhassten Volk der Elben, die uns das angetan haben, dient nun als Gefäß für den Geist Khraátams.«

»Sprich weiter!«, forderte Lhiuvan sie auf, als sie eine Pause machte, obwohl in seinem Inneren ein Gefühlssturm tobte. Aila glaubte nach wie vor, dass er den Schattenmahr freiwillig beherbergte und dies sogar als Ehre betrachtete und seine Ziele teilte. Noch immer regte die Bestie in seinem Inneren sich nicht, und liebend gern hätte er der Nocturne die Antwort erteilt, die sie seiner Meinung nach verdiente, aber er hielt sich mühsam zurück.

»Von diesem Schlag hat sich unser Volk nie mehr erholt. Nur wenige von uns blieben übrig. Zwar ließen die Elben uns am Leben, aber sie zwangen uns, unseren alten Göttern abzuschwören, und dieser Weg führte uns vollends ins Verderben. Wir fristeten unser Dasein nur noch als ein zum Aussterben verdammtes Volk, weitgehend isoliert von den anderen, weil man uns misstraute und nicht mehr als unbedingt nötig mit uns zu tun haben wollte. Die Letzten, die von unserem einstmals großen und stolzen Volk noch übrig waren, zogen sich schließlich hierher zurück, nach Tal'Orin. Die einzige Hoffnung, die uns noch blieb, war der Versuch, das hier verborgene Tor zu öffnen. Bevor Ihr und Eure Begleiter eintraft, waren wir schon nahe daran zu resignieren. Mittlerweile wissen wir nun, dass wir mit unseren Bemühungen gar keinen Erfolg haben konnten. Aber Eure Ankunft hat uns wieder neue Hoffnung verliehen.«

»Komm zur Sache«, drängte Lhiuvan. »Willst du nur ein Loblied auf uns singen, oder willst du auf etwas Bestimmtes hinaus?«

»Ich spreche davon, was weiter mit uns geschehen wird. Das Tor hier in Tal'Orin ist beschädigt, aber wir hörten, dass es noch ein weiteres gibt, das der große Khraátam nun unter seine Kontrolle bringen will. Obwohl wir alles für ihn tun würden, sind wir nur noch wenige und können vermutlich nicht viel Hilfe leisten. Trotzdem hoffen wir, dass Ihr uns nicht vergesst, wenn Ihr von hier weiterzieht. Wir sind die letzten Überlebenden eines Volkes, das den Schattenmahren einst treu gedient hat, und jetzt sind sie unsere letzte Hoffnung.«

»Deine Bitte ist gehört worden«, erwiderte Lhiuvan, doch es war nicht er selbst, der antwortete. So plötzlich, dass er nichts davon gespürt hatte, war die Bestie in ihm wieder erwacht und sprach nun durch ihn. »Und ich habe eine Aufgabe für euch. Große Veränderungen stehen bevor, und die Zeit eurer Verbannung hier in Tal'Orin neigt sich ihrem Ende zu. Meine Kräfte haben sich regeneriert und sind nun stärker als je zuvor seit meiner Rückkehr. Es wird Zeit, sich der Zwerge anzunehmen, die den Weg zum anderen Tor versperren. Zusammen mit den von mir beherrschten Elben werdet ihr einen Auftrag ausführen.«

»Befehlt, und wir gehorchen, Herr.« Aila verneigte sich. »Aber wie sollen wir Tal'Orin verlassen, solange außerhalb unserer Mauern die Sarn und Ghoule lauern?«

»Um dieses Problem werde ich mich kümmern. Rufe alle zusammen! In einer halben Stunde brechen wir auf!«

»Nein, Herr, geht nicht!«, flehte Aila und umklammerte Lhiuvans Arm. »Jedenfalls nicht allein. Bringt Euch nicht unnötig in Gefahr!«

»In Gefahr!«, wiederholte der Schattenmahr, schnaubte

verächtlich und streifte ihren Arm ab. »Traust du mir wirklich so wenig zu? Ganze Welten haben vor mir gezittert, und du glaubst, dass ich nicht mit ein paar Ungeheuern fertig werden könnte?«

»Der echte Khraátam zweifellos, aber Ihr steckt in diesem schwächlichen Körper. Schon als Ihr hergekommen seid, habt Ihr es nur mit knapper Not geschafft.«

»Schweig jetzt! Da war ich geschwächt und habe meine Kräfte zudem aufgespart, weil ich das magische Tor so schnell wie möglich öffnen wollte. Und jetzt macht die Pforte auf!«

Zwei andere Nocturnen beeilten sich, einen Riegel vor einem kleinen Törchen aus seiner Verankerung zu heben und es aufzustoßen. Mit festen Schritten trat Lhiuvan hindurch.

Schon zuvor hatte er gesehen, dass zahlreiche Sarn am Himmel kreisten oder sich auf den Ästen der umstehenden Bäume niedergelassen hatten und dort lauerten. Obwohl sie schon auf ihrem Weg hierher unzählige getötet hatten, gab es offenbar immer noch Hunderte von ihnen. Sie schienen bemerkt zu haben, dass irgendetwas geschehen würde, und hatten sich deshalb hier versammelt.

Die Mauer stellte für die fliegenden Ungeheuer mit dem menschenähnlichen, allerdings wie mumifiziert aussehenden dürren Leib und den gezackten Fledermausflügeln kein Hindernis dar. Sie hätten schon früher angreifen können. Manchmal suchten sie sich auch innerhalb von Tal'Orin Opfer, wie Aila berichtet hatte, doch nur in Ausnahmefällen. Die magische Aura des alten Heiligtums schien für sie extrem unangenehm zu sein, weshalb sie sich nur selten ins Innere der verfallenen Stadt wagten.

Kaum hatte der Schattenmahr die Pforte durchschritten, stürzten sie sich jedoch in solchen Massen auf ihn, dass sich der Himmel über ihm verdunkelte.

Ein Prickeln und Pulsieren durchströmte Lhiuvans Körper. Die Luft um ihn herum begann zu knistern, und als er die Arme in die Höhe hob, sprangen kleine Funken zwischen seinen Händen hin und her. Teils handelte es sich um die magischen Kräfte des Schattenmahrs, die dieser nun erweckte, teilweise aber auch um die in ihm selbst schlummernde Elbenmagie. Als Krieger hatte er nie gelernt, in größerem Maße auf sie zuzugreifen und sie zu nutzen, doch der Schattenmahr bemächtigte sich ihrer mühelos.

Bläuliches Feuer zuckte aus seinen Fingerspitzen, raste in Form verästelter Blitze nach oben. Mehr als zwei Dutzend Sarn wurden gleichzeitig getroffen und flammten in Feuerbällen auf, steckten dabei noch weitere in Brand.

Nur wenige Sekunden später stieß der Schattenmahr erneut Blitze aus, die ebenso schrecklich unter den geflügelten Kreaturen wüteten. Chaos breitete sich unter ihnen aus. Wild flatterten sie durcheinander, versuchten zu fliehen und behinderten sich dabei gegenseitig. Keiner der Sarn stieß mehr nieder, um ihn anzugreifen.

Der Schattenmahr ließ die Arme sinken. Mit einer Hand deutete er auf den Boden einige Meter vor sich. Noch einmal zuckte ein Blitz aus seinen Fingerspitzen. Diesmal breitete er sich in noch wesentlich mehr Verästelungen fast wie ein Spinnennetz über den Boden aus. Zahlreiche der Verästelungen verschwanden in Ghoul-Löchern im Untergrund und setzten sich in den unterirdischen Stollen der Aasfresser fort, wie die von dort heraufklingenden Schreie bewiesen.

»Ich bin Khraátam der Mächtige, Fürst der Schattenmahre!«, brüllte die Bestie. »Beendet augenblicklich sämtliche Angriffe auf mich und meine Begleiter, oder keiner von euch wird meinen Zorn überleben!«

Lhiuvan wusste nicht, ob die Kreaturen genug Intelligenz besaßen, um die Drohung zu verstehen, oder ob sie einfach nur durch die Demonstration von Khraátams Macht abgeschreckt wurden. Auf jeden Fall wagte es keine von ihnen mehr, sich ihm zu nähern. Die Ghoule blieben in ihren Schlupflöchern unter der Erde verborgen, und die überlebenden Sarn ließen sich auf den Bäumen nieder oder flatterten vollends davon.

Lhiuvan drehte sich zu der Pforte herum.

»Folgt mir!«, befahl der Schattenmahr.

3

DIE BERATUNG

An einem unbekannten Ort, zu einer unbekannten Zeit

Ohne allzu große Schwierigkeiten kletterten sie die Felswand hinab, für die Barlok sich bereits vor der Entdeckung des geflügelten Ungeheuers entschieden hatte. Tatsächlich bot das Gestein genügend Vorsprünge und Vertiefungen, an denen ihre Füße und Hände Halt fanden. Der Zwerg war das Klettern an wesentlich glatteren Felsen gewöhnt, doch auch Thalinuel bewältigte den Abstieg mit Bravour. Was ihr an Kraft fehlte, machte sie durch Geschicklichkeit mehr als wett und erreichte kaum zwei Minuten nach ihm eine Art natürlichen Sims, der sich etwa halbmeterbreit in beide Richtungen dahinzog. Nach links wies er eine leichte Steigung auf, nach rechts ein Gefälle, und da sie in die Ebene hinunterwollten, entschieden sie sich für diese Richtung.

Der Sims war mit losem Geröll und kleineren Felsbrocken übersät, die das Gehen erschwerten und stellenweise sogar gefährlich machten. Links von ihnen fiel das Gelände die meiste Zeit steil ab, ein Sturz musste unbedingt tödlich enden. Stellenweise ragten dort jedoch auch Felsen auf, sodass sie wie durch einen schmalen Hohlweg gingen. Immerhin war der Weg nirgendwo durch größere Felsbrocken blockiert, und es klafften auch keine Lücken darin, die ihnen das Weiterkommen unmöglich gemacht hätten.

Während des Marsches ertappte sich Barlok immer wieder dabei, wie er den Himmel über der Ebene mit Blicken absuchte. Zu seiner Erleichterung kehrte der Schattenmahr jedoch nicht zurück, und auch sonst war keinerlei Bedrohung zu entdecken.

Um sich abzulenken, begann er auf Thalinuels Bitte hin davon zu berichten, wie sich ihre Welt seit ihrer Zeit verändert hatte. Damals waren die Elben noch ein großes Volk gewesen, vor allem aber das mächtigste. Seither jedoch hatte es einen unrühmlichen Niedergang erlebt, sich in ein Tal in den unwirtlichen Einöden des Nordens zurückgezogen und kümmerte sich kaum noch um irgendwelche weltlichen Belange. Stattdessen trauerte es nur noch verbittert seiner großen Vergangenheit nach und wartete auf sein Ende. Das vorherrschende Volk waren ausgerechnet die oberflächlichen, kurzlebigen Menschen geworden.

Es war ein für Thalinuel schockierender und überaus schmerzvoller Bericht, wie er ihrem gequälten Gesicht ansehen konnte, doch teilweise fiel auch ihm das Erzählen nicht leicht. Auch sein eigenes Volk, das zu Thalinuels Zeit noch zu den aufstrebenden jüngeren Rassen gehört hatte, hatte seinen Zenit längst überschritten. Die einstigen Reichtümer der Zwerge waren nur noch Geschichte, und vor der Rückeroberung Zarkhaduls war Elan-Dhor für lange Zeit die einzige noch existierende Zwergenmine gewesen.

Dennoch wünschte er sich nichts sehnlicher, als dorthin zurückkehren zu können, auch wenn jegliche Hoffnung darauf wohl vergebens war.

Eine Quelle oder gar einen Bach fanden sie zwar nicht, dafür aber genügend Mulden, in denen sich Regenwasser gesammelt hatte, an dem sie ihren Durst stillen konnten. Es schmeckte schal und irgendwie metallisch, war aber trinkbar. Die Gefahr des Verdurstens drohte ihnen also nicht.

Nachdem sie gut zwei Stunden unterwegs waren, verbreiterte sich der Weg, und sie gelangten auf einen Abschnitt, wo er auf der linken Seite fast ununterbrochen von hohen Felsen gesäumt wurde, die den Blick auf die Ebene versperrten, ihr weiteres Vordringen aber auch erheblich erschwerten.

Im Laufe der Zeit von oben herabgestürzte Gesteinsbrocken hatten nicht mehr über die Kante weiter in die Tiefe rollen können, sondern waren an Ort und Stelle liegen geblieben. Die meisten waren kaum mehr als kopfgroß und konnten leicht umgangen werden, aber es gab auch einige größere Felsen, an denen sie sich nicht vorbeizwängen konnten. Über diese mussten sie dann hinwegklettern, was sich bei den zumeist von Wind und Regen glatt geschliffenen Brocken einige Male als gar nicht so einfach erwies.

Aber wenigstens konnten sie trotz der Hindernisse ihren Weg stets fortsetzen. Barloks Befürchtung, dass der Pfad durch einen größeren Steinschlag komplett verschüttet sein könnte oder der Sims einfach im Nichts endete, erfüllte sich nicht. Auch führte der Weg weiterhin beständig bergab, wenn auch nur mit so sanftem Gefälle, dass der Höhenunterschied, den sie bislang bewältigt hatten, sicherlich nicht groß war. Selbst wenn er bis hinab zum Fuß des Berges führen sollte, würden sie vermutlich mehrere

Tage benötigen; Zeit, die ihnen nicht blieb. Schon jetzt begann sich Barloks Hunger zu melden, doch nirgendwo gab es etwas Essbares. Lediglich an einigen geschützten Stellen zwischen den Felsen wuchs ein wenig karges Moos.

»Es beginnt bereits zu dämmern«, sagte Thalinuel nach einer Weile.

Auch Barlok hatte festgestellt, dass die Schatten länger wurden und der ohnehin graue Himmel sich langsam, aber beständig dunkler zu färben begann.

»Wir brauchen einen Unterschlupf. Ich würde nur ungern hier auf diesem Pfad übernachten, nur wenn es gar nicht anders geht. Wer weiß, welche Kreaturen nachts in den Bergen umherschleichen, und hier gibt es keine Möglichkeit, ihnen auszuweichen.«

»Aber wie sollen wir hier einen Unterschlupf finden? Hier gibt es nichts als kahle Felswände.«

»Gehen wir einfach so lange weiter, wie wir noch etwas sehen können, und warten ab, was sich ergibt.«

Bereits mehrfach während ihrer bisherigen Wanderung hatte Barlok nicht weit vom Weg entfernt Öffnungen im Fels entdeckt, hinter denen sich möglicherweise Höhlen verbargen oder zumindest Risse, die ein Stück weit in den Berg hineinführten. Jetzt betrachtete er ihre Umgebung noch aufmerksamer, auch wenn dies in der hereinbrechenden Dunkelheit von Minute zu Minute schwieriger wurde.

Schließlich jedoch blieb er stehen. Sein geschulter Blick hatte etwas entdeckt, und einige Sekunden lang starrte er angestrengt im schwindenden Licht an dem Berghang zu ihrer Rechten hinauf, ehe er auf einen dunklen Fleck etwa fünf Meter über ihnen deutete.

»Das dort könnte eine Höhle sein, wenn meine Augen

mich nicht sehr täuschen. Das sollten wir uns zumindest genauer ansehen.«

Der Berghang stieg an dieser Stelle nicht allzu steil an und war so zerklüftet, dass Barlok fast wie auf einer Treppe hinaufsteigen konnte. Er brauchte kaum eine Minute, bis er die Öffnung erreichte. Tatsächlich erwies sie sich als ein schmales, dafür jedoch gut mannshohes Loch im Gestein. Barlok wünschte, er hätte eine Fackel, doch es gab nirgendwo Holz oder etwas anderes Brennbares in der Nähe. So lauschte er einige Sekunden, und erst als er keinerlei Geräusch vernahm, das darauf hindeutete, dass sich irgendetwas Lebendes in der Höhle befand, zwängte er sich schließlich hinein.

Durch den Eingang drang kaum Licht. Halb blind tastete er sich vorwärts. Die Höhle war kaum einen Meter breit und nur wenige Schritte tief, ehe sie an einer Felswand endete, aber für eine Nacht würde sie ihnen genügend Platz und vor allem Schutz vor feindseligen Blicken gewähren.

Barlok kehrte um und winkte Thalinuel zu. Geschickt kletterte sie die Felsen herauf und stand kurz darauf neben ihm.

»Nicht gerade ein Palast, aber besser als nichts«, kommentierte er. »Ich hoffe, hier werden wir für die nächsten Stunden sicher sein.«

So gut es ging, machten sie es sich auf dem harten Felsboden bequem.

»Du erinnerst dich inzwischen wieder, wer du bist und woher du kommst, und vor allem an den Krieg, den dein Volk gegen die Thir-Ailith geführt hat«, sagte Thalinuel. »Die Dunkelelben, so habt ihr sie genannt – und diese Bezeichnung scheint mir sehr zutreffend, denn obwohl viele von ihnen so wie ich einst hehre Ziele verfolgt haben, wurden sie betrogen und haben sich schließlich auf einen dunklen, unheilvollen Pfad begeben. Ich weiß, was in dir vorgeht. Seit wir das Tor verlassen haben, steht es dir überdeutlich ins Gesicht geschrieben.«

»Und das wäre?«, fragte Barlok verblüfft.

»Die Thir-Ailith haben sich mit schrecklichen Mächten eingelassen, mit deren Unterstützung sie dein Volk fast ausgelöscht hätten, und du weißt von mir, dass ich einst zu ihnen gehört habe. Jetzt fragst du dich, ob du mir wirklich vertrauen kannst. Aber du weißt noch lange nicht alles, was damals geschah …«

Thalinuels Geschichte, Januar 11658
alter Zeitrechnung der Elben

Die Stadt platzte aus allen Nähten.

Schon als Thalinuel vor gut einem Monat aus Talarien aufgebrochen war, war die Situation kritisch gewesen. Was sie jedoch nun bei ihrer Rückkehr vorfand, war schlichtweg katastrophal. Zwar waren rings um die Stadt riesige Zeltlager errichtet worden, doch selbst dort herrschte qualvolle Enge.

Noch schlimmer war es in der Stadt selbst. Trotz der breiten Straßen war das Gedränge so dicht, dass es stellenweise kaum ein Durchkommen gab. Eine fast spürbare Gereiztheit lag in der Luft, etwas, das es beim Zusammenleben von Elben normalerweise niemals gab.

In seinem blinden, schon geradezu zur Besessenheit gewordenen Bemühen, sich mit den jüngeren Völkern auszusöhnen und gewaltfrei den Frieden zu erhalten, hatte König Lotharon einen verhängnisvollen Fehler begangen. Einen Fehler, der das Volk der Elben bereits gespalten hatte und es möglicherweise sogar völlig zerreißen würde.

Zweifellos bildeten Frieden und ein freundschaftliches Verhältnis im Umgang mit anderen Völkern wichtige elbische Ideale, da sie Werte der Ordnung und des Lichts darstellten, denen sie dienten. Lange Zeit hatte sich das Miteinander ja auch so gestaltet. Sie waren Lehrer der jüngeren Völker gewesen und hatten ihr Wissen mit ihnen geteilt, wodurch sie ihnen eine viel schnellere und friedlichere Entwicklung ermöglicht hatten, als sie aus eigener Kraft hätten erreichen können.

Im Laufe der letzten Jahre aber hatte sich das alles geändert und seit einigen Monaten auf einen traurigen Höhepunkt hin entwickelt. Die jüngeren Völker, allen voran die Menschen, hatten die Hilfe der Elben nicht länger als Geschenk, sondern als Bevormundung empfunden und sich von ihnen losgesagt, um ihren eigenen Weg zu gehen. Als Folge davon hatte es Überfälle gegeben, und an zahlreichen Orten war es zu Feindseligkeiten bis hin zu kriegsartigen Übergriffen gekommen, bis kein Elb es mehr wagen konnte, ohne Schutz umherzuziehen.

Ein unhaltbarer Zustand, der so nicht länger hinzunehmen war, doch König Lotharon hatte die Realität nicht wahrhaben wollen. Er war untätig geblieben und hatte weiterhin auf eine friedliche Lösung gehofft. Erst Fürst Molakan, der Hüter der Türme von Saltinan, hatte schließlich gemeinsam mit den Verwaltern zahlreicher anderer Städte die Initiative ergriffen. Wo immer es Übergriffe und Unruhen gab, hatte er diese von elbischen Kriegern niedergeschlagen lassen und die entsprechenden Städte und Dörfer der Menschen unter elbische Kontrolle gestellt. Doch statt Lob dafür zu erhalten, dass es ihnen gelungen war, auf diesem Wege wieder Frieden und Ordnung zu gewährleisten, waren er und jene, die treu zu ihm hielten, vom König des Hochverrats angeklagt und in einem Schauprozess zu Ausgestoßenen erklärt worden, zu Thir-Ailith.

Die Hoffnung des Königs, sie damit mundtot zu machen und ein Exempel zu statuieren, hatte sich jedoch nicht erfüllt. Im Gegenteil. Talarien und mehrere andere Städte hatten sich vom Königreich losgesagt und den Verbannten eine neue Heimat geboten.

Und nicht nur ihnen!

Mehr und mehr Elben, die mit Lotharons Politik nicht einverstanden waren, waren Molakans Aufruf gefolgt, sich ihm anzuschließen. Tausende, Zehntausende waren bereits nach Talarien und in die anderen freien Städte geströmt, und immer noch kamen jeden Tag Hunderte neue. Thalinuel hatte selbst die langen Trecks gesehen, die sich der Stadt näherten.

Das war jedoch im Moment nicht ihr Problem. Sie hatte sich am Rande der Stadt von ihrer Eskorte getrennt und einem ihrer Begleiter die Zügel ihres Pferdes in die Hand gedrückt. Dann war sie zu Fuß durch die überfüllten Straßen zum Sitz von Verwalter Larkosh weitergeeilt, dem Bewahrer der Säulen von Talarien, wo sie auch Molakan zu treffen hoffte.

Wegen des Gedränges brauchte sie deutlich länger als gewöhnlich und atmete erleichtert auf, als sie das Haus der Säulen endlich erreichte. Es stand am Rande des großen

Platzes im Zentrum Talariens, auf dem sich die drei Säulen erhoben, gigantische, unterschiedlich hoch aufragende Monolithe, die mit unvergleichlicher Kunstfertigkeit bearbeitet worden waren, Hinterlassenschaften eines längst vergessenen Volkes.

Wie in den meisten Elbenstädten bildeten auch die Häuser in Talarien eine einzigartige Einheit aus lebenden Pflanzen, etwas geschlagenem Holz und möglichst wenig Stein oder anderen toten Materialien. Die Zwischenwände bestanden wie die Außenwände hauptsächlich aus Büschen, Hecken und Rankpflanzen, die im Inneren des Gebäudes ein regelrechtes Labyrinth bildeten. Doch Thalinuel kannte sich hier aus und fand mühelos ihren Weg zum Arbeitszimmer Molakans, das ihm von Verwalter Larkosh zur Verfügung gestellt worden war. Als sie eintrat, hielt sich neben Molakan und Olvarian, seinem Stellvertreter, auch der Bewahrer der Säulen selbst dort auf. Sie standen um einen Tisch, auf dem eine große Karte ausgebreitet lag, über die sie sich beugten. Bei Thalinuels Eintreten blickten sie auf.

»Thalinuel!« Lächelnd trat Molakan auf sie zu und umarmte sie flüchtig. Wie stets trug er sein langes, blondes Haar sorgfältig geflochten und war in prachtvolle Gewänder gekleidet, wie er sie bereits während seiner Zeit als Hüter der Türme von Saltinan bevorzugt hatte. »Wir haben dich schon viel früher zurückerwartet und uns bereits Sorgen gemacht.«

»Meine Mission war schwieriger als erwartet«, berichtete Thalinuel. »Die Menschen sind sehr vorsichtig und tun alles, um Spione fernzuhalten.«

»Das sollte kein Vorwurf sein, ich weiß, wie schwer deine

Aufgabe war. Hauptsache, du hast herausgefunden, was wir wissen müssen.«

»Natürlich. Auch wenn sie vorsichtig sind, letztlich sind es schließlich nur Menschen.« Thalinuel grinste breit, wurde aber rasch wieder ernst. »Ich habe alle benötigten Informationen, und was ich entdeckt habe, ist alles andere als beruhigend. Die Lage ist wesentlich bedrohlicher, als wir alle erwartet haben.«

Ehe Molakan nachhaken konnte, ergriff Larkosh das Wort.

»Du hast eine lange und anstrengende Reise hinter dir, und man kann dir die Strapazen deutlich ansehen«, sagte er. »Ich glaube nicht, dass die Informationen so dringend sind, dass sie nach all den Wochen nicht auch noch ein oder zwei Stunden länger warten können. Du solltest dich erst ein wenig frisch machen und dich etwas ausruhen.«

»Das ist sehr freundlich von Euch, aber nicht nötig«, lehnte Thalinuel das Angebot ab. »Ich würde lieber gleich Bericht erstatten und erst anschließend ruhen.«

»Wie du meinst. Dann sag uns, was gibt es Neues aus dem Norden?«

»Leider keine guten Neuigkeiten. Die Vereinbarungen zwischen Lotharon und König Hollan wurden inzwischen weitgehend umgesetzt. Die Menschen haben einige ihrer Dörfer in der Nähe von Elbensiedlungen aufgegeben, von denen die meisten jedoch erst in den letzten Jahren gegründet worden sind. Im Gegenzug wurden auf Befehl König Lotharons zahlreiche elbische Ortschaften geräumt, die es zum Teil schon seit Jahrhunderten gab. Das hat den Unmut in unserem Volk noch verstärkt. Viele derer, die ihr Heim aufgeben mussten, haben sich vom König abgewandt und befinden sich auf dem Weg zu Städten, die sich unserer Sache angeschlossen haben.«

»Lotharon merkt, dass er immer mehr Rückhalt im Volk verliert«, überlegte Molakan laut. »Ihm kann nur daran gelegen sein, dass viele der kleineren elbischen Siedlungen verschwinden, von denen er sonst befürchten müsste, dass sie sich auf unsere Seite schlagen. Wenige große Städte, die von ihm treu ergebenen Verwaltern regiert werden, sind leichter unter Kontrolle zu halten als viele kleine Siedlungen, die wegen der Nähe zu den Menschen zudem ständige Unruheherde darstellen. So beschämend dieser Vertrag für unser gesamtes Volk auch ist, aus seiner Sicht ist er taktisch klug und bringt ihm eine Reihe von Vorteilen. Er entzieht uns die Grundlage für Stützpunkte im Norden.«

»Nur zum Teil«, entgegnete Thalinuel. »Verwalter Norialas von Thilion lässt Euch durch mich seine Grüße und Ehrerbietung ausrichten. Thilion hat sich als erste Stadt im Norden vom Königshof losgesagt. Verwalter Norialas sichert uns seine volle Unterstützung zu, wenn unsere Angelegenheiten uns dorthin führen.«

»Das ist eine gute Nachricht!«, rief Olvarian aus. »Thilion ist zwar nicht groß und auch nicht stark befestigt, aber die Ortschaft liegt in einem sehr fruchtbaren Landstrich.«

»Ja, und der Verwalter lässt mitteilen, dass die Ernte sehr gut ausfiel und seine Kornspeicher zum Bersten gefüllt sind«, ergänzte Thalinuel. »Die Vorräte würden ausreichen, ein ganzes Heer über viele Wochen hinweg zu versorgen, wie er sich ausdrückte, und ich denke, dass er genau darauf hofft. Thilion liegt kaum mehr als einen Tagesritt von den myloischen Hügeln entfernt, wo König Hollan sein Feldlager aufgeschlagen hat. Soweit ich heraushören konnte, bereitet vor allem die Existenz dieses Heeres Verwalter Norialas große Sorgen und hat ihn zu seinem Schritt bewogen, und diese Sorge ist nur allzu begründet.«

»Damit kommen wir nun zum eigentlichen Grund deiner Expedition.« Molakan rollte die Karte auf dem Tisch zusammen und legte sie beiseite, stattdessen breitete er eine andere aus, die den Norden des Kontinents zeigte. »Was hast du über die Armee der Menschen und Hollans Absichten herausgefunden?«

»Dank Norialas' Unterstützung alles, was es in Erfahrung zu bringen gab, und es sind leider wenige positive Neuigkeiten darunter.«

»Die Verträge, die König Hollan abgeschlossen hat, sahen auch eine Reduzierung seiner Armee um ein Drittel vor«, warf Olvarian stirnrunzelnd ein. »Wenn er dieser Verpflichtung nicht nachgekommen ist, wird nicht einmal Lotharon dies so ohne weiteres hinnehmen.«

»Oh, das war auch Hollan bewusst, er ist beileibe kein Dummkopf. Er ist deshalb wesentlich geschickter vorgegangen. Rein formal hat er seine Truppen tatsächlich um die geforderte Zahl verringert. Eine große Zahl von ihnen ist abgezogen, und alle waren zufrieden, auch wenn es sich überwiegend um Fußsoldaten gehandelt hat.« Sie beugte sich über die Karte. »Aber seltsamerweise kamen in den folgenden Wochen eine Menge Reisende in die Menschenstädte nahe dem Hügelland und blieben dort. Hier, hier, hier, hier und hier.« Sie tippte mit dem Finger auf die entsprechenden Ortschaften. »Offiziell hieß es, dass es sich um Vertriebene aus den aufgegebenen Siedlungen handelte, die nun eine neue Heimat suchten, doch es waren kaum Familien, sondern fast nur Männer, alle im kriegsfähigen Alter. Auch trafen wesentlich mehr Versorgungstrecks als zuvor in den Städten ein. Viele der Wagen wurden bei ihrer Ankunft von viel mehr Pferden gezogen, als nötig gewesen wäre. Als sie die Städte wieder verließen, war dem nicht mehr so. Das alles lässt wohl nur einen Schluss zu.«

Molakan nickte bedächtig.

»Hollan hat die Soldaten erst weggeschickt, und als harmlose Reisende sind sie zurückgekehrt. Ihre Uniformen und Waffen wurden mit den Versorgungstrecks geliefert, außerdem zusätzliche Pferde. So konnte er die Verminderung seiner Truppen umgehen, sie stattdessen womöglich sogar heimlich aufstocken. Ein geschickter Plan. Kannst du uns genauere Zahlen nennen?«

»Im Feldlager befinden sich elf Regimenter Reiterei, darunter vier Regimenter schwere Kavallerie. Zusammen etwa elftausend berittene Soldaten, wobei auch die leichte Kavallerie Panzer trägt, die einen nicht sorgfältig gezielten Pfeil abwehren dürften. Nördlich der Hügel hat Hollan ein Paradefeld anlegen lassen, wo sie seit Monaten täglich bei Kampfübungen gedrillt werden. Wir müssen also davon ausgehen, dass es sich nicht nur um eine Armee von Bauerntölpeln handelt, sondern um gut ausgebildete Truppen. Hinzu kommen vierzehn Regimenter Fußsoldaten: Speerträger, Schwertkämpfer und Bogenschützen. Insgesamt also rund fünfundzwanzigtausend Bewaffnete. Das Feldlager ist gut ausgebaut. Feste Zelte, zum Teil hölzerne Hütten und prall gefüllte Vorratslager, die durch zusätzliche Lieferungen ständig ergänzt werden. Der Winter wird für das Heer kein Problem darstellen, selbst wenn er noch so hart werden sollte. Wir dürfen also nicht darauf hoffen, dass Hollan gezwungen sein wird, einen Teil seiner Truppen nach Hause zu schicken.«

»Das sind wahrlich keine guten Nachrichten«, murmelte Molakan. »Obwohl sich die Zahlen ungefähr mit dem decken, was wir erwartet haben. Allerdings hatte ich gehofft, dass es sich um mehr Infanterie und bedeutend weniger Kavallerie handeln würde. Fahre fort, wie sieht es in den umliegenden Städten aus?«

»Hier sind meine Informationen leider wesentlich ungenauer«, gab Thalinuel zu. »Es ist mir gelungen, mich in Verkleidung nach Tarl und Auenstadt zu schleichen, doch abgesehen von der Stadtgarde hielten sich keine Uniformierten dort auf. Ich kann nur Vermutungen anstellen, wie viele der Zivilisten dort in Wahrheit Soldaten sind, doch gestützt auf meine Beobachtungen und Norialas' Schätzungen fürchte ich, dass in jeder der vier Städte noch einmal ein Regiment Fußsoldaten und zwei Regimenter leichte Kavallerie stationiert sind. Im Ernstfall können sie sicherlich binnen einer Stunde kampfbereit sein, und zumindest die Reiter brauchen höchstens eine weitere Stunde, um zu Hollans Hauptheer zu stoßen.«

»Demnach müssen wir mit rund neunzehn Regimentern Kavallerie und achtzehn Regimentern Fußtruppen rechnen«, fasste Larkosh zusammen. »Das ist deutlich mehr, als wir aufbringen können.«

Molakan nickte. Die Sorge auf seinem Gesicht war nicht zu verkennen.

»Die Fußtruppen werden kein großes Problem darstellen. Wenn es zu einem Kampf kommt, werden unsere Reiter einfach durch sie hindurchpreschen und sie niederreiten. Auch von ihrer leichten Kavallerie droht uns keine allzu große Gefahr, denke ich. Ich glaube nicht, dass sie es an Wendigkeit und Geschick mit uns aufnehmen kann.«

»Das sehe ich ebenso«, stimmte Olvarian ihm zu. »Sorge bereitet mir lediglich die schwere Kavallerie. Ihr haben wir nicht viel entgegenzusetzen. Gegen stark gepanzerte Rüstungen, vor allem, falls sie von Zwergen angefertigt wurden, wie wir wohl befürchten müssen, sind nicht nur unsere Pfeile, sondern auch unsere Schwerter nutzlos. Dagegen helfen nur Lanzen, Streitäxte und schwere Breitschwerter; Waffen, mit denen unsere Krieger keine Erfahrung haben. Wenn die schwere Kavallerie sich einmal in Bewegung gesetzt hat, ist sie ein Koloss, der alles niederwalzt, was sich ihm in den Weg stellt. Wir selbst besitzen keine gepanzerte Reiterei, die wir dagegen ins Feld führen können.«

Einige Sekunden lang herrschte Schweigen, und alle hingen ihren Gedanken nach. Molakan begann, unruhig im Raum auf und ab zu gehen.

Jetzt, nachdem sie ihren Auftrag ausgeführt und berichtet hatte, was sie wusste, spürte Thalinuel, wie die Müdigkeit wie eine große, dunkle Hand nach ihr griff und ihren Verstand zu verwirren begann. Es fiel ihr schwer, die Augen offen zu halten und sich zu konzentrieren. Die fahle Herbstsonne schien durch die großen Fenster herein, verbreitete ein trügerisches Gefühl von Frieden und verstärkte ihre Schläfrigkeit noch.

»Für das Problem mit der schweren Kavallerie werden wir schon eine Lösung finden, wenn es so weit ist«, sagte Molakan nach einer Weile. »Fest steht jedenfalls, dass wir die Existenz dieses Heeres nicht einfach hinnehmen können. Es stellt eine Bedrohung für all unsere Siedlungen im Norden dar und verhindert, dass wir unseren Einfluss dorthin ausdehnen. Nur wenige Verwalter sind angesichts eines so mächtigen Feindes so mutig wie Norialas.«

»Womöglich hat König Lotharon sogar genau deshalb nicht auf einer Auflösung des Menschenheeres bestanden«, warf Olvarian ein. »Er duldet es, damit keine Städte es wagen, sich auf unsere Seite zu schlagen, und ignoriert die Gefahr, die davon für unser ganzes Volk ausgeht.«

»Möglich, aber seine Gründe spielen für uns derzeit keine Rolle«, entgegnete Molakan und strich sich die Haare zurück. »Dieses Heer muss weg, und da die Menschen es bestimmt nicht freiwillig auflösen werden, bleibt uns nichts anderes übrig, als es zu zerschlagen. Von diesem Moment an befinden wir uns in offenem Krieg gegen König Hollan!«

4

CALAFAX

August 9430 neuer Zeitrechnung der Elben

Obwohl er sich äußerst unbehaglich fühlte, musste Calafax zugeben, dass der Blick, der sich ihm während der Fahrt nach oben über Zarkhadul bot, atemberaubend war. Tief unter ihm lag die von unzähligen Lampen erleuchtete Stadt in der gigantischen Halle, die Bauwerke sahen von hier oben klein wie Bauklötze aus. Nur wenigen Angehörigen fremder Völker war dieser Anblick bislang vergönnt gewesen, wie der Händler wusste.

Zwar hatte sich in den vergangenen Jahren seit der Neubesiedelung der Mine wieder ein reger Handel mit der Außenwelt entwickelt und den Reichtum der Zwerge vergrößert, doch schätzten sie Besucher in ihrer Stadt nicht sonderlich.

Unmittelbar hinter dem Baran-Tahal, dem großen Tor, gab es weitläufige Hallen, in denen die von Händlern gelieferten Waren zwischengelagert wurden, und dort konnten sie auch die Waren in Empfang nehmen, die sie ihrerseits kaufen wollten. Wollten sie übernachten, blieb ihnen nichts weiter übrig, als am Fuße des Berges ein Lager aufzuschlagen. Ein Platz innerhalb des Walls, der die Grenze des schmalen Streifens Zwergenland an der Oberfläche zwischen Zarkhadul und Elan-Dhor schützte, stand dafür zur Verfügung.

Nur für wenige, ganz besonders gute Kunden wurde eine Ausnahme gemacht. Sie genossen das Privileg, tief ins Innere des Kalathun eingeladen zu werden. Zu ihnen gehörte auch Calafax. Bereits seit Jahren trieb er intensiven Handel mit den Zwergen, war einer der ersten gewesen, der eine Karawane nach Zarkhadul geführt hatte. Seither besuchte er die Mine mindestens dreimal im Jahr. Stets kam er mit zahlreichen vollbepackten Wagen an und reiste mit ebenso vollbepackten Wagen wieder ab.

Er stammte tief aus dem Westen, noch jenseits der lartronischen Hauptstadt Teneret. Dort waren Waren aus Zwergenproduktion höchst begehrt und fanden reißenden Absatz, vor allem Schmuck und Handwerksgeräte, aber auch Waffen und viele metallene Gegenstände des täglichen Bedarfs. Im Gegenzug lieferte er hauptsächlich Luxuswaren für die großen und reichen Familienclans: kostbare Stoffe, exotische Lebensmittel, teure Weine und dergleichen mehr, außerdem fässerweise Pfeifenkraut. Danach waren die Zwerge ganz verrückt, und der mit Abstand beste Tabak wurde im Westen angebaut.

Seine Fahrten hatten Calafax mittlerweile zu einem ungemein reichen Mann gemacht, obwohl er noch nicht einmal das vierzigste Lebensjahr überschritten hatte, und er dachte noch lange nicht ans Aufhören. Seine Frau war vor Jahren kinderlos gestorben, und er hatte nicht vor, noch einmal zu heiraten. So konnte er sich auch nicht vorstellen, sich irgendwo zur Ruhe zu setzen, zumindest jetzt noch nicht. Trotz der damit oft verbundenen Unannehmlichkeiten reiste er gern, benötigte die Freiheit, an jedem Tag woanders zu sein. Dies war seine Natur.

Später irgendwann hatte er vor, sich ein großes, herrschaftliches Gehöft mit vielen Mägden und Knechten zu kaufen und sein eigenes Land zu bestellen, mit eigenen Händen etwas entstehen und wachsen zu lassen, statt nur irgendwelche Waren zu verhökern. Bis dahin aber hatte es noch viele Jahre Zeit. Jetzt war er Händler mit Leib und Seele.

Als einer der besten Handelspartner der Zwerge erhielt er nicht nur einige preisliche Vergünstigungen, sondern ihm war auch schon vor geraumer Zeit das Privileg gewährt worden, innerhalb von Zarkhadul zu übernachten.

Ob dies allerdings tatsächlich ein Privileg war, bezweifelte er manchmal, speziell in Augenblicken wie diesem. Er hatte nie an ausgeprägter Höhenangst gelitten, aber im Inneren eines Berges in gut dreihundert Metern Höhe auf einer nur von einigen Ketten gehaltenen Plattform noch weiter nach oben zu gleiten, war schon eine eigentümliche Situation. Dass die Ketten aus besonders gehärtetem Zwergenstahl bestanden, machte es nur geringfügig besser. Er hätte auch gehen können, denn außer dem Lastenaufzug gab es auch Stollen und Treppen, die von Zarkhadul zum Baran-Tahal führten, doch das hätte einen stundenlangen, anstrengenden Marsch bedeutet, was auch nicht besonders verlockend war.

»Noch immer ängstlich?«, erkundigte sich Mirkol, der neben ihm stand, und lachte. Dass der Schürfmeister, der zudem Mitglied des Hohen Rates von Zarkhadul war, sich persönlich um ihn kümmerte, war ebenfalls eine hohe Ehre. »Seid unbesorgt. Gewöhnlich transportieren wir wesentlich schwerere Lasten, und es ist noch niemals etwas passiert.«

Unwillkürlich warf Calafax einen Blick auf die Kisten, die sich neben ihnen stapelten. Darin befanden sich einige Waren, die er erst an diesem Morgen aus Lagerhäusern unten in Zarkhadul ausgewählt hatte. Gewöhnliche Händler bekamen so etwas gar nicht erst zu sehen.

»Ich werde mich wohl nie daran gewöhnen, selbst wenn ich noch hundert Mal herkommen sollte«, sagte er und krampfte seine Hände noch fester um die eiserne Brüstung der Plattform. »Aber die Reise hat sich auf jeden Fall wieder gelohnt, und das ist schließlich die Hauptsache.«

»Auch für uns.« Mirkol lachte noch lauter. Für einen Zwerg war er ungewohnt schlank, und sein geflochtener Bart war ziemlich dünn, aber er hatte einen wachen Verstand und war ein ausgezeichneter Geschäftsmann. »Und wir hoffen, dass Ihr uns noch oft die Ehre geben werdet.«

Wenige Minuten später war ihre Fahrt endlich vorüber. Hastig trat der Händler von der Plattform herunter auf festen Felsboden und atmete erleichtert auf. Einen Moment noch ließ er seinen Blick über die komplizierte Konstruktion von Stahlträgern, Seilrollen und Rädern wandern, über die die Ketten liefen, an denen die Plattform hing. Alles war so raffiniert ausgetüftelt, dass trotz des großen Gewichts zwei Zwerge allein in der Lage waren, alles mithilfe einer Winde zu bedienen.

Weitere Zwerge eilten herbei, ergriffen die Kisten und trugen sie zum Ausgang. Calafax folgte ihnen zusammen mit dem Schürfmeister langsam durch einen breiten, mit Steinmetzarbeiten kunstvoll verzierten Stollen. Es war einfach unglaublich, was die Zwerge in den nur dreizehn Jahren seit der Neubesiedelung der Mine alles vollbracht hatten. Kaum noch etwas deutete darauf hin, dass Zarkhadul mehr als tausend Jahre lang als verloren gegolten hatte und gerade dieser Eingangsbereich durch Sprengungen vollständig verschüttet gewesen war.

Auch das Baran-Tahal war komplett neu angefertigt worden, ein gewaltiges, zweiflügeliges Tor aus Stahl, Holz und Stein, das fast einen Meter dick war und nach menschlichem Ermessen massiv genug schien, jedem Angriff mit noch so schwerem Belagerungsgerät standzuhalten.

In der großen Eingangshalle begrüßte Calafax einige in seinem Sold stehende Männer. Nachdem sie am vergangenen Nachmittag und Abend die von seiner Karawane mitgeführten Güter abgeladen hatten, waren sie nun bereits seit den frühen Morgenstunden damit beschäftigt, alle von ihm hier gekauften Waren auf den Karren zu verstauen. Nun nahmen sie auch die letzten von den Zwergen hergeschafften Kisten in Empfang und brachten sie zu einem vor dem Tor bereitstehenden Wagen. Nachdem auch dieser letzte Rest verstaut war, ließ der Kutscher die Peitsche knallen, und der Wagen begann über die gewundene Gebirgsstraße die Fahrt hinab ins Tal, wo der Rest der Karawane wartete.

Calafax blickte sich noch einmal um. Ein Stück entfernt sah er Kriegsmeister Warlon zusammen mit einem Barbaren stehen. Der Anblick gefiel ihm nicht sonderlich. Zwar führten seine eigenen Handelsrouten ihn nicht durch die noch weiter östlich nahe der Meeresküste gelegenen Barbarengebiete, aber er wusste, wie ungern Lartronia jeglichen Handel der Zwerge mit den Wilden sah. Vor allem, weil die Barbaren immer wieder den Oronin überquerten und Raubzüge auf radonischem Gebiet unternahmen, was die ohnehin schwelenden Grenzstreitigkeiten zwischen beiden Ländern noch anheizte. Zwar behaupteten die Zwerge, keine Waffen an die Barbaren zu liefern, doch wer konnte das schon kontrollieren?

Immerhin schien es auch zwischen Warlon und dem hünenhaften, fellbehangenen Wilden Meinungsverschiedenheiten zu geben, denn sie redeten heftig aufeinander ein.

Der Händler wandte den Blick wieder ab. Das war nicht seine Angelegenheit. Mit einem kräftigen Händedruck verabschiedete er sich von Mirkol.

»Ich hoffe, wir werden uns schon bald wiedersehen«, sagte der Schürfmeister.

»Dieses Jahr wohl nicht mehr, aber dafür sicherlich im Frühjahr«, entgegnete Calafax und stieg auf sein Pferd. Es war ein Versprechen, das er nicht mehr würde halten können.

Am Tag ihres Aufbruchs von Zarkhadul war es sommerlich warm, und die Sonne schien strahlend hell vom Himmel. Am späten Nachmittag jedoch zogen erste Wolken auf, und es wurde fast unerträglich schwül, bis sich am Abend ein Gewitter entlud und einen Wetterumschwung brachte. Es kühlte beträchtlich ab und regnete die ganze Nacht hindurch. Auch am nächsten Tag blieb es kühl, und noch immer regnete es in Strömen. Das Wetter drückte die Stimmung der Reisenden erheblich. In ihre Mäntel gehüllt und die Kapuzen zum Schutz vor dem Regen hochgeschlagen, saßen sie auf den Kutschböcken oder ihren Pferden.

Die Wege waren aufgeweicht und voller Pfützen. Die Räder der schwer beladenen Wagen sanken tief im Morast ein, blieben aber wenigstens nicht stecken. Dennoch war es eine Strapaze für die vor die Karren gespannten Pferde, und sie kamen nur deutlich langsamer als geplant voran.

Zwei weitere Händler hatten sich gegen ein nicht unerhebliches Entgelt von Teneret aus an Calafax' Treck angeschlossen und begleiteten ihn freilich nun auch auf dem Rückweg. Sie beteiligten sich mit wesentlich weniger Wagen an dem Treck als Calafax selbst, einer mit fünf, der andere mit sechs Karren, während er selbst mit vierzehn Wagen unterwegs war. Sie mussten einige dünn besiedelte und deshalb gefährliche Gebiete durchqueren. Ohne Geleitschutz wäre dies bei ihrer kostbaren Ladung ein höchst riskantes Unterfangen gewesen. Dementsprechend hatte Calafax wie schon bei seinen früheren Reisen eine Schutztruppe angeheuert, insgesamt fünfunddreißig kampferfahrene Söldner. Jede Bande von Wegelagerern würde es sich unter diesen Umständen gut überlegen, sie anzugreifen.

Noch aber befanden sie sich in relativ sicherem Gebiet. Selbst die Gegend um Gormtal war längst nicht mehr so gefährlich wie noch vor wenigen Jahren, was zumindest indirekt auch den Zwergen zu verdanken war. Ihre Flucht vor den Dunkelelben an die Oberfläche und die Streitigkeiten mit den Menschen der umliegenden Ortschaften hatten die Aufmerksamkeit König Kalmars auf diese abgelegene Provinz gelenkt. Nach dem Sieg über die Thir-Ailith hatte seine Armee die Gelegenheit genutzt, um auch noch mit dem räuberischen Gesindel aufzuräumen und die Handelswege sicherer zu machen. Gerüchten zufolge sollte in den vergangenen Monaten außerdem eine Gruppe elbischer Vigilanten auf eigene Faust einen Kampf gegen das organisierte Verbrechen in Gormtal geführt und es stark zurückgedrängt haben.

Nördlich von Lesartes wurde das Gelände hügeliger und war bei dem schlechten Wetter noch schwerer zu passieren. In den Tälern sammelte sich das Wasser, und die Räder fanden an den Steigungen kaum genug Halt in dem Morast, um es die Hügel hinauf zu schaffen.

Calafax fluchte erbittert, während er beobachtete, wie die Wagen im Schritttempo vorwärtskrochen. Durilac, der Befehlshaber seiner Schutztruppe, zügelte sein Pferd neben ihm.

»Das gefällt mir nicht«, sagte er. »Ich glaube nicht, dass das Wetter morgen besser wird. Es scheint sich richtig einzuregnen. Wir sollten in Erwägung ziehen, doch die südliche Route zu nehmen. Sie ist zwar länger, aber dafür sind die Straßen wesentlich besser ausgebaut.«

»Ich habe auch schon daran gedacht«, entgegnete Calafax zögernd. »Wenn es noch einen Tag so weiterregnet, werden die Wege völlig unpassierbar, und die Wagen versinken im Schlamm.«

»Wir könnten uns nach Gormtal wenden, sobald wir die Hügel hinter uns gelassen haben. Bis Einbruch der Dunkelheit dürften wir die Stadt erreichen. Es wäre wesentlich angenehmer, die Nacht in einer Herberge zu verbringen, als erneut Zelte aufzuschlagen, und morgen könnten wir von dort aus direkt die Straße nach Süden nehmen.«

»Ich weiß nicht«, sagte Calafax nachdenklich. »Ich würde eigentlich nur ungern in Gormtal übernachten. Obwohl sich die Verhältnisse in der Stadt geändert haben, ist es dort dennoch nicht ungefährlich. Immerhin haben wir eine wertvolle Fracht und würden womöglich das Interesse einiger Leute auf uns lenken, die besser nicht auf uns aufmerksam werden sollten.«

»Wenn, dann würden meine Männer ihr Interesse rasch wieder abkühlen.«

»Trotzdem.« Der Händler schüttelte den Kopf. »Wir werden wie geplant im Freien übernachten. Sollte es tatsächlich auch morgen noch regnen, können wir uns immer noch nach Süden wenden und ein gutes Stück westlich an Gormtal vorbei auf die Südroute ausweichen.«

»Wie Ihr meint – Ihr gebt die Befehle. Wir werden …«

Seine weiteren Worte gingen in einem furchtbaren Blubbern unter. Ein Schwall Blut quoll über seine Lippen. Entsetzt starrte Calafax auf den Pfeil, der die Kehle des Söldners durchbohrt hatte, dann kippte Durilac im Sattel zur Seite und stürzte von seinem Pferd. Das Tier wieherte schrill, stieg auf die Hinterbeine und preschte davon. Der Leichnam des Kriegers blieb mit einem Bein im Steigbügel hängen und wurde mitgeschleift.

Schreie klangen heran. Weitere Krieger stürzten von Pfeilen getroffen von ihren Tieren. Fassungslos starrte Calafax auf das Chaos, das sich um ihn herum ausbreitete. Es dauerte einige Momente, bis er überhaupt richtig verstand, dass sie angegriffen wurden. Panik erfasste ihn.

Um ihn herum herrschte völliges Durcheinander. Zu plötzlich und überraschend war der Überfall erfolgt, und da Durilac zu den ersten Opfern gehört hatte, war niemand da, der Befehle gab. Aber das Chaos dauerte nur wenige Sekunden an, dann hatten sich die Söldner von ihrem Schrecken erholt. Nun bewiesen sie, dass sie ihr Geld wert waren und auch mit solchen Situationen umgehen konnten. Die Pfeile waren von der rechten Seite gekommen, wo zahlreiche Findlinge und andere Felsbrocken sowie diverses Buchwerk auf den Hügeln natürlichen Schutz boten.

»Geht hinter den Wagen in Deckung!«, brüllte einer der Krieger. Gleichzeitig zog er sein Schwert, dann trieb er sein Pferd an und preschte zusammen mit den anderen Söldnern den Hügel hinauf.

Endlich überwand Calafax seine Lähmung. Er sprang hastig von seinem Pferd und kauerte sich hinter einen der Karren, um vor weiteren Pfeilen geschützt zu sein. Auch der Kutscher war vom Bock gesprungen und duckte sich furchtsam neben ihn. Über die Ladefläche hinweg beobachtete Calafax, was weiter geschah.

Die Söldner hatten den Hügel bereits fast bezwungen, als sich hinter den Felsen und Büschen plötzlich zahlreiche Gestalten aufrichteten. Die Unbekannten waren in dunkle, bodenlange Kutten gekleidet, ihre Gesichter unter hochgeschlagenen Kapuzen verborgen. Es waren mindestens sechs oder sieben Dutzend, wesentlich mehr als die Söldner, wie Calafax mit Schrecken registrierte. In den Händen hielten sie lange Speere.

Zu spät erst erkannten die Reiter die Falle. Einige versuchten ihre Pferde noch herumzureißen, aber den wenigsten gelang es. Die meisten ritten direkt in den Wall aus stählernen Speerspitzen hinein, der plötzlich vor ihnen aufragte, und wurden davon durchbohrt. Wenn es einem von ihnen gelang, einem Speer auszuweichen oder ihn mit dem Schwert beiseitezuschlagen, wurde er angesichts der zahlenmäßigen Überlegenheit ihrer Feinde von einem anderen getroffen.

Binnen weniger Augenblicke lagen die meisten Söldner tot oder verletzt am Boden. Diejenigen, die nur verwundet waren, starben nur Sekunden später, als die Wegelagerer über sie herfielen, um ihr grausiges Werk zu vollenden.

Kaum eine Handvoll Reiter waren dem Angriff entkommen. Weitere Gestalten richteten sich hinter den Felsen auf. Fassungslos sah Calafax, dass es sich um Elben handelte, die Bögen in den Händen hielten. Unter ihren Pfeilen fielen auch die letzten Reiter.

Die Panik überwältigte ihn vollends, löschte jeden klaren Gedanken aus. Sein Geleitschutz war tot, die Männer, die sein Leben und seine Waren schützen sollten. Seine Fracht war ihm in diesem Moment völlig egal. Sollte sie den Wegelagerern ruhig in die Hände fallen, wenn er nur selbst mit dem Leben davonkam.

Von Angst getrieben, fuhr er herum und begann zu rennen, so schnell er nur konnte. Auch auf der anderen Seite des Weges gab es Felsen und Buschwerk. Wenn es ihm gelang, sich dort zu verstecken …

Das Letzte, was er in seinem Leben spürte, war ein feuriger Schmerz, der durch seinen Rücken fuhr, als ein Pfeil ihn traf. Niemals würde er ein Gehöft besitzen und seinen eigenen Acker bestellen. Als Calafax stürzte und auf dem Boden aufschlug, war er bereits tot.

»Es befinden sich viele wertvolle Waren bei der Fracht, die wir gut brauchen könnten«, sagte Aila. »Vor allem die Waffen sind sehr viel besser als unsere. Es wäre Verschwendung, sie einfach wegzuwerfen. Warum dann überhaupt dieser ganze Überfall?«

»Ich habe meine Gründe! Willst du diese etwa in Frage

stellen?«, herrschte Lhiuvan sie an. Es war der Schattenmahr, der durch ihn sprach. Das Ungeheuer genoss das Blutbad, das sie angerichtet hatten, während es Lhiuvan innerlich schüttelte. Niemand aus der Karawane hatte überlebt, weder Krieger noch Händler oder Fuhrmann. Selbst diejenigen, die sich ergeben hatten, waren gnadenlos getötet worden.

»Nein, Herr, natürlich nicht«, erwiderte Aila.

»Dann sorge dafür, dass meine Befehle rasch ausgeführt werden! Ihr könnt euch die Waffen der Krieger nehmen, aber wehe euch, wenn ihr auch nur ein Stück der Fracht für euch behaltet!«

Achtlos wurden die Toten in eine bereits ausgehobene Grube geworfen und verscharrt, während der Großteil der Nocturnen schon damit beschäftigt war, ein gutes Stück abseits der Straße weitere tiefe Gruben auszuheben. Nach und nach versenkten sie die gesamte Ladung der Wagen bis auf zwei vom Mahr persönlich ausgewählte Kisten darin und schütteten die Gruben wieder zu. Abschließend wurden sogar die Karren selbst mit Äxten in kleine Teile zertrümmert und ebenfalls vergraben, bis das Land die gesamte Karawane verschlungen hatte, als hätte es sie nie gegeben. Sorgsam glätteten die Nocturnen die Erde über den Gruben und legten zuvor ausgestochene Grassoden wieder darüber. Wer jetzt noch irgendwelche Spuren des Überfalls finden wollte, der musste schon ganz genau wissen, wo und wonach er zu suchen hatte.

Außer den beiden Kisten waren einzig die Pferde übrig geblieben. Auch den Weg von Gormtal nach Tal'Orin hatte Lhiuvan mit seinen Begleitern zu Pferde angetreten, doch hatten sie die Tiere am Rande des Düsterwaldes zurücklassen müssen. Sie anzubinden war unmöglich gewesen, da sie nicht gewusst hatten, ob und wann sie zurückkehren würden, doch hatten die Elben ihnen auf magischem Wege befohlen, in der Nähe zu bleiben und auf einen entsprechenden Ruf hin zu ihnen zu kommen. Alle Tzuul und viele der Elben hatten anschließend den Tod gefunden. Deren Pferde reichten zusammen mit den nun erbeuteten Tieren für die Nocturnen aus. Zwar waren die Karrengäule nicht gerade für schnelle Ritte geeignet, und die Nocturnen waren völlig unerfahrene Reiter, aber sie würden es lernen, und insgesamt würden sie auf jeden Fall schneller vorankommen als zu Fuß.

Noch aber brachen sie nicht sofort auf. Stattdessen rief der Schattenmahr Pelariol zu sich, den Anführer der Elben, die er in Gormtal versklavt hatte. Mit den Fingerspitzen berührte er dessen Schläfen. Lhiuvan konnte spüren, wie starke magische Energien von einem zum anderen übertragen wurden und gleichzeitig ein gedanklicher Austausch von Befehlen stattfand, doch war er unfähig zu erkennen, worum es dabei ging.

Nach nur wenigen Sekunden trat Pelariol zurück. Wortlos wandte er sich ab, stieg auf sein Pferd und ritt davon.

Was hat das zu bedeuten?, fragte Lhiuvan in Gedanken. *Was geschieht jetzt?*

Laut und dröhnend hallte das Lachen des Schattenmahrs in seinem Kopf.

DER ELB WIRD SICH AUF DEN WEG INS GOLDENE TAL MACHEN, UM AUCH DORT VON MEINER MACHT ZU KÜNDEN, antwortete er. FÜR UNS HINGEGEN IST ES NUN AN DER ZEIT, EINEN GRENZKRIEG ZU BEGINNEN.

Einen Grenzkrieg?

ES IST SCHON SCHLIMM GENUG, DASS DIE BARBAREN IMMER WIEDER ÜBERFÄLLE AUF RADONISCHES GEBIET VERÜBEN, ABER WENN SIE NUN AUCH NOCH ANFANGEN, DIE BEVÖLKERUNG GANZER DÖRFER ABZUSCHLACHTEN, WIRD KÖNIG LORIAN DIES KEINESWEGS MEHR HINNEHMEN KÖNNEN. STATTDESSEN WIRD ER MIT SEINEM HEER AUSRÜCKEN, UM DIE VERANTWORTLICHEN UND DIE, DIE SIE ALLEN GEGENTEILIGEN BETEUERUNGEN ZUM TROTZ MIT WAFFEN BELIEFERN, ZU BESTRAFEN. ICH KENNE AUCH BEREITS EIN DORF, DAS DAFÜR WIE GESCHAFFEN IST.

Nein!, keuchte Lhiuvan, als er begriff, was der Schattenmahr meinte. *Nein, nicht Waldhain!*

Unaussprechliches Grauen erfüllte ihn, doch das Lachen des Mahrs in seinem Kopf wurde nur noch lauter.

5

FREMDE WEGE

An einem unbekannten Ort, zu einer unbekannten Zeit

Die Nacht verlief ohne Zwischenfälle. Zur Sicherheit hatte Barlok am Eingang der Höhle einige Steinbrocken so locker aufgetürmt, dass sie bei jeder leichten Berührung herabfallen und sie wecken würden, doch diese Vorsichtsmaßnahme erwies sich als unnötig. Es gab keine Störung.

Thalinuel hatte weiter von ihrem Schicksal berichtet, und anschließend hatte Barlok zahlreiche Fragen über den Kampf seines Volkes gegen die Thir-Ailith und ganz allgemein die Welt zu seiner Zeit beantworten müssen, ehe sie schließlich einschliefen.

Am nächsten Morgen erwachten sie bereits in aller Frühe. Die Dämmerung hatte gerade erst begonnen, doch auch an diesem Tag war der Himmel wieder von dicken, grauen Wolken bedeckt. Richtig hell würde es wohl auch heute nicht werden, aber vermutlich war das sogar ein Vorteil für sie, da sie nicht so leicht von feindseligen Augen entdeckt werden konnten.

Barloks Magen knurrte vernehmlich, als er aufstand und die Steine am Eingang zur Seite räumte. Wie jeder Zwerg liebte er gutes und reichhaltiges Essen. Zwar war er als Krieger daran gewöhnt, notfalls auch einige Tage mit wenig oder sogar keinen Lebensmitteln auszukommen, doch stellte es eine regelrechte Folter für ihn dar. Bei dem bloßen Gedanken an ein kräftig gewürztes Luanen-Steak lief ihm das Wasser im Mund zusammen, doch im Augenblick wäre er sogar schon über ein Stück altes Brot glücklich gewesen.

Hungrig setzten sie ihren Weg fort, der sich allmählich immer schwieriger gestaltete. Der Pfad wurde unebener, und obwohl er weiterhin die meiste Zeit eher sanft bergab führte, fiel er stellenweise ziemlich steil ab oder stieg manchmal auch rapide an. Von Zeit zu Zeit verschwand er ganz, und sie mussten sich über steile, spitze Grate kämpfen, bis sie wieder auf ein Stück leichter passierbaren Weges stießen.

Barlok vermochte nicht einmal zu sagen, ob sie sich überhaupt noch auf demselben Weg befanden, ob es sich um einen einzigen langen oder viele kürzere Pfade handelte. Nichts war hier künstlich bearbeitet, sondern alles allein durch die Launen der Natur geschaffen worden, und da diese sich nicht um die Bequemlichkeit irgendwelcher Wanderer kümmerte, war es letztlich bedeutungslos.

Stunde um Stunde quälten sie sich weiter voran, von einigen kurzen Pausen abgesehen, während ihr Hunger immer weiter zunahm. Es musste längst Mittagszeit sein, doch Barlok hatte das Gefühl, dass sie der Ebene noch kein bisschen näher gekommen waren. Vereinzelt wuchsen in geschützten Nischen ein paar Pflanzen, doch handelte es sich nur um dürre Gräser oder etwas Moos ohne jeglichen Nährwert.

Er sprach Thalinuel nicht darauf an, da sie es so gut wie er wissen musste, aber wenn es für sie in diesem Tempo weiterging, würden sie sterben, lange bevor sie den Fuß der Berge erreichten. Einen kürzeren Weg jedoch schien es nicht zu geben, nur schroff abfallende Felswände, an denen höchstens eine Spinne hätte hinabklettern können. Sie konnten froh sein, dass es überhaupt Pfade gab.

Aber der Hungertod war nicht die einzige Gefahr, die ihnen drohte. Immer wieder warf Barlok besorgte Blicke zum Himmel hinauf. Einmal entdeckte er etwas, doch Thalinuel, die die schärferen Augen hatte, zerstreute seine Befürchtung. Es handelte sich nicht um einen Schattenmahr, sondern lediglich um einen Falken, der sich kurz darauf wieder entfernte.

Schließlich gelangten sie an eine Stelle, an der der Weg an einer lotrecht abfallenden, sogar ein bisschen nach innen gewölbten Felswand endete. Knapp vier, fünf Meter tiefer erstreckte sich eine Art Talkessel, von dem insgesamt drei Pfade abzweigten.

Barlok seufzte.

»Sieht ganz so aus, als müssten wir wieder klettern.«

»Wohl eher springen«, widersprach Thalinuel und beugte sich über die Kante. »Der Fels ist viel zu glatt. Ich jedenfalls kann mich daran nicht festhalten. Aber dafür kann ich bei dieser Höhe problemlos springen.«

Barlok trat neben sie, musterte die Felswand eingehend und seufzte dann erneut.

»Du hast Recht, das Gestein ist zu glatt. Und springen … ich denke, ich werde es auch schaffen. Es gibt anscheinend keinen anderen Weg.«

Er setzte sich auf den Boden und ließ sich mit den Beinen voran über die Klippe gleiten, bis sein ganzes Gewicht nur noch an den Händen hing. Dann ließ er los. Der Fall dauerte nicht einmal eine Sekunde, doch kam es ihm viel länger vor. Seine festen Stiefel schützten ihn beim Aufprall, doch verlor er das Gleichgewicht und stürzte schwer zu Boden. Einige Sekunden lang blieb er liegen.

»Alles in Ordnung?«, fragte Thalinuel besorgt.

Vorsichtig richtete Barlok sich auf. Er schien sich nichts gebrochen oder auch nur verstaucht zu haben, was in dieser Umgebung vermutlich sein endgültiges Todesurteil bedeutet hätte, und nickte erleichtert.

Die Elbin setzte sich auf die Kante und stieß sich ab. Gleich darauf kam sie geschmeidig neben ihm auf, federte in den Knien und schaffte es sogar, das Gleichgewicht zu halten.

»Und wohin jetzt?«, fragte sie und blickte nacheinander die drei abzweigenden Pfade an. Einer stieg an und führte anscheinend höher in die Berge hinauf, er schied also aus. Die anderen jedoch führten beide in die Tiefe.

»Schwer zu sagen. Wir werden uns wohl auf gut Glück für einen davon entscheiden müssen«, brummte Barlok.

»Ja, ja, das kommt davon. Wenn man schon in den Bergen herumkraxelt, sollte man wenigstens den richtigen Weg kennen«, ertönte plötzlich eine piepsige Stimme hinter ihnen.

Barlok fuhr herum, zog noch in der Bewegung sein Schwert und starrte verblüfft auf das kaum mehr als einen halben Meter große Wesen mit dem in allen Regenbogenfarben glänzenden Fell, das wie aus dem Nichts zwischen den Felsen aufgetaucht war und seinen Blick mit einem breiten Grinsen auf dem katzenähnlichen Gesicht erwiderte.

»Was …«

So bizarr und harmlos das Wesen auch aussah, Barlok vergaß keinen Moment, dass sie sich in einer feindseligen Welt befanden, in der er bei jeder Lebensform, die ihm begegnete, zunächst einmal davon ausgehen musste, dass sie eine Gefahr darstellte. Deshalb überwand er seine Überraschung sofort und machte sich für den Moment erst gar keine Gedanken darüber, woher das Wesen so plötzlich gekommen war und was es wollte. Stattdessen trat er einen raschen Schritt nach vorn und streckte sein Schwert vor, um es ihm an den Hals zu pressen.

Es gelang ihm nicht. Wieselflink duckte sich das seltsame Wesen und wich mit einigen raschen Sätzen zur Seite aus. Kaum dass es sich in sicherer Entfernung befand, streckte es Barlok die Zunge heraus.

»He, ist das vielleicht eine Art, jemanden ohne Grund gleich mit dem Schwert zu bedrohen?«, zeterte es und zupfte das Tuch zurecht, das es um den Kopf gebunden hatte. Um die Körpermitte trug es einen Gürtel, in dem ein Messer steckte. »Typisch Zwerg, was kann man von so ungehobelten Kerlen auch anderes erwarten? Ihr hingegen seid da sicher völlig anders, schöne Elbenherrin. Warum bloß gebt Ihr Euch mit so einem groben Klotz ab?«

Das Wesen machte einen übertrieben formvollendeten Diener. Dabei senkte es für einen kurzen Moment seinen Blick. Als es ihn wieder hob, war Thalinuel bereits bei ihm, packte es an der Kehle und hob es mühelos mit einer Hand hoch.

»Schluss jetzt mit dem Unsinn!«, sagte sie scharf. »Du sagst uns sofort, wer du bist und woher du kommst. Und am besten auch noch einen guten Grund, warum ich dir nicht auf der Stelle den Hals umdrehen soll.«

»Anscheinend habe ich mich in dir getäuscht«, krächzte das Wesen. »Die schlechten Manieren sind wohl ansteckend. Und dabei wollte ich nur höflich sein. Aber wenn ihr es anders haben wollt – bitte.«

Im nächsten Moment plusterte es sein buntes Fell auf. Thalinuel stieß einen gedämpften Schrei aus, und ihr Griff löste sich. Mit dem Geschick und der Schnelligkeit einer flüchtenden Spinne hastete das Wesen an den Felsen hinauf und verharrte erst außerhalb ihrer Reichweite auf einem Vorsprung in mehreren Metern Höhe.

»Du hast mich gestochen!«, stieß Thalinuel hervor. Sie schüttelte ihre Hand. Zahlreiche kleine Wunden, aus denen winzige Blutstropfen quollen, bedeckten die Handfläche. Sie ballte die Faust und schüttelte sie in Richtung des Wesens. »Na warte, du Knirps, das bekommst du zurück!«

»Dann hol mich doch!«, rief das Wesen. Es hatte sein Messer gezogen und fuchtelte grinsend damit herum. »Du hast doch angefangen und bist selbst schuld. Hättest du auch anders haben können, wenn du ein bisschen netter gewesen wärst.«

»Sag uns endlich, wer du bist und was du von uns willst!«, knurrte Barlok ärgerlich. Er trug einen gut ausbalancierten Dolch in seinem Gürtel, sowie mehrere Wurfsterne. Einen Moment lang überlegte er, ob er versuchen sollte, das Wesen damit zu töten, doch so schnell, wie es war, würde es ihm wahrscheinlich nicht gelingen. Außerdem sträubte sich etwas in ihm dagegen. So großmäulig es auch war, machte es nicht den Eindruck, als ob es wirklich böse wäre. Wenn es gewollt hätte, hätte es Thalinuel sonst sicherlich schwerer verletzen können. Anscheinend vermochte es die Spitzen seines Fells in gefährliche Stacheln zu verwandeln, doch hatte es sich nur befreit, nachdem die Elbin es gepackt hatte.

»Euch meinen Namen sagen? So weit kommt es noch, ich bin ja nicht verrückt«, spottete es und schnitt erneut Grimassen. »Und wer behauptet, dass ich etwas von euch will? Warum stellt mir bloß jeder die gleichen blöden Fragen, das wird auf Dauer langweilig. Vielleicht solltet ihr lieber mal überlegen, was *ihr* wollt, aber um auf so eine Idee zu kommen, scheint ihr wohl zu blöd zu sein.«

Barlok wandte sich ab und beschloss, die Nervensäge zu ignorieren, auch wenn es ihm nicht behagte, eine unbekannte Kreatur in ihrem Rücken zurückzulassen. Sogar wenn sie an sich keine Gefahr für sie darstellte, konnte sie doch andere alarmieren und auf ihre Spur bringen, aber dieses Risiko ließ sich wohl nicht vermeiden.

»Ich denke, wir sollten diesen Weg nehmen«, sagte er und deutete auf eine der Abzweigungen. »Er verläuft etwas steiler als der andere, und Eile ist für uns jetzt das Wichtigste.«

»Ach ja?«, kommentierte das bunte Fellwesen. »Ich weiß ja nicht, wohin ihr so eilig wollt, aber dieser Weg führt euch bestimmt nicht hin. Ihr solltet lieber auf mich hören, wenn ihr nicht völlig umsonst durch die Gegend laufen wollt.«

Barlok kümmerte sich nicht weiter darum. Er warf nicht einmal einen Blick zurück, sondern stapfte entschlossen los. Thalinuel folgte ihm zögerlich.

»Wir hätten es vielleicht fragen sollen, wovon es sich hier oben ernährt«, bemerkte sie, als sie außer Hörweite waren.

»Und uns von ihm vergiften lassen?«, fragte Barlok, dessen zwergisches Grundmisstrauen gegen alles und jeden aufflammte. »Wir können ihm nicht trauen. Was, denkst du, war das überhaupt für eine Kreatur?«

»Ich habe nicht die geringste Ahnung«, erwiderte die Elbin. »Einem solchen Wesen bin ich noch nie zuvor begegnet oder habe auch nur davon gehört. Aber es schien mir weder abgrundtief böse noch übermäßig gefährlich zu sein, und deshalb passt es nicht in eine von den Schattenmahren beherrschte Welt. Neben versklavten Opfern dulden sie nur Hörige und Dienerkreaturen, die ebenso bösartig wie sie selbst sind und aus purem Vergnügen töten und Schrecken verbreiten. Wahrscheinlich hätte dieses Wesen mir mit seinen Stacheln die ganze Hand durchlöchern können, aber das hat es nicht getan, sondern sich nur befreit.«

»Und was bedeutet das?«

»Ich weiß nicht recht. Mir fallen nur zwei Möglichkeiten ein. Entweder hat es uns geschickt etwas vorgemacht, oder …« Sie brach ab und blieb stehen.

»Oder was?«

»Oder diese Welt wird noch nicht völlig von ihnen beherrscht. Vielleicht ist es ihnen erst vor kurzer Zeit gelungen, hier einzufallen, und es existiert noch Widerstand. In diesem Fall gäbe es auch für uns noch Hoffnung.«

Jähe Aufregung loderte wie eine Stichflamme in Barlok hoch. Er hatte sich innerlich bereits weitgehend damit abgefunden gehabt, dass ihn in dieser Welt nichts weiter als ein unrühmlicher Tod erwartete und es nur noch darum ging, wie er starb, doch wenn Thalinuels Vermutung zutraf, dann sah alles mit einem Mal wieder völlig anders aus. In diesem Fall bestand die Möglichkeit, auch hier noch Heldentaten zu vollbringen und gegen das Böse zu kämpfen, wenn auch nicht für Elan-Dhor und sein eigenes Volk, sofern es nicht auch hier Zwerge gab, und irgendwann ein seinem Leben angemessenes Ende zu finden.

Beflügelt von diesen Gedanken setzten sie ihren Weg schneller als bislang fort. Ungeachtet der Behauptung des Fellwesens schienen sie die richtige Entscheidung getroffen zu haben, denn auf dem Pfad kamen sie leicht voran, ohne auf nennenswerte Hindernisse zu stoßen, zudem führte er beständig abwärts – so lange zumindest, bis er nach gut einer halben Stunde ein Stück hinter einer Biegung an einer Dutzende Meter hohen Felswand endete.

Barlok fluchte erbittert und ließ sich auf einen Gesteinsbrocken sinken.

»Also hat dieser bunte Puschel doch nicht gelogen«, stieß er hervor. »Unter diesen Umständen müssen wir noch froh sein, dass wir nicht den ganzen Tag unterwegs waren, um dann erst zu merken, dass wir in eine Sackgasse geraten sind.«

»Was nichts daran ändert, dass wir trotzdem wieder zurück müssen. Hier geht es jedenfalls nicht weiter, und wir sind auch an keine Abzweigung gekommen.« Sie zögerte kurz. »Aber wenn dieses stachelige Fellknäuel immer noch da ist, kann es uns vielleicht ja tatsächlich weiterhelfen.«

Barlok verzog skeptisch das Gesicht.

»Auch wenn es in diesem Fall die Wahrheit gesagt hat, heißt das noch lange nicht, dass ich ihm nun vertraue.«

»Das tue ich auch nicht, dafür wissen wir viel zu wenig über dieses Wesen. Dennoch könnte es uns vielleicht nützlich sein. Wir müssen natürlich höllisch aufpassen, aber bislang zumindest ist die Zahl unserer potentiellen Verbündeten nicht gerade riesig.«

Da der Weg zurück aufwärts führte, brauchten sie noch ein wenig länger als für den Hinweg, bis sie den kleinen Talkessel mit knurrendem Magen wieder erreichten.

»Da seid ihr ja wieder. Habe ich euch nicht gleich gesagt, dass der Weg nirgendwo hinführt?« Das Fellwesen saß immer noch in mehreren Metern Höhe auf einem der Felsen, hatte seine winzigen Beine übereinandergeschlagen und grinste von einem Ohr zum anderen. »Ich hoffe, ihr habt euch keine Blasen gelaufen. Das kommt davon, wenn man alles besser weiß und gute Ratschläge in den Wind schlägt.«

»Wir haben einen Fehler gemacht«, gab Thalinuel zu. »Was ist mit den beiden anderen Wegen? Kannst du uns sagen, auf welchem von ihnen wir ins Tal hinuntergelangen?«

»Sicher kann ich das«, feixte das Wesen. »Aber warum sollte ich das wohl tun? Ihr habt versucht, mich umzubringen, da wäre ich ja schön blöd, wenn ich euch zum Dank auch noch helfen würde.«

»Aber das stimmt nicht!«, protestierte die Elbin. »Wir sind fremd hier und wollten nur sichergehen, dass du keine Gefahr für uns darstellst.«

»Ha, keine Gefahr, wenn ich das schon höre! Jetzt werdet ihr auch noch beleidigend. Ich bin ein großer und gefürchteter Kämpfer und bilde für jeden eine Gefahr!« Das Wesen plusterte sich auf und legte demonstrativ eine Hand auf den Griff des winzigen Schwertes in seinem Gürtel. »Macht nur weiter so, eure Aussichten, dass ich euch helfe, verschlechtern sich mit jedem Augenblick. Ich weiß gar nicht, warum ich mich überhaupt noch mit euch abgebe.«

»Das frage ich mich umgekehrt auch«, stieß Barlok mit

aufkeimendem Zorn hervor. »Wir haben wirklich Wichtigeres zu tun, als uns mit einem Puschel wie dir herumzuärgern.«

»Klar doch, zum Beispiel, euch zu verlaufen.« Das Wesen grinste erneut, kniff dann ein Auge zu und spähte mit dem anderen misstrauisch zu ihnen herunter. »Und was ist eigentlich ein Puschel? Ich will nicht, dass ihr mich so nennt. Ist das schon wieder eine Beleidigung?«

»Verschwinden wir von hier«, wandte sich Barlok anstelle einer Antwort an die Elbin. »Dieses Ding führt uns ja doch nur an der Nase herum. Wahrscheinlich kennt es den richtigen Weg selbst nicht.«

»*Ding?*«, zeterte das Wesen. »Wer ist hier ein *Ding*? Pah, dann lauft doch in euer Unglück. Wenn ich hier doch nur angegriffen und beleidigt werde und ihr mir nicht glaubt, dann sage ich ab jetzt gar nichts mehr.«

»Hoffentlich. Was für eine Wohltat.«

»Es sei denn, ihr entschuldigt euch auf der Stelle bei mir.«

»Ich denke, du wolltest nichts mehr sagen.«

»Nur, wenn ihr euch nicht bei mir entschuldigt.«

»Was wir nicht haben und auch nicht werden.« Barlok verdrehte die Augen und wandte sich ab. »Ich denke, wir sollten es mit dem anderen abwärts führenden Weg versuchen.«

»Eine tolle Idee. Könnt ihr fliegen?«

Barlok reagierte nicht auf die Worte, doch Thalinuel konnte der Versuchung nicht widerstehen.

»Wieso?«

»Weil der Pfad noch Meilen und Meilen weiterführt und dann an einem so tiefen Abgrund endet, dass ... Aber euch ist ja sowieso egal, was ich sage, also brauche ich gar nicht erst weiterzuerzählen.«

»Und wenn wir uns entschuldigen und dich darum bitten?«, fragte Thalinuel. Ohne sich abgesprochen zu haben, ergänzten sie sich hervorragend, obwohl Barlok allmählich immer stärker bezweifelte, dass sich die Mühe überhaupt lohnte.

»Dann wäre … Nein, dafür ist es jetzt zu spät, selbst schuld. Ihr habt mich zu Tode beleidigt und mich zutiefst in meiner Ehre gekränkt. Jetzt seht gefälligst zu, wie ihr allein zurechtkommt.« Demonstrativ wandte das Wesen den Kopf ab.

»Komm schon, wir brauchen diesen Puschel doch gar nicht«, sagte Barlok. »Wenn der eine Weg in einen Abgrund führt, dann nehmen wir eben einfach den anderen. Falls wir dort auch Flügel brauchen, werden wir es schon selbst merken.«

Er trat zwei Schritte auf die Abzweigung zu, als er hinter sich ein Lachen hörte.

»Flügel könnt ihr da auch brauchen, aber vor allem hoffe ich, dass euch nicht so schnell kalt wird. Der Weg führt zu den Pässen über das Gebirge hinauf, und die sind dick verschneit. Aber wenn euch doch noch Flügel wachsen sollten, könnt ihr euch von dort ja wie die Adler hoch in die Lüfte schwingen.«

»Also gut«, sagte Thalinuel, mühsam beherrscht. Barlok wandte sich wieder um. »Hören wir auf mit dem Spielchen. Du weißt, dass wir dich dazu bringen wollten, uns das mitzuteilen, und wir wissen, dass du uns genau das verraten wolltest. Was wir nicht wissen, ist, ob du die Wahrheit sagst und warum du uns helfen willst.«

»Falls du nicht lügst, dann führt uns keiner dieser Wege aus den Bergen hinaus, und wir sind verloren«, ergänzte Barlok. »Was also soll das alles? Machst du dich nur über uns lustig und ergötzt dich an unserer Lage?«

»So lustig seid ihr nun auch wieder nicht, also überschätzt euch nicht. Aber irgendwie habe ich einen Narren an euch gefressen.« Das Wesen kratzte sich am Kopf. »Wäre irgendwie schade, wenn ihr hier herumirren würdet, bis ihr vor Hunger umfallt. Ich kann euch zeigen, wie ihr hier wegkommt. Es gibt noch weitere Wege, doch ohne mich werdet ihr sie niemals finden.«

»Dann zeig sie uns, wenn du uns helfen willst«, bat Thalinuel.

Puschel – wie Barlok das Wesen in Gedanken mittlerweile nannte – legte den Kopf schief, als würde er besonders angestrengt nachdenken. Dabei wippte er mit dem Fuß.

»Euch helfen, hm. Eigentlich habt ihr mir immer noch keinen Grund gegeben, das zu tun. Aber wenn ich ihr wäre, würde ich ein Stück von da weggehen, wo ihr steht. Ein Stückchen weiter da vorne steht es sich mit Sicherheit viel besser.«

Barlok wollte auffahren und das Wesen anblaffen, was der Unsinn nun wieder solle, als er plötzlich ein leichtes, kaum wahrnehmbares Zittern des Bodens unter seinen Füßen vernahm. Ohne weiter zu überlegen, ergriff er die ebenfalls verwirrt dastehende Thalinuel am Arm und zog sie ein paar Schritte mit sich zurück.

Nur Sekunden später brach dicht neben der Stelle, wo sie gerade noch gestanden hatten, die Felswand auseinander. Eine Kreatur, die im ersten Moment nur aus einem riesigen Maul mit gewaltigen, mehrfach hintereinander gestaffelten Kieferleisten zu bestehen schien, tauchte in der Öffnung auf. Zweimal schlugen die Kauleisten noch aufeinander, dann erst schien die Bestie zu bemerken, dass es kein Hindernis mehr zum Zermalmen gab. Ihr Körper schob sich weiter aus der Öffnung hervor, und jetzt konnte Barlok erkennen, dass es sich um eine Art Wurm handelte, dicker als eins seiner Beine. Wie lang die Kreatur war, ließ sich nicht einmal schätzen.

»Bleib zurück!«, zischte Barlok, stellte sich vor Thalinuel und zog sein Schwert.

»Nicht bewegen!«, rief das Fellwesen ihm zu, doch es war bereits zu spät. Obwohl der Felsenwurm weder Augen noch sonst irgendwelche erkennbaren Wahrnehmungsorgane besaß, wandte er seinen Schädel sofort in Richtung des Zwergs. Gleich darauf schnellte er vor wie eine angreifende Schlange.

Mit einem raschen Sprung zur Seite wich Barlok aus und schlug mit seinem Schwert zu. Es handelte sich um besonders gehärteten Zwergenstahl, und die graue Haut des Wurms sah fast gummiartig weich aus, doch das war sie nicht. Barlok hatte das Gefühl, auf massiven Stein zu schlagen. Ohne auch nur einen Kratzer verursacht zu haben, prallte die Klinge ab. Der Rückstoß hätte ihm fast das Schwert aus der Hand geprellt und pflanzte sich schmerzhaft durch seinen Arm fort, lähmte ihn beinahe.

Ein dumpfer Schlag war zu hören, gefolgt vom Kullern eines Steins. Barlok achtete nicht darauf. Er wechselte das Schwert in die linke Hand, mit der er beinahe ebenso gut zu kämpfen verstand, und griff erneut an. Diesmal schlug er nicht zu, sondern versuchte die Spitze in den Leib des Wurms zu rammen, doch mit ebenso wenig Erfolg.

»Hör endlich auf, dich zu bewegen, du dämlicher Blödian!«, brüllte Puschel mit seiner schrillen Stimme. Er packte einen Stein, schleuderte ihn von seinem Felsvorsprung aus auf den Wurm und traf ihn seitlich auf halber aus der Felswand ragender Länge.

Als der Stein zu Boden fiel und ein Stück zur Seite kullerte, begriff Barlok, woher das Geräusch stammte, das er zuvor schon gehört hatte. Wäre die Situation nicht so ernst gewesen, hätte er grimmig gelacht. Wenn es ihm mit seinem Schwert schon nicht gelang, die Bestie zu verletzen, würde ein Stein dies sicherlich nicht können.

Erst als der Schädel des Wurms herumfuhr und in Höhe der Stelle, wo der Stein ihn getroffen hatte, durch die Luft schnellte, begriff er, dass dies auch gar nicht beabsichtigt war. Anscheinend besaß die Bestie tatsächlich keinerlei Wahrnehmungsorgane außer ihrer Haut. So fest diese auch war, musste sie zugleich ungeheuer empfindsam sein. So empfindsam, dass sie nicht nur Berührungen wahrnahm, sondern selbst den winzigen Lufthauch, den eine Bewegung verursachte.

Barlok erstarrte, als ihm klar wurde, dass die Bestie ihn nur dadurch hatte aufspüren und angreifen können.

»Wurde auch Zeit, wenn du nicht in seinem Magen landen willst«, zeterte Puschel. Auch weiterhin warf er mit Steinen auf den Wurm, der auf jeden Wurf reagierte, selbst wenn einer der Steine ihn nicht traf. Sein Kopf zuckte hin und her, und jedes Mal klappte sein Schrecken erregendes Maul zu. Doch so viel die Bestie auch um sich schnappte, sie traf nichts als Luft, was sie zu noch größerer Raserei trieb.

Selbst als keine weiteren Steine sie mehr trafen, zuckte ihr Schädel immer noch wild hin und her, doch begann sie allmählich, sich wieder in die Öffnung in der Felswand zurückzuziehen.

Barlok wagte sich auch weiterhin nicht zu rühren. Genau wie Thalinuel verharrte er bewegungslos und wartete, bis der Felsenwurm wieder vollständig im Inneren des Berges verschwunden war. Dann erst atmete er auf und steckte sein Schwert in die Scheide zurück.

»Das war knapp«, keuchte Thalinuel und lächelte dankbar zu dem Fellwesen hinauf. »Wir stehen in deiner Schuld. Wenn du nicht gewesen wärst …«

»Dein Dank ist mir Lohn genug, holde Elbenmaid«, erwiderte es, sprang auf und verbeugte sich. »Und wenn dieser Blödmann da den Wurm nicht gereizt hätte, hätte es erst gar keine Schwierigkeiten gegeben. Aber nein, typisch Zwerg, immer den Helden spielen.«

Zornig starrte Barlok das Wesen an, verkniff sich aber eine Antwort. Vermutlich hatte es ihnen gerade tatsächlich das Leben gerettet, wenn er sich auch noch unschlüssig war, aus welchen Gründen es so gehandelt hatte. Misstrauisch trat er näher an die Öffnung heran, darauf gefasst, dass der Felsenwurm erneut daraus hervorschießen könnte, doch nichts geschah. In dem Gestein klaffte ein kreisrunder Stollen mit dem Durchmesser der Bestie, doch sie selbst war verschwunden.

»Auch wenn wir dem Wurm entkommen sind, sind wir dennoch verloren, wenn wir keinen Weg in die Ebene hinab finden«, sprach Thalinuel weiter. »Du sagtest, es gäbe noch weitere Wege. Wenn wir sie nicht finden, sind wir dazu verurteilt, hier an Hunger zu sterben. Da wäre es gnädiger gewesen, wenn uns der Wurm getötet hätte.«

Puschel legte den Kopf schief.

»Soll das heißen, dass ihr mich um Hilfe bittet?«

»Wenn du darauf bestehst – ja, wir bitten dich.«

»Auch der blöde grobe Klotz?«

Barlok biss die Zähne zusammen und ballte die Fäuste. Der bunte Fellball wusste genau, dass sie auf ihn angewiesen waren, und kostete seine Überlegenheit voll aus. Das Schlimmste war, dass Barlok nicht einmal wusste, ob die Wege wirklich im Nichts endeten oder ob sie auch aus eigener Kraft aus dieser Klemme herauskämen. Leider konnten sie es nicht darauf ankommen lassen. Sie konnten sich nicht stundenlang durch das Gebirge quälen, nur um dann festzustellen, dass der Weg wirklich nirgendwohin führte. Der Hunger, den sie litten, war nicht mehr einfach nur unangenehm, sondern würde schon bald an ihren Kräften zu zehren beginnen und sie schwächer und schwächer werden lassen.

Thalinuel versetzte ihm einen Stoß mit dem Ellbogen.

»Los, nun bitte ihn schon, oder willst du vor lauter Sturheit lieber sterben?«, raunte sie ihm zu.

Wäre er allein gewesen, hätte Barlok es vielleicht sogar darauf ankommen lassen, aber er wollte die Elbin nicht unter seinem Stolz leiden lassen.

»Ich … bitte dich, hilf uns«, presste er hervor, obwohl es ihn alle Überwindung kostete. Er schwor sich, es dieser verrückten Kreatur bei passender Gelegenheit heimzuzahlen.

»Na also, war das jetzt so schwer? Und weil du so brav warst, verzichte ich auch auf eine Entschuldigung dafür, dass ihr mir vorher nicht geglaubt habt.« Das Wesen stand umständlich auf. »Wenn ihr die verborgenen Wege finden wollt, dann kommt erst einmal herauf zu mir.«

Die Felsen waren glatt und steil, das Klettern mühselig. Barlok war entschlossen, ihrem neuen »Freund« den Hals umzudrehen, wenn sich dies wieder nur als ein Jux entpuppen sollte.

Doch dem schien nicht so zu sein. Als sie den Felsvorsprung erreichten, wies dieser auf eine Öffnung im Gestein, die durch einige große Felsbrocken so gut verdeckt wurde, dass man sie erst sehen konnte, wenn man unmittelbar davorstand. Sie war nicht so kreisrund wie die von dem Wurm geschaffene, aber dafür deutlich größer, vor allem höher. Selbst Thalinuel musste es möglich sein hindurchzugehen, ohne sich bücken zu müssen.

»Wege im Berg! Ho, das lasse ich mir gefallen!«, rief Barlok. Als Zwerg fühlte er sich unter der Erde wesentlich wohler als an der Oberfläche. Er trat einige Schritte weit in den Stollen hinein und betrachtete die Wände. Sie wiesen keinerlei Spuren künstlicher Bearbeitung auf. Das beruhigte ihn im gleichen Maße, wie es ihn besorgt stimmte. Er rechnete nicht damit, dass es auch in dieser Welt Zwerge gab. Wäre der Stollen von einem anderen Volk künstlich erzeugt worden, hätte er darin eine potentielle Bedrohung sehen müssen. Bei natürlichen Gängen innerhalb eines Berges hingegen bestand eine noch größere Gefahr als bei Pfaden an der Bergoberfläche, dass sie plötzlich endeten.

»Wohin führt dieser Stollen?«, erkundigte sich Thalinuel wenig begeistert. Auf sie musste die Vorstellung, in die Felsöde im Inneren des Berges vorzudringen, genau die gegenteilige Wirkung haben.

»Traut ihr mir immer noch nicht? Dann lasst euch doch einfach überraschen. Aber wenn ihr es unbedingt wissen wollt – die Gänge führen durch den gesamten Berg bis zur anderen Seite des Gebirges. Kommt ihr jetzt mit, oder lasst ihr es bleiben? Ich habe Wichtigeres ...«

»Ja, ja, ich weiß, du hast Wichtigeres zu erledigen, als dich mit uns abzugeben«, unterbrach Barlok. »Vor allem wahrscheinlich nach anderen suchen, die du ebenfalls ärgern kannst.«

»Das also ist der Dank für meine Hilfe! Macht doch, was ihr wollt!« Ohne sich weiter um sie zu kümmern, trippelte das Geschöpf in den Stollen hinein. Barlok und Thalinuel folgten ihm mit gemischten Gefühlen.

Nach ein, zwei Dutzend Metern verblasste auch der letzte Schimmer Tageslicht, der hinter ihnen durch den Eingang fiel. Da sie keine Fackeln besaßen, mussten sie sich in völliger Dunkelheit vorantasten. Wenigstens war der Boden weitgehend eben, sodass sie nicht ständig stolperten.

»Mir gefällt das nicht«, flüsterte Thalinuel. »Dies ist kein Ort für eine Elbin.«

Barlok antwortete nicht, was hätte er auch sagen sollen? Er hätte sich hier wohlfühlen müssen. Um ihn herum war gutes, starkes Gestein, wie Zwerge es liebten. Er spürte es unter den Füßen und in der rechten Hand, mit deren Fingern er an der Wand entlangstrich. Trotzdem verspürte auch er Unbehagen. Der Felsenwurm musste sich noch irgendwo in der Nähe befinden, vielleicht sogar noch weitere seiner Art, und möglicherweise noch andere Gefahren. Sie befanden sich in einer fremden Umgebung, in der alle möglichen nur denkbaren Feinde lauern mochten, die sich in der Dunkelheit an sie heranschleichen konnten, und waren angewiesen auf einen alles andere als vertrauenswürdigen Führer.

Aber seine Sorge erwies sich als unbegründet. Sie waren erst wenige Minuten unterwegs, als vor ihnen wieder ein Lichtschimmer zu entdecken war, der schon bald ausreichte, dass sie sich gegenseitig zumindest als vage Schemen erkennen konnten. Es war kein Tageslicht, sondern ein matter grünlicher Schein, den Barlok nur zu gut kannte.

»Glühmoos«, stieß er hervor und beschleunigte unwillkürlich seinen Schritt.

Der Stollen mündete in eine Höhle, deren Decke mit moosartigen Flechten bedeckt war, von denen der unnatürliche Lichtschein ausging. Trotz der grünlichen Färbung war der Schimmer hell genug, dass man die ganze Höhle überblicken konnte. Barlok kannte diese natürliche Lichtquelle aus den Minen und Grotten von Elan-Dhor. Ohne das an zahlreichen Stellen innerhalb der Berge wuchernde Glühmoos wäre ein Leben unter der Erde wesentlich schwieriger gewesen.

Im Moment aber interessierte er sich kaum für die Höhle selbst, sein erster Blick galt den Wänden. Wo Glühmoos wuchs, gediehen oftmals auch Ekelflechten. Sie hatten ihren Namen verliehen bekommen, weil sie widerlich schmeckten, doch waren sie essbar und besaßen sogar einen nicht zu unterschätzenden Nährwert. So mancher Zwerg hatte ihnen in Ausnahmesituationen bereits sein Leben verdankt. Auch Barlok selbst war einst mit einer Patrouille in einen Hinterhalt der Goblins geraten und durch einen von ihnen herbeigeführten Stolleneinsturz für Tage in einer Höhle eingesperrt worden. Nur die dort wuchernden Ekelflechten hatten es ihnen ermöglicht, bis zu ihrer Befreiung durchzuhalten.

Tatsächlich wuchs auch hier das grünlich braune Gespinst an der Wand, eine Art Mischung aus Moos und Flechten. Ohne den Rest der Höhle weiter zu beachten, stürmte Barlok darauf zu, riss Brocken davon von der Wand und stopfte sie sich in den Mund. Sie schmeckten auch hier so widerlich, wie er sie in Erinnerung hatte, doch im Moment war ihm das egal. Gierig kaute er auf den Flechten herum und schlang sie hinunter. Da er sie schon mehrfach notgedrungen hatte essen müssen, war er abgehärtet und hatte gelernt, seinen Ekel gegenüber ihrem Geschmack zu unterdrücken.

Thalinuel trat neben ihn, brach ebenfalls einen Brocken ab und probierte vorsichtig davon.

»Pfui, ist das eklig«, stieß sie hervor und spuckte den Bissen wieder aus.

»Ekelflechten«, bestätigte Barlok mit vollem Mund kauend. »Ich weiß, sie schmecken schrecklich, aber sie füllen den Magen. Zu verhungern brauchen wir wenigstens nicht.«

Zögernd nahm Thalinuel einen weiteren Bissen, dann noch einige weitere und würgte sie mit sichtlichem Widerwillen hinunter.

»Ich hoffe, dass ich so etwas nie wieder essen muss«, keuchte sie. »Aber für den Moment fühle ich mich tatsächlich satt. Ich …« Sie zuckte kaum merklich zusammen und verstummte. »Wir sind nicht mehr allein«, fügte sie nach einigen Sekunden im Flüsterton hinzu.

Barlok hörte auf zu kauen und blickte sich unauffällig um. Puschel war spurlos verschwunden, dafür nahm er aus den Augenwinkeln huschende Bewegungen zwischen den in der Halle verstreuten Felsbrocken wahr. Bei den Dämonen, er hatte gleich geahnt, dass man diesem Fellbüschel nicht trauen durfte. Offenbar waren sie ihm ahnungslos geradewegs in eine Falle gefolgt.

»Und wir sind umzingelt«, entgegnete er ebenso leise, während er seine Hand in Richtung seines Schwertgriffes wandern ließ.

6

DER PRIESTER

September 9430 neuer Zeitrechnung der Elben

Das Dorf brannte.

Der Anblick schnitt Lhiuvan wie ein Messer ins Herz, dabei hatte er selbst befohlen, es niederzubrennen. Genauer gesagt, es war sein Mund gewesen, durch den der Befehl an die Nocturnen ergangen war, aber erteilt hatte ihn freilich der Schattenmahr. Wie stets hatte Lhiuvan nichts tun können, um ihn daran zu hindern, dabei hätte er es sich diesmal sehnlicher als je zuvor gewünscht und hatte mit aller Kraft gegen die Bestie in seinem Inneren angekämpft. Vergeblich.

Er hatte sich nicht einmal abwenden können, sondern hatte selbst in vorderster Reihe gestanden, als die Nocturnen über die ahnungslosen Einwohner hergefallen waren und sie ohne Ausnahme niedergemetzelt hatten. Und nun brannten die einfachen Holzhütten. Meterhoch loderten die Flammen zum Nachthimmel empor.

Aus seiner Erinnerung drang ein anderes Bild von Waldhain an sein Bewusstsein, das Bild, wie er die Siedlung erlebt hatte, als er vor wenigen Monaten selbst einige Zeit dort verbracht hatte.

Nach dem missglückten Versuch, das Tor unter Elan-

Dhor zu öffnen, war er schwer verletzt von einem Elbenschiff geflohen, das ihn als Gefangenen zurück zum goldenen Tal hätte bringen sollen. Nilas, ein alter Fischer, und seine Enkelin Sila hatten ihn am Ufer gefunden und in ihr Dorf gebracht. Die Bewohner waren einfache Menschen gewesen, die niemandem etwas zuleide taten und keine Reichtümer besaßen. Ihre Hauptangst galt den Barbaren, die das Dorf gelegentlich überfielen. Meistens versteckten sie sich dann im Wald, aber selbst wenn ihnen die Flucht nicht mehr gelang, taten die Barbaren ihnen gewöhnlich nichts zuleide, da sie sich erst gar nicht zur Wehr zu setzen versuchten.

Die Bewohner hatten Lhiuvan freundlich aufgenommen und gesund gepflegt, nicht ahnend, dass sie es mit ihrem zukünftigen Henker zu tun hatten. Er hatte dort gelernt, das Wesen der Menschen besser zu verstehen, und sich mit einigen von ihnen sogar angefreundet, vor allem der neugierigen kleinen Sila. Nun war sie tot, ebenso wie alle anderen Bewohner. Worauf selbst die Barbaren verzichtet hatten, das hatten die Nocturnen auf Befehl des Schattenmahrs getan. Niemand war ihnen entkommen, als sie mitten in der Nacht über die kleine Siedlung hergefallen waren.

Aila näherte sich ihm in demütiger Haltung.

»Es ist alles so hergerichtet, wie Ihr es befohlen habt, Herr«, berichtete sie.

Zu Lhiuvans neuerlichem Schrecken bestand der Schattenmahr darauf, sich persönlich davon zu überzeugen, was bedeutete, dass auch er selbst all die angerichteten Gräuel aus der Nähe würde betrachten müssen.

So weit jedoch kam es glücklicherweise nicht. Während

er zwischen den mittlerweile zum größten Teil bereits niedergebrannten Gebäuden hindurchging, beachtete er die auf dem Boden liegenden Leichen kaum. Nicht einmal Befriedigung über den Tod all der Menschen verspürte die Bestie. Sie waren ihr so gleichgültig, als handele es sich nur um beiläufig zertretene Ameisen.

Ihr Interesse galt ausschließlich einem zwar eingestürzten, aber nur zum Teil niedergebrannten Gebäude in der Mitte des Dorfes. Eigentlich auch weniger dem Gebäude, als vielmehr dem Leichnam des Barbarenkriegers, der unter einem halb verkohlten Balken eingeklemmt lag.

Lhiuvan spürte die Zufriedenheit des Schattenmahrs. Alles sah aus, als wäre der Barbar beim Kampf gegen einen der Dorfbewohner oder beim Plündern des Dorfes von dem Balken erschlagen worden, und seine Begleiter, die nach Barbarensitte ihre Toten gewöhnlich mit sich nahmen, hatten keine Möglichkeit gesehen, seine Leiche freizulegen.

In Wahrheit war er schon tot gewesen, als die Nocturnen ihn hier abgelegt hatten. Als Wachposten eines Barbarenlagers am jenseitigen Ufer des Oronin war er von den Elben und Nocturnen überwältigt und getötet worden. In seinen von weiteren Trümmern bedeckten Händen hielt er ein Schwert und einen Speer, die beide aus den bei dem Überfall auf die Karawane erbeuteten Kisten mit Zwergenwaffen stammten.

»Gut.« Der Schattenmahr wandte sich ab. »Auf die Pferde! Verschwinden wir von hier, bevor jemand von dem Feuer angelockt wird.«

Drachenwetter …

Wie an so manchem anderen Tag machte die Warnung auch an diesem Morgen rasch unter der Dienerschaft am Königshof von Radon die Runde und verbreitete Furcht. Übel gelaunt schlug der Drache mit seinen Pranken um sich und spie Feuer, was ihn unberechenbar machte und höchste Gefahr für jeden bedeutete, der durch eine noch so winzige Kleinigkeit seinen Unwillen erregte.

Der Drache, das war König Lorian, Herrscher über Radon. Bereits jung hatte er den Thron bestiegen und regierte das Land seit neunundvierzig seiner mittlerweile achtundsechzig Jahre mit eiserner Hand. Zwei Mordkomplotte aus den Reihen der Fürsten und anderen Adeligen an seinem Hof hatte er unbeschadet überstanden, ebenso einen Putschversuch seines Generalstabes, und er hatte an den Verantwortlichen und ihren Familien so grausam Rache geübt, dass es seither niemand mehr gewagt hatte, gegen ihn aufzubegehren. Angesichts seines hohen Alters warteten stattdessen alle, die sich davon Vorteile versprechen konnten, ungeduldig auf seinen Tod, der höchstens noch wenige Jahre auf sich warten lassen konnte. Und da er keinen Thronfolger hinterließ, gab es viele, die warteten.

Das war nicht immer so gewesen. Er hatte eine Tochter gehabt, Shaali, doch bereits vor vielen Jahren hatte ein Waldläufer namens Malcorion ihr den Kopf verdreht, und sie hatte sich mit ihm davongestohlen. Vergeblich hatte Lorian den Waldläufer sogar über die Grenzen seines Reich hinweg jagen lassen und eine hohe Belohnung auf seinen Kopf ausgesetzt. Vor nunmehr dreizehn Jahren hatte ihn dann die Nachricht erreicht, dass Shaali von einem Dunkelelb ermordet worden war, einer jener Kreaturen, die durch die Gier der Zwerge von Elan-Dhor aus ihrem Kerker tief unter der Erde befreit worden waren.

Seither war Lorian ein gebrochener Mann; immer noch stark und noch härter als zuvor, aber ohne inneren Antrieb, und immer stärker ließ er seinen Launen freien Lauf.

Schon beim Frühstück hatten die Diener, die ihm aufwarteten, die ersten Zornausbrüche des Drachen über sich ergehen lassen müssen. Das Brot war ihm zu zäh, das frisch gebratene Huhn nicht frisch genug, das Obst zu reif, und wild fluchend hatte er mit den Tellern und Platten um sich geworfen, sodass die Diener die Flucht ergriffen hatten.

Die vormittägliche Schiedsstunde, die er dreimal pro Woche abhielt, ließ er kurzerhand ausfallen und befahl mit barschen Worten, die vor dem Thronsaal wartenden Bittsteller, die wegen vermeintlicher Ungerechtigkeiten gekommen waren oder damit er in einem Streitfall Recht sprach, wieder fortzuschicken. Sie sollten gefälligst ein anderes Mal wiederkommen.

Anschließend ließ er mürrisch eine Truppenparade über sich ergehen, beachtete die an seiner Loge vorbeiziehenden Soldaten jedoch kaum, sondern döste mit halb geschlossenen Augen vor sich hin. Nach den Nachrichten, die ihn in den vergangenen Tagen aus dem Südosten Radons erreicht hatten, würde das Heer noch am gleichen Tag ausrücken.

Gerade diese Nachrichten waren auch zu einem Gutteil für seine schlechte Laune verantwortlich. Seit Jahrzehnten schon schwelte wegen der immer wieder stattfindenden Raubzüge der Barbaren auf radonischem Gebiet der Grenzkonflikt zu Lartronia, ein schier endloses, hauptsächlich diplomatisch ausgetragenes Scharmützel. Seine Gesandten verlangten am lartronischen Königshof, dass dem endlich ein Riegel vorgeschoben wurde, und wenn er von Zeit zu Zeit eigenmächtige Strafexpeditionen gegen die Barbaren ausschickte, protestierten Boten König Kalmars scharf gegen diese Grenzverletzung.

Jetzt aber waren die Wilden entschieden zu weit gegangen. Er hatte Berichte erhalten, dass sie eine komplette Ortschaft niedergebrannt und sämtliche Einwohner abgeschlachtet hätten. Das konnte der Drache unmöglich auf sich sitzen lassen. Nicht nur seine Generäle, sondern das Volk selbst, das Rache für dieses Massaker forderte, würde sich gegen ihn erheben. Lorian war sich völlig bewusst, dass seine Herrschaft trotz seines harten Vorgehens gegen jede Form von Rebellion und Aufruhr nicht gefestigt genug war, um einem solchen Sturm standzuhalten. Zu viele warteten nur auf eine solche Gelegenheit, um ihm in den Rücken zu fallen und ihn vom Thron zu stürzen.

Allein deshalb schon blieb ihm nichts anderes übrig, als mit eiserner Hand durchzugreifen. Diesmal würde es nicht reichen, ein paar Reitertrupps hinter den Barbaren herzuschicken, die sie ein Stück weit in die Wälder verfolgten und – wenn überhaupt – einige wenige von ihnen töteten, ehe sie sich wieder zurückzogen.

Diesmal würde er ein komplettes Heer ausschicken, das die Wälder nordöstlich des Schattengebirges systematisch durchkämmen sollte. Wenn es den Soldaten gelang, die versteckten Lager der Barbaren zu finden, würde dies das Ende für diesen Unruheherd bedeuten. Zugleich würde ein solcher Sieg sein Ansehen bei der Armee und im Volk erheblich steigern und seine Position festigen.

Die entscheidende Frage jedoch war, wie das Nachbarreich auf so massive Truppenbewegungen reagieren würde, die auf lartronischem Grund und Boden stattfanden. Ihre Armee war stark, seiner eigenen zumindest gleichwertig, und ihm lag nichts an einem möglicherweise langwierigen, blutigen Krieg gegen den mächtigen Nachbarn.

Das waren die Gedanken, die ihn quälten, seit er vor zwei Tagen von dem Überfall auf Waldhain gehört und sofort die Heerschau angesetzt hatte. Noch an diesem Tag sollten die Truppen ausrücken. Kurzzeitig hatte Lorian erwogen, das Heer selbst in den Kampf zu führen, sich aber dagegen entschieden. Es gab niemanden auf Burg Greifenhall oder dem sich zu Füßen ihrer Mauern erstreckenden Brunstein, dem er genug vertrauen konnte, um ihm in seiner Abwesenheit die Staatsgeschäfte zu übertragen und nicht befürchten zu müssen, sich seinen Thron anschließend erst wieder zurückerkämpfen zu müssen.

Doch das war nicht der einzige Grund. Mehr als alles andere scheute er die Unannehmlichkeiten.

Lieber widmete er sich den angenehmen Dingen des Lebens. Seine Ausschweifungen und seine Vorlieben für alten Wein und junge Frauen waren berüchtigt. Zwar konnte er als König schlecht die Hurenhäuser in der Stadt besuchen, doch es war ein offenes Geheimnis, dass die Diener, die immer wieder Dirnen aufs Schloss schmuggelten, in seinem Auftrag handelten.

Am gestrigen Tag, an dem er seine Gemächer kaum verlassen hatte, hatte er sich jedoch hauptsächlich dem Suff hingegeben. Der viele Wein, dazu noch die eine oder andere Opiumpfeife hatten ihn zwar wie erhofft seine Sorgen für einige Zeit vergessen lassen, doch dröhnte es in seinem

Kopf dafür heute wie in einem Hammerwerk; einer der Hauptgründe für seine schlechte Stimmung.

Halb in sich zusammengesunken saß er mit anderen Würdenträgern auf einem Balkon seiner Festung, von dem aus er das Paradefeld überblicken konnte, und wartete ungeduldig darauf, dass die Heerschau endlich vorbei war, als sein Zeremonienmeister zu ihm trat.

»Gebieter, ein Kyrill-Priester wünscht Euch zu sprechen. Er kam heute in aller Frühe nach Greifenhall, und da sich ihm keine Möglichkeit bot, Euch sein Anliegen während der Schiedsstunde vorzutragen, bittet er nun um eine private Audienz bei Euch.«

»Schick ihn fort!«, stieß Lorian impulsiv hervor. Er wollte niemanden sprechen, gleichgültig, um wen es sich handelte.

»Er… er lässt sich nicht abweisen, Gebieter. Er sagt, er hätte einen weiten Weg zurückgelegt, um Euch wichtige Informationen zu überbringen. Es handele sich um Angelegenheiten von äußerster Dringlichkeit, und Ihr würdet es gewiss nicht bereuen, ihn anzuhören.«

»Mir scheint, er hat auch genügend Geld mitgebracht, um meinen Hofstaat zu bestechen«, grollte Lorian und musterte den Mann scharf.

»Gebieter, ich… ich versichere Euch…«

»Schon gut, schweig! Ein Kyrill-Priester, sagst du?«

Der Drache kratzte sich den kurz geschorenen Bart an seinem Kinn, der ebenso grau wie sein Haupthaar war, und versuchte sich zu erinnern, was er über den Orden seines Besuchers wusste. Die Kyrill-Priester stammten aus den wenig erforschten Ländern weit im Süden, doch unternahmen sie oft weite Reisen, auch wenn es sie nur selten in die hiesigen Landstriche verschlug. Lorian konnte nicht behaupten, dass er darüber unglücklich war, denn der Kyrill-Kult stand in schlechtem Ruf.

Seine Anhänger verehrten einen Gott des Blutes und der Stärke, der keine Huldigung und keine Gebete forderte, sondern nur wohlgefällig auf jene herabblickte, die ihr Leben in die eigenen Hände nahmen. Nur der Starke verdiente es in ihren Augen zu überleben, der, der ohne Rücksicht auf Schwächere seine eigenen Interessen verfolgte. Das galt auch für die Kyrill-Priester selbst. Sie waren zumeist hoch gebildet, doch waren sie keine selbstlosen Missionare, die das Wort ihres Gottes in die Welt tragen wollten, sondern sie verbreiteten seine Lehre lediglich dadurch, dass sie strikt danach lebten. Dementsprechend waren ihre Schwerter meist ebenso scharf wie ihre Zungen, und sie galten als hervorragende Kämpfer – und in gewissen Kreisen auch als die besten Attentäter und Meuchelmörder, die man für Geld anheuern konnte. Wenn der Preis stimmte, führten sie jeden Auftrag durch, Skrupel waren für sie ein Fremdwort.

War genau das womöglich die Absicht des Priesters, der ihn um eine Unterredung bat? Hatte einer seiner Widersacher ihn angeheuert, um ihn endlich aus dem Weg zu räumen?

Nach kurzem Überlegen kam Lorian zu dem Schluss, dass dies allzu unwahrscheinlich war. In einem solchen Fall hätte der Priester ihn kaum offiziell um eine Audienz ersucht, bei der er von seinen Wachen umgeben wäre, sondern sich heimlich an ihn heranzuschleichen versucht. Da für die Kyrill-Anhänger bei allem, was sie dachten und taten, ihr eigenes Wohl an erster Stelle stand, würde keiner von ihnen ein solches Risiko eingehen, wenn es sich vermeiden ließ.

Wesentlich wahrscheinlicher war es, dass der Priester ihm gegen Bezahlung seine Dienste anbieten wollte. Auch wenn Lorian im Moment zumindest nicht wusste, wofür er sie benötigen könnte, würde sich das Gespräch eventuell lohnen.

»Hat er keinerlei Andeutungen gemacht, um was es sich bei diesen dringenden Angelegenheiten handelt?«

Der Zeremonienmeister schüttelte den Kopf.

»Nicht ein Wort. Aber er ist nicht allein gekommen. Eine junge Frau ist bei ihm.«

»Hm. Sag ihm, ich wäre bereit, ihn nach der Heerschau zu empfangen. Aber verstärke die Wachen zu meiner Sicherheit und sorge dafür, dass beide gründlich nach Waffen durchsucht werden. Du haftest mit deinem Kopf dafür, dass nichts Unvorhergesehenes passiert.«

Der Zeremonienmeister schluckte schwer, dann verbeugte er sich noch einmal und zog sich zurück.

König Lorian lehnte sich auf seinem Sitz nach hinten. Seine Kopfschmerzen waren noch stärker geworden.

Der Priester war hochgewachsen und schlank, soweit man das unter seiner braunen, mit schwarzen Streifen abgesetzten Kutte sehen konnte, die mit einem breiten Gürtel um die Hüften geschnürt war. Seine Augen strahlten in einem hellen Blau. Mehr war von seinem Gesicht nicht zu erkennen, da es bis auf den Augenschlitz nach der Art seines Ordens vollständig von einem schwarzen, eng gewickelten Tuch verhüllt war. Es hieß, dass außer anderen Angehörigen des Kults noch niemals jemand das

Gesicht eines Kyrill-Priesters gesehen und dies überlebt hätte.

Wie König Lorian angeordnet hatte, war der Priester gründlich nach Waffen durchsucht worden, doch hatte man außer seinem Schwert, das er freiwillig bereits beim Ersuchen um die Audienz abgegeben hatte, keine gefunden. Auch seine Begleiterin, deren Gesicht ebenfalls verhüllt war, trug keine Waffen. Dennoch standen Wachen nicht nur hinter dem Thron, sondern auch daneben, um den König im Falles eines Angriffs sofort schützen zu können. Darüber hinaus waren Bogenschützen auf einer Galerie postiert. Lorian war nicht gewillt, auch nur das geringste Risiko einzugehen.

»Mein Name ist Chorm, Mitglied der Kyrill-Bruderschaft«, sagte der Priester und deutete höchst flüchtig eine Verbeugung an. Seine Stimme klang wohltönend und melodisch. »Ich habe um diese Audienz ersucht, um Euch meine Dienste anzubieten, König Lorian.«

»Und an welche Dienste genau habt Ihr dabei gedacht?«

»Verzeiht, aber es würde meine Position gefährden und womöglich meinen Nutzen für Euch verringern, wenn auch nur ein Wort davon an die falschen Ohren dränge. Ich will Euren Wachen nichts unterstellen, aber ein Mann wie ich muss vorsichtig sein, vor allem, wenn es um so wichtige Dinge geht. Was ich Euch zu sagen habe, ist allein für Eure Ohren bestimmt. Nur so viel kann ich verraten: Ich komme direkt aus Lartronia, und meine Informationen betreffen Euren bevorstehenden Feldzug gegen die Barbaren.«

Lorian überlegte blitzschnell. Die Bitte des Priesters, mit ihm allein zu sprechen, schürte sein Misstrauen erneut, und es irritierte ihn, dass er sein Gesicht nicht sehen konnte. Anderseits glaubte er jedoch nicht mehr, dass von ihm eine Gefahr ausging, ganz im Gegenteil. Er war froh, dass der Mann gekommen war, denn er würde sich zweifellos als ein mächtiger Verbündeter erweisen.

Nach kurzem Zögern erteilte er dem Hauptmann seiner Wache den Befehl, die zusätzlichen Wachposten beiderseits seines Throns fortzuschicken, außerdem sollten die Soldaten hinter ihm einige Schritte zurücktreten, bis sie außer Hörweite waren. Nur widerstrebend kam der Hauptmann dem Befehl nach.

»Nun tretet vor!«, forderte Lorian den Priester auf. »Wie glaubt Ihr, mir von Nutzen sein zu können?«

»Ich komme geradewegs von König Kalmar, obwohl er nicht ahnt, dass ich jetzt hier bin«, behauptete Chorm. »Kalmar wünscht, dass ich ihm für einige Zeit als Astrologe und Berater zur Seite stehe, da er das Vertrauen in seine eigenen Wahrsager verloren hat. Aber er ist geizig und zahlt schlecht. Aus diesem Grund wende ich mich an Euch. Ich biete Euch Informationen direkt vom Königshof, und mit der Zeit wird es mir auch gelingen, Kalmars Entscheidungen in Eurem Sinne zu beeinflussen, wenn Ihr meine Dienste wollt – und bereit seid, sie entsprechend zu bezahlen.«

Lorian spürte, wie sein Herz schneller zu schlagen begann, als ihm die phantastischen Möglichkeiten bewusst wurden, die sich ihm durch dieses Angebot eröffneten. Er beugte sich vor.

»Was immer Kalmar Euch bezahlt, ich biete das Doppelte«, stieß er hervor, fast ohne sich dessen bewusst zu sein. Seine Schatzkammer war wohl gefüllt, er konnte sich ein solches Angebot leisten. »Sagt mir den Preis.«

Der Priester nannte eine Summe, die Lorian völlig angemessen erschien, weshalb er sofort auf den Handel einging.

»Wie Ihr ja bereits wisst, plane ich eine Vergeltungsaktion gegen die Barbaren südlich des Oronin«, sprach er weiter. »Aber mir ist nicht an einem Grenzkrieg mit Lartronia gelegen. Wenn Ihr Einfluss auf König Kalmar habt, dann überzeugt ihn davon, dass er uns gewähren lässt. Schließlich sind die Barbaren auch ihm ein Dorn im Auge, und wir würden dieses Problem auch für ihn aus der Welt schaffen. Könnt Ihr das?«

Chorm schüttelte den Kopf.

»Ich bedauere, gleich Eurem ersten Auftrag nicht entsprechen zu können«, erwiderte er gewandt. »Aber Ihr werdet gleich verstehen, dass dies meine Dienste für Euch nur umso wichtiger macht. Auch König Kalmar hat bereits von dem Überfall auf Waldhain erfahren, und er rechnet damit, dass Ihr Gegenmaßnahmen ergreift. Diese will er jedoch auf keinen Fall dulden. Auch er hat bereits eine Heerschau abgehalten und seine Armee in Bewegung gesetzt, hauptsächlich schnelle Kavallerieeinheiten. Sie werden noch vor Euren Fußtruppen ihr Ziel erreichen, zumindest jedoch ungefähr gleichzeitig.«

»Was?« Lorian sprang erregt auf. »Das ist…«

Der Priester machte eine Bewegung, als wolle er ihn auf seinen Thron zurückdrücken, verharrte jedoch angesichts der noch immer ein Stück hinter dem Thron stehenden Wachen.

»Ich bitte Euch, mein König, nehmt wieder Platz und sprecht leiser«, sagte er stattdessen. Lorian ließ sich zurücksinken. »Ich denke, allein schon diese Information zeigt überdeutlich meinen großen Nutzen für Euch. Zwar kann ich König Kalmar nicht mehr dazu bewegen, das Heer umkehren zu lassen, aber ich werde trotzdem in Eurem Sinne auf ihn einwirken, denn auch diese Information dürfte für Euch von Bedeutung sein: Er selbst führt das Heer an. Wir können uns dies zunutze machen. So oft es mir möglich sein wird, ohne sein Misstrauen zu erregen, werde ich Euch von seinen Plänen in Kenntnis setzen. Sollte es tatsächlich zum Krieg kommen, verschafft Euch das einen unschätzbaren Vorteil.«

»So ist es«, murmelte Lorian nachdenklich. »Obwohl ich hoffe, dass es nicht so weit kommt.«

»Das hoffen wir beide, denn letzten Endes haben Radon und Lartronia einen gemeinsamen Feind, dem ein Krieg äußerst gelegen käme.«

»Natürlich, die Barbaren würden sich eins ins Fäustchen lachen und …«

»Ich spreche nicht von den Barbaren.«

König Lorian runzelte die Stirn.

»Aber … von wem dann?«

»Könnt Ihr es nicht erraten? Denkt Ihr wirklich, die Barbaren haben aus eigenem Antrieb gehandelt? Warum wohl haben sie plötzlich eine so schreckliche Bluttat begangen, von der sie wissen mussten, dass Ihr sie nicht einfach hinnehmen konntet, dass sie Eure geballte Macht auf den Plan rufen würde? Und alles nur wegen eines winzigen, bettelarmen Dorfes? Die Barbaren sind wild, aber nicht dumm. Sie haben nicht eigenmächtig gehandelt, sondern im Auftrag einer anderen Macht.«

Lorian massierte sich das Kinn. Die Logik des Priesters war bestechend. Natürlich hatten die Barbaren immer wieder Überfälle durchgeführt, doch waren diese gewöhnlich unblutig verlaufen, sofern nicht irgendein Dummkopf den Helden zu spielen versucht und sich ihnen in den Weg gestellt hatte. Dass sie jetzt ohne Grund so ein Massaker angerichtet hatten, passte nicht zu ihrem bisherigen Verhalten. Mit einem Mal ergab alles einen neuen, schrecklichen Sinn, und es war einfach zu erraten, wer dahintersteckte.

»Kalmar!«, presste er hervor und knirschte mit den Zähnen. »Er will diesen Krieg also, aber er will nicht als der Schuldige dastehen, der ihn begonnen hat. Er will mich provozieren, damit ich die Grenze überschreite, damit ...«

»Nein, nicht Kalmar«, unterbrach ihn der Priester und schüttelte entschieden den Kopf. »Er ist selbst nur eine ahnungslose Spielfigur.«

»Aber wer dann?«, keuchte Lorian.

»Ahnt Ihr es nicht? Es gibt eine in den vergangenen Jahren zu neuer Stärke erwachte Macht in Lartronia, die für die Menschen wenig übrig hat und sich von ihnen bedroht fühlt. Aber wenn Radon und Lartronia sich einen langen, verlustreichen Krieg liefern und beide Länder irgendwann schwach und ausgeblutet sind, dann können sie sich zu Herrschern über uns alle aufschwingen.«

Lorian schlug die Hände vors Gesicht, als er begriff, wovon Chorm sprach. Was für ein Narr er doch gewesen war!

»Die Zwerge von Elan-Dhor und Zarkhadul«, murmelte er erschüttert. »Natürlich, es heißt, bei einem der toten Barbaren wären Zwergenwaffen gefunden worden. Schon als sie vor Jahren vor den Dunkelelben an die Oberfläche fliehen mussten, hätte es zwischen ihnen und den Menschen in den umliegenden Dörfern beinahe Krieg gegeben. Und nun planen sie, uns als mögliche Bedrohung endgültig auszuschalten. Nein, schlimmer noch, sie wollen, dass wir selbst das für sie erledigen.«

Er ballte die Fäuste und sprang von seinem Thron auf. Diesmal unternahm der Priester keinen Versuch, ihn daran zu hindern.

»Aber ihr Plan wird nicht aufgehen! Eure Informationen sind wahrlich jedes einzelne Goldstück wert, das ich Euch versprach. Ihr müsst sie auch König Kalmar mitteilen. Wenn er die wahre Gefahr erkennt und merkt, dass er nur manipuliert wird, können wir uns zusammentun und uns gemeinsam dagegenstellen, statt uns untereinander zu zerfleischen. Ich sollte mich am besten möglichst bald zu einer persönlichen Aussprache mit ihm treffen.«

»Das wäre die beste Lösung, doch fürchte ich, es wird nicht einfach sein, König Kalmar von der Wahrheit zu überzeugen. Ihm sind die Barbaren gleichgültig. Die östlichsten lartronischen Siedlungen liegen ein gutes Stück vom Barbarengebiet entfernt, und die Wilden sind klug genug, diese nicht anzugreifen. Dafür gibt es zwischen Lartronia und den Zwergenminen regen Handelsverkehr. Den wird Kalmar nicht aufs Spiel setzen, solange es keine hieb- und stichfesten Beweise für das Doppelspiel der Zwerge gibt. Aber ich werde mein Bestes tun.« Er räusperte sich. »Damit ist für den Moment wohl alles gesagt. Und nun verlange ich meinen Lohn.«

»Den sollt Ihr bekommen.«

»Gut. Neben meinen Informationen habe ich Euch noch ein Geschenk mitgebracht.« Er ergriff seine Begleiterin, die bislang schweigend und regungslos hinter ihm gestanden hatte, am Arm und zog sie vor, dann streifte er ihr die Kutte ab. »Eine Sklavin aus dem Süden, deren exotische Schönheit mir der Pracht Eures Hofes angemessen erschien.«

»Aaah«, stieß Lorian anerkennend hervor und ließ seinen Blick über die junge Frau schweifen. Ihre Haut war hell wie Milch, ganz dem Schönheitsideal vornehmer Blässe entsprechend, doch musste Lorian zugeben, noch selten eine Frau gesehen zu haben, bei der das so ausgeprägt der Fall war. Und von dieser Haut gab es viel zu sehen, da sie nur ein eng anliegendes, ärmelloses Leibchen und einen kaum bis zu den Oberschenkeln reichenden Rock aus schwarzem Leder trug, wodurch die Blässe noch deutlicher erschien. Auch ihr langes, gleichfalls rabenschwarzes Haar bildete einen reizvollen Kontrast dazu. Demütig hielt sie den Blick gesenkt.

»Sie leidet an einer seltenen Krankheit und verträgt deshalb kein Sonnenlicht«, erklärte der Priester. »Ihr Name ist Aila.«

7

ZWANGSARBEIT

An einem unbekannten Ort, zu einer unbekannten Zeit

»Nichts anmerken lassen«, zischte Barlok der Elbin zu, während er seine Hand weiterhin langsam zum Griff seines Schwertes kriechen ließ. »Tu so, als hättest du nichts bemerkt.«

Mit der anderen Hand pflückte er einige weitere Flechten und stopfte sie sich mit Todesverachtung in den Mund. Gleichzeitig ließ er seinen Blick so unauffällig wie möglich umherwandern. Nach einigen Augenblicken nahm er erneut eine huschende Bewegung wahr, und diesmal gelang es ihm auch, für einen Sekundenbruchteil das Wesen zu Gesicht zu bekommen, das sie verursachte, ehe es hinter einem Felsen verschwand. Es war klein, höchstens einen halben Meter groß, mit kurzen Beinen und Ärmchen und einem Leib, der an einen nur halb aufgeblasenen, schlapp herunterhängenden Sack erinnerte. Seine dunkelgraue, runzlige Haut sah fast wie Fels aus, sodass es in dem dämmrigen Licht kaum zu sehen war.

»Schrate!«, stieß Barlok erleichtert hervor. Die Kreaturen konnten zwar äußerst lästig sein, doch waren sie nicht sonderlich gefährlich, sofern sie nicht gerade in größeren

Gruppen auftraten. Er zog nun ganz offen sein Schwert und drehte sich herum.

Ein Pfeil zischte kaum einen Fingerbreit an seinem Ohr vorbei, prallte gegen die Wand und zerbrach daran. Die Überreste streiften Barloks Schulter, als sie zu Boden fielen.

Er erstarrte.

Der Schütze konnte kein Schrat gewesen sein. Aufgrund ihrer kurzen Ärmchen waren sie gar nicht in der Lage, einen Bogen richtig zu spannen.

»Lass das Schwert fallen, oder der nächste Pfeil trifft dich zwischen die Augen!«, vernahm er einen barschen Befehl. Barlok zögerte kurz, dann ließ er die Waffe los. Mit lautem Klirren fiel sie zu Boden. »Und jetzt dreht euch wieder um und legt die Hände an die Wand!«

Er wechselte einen raschen Blick mit Thalinuel. Sie nickte ihm zu, und gemeinsam kamen sie dem Befehl nach. Es blieb ihnen ja ohnehin nichts anderes übrig, Widerstand war zwecklos. Der Schütze hatte bewiesen, wie gut er mit Pfeil und Bogen umgehen konnte, und solange sie nicht einmal wussten, wo er sich befand, konnten sie sich nicht gegen ihn schützen.

Mehrere Gestalten näherten sich ihnen mit nahezu lautlosen Schritten. Barlok versuchte abzuschätzen, wie weit sie noch entfernt waren, und wog seine Chancen ab herumzufahren, eine von ihnen zu packen und als lebenden Schutzschild zu benutzen, doch er kam nicht mehr dazu.

Ein harter Schlag traf ihn am Hinterkopf und löschte sein Bewusstsein aus.

Barlok erwachte mit hämmernden Kopfschmerzen. Einige Sekunden lang kämpfte er mit aller Kraft gegen den Schmerz an und bemühte sich, ihn zu unterdrücken. Dann erst widmete er sich seiner sonstigen Situation. Er lag in absoluter Dunkelheit auf hartem Fels. Seine Fußgelenke waren gefesselt, ebenso waren ihm die Arme hinter dem Rücken zusammengebunden. Er zerrte an den Fesseln, doch es handelte sich um feste Lederriemen, die er weder zerreißen noch lockern konnte.

»Thalinuel?«, fragte er leise, bekam jedoch keine Antwort. Noch einmal rief er den Namen der Elbin, etwas lauter als zuvor, und diesmal vernahm er nicht weit entfernt ein gedämpftes Stöhnen.

»Ich bin hier. Ich bin gefesselt.«

»Ich auch. Dieser Puschel hat uns direkt in eine Falle geführt. Wenn ich dieses Fellknäuel noch jemals zwischen die Finger bekommen sollte ...«

»Ich kann immer noch nicht glauben, dass er uns mit Absicht ins Verderben geführt hat«, entgegnete Thalinuel. Dem Klang ihrer Stimme nach mussten sie sich in einem kleinen, völlig kahlen Raum mit niedriger Decke befinden.

»Ach, nein? Und wie kommt es dann, dass man uns gefangen genommen hat?«

»Immerhin hat man uns nur *gefangen*, statt uns gleich umzubringen, wie es bei Dienern der Schattenmahre auch ohne weiteres hätte passieren können. Möglicherweise hat der Winzling die Gefahr erst zu spät erkannt und konnte sich nur noch selbst in Sicherheit bringen, ohne uns zu warnen.«

»Was für ein Unsinn«, schnaubte Barlok. »Willst du vielleicht noch darauf hoffen, dass er uns befreien kommt? Ich begreife nicht, was du an dem kleinen Widerling für einen Narren gefressen hast.«

»Ich weiß nicht. Ich glaube, dass er wesentlich mehr ist, als er zu sein vorgibt. Ich spüre etwas an ihm, etwas Fremdes, aber es ist nichts Böses … Ich kann es nicht besser erklären.«

Ihre Worte verstärkten Barloks Misstrauen eher noch. Auch er hatte nicht das Gefühl, dass das Wesen wirklich böse war, aber er war sich keineswegs sicher, ob es den Ernst ihrer Lage begriff oder sich überhaupt darum kümmerte. Für Puschel schien alles nur ein Riesenspaß zu sein, er schien überhaupt nichts richtig ernst zu nehmen und nur an sein Vergnügen zu denken, wobei seine größte Freude offenbar darin bestand, gehässige und beleidigende Bemerkungen zu machen. Insofern war ihm auch zuzutrauen, dass er sie nur deshalb in gefährliche Situationen brachte, um dann amüsiert zu verfolgen, wie sie aus den Schwierigkeiten wieder herauskamen.

Und wenn es ihnen nicht gelang, dann war das eben ihr Pech, nicht seines.

»Hast du sehen können, wer uns niedergeschlagen hat?«

»Nein, nichts. Aber du sagtest etwas von Schraten.«

»Ich habe auch mindestens einen Schrat gesehen. Aber das können sie nicht gewesen sein. Weder hätten sie den Pfeil abschießen noch uns einen Schlag auf den Kopf geben können. Sie sind viel zu klein dafür.«

»Ich weiß nicht, wie Schrate aussehen, aber wenn du es sagst, wird es stimmen. Uns bleibt wohl nichts anderes übrig, als zu warten, bis jemand kommt, um nach uns zu sehen. Man hätte sich nicht die Mühe gemacht, uns zu fesseln und hier einzusperren, wenn man nicht etwas von uns wollte.«

Sie schwiegen eine Weile. Barlok lauschte angestrengt, aber es war nichts zu hören, keine noch so gedämpften Stimmen oder sonstigen Geräusche, bis auf das leise, fast im regemäßigen Sekundentakt erfolgende Fallen eines Wassertropfens. Unerträglich langsam verstrichen die Minuten.

»Verdammt, warum kommt nicht endlich jemand? Haben die uns vergessen?«, knurrte er schließlich. Wie bei den meisten Zwergen gehörte Geduld nicht gerade zu seinen Stärken, schon gar nicht in einer solchen Situation. Er verspürte keine Angst, aber die Ungewissheit zerrte an seinen Nerven. Er wollte endlich wissen, mit wem oder was sie es hier zu tun hatten. Selbst wenn man sie nur verhören und dann töten wollte, alles war besser als dieses tatenlose Warten.

Thalinuel antwortete nicht. Nur das regelmäßige Tröpfeln war zu hören und machte ihn schier verrückt. Noch einmal zerrte er an seinen Fesseln. Vergeblich. In den Füßen hatte er mit den Stiefeln zu wenig Gefühl und konnte diese auch nicht abstreifen. An den Handgelenken schnitten sich die Lederriemen nur tiefer in seine Haut ein. Er spürte bereits warmes Blut.

Erneut verstrich eine gefühlte Ewigkeit, dann begann Thalinuel mit leiser Stimme zu sprechen, erzählte ihm weiter von ihrer Vergangenheit, und Barlok war froh über die Ablenkung.

Thalinuels Geschichte, Januar 11658
alter Zeitrechnung der Elben

Der Ort war nicht mehr wiederzuerkennen.

Thalinuel musste sich mühsam ins Gedächtnis rufen, dass es gerade erst ein Dreivierteljahr her war, seit sie zuletzt in Tal'Orin gewesen war. Die Zeit kam ihr viel länger vor, so vieles war seither geschehen. Nicht nur ihr Leben hatte sich von Grund auf verändert, die gesamte Welt war aus den Fugen geraten.

Und hier hatte es begonnen.

Im Mai vergangenen Jahres hatte König Lotharon sich in Tal'Orin mit Vertretern der anderen Völker zu einer Friedenskonferenz getroffen, auf der man über das weitere Zusammenleben hatte entscheiden wollen. Diese Hoffnung auf Frieden jedoch war grausam gescheitert. Bereits auf dem Weg zu dem verfallenen alten Heiligtum eines unbekannten Volkes war die Delegation der Elben von Trollen und Tzuul überfallen worden, die heimlich von König Hollan dazu angeheuert worden waren. Während der Konferenz waren dann völlig unterschiedliche Ansichten aufeinandergeprallt. Die jüngeren Völker hatten sich von den Elben abgewandt, die stets ihre Lehrmeister gewesen waren und ihnen geholfen hatten, Jahrhunderte ihrer Entwicklung zu überspringen. Nun wollten sie ihren eigenen Weg gehen, doch schon nach kurzer Zeit hatte dieser zu offenen Feindseligkeiten und Chaos geführt.

Als sich die Übergriffe gegen Elben gehäuft hatten, war jedes hinnehmbare Maß überschritten worden, und es erschien Thalinuel passend, dass sich Molakan entschieden hatte, ausgerechnet Tal'Orin zum Zentrum ihrer Bewegung auszubauen, mit der sie sich gegen diese Entwicklung zur Wehr setzten. Die Bezeichnung Thir-Ailith, die ursprünglich *Verbannte* bedeutete, trugen sie und die anderen Anhänger Molakans mittlerweile mit Stolz.

Bei ihrem letzten und bislang einzigen Besuch hier war Tal'Orin nicht viel mehr als eine in steinernen Sitzreihen abfallende Mulde gewesen, umgeben von einigen Säulen und halb verfallenen Gebäuden.

Nun war es eine riesige Stadt.

Thalinuel glaubte ihren Augen nicht trauen zu können. Wo vor wenigen Monaten noch ödes Land gewesen war, reihte sich nun ein Haus an das andere. Es waren keine schönen Häuser, sondern sie waren eher nach praktischen Gesichtspunkten errichtet, den Unterkünften von Menschen ähnlicher als denen von Elben, aber das war bei einer künstlich in so kurzer Zeit aus dem Boden gestampften Stadt wohl auch kaum anders möglich. Einige wenige Bäume, die schon vorher hier gestanden hatten, waren in die Architektur mit einbezogen worden, doch bestanden die meisten Gebäude aus Stein, dessen leblose Kälte lediglich durch Verkleidungen aus Holz etwas abgemildert wurde.

Gleichfalls aus massivem Stein bestand die Mauer, die um das gesamte Areal herum noch im Entstehen begriffen war. Zwar entdeckte sie viele Elben, aber zu ihrer Verwunderung waren hauptsächlich Zwerge mit den Bauarbeiten beschäftigt. Auch ein solcher Wall war völlig untypisch für eine Elbenstadt. Das neue Tal'Orin war nicht allein ein Ort zum Wohnen. Es war zugleich auch eine Festung.

»Nun, was sagst du?«, fragte Molakan voll unverkennbarem Stolz.

»Es ist … beeindruckend«, gab Thalinuel zu. »Wie war es nur möglich, die ganze Stadt in so kurzer Zeit zu errichten?«

»Viele tausend Elben waren daran beteiligt. Alle, die nicht in der drückenden Enge von Talarien leben wollten, sind bereits hierher umgesiedelt und haben geholfen. In wenigen Wochen, noch ehe wir von dem Krieg gegen König Hollans Heer zurückkehren, wird alles fertig sein.«

»Und die Zwerge?«

»Niemand versteht Stein besser zu bearbeiten als sie. Ohne ihre Unterstützung wäre das alles nicht möglich gewesen.«

»Und sie haben bereitwillig geholfen?«

Molakan zögerte einen Moment mit der Antwort.

»Nach ein bisschen Überredungskunst und mit etwas Nachdruck – ja.«

Thalinuel schluckte.

»Ihr habt sie … *gezwungen*? Aber das … das widerspricht allen elbischen Idealen!«, keuchte sie. »Es ist fast so schlimm wie Sklaverei!«

Während sich das Heer vor den Toren Talariens sammelte und zum Aufbruch bereit machte, hatte sich Molakan noch einmal vergewissern wollen, dass die Arbeiten in Tal'Orin ihren geplanten Verlauf nahmen, und hatte sie aufgefordert, ihn zu begleiten. Gemeinsam mit fünf weiteren Kriegern ritten sie nun in langsamem Schritttempo durch die Straßen der neu errichteten Stadt.

»Mit Sklaverei hat das nichts zu tun!«, widersprach er scharf. »Es ist eher eine Art von ausgleichender Gerechtigkeit. Die Zwerge beliefern die Menschen mit Waffen, die diese gegen uns verwenden. Also machen wir uns zu unserem Schutz ihre Fähigkeiten ebenfalls zunutze. Denk nur an die vielen Toten, die unser Versuch gekostet hat, sie von weiteren Waffenlieferungen abzuhalten. Auch dafür leisten sie nun Wiedergutmachung. Und sie tun es nicht umsonst. Wir werden sie selbstverständlich angemessen für ihre Dienste entlohnen.«

Thalinuel entgegnete nichts darauf, aber sie war keineswegs überzeugt. Selbst wenn die Zwerge bezahlt wurden, so änderte das nichts daran, dass sie mit Waffengewalt zu einer Arbeit gezwungen wurden, die sie freiwillig bestimmt nicht verrichtet hätten.

Auch das Argument, dass sie auf diese Art Wiedergutmachung leisten würden, klang ziemlich durchsichtig, nicht mehr als ein Vorwand, um der Zwangsarbeit ein Mäntelchen der Rechtfertigung umzuhängen.

Der Zorn der Zwerge auf die Elben würde dadurch nur noch weiter steigen, eine friedliche Lösung in immer weitere Ferne rücken. Gerade die stolzen Zwerge würden eine solche Demütigung nicht so schnell vergessen. Entweder wollte Molakan das nicht sehen, oder er nahm es billigend in Kauf. Überhaupt kam es Thalinuel manchmal so vor, als würde das Ideal eines friedlichen Zusammenlebens aller Völker für ihn eine immer geringere Rolle spielen, und wenn überhaupt noch, so nur auf sehr, sehr lange Sicht.

Sie hatte sich ihm angeschlossen, weil sie nicht länger bereit gewesen war, die Übergriffe gegen ihr Volk tatenlos hinzunehmen. Es war unvermeidlich geworden, wieder Ordnung und Sicherheit herzustellen, damit kein Elb sich zu fürchten brauchte, seine Stadt zu verlassen, auch wenn das bedeutete, den anderen Völkern für eine gewisse Übergangszeit den Frieden aufzuzwingen. Dabei ging es nicht darum, sie zu unterdrücken, sondern es war eine Schutzmaßnahme, bis sie lernten, aus eigener Verantwortung die Freiheit und die Rechte anderer zu achten.

Inzwischen jedoch, so fürchtete Thalinuel, lief alles immer mehr aus dem Ruder. Die Spaltung des Elbenvolkes, die Besetzung zahlreicher Menschensiedlungen, Zwerge, die zur Zwangsarbeit bei der Errichtung einer Festung gepresst wurden, eine bevorstehende Schlacht, wie sie die Welt seit dem Krieg gegen die Schattenmahre nicht mehr gesehen hatte, nur dass es diesmal gegen Menschen ging – das waren Folgen, die sie sich vorher in ihren schlimmsten Albträumen nicht ausgemalt hätte.

So, wie König Lotharon zuvor zugelassen hatte, dass alles seinen Lauf nahm, und nur darauf gesetzt hatte, dass die Völker von selbst zur Vernunft kommen würden, war es nicht mehr weitergegangen. Insofern stand Thalinuel nach wie vor treu zu Molakans Zielen. Nur an seinen Methoden, an dem Weg, den er dorthin beschritt, begannen sich immer stärker Zweifel in ihr zu regen.

»Ich weiß nicht, wohin das alles noch führen soll«, stieß sie hervor. »Die jüngeren Völker müssen mittlerweile eingesehen haben, dass sie unserem Volk kriegerisch hoffnungslos unterlegen sind. Vielleicht ist dies der richtige Zeitpunkt, ihnen ein kleines Stück weit entgegenzukommen. Wenn wir ihnen eine Möglichkeit bieten, aus dieser selbst verschuldeten Lage wieder herauszufinden, ohne ganz das Gesicht zu verlieren, vielleicht gibt es dann doch noch eine Chance auf Frieden, ohne sie gewaltsam zu unterdrücken.«

Molakan seufzte.

»Glaubst du, das würde ich mir nicht wünschen? Ich

wünschte sogar, dies alles wäre gar nicht erst passiert. Aber du weißt so gut wie ich, dass uns keine andere Wahl blieb. Nicht wir haben diesen Konflikt begonnen; er wurde uns aufgezwungen. Du hast gesehen, was passiert ist, als Lotharon uns verbannte und viele der menschlichen Ortschaften unserer Kontrolle kurzzeitig wieder entglitten. Sofort kam es zu neuen Unruhen.«

»Ich weiß«, murmelte Thalinuel. »Aber trotzdem … Wir können nicht auf Dauer alle anderen Völker unterdrücken, nur um Feindseligkeiten gegen uns zu verhindern. So wird sich bei ihnen nur immer mehr Hass gegen uns aufstauen.«

»Nein, auf Dauer geht das natürlich nicht. Aber zumindest bei den Menschen, die sich als die aggressivste Rasse erwiesen haben, scheint uns für wenigstens ein, zwei ihrer Generationen nichts anderes übrig zu bleiben. Für uns ist das nicht viel Zeit, aber für sie ist es hoffentlich genug, um zu erkennen, dass sie sich durch Feindseligkeiten gegen uns nur selbst schaden. Außerdem unterdrücken wir sie auch während dieser Zeit nicht wie Tyrannen, sondern verhindern nur, dass sie sich völlig dem Chaos und der Dunkelheit zuwenden und andere Völker oder auch sich selbst untereinander mit Kampf und Krieg überziehen.«

Thalinuel wollte noch etwas sagen, doch in diesem Moment erreichten sie das Zentrum der Stadt, und der Anblick verschlug ihr zunächst einmal die Sprache. Wo noch bei ihrem letzten Besuch die Mulde mit den steinernen Bankreihen und dem altarähnlichen Felsblock in der Mitte gewesen war, erstreckte sich nun eine gewaltige, prachtvolle Kuppel, die das gesamte ursprüngliche Tal'Orin überspannte und lediglich an der Spitze noch nicht ganz vollendet war. Sogar die wenigen halb verfallenen Säulen, die das Areal umstanden hatten, waren ausgebessert und in die Konstruktion mit einbezogen worden, ebenso wie zahlreiche neue Säulen von gleichem Aussehen.

»Das wird unsere Versammlungshalle«, sagte Molakan stolz. »Dort werden wir über alle wichtigen Entscheidungen beraten. Tausende Elben finden darin Platz.«

»Das sind längst nicht so viele wie insgesamt in der Stadt.«

»Nein. Insgesamt können wir hier mehr als fünfzigtausend Elben bequem unterbringen, und noch einmal die Hälfte, wenn wir etwas zusammenrücken. Das ist wesentlich mehr als die Einwohnerschaft von Saltinan zu der Zeit, als ich noch Hüter der Türme war.«

Fünfzigtausend, notfalls sogar noch mehr! Die Zahl verschlug Thalinuel für einen Moment den Atem. Damit würde Tal'Orin zur größten Elbenstadt überhaupt werden. Eine Stadt, die im Grunde eine Festung war, nicht organisch gewachsen, sondern mit unfreiwilliger Zwergenhilfe aus dem Boden gestampft und hauptsächlich aus Stein bestehend …

Sie war sich nicht sicher, ob Elben auf Dauer in einer solchen Umgebung leben konnten. Auch für sich selbst konnte sie es sich nur schwer vorstellen. Die Bauleistung war ohne Frage gewaltig, aber die Stadt wirkte tot und bedrückend, ganz anders als Saltinan oder Talarien.

»Wir werden alles noch wesentlich verschönern und vor allem viele Bäume und Büsche pflanzen«, sagte Molakan, als hätte er ihre Gedanken gelesen. »Farbenfrohe Gärten, Alleen, Rankpflanzen, die die meisten Häuser bedecken werden – es wird eine grüne Stadt werden, in der sich Elben so wohl fühlen können, wie es unter den gegebenen Umständen möglich ist.«

Thalinuel zweifelte nicht daran, dass es eine Menge Möglichkeiten gab, die Stadt zu verschönern, aber all das würde nichts daran ändern, dass sie ein steinernes Herz und den Charakter einer Festung besaß. Nicht viele Elben würden auf Dauer freiwillig hier leben und sich wohlfühlen. Außerdem – als Festung besaß Tal'Orin einen großen Nachteil.

»Wie sieht es mit der Versorgung der Einwohner aus?«, fragte sie. »Es werden riesige Mengen an Lebensmitteln nötig sein. Und im Falle einer Belagerung …«

»Im Süden der Stadt haben wir große Felder angelegt, auch sie sind durch Mauern geschützt. Im Frühjahr werden wir sie bestellen«, fiel Molakan ihr ins Wort. »Aber wer sollte uns schon belagern? Selbst wenn alle jüngeren Völker sich zusammenschließen sollten, wären sie dafür nicht mächtig genug. Der äußere Wall dient hauptsächlich als Schutz vor unerwarteten Überfällen. Davor werden wir sicherer sein als jede andere Stadt. Jetzt entschuldige mich, ich habe einiges zu erledigen.«

Er stieg vom Pferd und ging auf eine Gruppe von Elben zu, die mit Skizzen in den Händen heftig miteinander diskutierten und dabei immer wieder zur Kuppel hinauf deuteten.

Thalinuel nutzte die Gelegenheit, sich allein ein wenig umzusehen. Vor allem beobachtete sie die Zwerge und wie man sie behandelte. Viel gab es in dieser Hinsicht allerdings nicht zu entdecken. Die stämmigen, bärtigen Gestalten arbeiteten weitgehend eigenständig und hatten kaum direkten Kontakt mit den Elben, obwohl sich stets welche in ihrer Nähe befanden. Nur vereinzelt gab es Gespräche, doch entgingen Thalinuel nicht die finsteren Blicke, die die Zwerge ihren Aufpassern immer wieder zuwarfen. Es konnte keinen Zweifel daran geben, dass sie nicht freiwillig hier waren.

Dazu musste auch beitragen, dass sie den Großteil aller Arbeiten zu verrichten hatten, vor allem die schweren. Einige Elben waren damit beschäftigt, Büsche und andere Gewächse anzupflanzen oder Verzierungen an Gebäuden anzubringen, doch die meisten beschränkten sich darauf, die Zwerge bei ihrer Arbeit zu bewachen.

Und gerade die Vollendung der Kuppel war ausgesprochene Knochenarbeit. Mächtige stählerne Balken und Streben bildeten das Gerüst der Kuppel. Darüber wurden sich überlappende große, dünne Steinplatten befestigt, wie wohl nur die Zwerge sie herstellen konnten. Über riesige Gerüste mit zahlreichen Rollen und Winden wurden die Platten an stählernen Seilen in die Höhe gewuchtet. Die Arbeit stellte eine Schinderei dar, an der Dutzende von Zwergen beteiligt waren. Auch hier legte kein einziger Elb mit Hand an.

Es war einfach nicht richtig, und der Anblick weckte Zorn in Thalinuel. Sich Rat und Hilfe von den im Umgang mit Stein wesentlich befähigteren Zwergen zu holen, war eine Sache. Eine ganz andere hingegen war es, sie auch den Großteil aller Arbeiten verrichten zu lassen. Dies sollte eine elbische Stadt werden, und entsprechend sollte sie auch maßgeblich von Elben errichtet sein, statt dass die Angehörigen ihres Volkes nur zusahen und beaufsichtigten, wie andere die schwere Drecksarbeit für sie erledigten – noch dazu unter Zwang.

Innerhalb des letzten Jahres hatten sich nicht nur die Machtverhältnisse in Thalinuels Volk radikal verändert, sondern auch viele der moralischen Werte. So schienen viele Elben sich mittlerweile als etwas Besseres als die anderen Völker zu fühlen. Sie waren älter und stärker, und allein daraus schienen einige das Recht abzuleiten, den jüngeren Völkern ihren Willen aufzuzwingen. Über einen bloßen Selbstschutz ging das weit hinaus. Die Zwangsverpflichtung der Zwerge bei der Errichtung des neuen Tal'Orin war nur ein kleiner, aber erschreckender Teil dessen, was unter diesen Vorzeichen geschah.

Noch vor wenigen Monaten hatte sich die Welt für Thalinuel klar in Gut und Böse, in Schwarz und Weiß einteilen lassen. Nun schien nichts davon mehr zu gelten, die Grenzen schienen zu verschwimmen, und alles präsentierte sich nur noch in unterschiedlichen Grautönen.

In Gedanken versunken beobachtete sie die Bauarbeiten, ohne wirklich etwas wahrzunehmen, als plötzlich ein lautes Knirschen und Splittern, gleich darauf gefolgt von überraschten Schreien, sie aufschreckte. Entsetzt sah sie, dass eine der großen Winden an der Spitze des Gerüsts aus ihrer Verankerung gebrochen war. Die massiven Holzstreben, auf denen sie ruhte, brachen wie dünne Zweige. Ein Teil des Gerüsts knickte ein, riss weitere Teile mit sich. Ein Hagel aus Holz- und Stahltrümmern prasselte auf die Zwerge am Boden nieder. Zwei, die sich auf dem Gerüst befunden hatten, wurden mit in die Tiefe gerissen.

Die schwere Steinplatte begann hin und her zu schwanken, als sie plötzlich nur noch an einem Seil hing. Dieser Belastung war es nicht gewachsen und riss mit einem peitschenden Knall. Die Steinplatte stürzte auf den schon fertigen Teil der Kuppel herab und schlitterte über die gewölbte Fläche auf den Rand zu. Erneut ertönte ein lautes Splittern und Bersten, als sie das Gerüst traf und es noch weiter zerstörte. In einem neuerlichen Hagel von Trümmerstücken stürzte sie in die Tiefe, wobei sie die Überreste des Gerüsts vollends unter sich zertrümmerte.

Verzweifelt versuchten sich die Zwerge in Sicherheit zu bringen, doch alles ging zu schnell. Thalinuel musste voller Entsetzen mit ansehen, wie mehr als ein halbes Dutzend von ihnen unter den Trümmern des Gerüsts und der beim Aufprall auf den Boden in mehrere große Stücke zerberstenden Steinplatte begraben wurden. Staubwolken wirbelten auf und breiteten einen gnädigen Schleier über das Geschehen.

Thalinuel überwand ihren Schrecken, sprang aus dem Sattel und hastete auf die Unglücksstelle zu. Nur wenige andere Elben schlossen sich ihr an.

Die herabgestürzten Trümmer des Gerüsts hatten zweifellos viele der Zwerge verletzt oder gar erschlagen, doch mochten sie anderen nun sogar das Leben gerettet haben. Wäre die Steinplatte ungebremst zu Boden gefallen, hätte keiner von ihnen eine Überlebenschance gehabt. So jedoch waren durch das Gewirr quer durcheinander- und übereinanderliegender Balken und Streben Hohlräume entstanden.

Zusammen mit den von allen Seiten herbeieilenden Zwergen und den wenigen Elben, die sich an der Rettung beteiligten, begann Thalinuel in fieberhafter Eile, die Bruchstücke zur Seite zu räumen. Unter den Trümmern drangen Hilferufe und das Stöhnen von Verletzten hervor, also gab es auf jeden Fall Überlebende, und ihre Anstrengungen waren nicht umsonst.

Umso mehr ärgerte – und entsetzte – es sie, dass sich so wenige Elben an der Rettung beteiligten. Offenbar war ihnen das Schicksal der verletzten Zwerge völlig gleichgültig. Deutlicher als alles andere zeigte ihr dies, wie stark ihr Volk sich bereits zu verändern begonnen hatte.

Gemeinsam mit gut einem Dutzend Zwerge packte sie an einem großen Bruchstück der Steinplatte an, doch es war zu schwer, um es auf einmal zur Seite zu wuchten. Dennoch musste es unbedingt weg, damit sie an die Trümmerstücke darunter herankommen konnten.

»Ho-ruck, ho-ruck!«, rief einer der Zwerge. In dem von ihm vorgegebenen Rhythmus stemmten sie sich gegen die Platte und schoben sie jedes Mal ein Stückchen zur Seite, bis sie nach dem neunten »ho-ruck« schließlich Übergewicht bekam und mit lautem Poltern von dem Trümmerhaufen herabstürzte.

Thalinuel blickte direkt auf zwei fürchterlich zugerichtete Leichen. Ihre Körper waren zermalmt worden, und mehrere Stahlstreben hatten sie durchbohrt.

Zwischen den Streben hindurch jedoch war das angstvoll verzerrte Gesicht eines weiteren Zwergs zu sehen. Er war zweifellos noch am Leben, denn er stöhnte vor Schmerzen. Um ihn zu retten, versuchten die Zwerge die Toten gar nicht erst von den Streben zu trennen, sondern räumten diese vorsichtig mitsamt den Leichen zur Seite. Auch Thalinuel wollte wieder mit anfassen, doch inzwischen strömten immer mehr Zwerge herbei, und sie wurde ebenso wie die anderen Elben sanft zur Seite gedrängt.

»Wir danken dir für deine Hilfe«, sprach ein Zwerg mit

einem besonders buschigen und langen Bart sie an. »Wir möchten nicht eure Feinde sein, doch leider macht dein Volk uns dies mittlerweile oft schwer.«

Verblüfft blickte sie ihn an, doch ehe sie etwas darauf erwidern konnte, hatte sich der Zwerg bereits wieder umgedreht und half mit, die Trümmer zur Seite zu räumen.

»Thalinuel!«, hörte sie gleich darauf Molakan hinter sich rufen. Er hatte seine Gespräche beendet und saß bereits wieder auf seinem Pferd. »Wir können aufbrechen.«

Ein wenig zögernd und immer wieder zu den Rettungsarbeiten zurückblickend ging Thalinuel zu ihm hinüber und stieg ebenfalls in den Sattel.

»Ein schreckliches Unglück«, stieß sie hervor.

»Ja«, brummte Molakan und schüttelte verdrossen den Kopf. »Das wird die Fertigstellung der Kuppel um Tage verzögern. Welch ein Glück, dass sich unter den Opfern wenigstens nur Zwerge befinden.«

8

KÖNIG KALMAR

September 9430 neuer Zeitrechnung der Elben

Lhiuvan hätte nicht gedacht, dass es noch eine Steigerung seiner Verzweiflung geben könnte, seit er bemerkt hatte, dass sich der Schattenmahr in ihm eingenistet hatte und er selbst nur ein hilfloser Gefangener in seinem eigenen Körper war. Und doch war es so, als er miterlebte, mit welcher eiskalten Raffinesse der Mahr seine Pläne verfolgte und sie in die Tat umsetzte. Große, mächtige Reiche waren für ihn nicht mehr als Spielsteine, die er nach Belieben manipulierte und benutzte, ohne dass ihre Herrscher ahnten, dass sie längst Gefangene im Intrigenspiel eines Ungeheuers waren.

Noch ahnungsloser waren die Zwerge von Elan-Dhor und Zarkhadul, die nicht einmal wussten, dass ihnen überhaupt Gefahr drohte, geschweige denn, wie unerbittlich sich die Schlinge mit jedem Tag enger um sie zusammenzog. Ihr Untergang rückte immer näher und war schon jetzt kaum noch abzuwenden. Schon bald würde der Sturm losbrechen, der sie hinwegfegen würde.

Und auch für sein eigenes Volk sah es nicht viel besser aus. Niemand im goldenen Tal konnte ahnen, in welcher Gefahr man schwebte. Nur die Zwerge standen noch zwischen dem Schattenmahr und seinem Triumph, deshalb war ihr Untergang beschlossene Sache. Und sobald der Weg zu dem Tor unter Elan-Dhor frei wäre, würden alle anderen Völker das gleiche Schicksal erleiden. Unwissentlich würden sie selbst ihr Verderben herbeiführen.

Die Dämmerung brach bereits herein, als Lhiuvan sich dem Feldlager der lartronischen Armee näherte. Ein Wachposten stellte sich ihm in den Weg und atmete erleichtert auf, als er den vermeintlichen Priester erkannte.

»Ihr seid zurück, endlich! König Kalmar erwartet Euch bereits ungeduldig. Ihr sollt sofort zu ihm kommen.«

Das konnte Lhiuvan sich gut vorstellen. Der Schattenmahr hatte den König innerhalb kürzester Zeit so von sich abhängig gemacht, dass schon wenige Tage ohne seine Anwesenheit eine Qual für ihn darstellen mussten. Er hatte behauptet, sich lediglich im Barbarengebiet etwas umsehen zu wollen, doch der Weg nach Brunstein war ungleich weiter gewesen, und obwohl er so schnell wie irgend möglich geritten war, hatte er mehr Zeit dafür gebraucht.

Langsam ritt er weiter, bis er ein großes Zelt im Zentrum des Feldlagers erreichte, das Kalmar als Unterkunft und Kommandostand diente. Er beriet sich gerade mit einigen Vertrauten, brach die Besprechung aber sofort ab, als Lhiuvan das Zelt betrat, und schickte die Offiziere hinaus. Einige finstere Blicke trafen den vermeintlichen Priester, doch niemand wagte gegen den Befehl aufzubegehren.

»Da seid Ihr ja endlich«, begrüßte Kalmar ihn. Trotz seines Alters war er ein rüstiger und kräftiger Mann mit langem, grauem Haar und einem ebensolchen Bart. »Ich habe Euch schon vorgestern oder spätestens gestern zurückerwartet und begann bereits, mir Sorgen zu machen.«

»Das lag nicht in meiner Absicht«, erwiderte Lhiuvan und verneigte sich. »Aber meine Reise war nicht ungefährlich, und ich musste bis auf radonisches Gebiet vordringen. Aber dafür weiß ich nun alles, was ich in Erfahrung bringen wollte.«

Anfangs hatte er sich gewundert, warum der Schattenmahr dieses Intrigenspiel veranstaltete, statt mit seiner magischen Kraft beiden Königen einfach zu befehlen, Elan-Dhor anzugreifen. Die Macht dazu besaß er.

Mittlerweile jedoch hatte Lhiuvan mehr über ihn herausgefunden. Er kannte seine Stärken, aber hatte auch einige Schwächen entdeckt, obwohl er sie leider nicht für sich nutzen konnte. So vermochte der Mahr zwar tatsächlich den Geist eines jeden nicht selbst magisch begabten Wesens mit roher Gewalt zu brechen und ihm seinen Willen aufzuzwingen, doch hielt diese Kontrolle nur einige Stunden, höchstens einen Tag lang an. Vor allem aber erinnerte sich das Opfer anschließend an alles, sodass es die ihm aufgezwungenen Befehle widerrufen und Lhiuvan kein weiteres Mal in seine unmittelbare Nähe vorlassen würde.

Vor allem aber wären seine Pläne dann aufgeflogen.

Deshalb beschränkte er sich darauf, Kalmar nur auf kaum merkliche Art zu beeinflussen, ihm ein Gefühl von Vertrauen einzugeben, damit dieser freiwillig tat, was von ihm erwartet wurde. Allerdings würde der Mahr ihn auf diese Weise nicht dazu bringen können, etwas zu tun, was gänzlich gegen Kalmars Gewissen und seine Ansichten verstieß. Deshalb war es notwendig, ihn davon zu überzeugen, dass ein Krieg gegen die Zwerge in seinem ureigenen Interesse läge.

Aus dem gleichen Grund hatte er Aila als vermeintliche Sklavin bei König Lorian zurückgelassen. Auch in sie hatte der Schattenmahr einen Teil von sich gepflanzt, und dieser würde dafür sorgen, dass auch Lorian ihm hörig wurde.

»Wie Ihr wisst, gibt es schon lange Gerüchte, dass die Zwerge Waffen an die Barbaren verkaufen, obwohl sie es immer bestreiten. Der Zwergenstahl ist härter als jeder andere, und ihre Klingen sind viel häufiger gefaltet und schärfer. Schließlich habt Ihr ja selbst nicht ohne Grund einen Teil Eurer Armee mit Zwergenwaffen ausgestattet.«

»Das weiß ich alles, kommt schon zur Sache, Priester«, drängte Kalmar ungeduldig. Er schenkte sich einen Krug Wein ein und bot ihm auch einen an, doch Lhiuvan lehnte ab. »Liefern die Zwerge nun Waffen an die Barbaren?«

»Ohne jeden Zweifel, Majestät. Die Barbaren bemühen sich stets, alle Spuren hinter sich zu verwischen, doch diesmal gelang es ihnen nicht ganz. Unter den Trümmern eines niedergebrannten Hauses wurde der Leichnam eines Barbaren gefunden. Alle seine Waffen stammen eindeutig aus Zwergenproduktion.«

»Dann haben sie mich belogen!« Kalmar ließ seine Faust so wuchtig auf die Tischlatte niedersausen, dass der Weinkrug fast umgestürzt wäre. »Das ist also ihr Dank für meine großmütigen Geschenke!«

Anlässlich der Hochzeit von Zwergenkönigin Tharlia hatte er den Zwergenvölkern einen breiten Streifen Land entlang des Schattengebirges geschenkt, damit sie dort Nahrungsmittel und dergleichen anbauen konnten.

»So ist es, Majestät. Sie treiben mit allen ein doppeltes Spiel. Ihre Behauptung, sie würden keine Waffen an die

Barbaren verkaufen, sondern lediglich deren eigene Waffen verzieren, ist nur eine durchsichtige Lüge, die nun endgültig entlarvt wurde. Ihre Gier und ihre Verschlagenheit kennen keine Grenzen. Wollt Ihr Euch das einfach so bieten lassen?«

»Nein, gewiss nicht«, grollte König Kalmar und starrte mit finsterem Blick vor sich hin. »Wenn sie auf den Handel mit den Barbaren nicht verzichten wollen – sollen sie nur. Dafür werde ich für ganz Lartronia ein Handelsverbot mit ihnen erlassen. Mehr als alles andere wird sie das direkt an ihrem Lebensnerv treffen. Und was die Barbaren angeht – vielleicht sollte ich König Lorian ganz formell erlauben, sie auch auf lartronischem Gebiet zu jagen. Dann ist es mit diesem Unruheherd ein für allemal vorbei, und die Zwerge verlieren auch ihre neuen Freunde als Einnahmequelle.«

»Ich fürchte, Ihr erkennt die wahren Hintergründe noch nicht, Majestät. Die Barbaren sind völlig unwichtig, auch nur Spielfiguren in den Ränken der Zwerge. Ein Boykott, wie Ihr ihn angeregt habt, wäre eine völlig richtige Maßnahme, doch bei weitem noch nicht ausreichend. Natürlich würden die Zwerge dadurch große Verluste erleiden, doch ich fürchte, das würden sie zur Umsetzung ihrer Pläne bereitwillig in Kauf nehmen. Der einzig richtige Weg wäre es, mit König Lorian ein Bündnis zu schließen.«

Mit wohlgesetzten Worten entwickelte Lhiuvan ein weiteres Mal das gleiche Verschwörungsszenario, das er auch schon Lorian vorgetragen hatte. Er sprach davon, dass ein so brutaler Überfall völlig untypisch für die Barbaren wäre, und sie ihn sicherlich nur in fremdem Auftrag ausgeführt hätten, wenn ihnen sonst der Verlust von etwas für sie sehr Wichtigem gedroht hätte, beispielsweise die Belieferung mit Waffen.

Anschließend zeichnete er die Schreckensvision eines langen, blutigen Krieges zwischen Radon und Lartronia; eines Krieges, bei dem die Zwerge ein ungeheures Vermögen verdienen würden, indem sie beide Seiten mit Waffen belieferten. Und wenn beide Länder sich gegenseitig zerfleischt hatten, würde ein gewaltiges Machtvakuum zurückbleiben. Ein weiteres Mal würden die Zwerge verdienen, indem sie Werkzeuge und andere Waren für den Wiederaufbau lieferten, aber vor allem würden sie in weitem Umkreis der einzige bedeutende Machtfaktor sein und diese Macht auch nicht mehr aus den Händen geben.

Während er sprach, beeinflusste der Schattenmahr Kalmar kaum merklich, um sein Misstrauen einzuschläfern und seine Bereitschaft zu erhöhen, an die Verschwörung zu glauben. Völlig war seine Skepsis jedoch trotzdem noch nicht geschwunden, nachdem Lhiuvan geendet hatte.

»Eine Intrige, um Lartronia und Radon gegeneinanderzuhetzen«, murmelte er. »Ich kann es kaum glauben. Selbst wenn die Zwerge die Barbaren mit Waffen beliefern, muss das doch noch nicht zwangsläufig bedeuten, dass sie unsere beiden Länder in einen Krieg treiben wollen. Das sind doch bloße Spekulationen.«

Lhiuvan schüttelte den Kopf und spürte, wie der Schattenmahr die Beeinflussung des Königs noch verstärkte.

»Ich wünschte, es wäre so«, behauptete er. »Aber nicht nur all meine persönlichen Beobachtungen während der vergangenen Tage deuten darauf hin. Ich habe auch die Runen geworfen, mehr als einmal, und ihre Aussage ist unmissverständlich. Lartronia schwebt in großer Gefahr, aber nicht durch König Lorian. Ihm droht die gleiche Gefahr durch eine andere Macht, die sich zu verbergen versucht.«

Er wusste, dass Kalmar abergläubisch war und welche Bedeutung er Orakeln, Weissagungen, Sterndeutung und allen anderen Methoden, die Zukunft vorherzusehen, beimaß. Dies hatte er sich vom ersten Moment an zunutze gemacht, um das Vertrauen des Königs zu erlangen. Es war einfach gewesen. Er hatte lediglich die Vorhersagen von dessen bisherigen Astrologen durch einige fingierte Vorfälle als falsch entlarven und einige eigene zur Erfüllung kommen lassen müssen.

»Noch vor kurzer Zeit habt Ihr behauptet, den Runen zufolge würde meinem Königreich durch Lorians bevorstehenden militärischen Einfall große Gefahr drohen, weshalb ich dies auf keinen Fall zulassen dürfte.« Kalmar war alt, aber sein Verstand arbeitete noch immer so scharf wie früher. Sein Blick wurde stechend. »Anderenfalls wäre ich erst gar nicht zu diesem Feldzug aufgebrochen.«

»Und die Runen hatten Recht«, entgegnete der Schattenmahr durch Lhiuvans Mund. »Nur war ich zu diesem Zeitpunkt noch nicht in der Lage, die Art der Gefahr genauer zu erkennen. König Lorian ist bereits unwissentlich zu einem Werkzeug der Zwerge geworden, indem er sich ohne Rücksicht auf die Grenzen Lartronias an den Barbaren rächen will, und damit beide Reiche in größte Gefahr bringt.«

Für eine Weile herrschte Schweigen.

»Demnach ratet Ihr mir nun, mit meinem Heer umzukehren und Lorian bei seinem Rachefeldzug gewähren zu lassen, nur um keine Auseinandersetzung zu riskieren?«, fragte Kalmar schließlich. »Ihr habt mir doch bislang zugeredet, dass dies wie Feigheit und Schwäche erscheinen würde, eine Einladung zu weiteren Übergriffen.«

»Und das gilt immer noch, weshalb ich Euch keineswegs dazu rate. Es wäre ein großer Fehler. Ihr dürft das Heft des Handelns nicht aus der Hand geben und Lorian gewähren lassen. Aber nicht er ist Euer Feind. Ihr solltet Euch mit ihm verbünden. Die Barbaren sind doch auch Euch ein Dorn im Auge, oder würdet Ihr ihnen nur eine Träne nachweinen?«

»O nein, ganz gewiss nicht.«

»Dann schickt einen Boten zu König Lorian. Richtet ihm aus, dass auch Ihr entschlossen seid, dieses Eitergeschwür ein für alle Mal auszumerzen, und bietet ihm an, diese Aufgabe gemeinsam mit ihm durchzuführen. So wäre die Gefahr eines Krieges zwischen Lartronia und Radon gebannt. Ihr würdet Stärke statt Schwäche demonstrieren und statt eines potentiellen Feindes einen mächtigen Verbündeten gewinnen. Darüber hinaus wärt Ihr das Problem mit den Barbaren endgültig los.«

»Nur Vorteile«, sagte Kalmar bedächtig. Er strich sich über den Bart, und seine Augen funkelten. »Eure Ratschläge sind wahrhaft weise, Priester.«

»Aber wichtig ist vor allem, dass Ihr nicht aus den Augen verliert, wer der wahre Feind ist«, erinnerte Lhiuvan. »Die Zwerge arbeiten auf den Untergang Lartronias hin. Auch wenn ihr Plan diesmal nicht gelingt, werden sie es wieder versuchen, wenn Ihr ihnen nicht zuvorkommt!«

Wieder schwieg Kalmar einige Sekunden lang.

»Und was schlagt Ihr vor?«, fragte er dann.

Lhiuvan lächelte kalt, auch wenn das hinter den um seinen Kopf gebundenen Tüchern nicht zu sehen war.

»Zwei gewaltige Armeen, deren Könige durch einen gemeinsamen Feind herausgefordert wurden, nähern sich derzeit dem Schattengebirge«, sagte er. »Mit vereinten Kräften dürftet Ihr wohl dafür sorgen können, dass von den Zwergen nie wieder eine Gefahr ausgeht!«

9

ILLURIEN

September 9430 neuer Zeitrechnung der Elben

Das goldene Tal …

Der Anblick erfüllte Pelariol wie stets mit einem Glücksgefühl. In den vergangenen Jahren war dieser Ort für ihn zu einer Heimat geworden, obwohl er nicht von hier stammte. Geboren und aufgewachsen war er in den finsteren Katakomben der Thir-Ailith, doch dies war ein Ort des Grauens gewesen. Erst nach seiner Befreiung hatte er hier zum ersten Mal das Gefühl von Heimat empfunden, das wurde auch dadurch nicht anders, dass er viel unterwegs gewesen war, um auch andere Teile der Welt kennen zu lernen. Stets war es für ihn ein ganz besonderer Moment, wenn er hierher zurückkehrte.

Er blickte in das tief eingeschnittene Tal hinab, auf den Fluss, der zwischen Feldern, Wiesen und kleinen, parkähnlichen Wäldchen hindurchfloss, und auf die hölzernen, vielfach ineinander verschachtelten und durch Stege und Söller miteinander verbundenen Gebäude, die fast wie Flechten die Felswände des Tals bedeckten. Für Pelariol war es der schönste Ort, den er jemals gesehen hatte.

SENTIMENTALER UNSINN!, riss ihn die geistige Stimme des Schattenmahrs aus dem kurzen Moment des

Glücks heraus. Schon in Gormtal war ihm über Lhiuvan ein winziger Teil des Ungeheuers eingepflanzt worden, das seither genau wie bei Lhiuvan sein Handeln kontrollierte und beständig stärker wurde. SOBALD DAS TOR ERST EINMAL GEÖFFNET IST, WIRD DIESER ORT WIE ALLE ANDEREN IN BLUT UND FEUER UNTERGEHEN! UND NUN VORWÄRTS, WIR HABEN NOCH VIEL ZU ERLEDIGEN!

Ohne zu ahnen, welche Seelenqual Pelariol erfüllte, eskortierte ihn einer der Wachposten, die ihn bereits abgefangen hatten, als er sich dem geheimen Ort näherte, über einen schmalen Feldpfad ins Tal hinunter. Dort wurde er freudig empfangen und stieg von seinem Pferd. Man bot ihm zu essen und zu trinken an, doch obwohl er hungrig und vor allem durstig war, lehnte er auf Befehl des Schattenmahrs ab und verlangte, sofort zur Herrin Illurien gebracht zu werden.

Man führte ihn durch viele Hallen, über Treppen, lange Korridore und durch zahlreiche Arkaden, bis er die Gemächer Illuriens erreichte und sofort eingelassen wurde.

Sie erwartete ihn in einem lichtdurchfluteten Saal, in dem er noch nie zuvor gewesen war. An zwei Wänden hingen kunstvoll geknüpfte Teppiche, alle Möbel und die Deckenbalken waren aus hellem, mit zahlreichen Schnitzereien versehenem Holz. Es herrschte eine Atmosphäre von Frieden und Ruhe, die der Schattenmahr vom ersten Moment an zutiefst hasste.

Illurien selbst saß auf einer mit Kissen belegten Bank in einer Ecke des Raums hinter einem Tisch. Langes, goldenes Haar flutete ihr über die Schultern. Ihr hohes Alter war ihr nicht anzusehen, dabei sollte sie die älteste und weiseste lebende Elbin sein. Allenfalls ein Blick in ihre Augen, die ihm wie tiefe Brunnen erschienen, verriet ihren ungeheuren Schatz an Wissen und Erfahrung.

Das zum Fenster hinter ihr hereinfallende Sonnenlicht hüllte sie in eine goldene Aura und ließ sie fast wie ein überirdisches Wesen erscheinen.

Sie war das Oberhaupt des Elbenvolkes, vergleichbar einer Königin, obwohl sie diesen Titel nicht trug. Streng genommen besaß sie keinerlei Befehlsgewalt, dennoch stand ihre Autorität außer Frage. Sie brauchte nicht zu befehlen, es genügte, wenn sie Ratschläge erteilte. Niemand würde diese leichtfertig verwerfen.

Das war etwas, was zu verstehen dem Schattenmahr anfangs schwerfiel. In seinem Verständnis der Welt beruhte Macht ausschließlich auf Gewalt und Furcht. Seine Befehle waren Gesetz, keiner seiner Untergebenen würde es wagen, ihm nicht zu gehorchen. Für ihn gab es immer jemanden, der die Befehle erteilte, und andere, die sie ausführten. Dass dies beim Volk der Elben anders war, dass der Stärkste nicht das Kommando an sich riss, konnte er aufgrund seiner eigenen Gier nach Macht nicht begreifen.

»Setz dich«, forderte Illurien ihn auf und deutete auf einen Stuhl auf der anderen Seite des Tisches. »Ich habe viel von deinem Werk und dem deiner Begleiter in Gormtal gehört.«

Erst jetzt bemerkte Pelariol, dass noch eine weitere Person anwesend war. In einer anderen Ecke des Raums saß Gelinian, Illuriens Tochter, in einem Sessel und las in einigen alten Schriftrollen. Als er sie anblickte, nickte sie ihm lächelnd zu und vertiefte sich gleich wieder in ihre Lektüre.

Pelariol spürte den Zorn des Schattenmahrs. Er hatte gehofft, mit Illurien allein sprechen zu können. Anders als Wesen ohne magische Fähigkeiten konnte er sie nicht geistig beeinflussen, aber schon eine kurze körperliche Berührung würde ihm genügen, um auch von ihr Besitz zu ergreifen. Im Gegensatz zu den Menschen reichten sich Elben zur Begrüßung nicht die Hand und waren auch sonst mit Berührungen sehr zurückhaltend. Wären sie alleine gewesen, hätte er einen solchen Kontakt notfalls mit Gewalt erzwingen können, doch durch Gelinians Anwesenheit war dies unmöglich.

»Ich habe nur das getan, was ich für meine Pflicht hielt«, entgegnete er bescheiden. »Gegen Chaos und Unterdrückung anzukämpfen, wie die Mächte der Dunkelheit sie verbreiten. Davon gab es gerade in Gormtal mehr als genug. Wir machten uns so mächtige Feinde, dass wir schließlich sogar nur noch maskiert auftreten konnten.«

»Doch nun hast du dein Werk abgebrochen und bist hier. Oder beabsichtigst du, wieder nach Gormtal zurückzukehren?«

»So schnell wie möglich«, antwortete er.

»Ihr habt Gormtal ziemlich überhastet verlassen, wie man mir berichtete«, sagte Illurien und zeigte damit, dass sie wesentlich besser informiert war, als er erwartet hatte. Aber das war noch nicht alles. »Und ihr seid in Begleitung eines gesuchten Verräters an unserem Volk aufgebrochen«, fügte sie hinzu.

»Genau das war der Grund, aus dem wir Gormtal verlassen haben«, behauptete Pelariol. »Wir haben Lhiuvan dort entdeckt und konnten ihn festnehmen. Daraufhin wollten wir ihn hierherbringen, aber wir waren nicht vorsichtig genug. Eine Gruppe Tzuul ist uns gefolgt und hat uns überfallen. Mit ihrer Hilfe konnte er uns entkommen.«

Er beobachtete Illurien genau, doch ihrem Gesicht war nicht anzumerken, was sie von seinen Worten hielt.

»Das ist bereits mehrere Wochen her«, entgegnete sie ohne eine Regung.

»Wir haben versucht, die Spur des Verräters aufzunehmen und ihn zu verfolgen, doch bislang ohne Erfolg. Es gelang ihm immer wieder, uns abzuschütteln. Die anderen suchen immer noch nach ihm, doch ich entschied mich, zunächst hierherzukommen, um Euch Bericht zu erstatten. Und hier bin ich nun.«

Illurien schwieg einige Sekunden lang, bis sie schließlich nickte.

»Dann berichte mir von der Verfolgung und lass nichts aus. Jede Kleinigkeit kann wichtig sein. Es ist von enormer Bedeutung, dass wir Lhiuvan fassen und herausfinden, warum er ein Tor zu öffnen versucht hat.«

Pelariol warf rasch einen Blick zu Gelinian hinüber. Sie war noch immer in ihre Schriftrollen vertieft und schien keinerlei Notiz von dem zu nehmen, was um sie herum vorging, doch er war sicher, dass sie jedem Wort aufmerksam lauschte.

Er erwog seine Chancen, beide mit einem Überraschungsangriff zu überwältigen. Immerhin musste er sie jeweils nur kurz berühren. Dennoch erschien ihm das Risiko zu groß. Genau wie ihre Mutter war auch Gelinian eine äußerst mächtige Magierin, und zudem sehr klug. Sie würde ihn erst gar nicht mehr an sich herankommen lassen, und vermutlich wäre selbst der Schattenmahr ihr in einem offenen Kampf nicht gewachsen.

Auch seiner Macht waren Grenzen gesetzt. Der ohnehin nur winzige Teil seines Geistes, der in diese Welt gelangt war, hatte sich inzwischen auf eine ganze Reihe von Trägern verteilt. Das Ungeheuer in Pelariol war in den letzten Wochen zwar stärker geworden, doch nicht annähernd mit dem in Lhiuvan zu vergleichen. Wenn es noch einen Teil von sich auf Illurien übertrug, würde es zusätzlich geschwächt werden, und die Gefahr, eine magische Auseinandersetzung mit Gelinian zu verlieren, die darüber hinaus sicherlich sofort Hilfe herbeirufen würde, war zu groß.

Zu viel hing von seiner Aufgabe ab, um ein solches Risiko einzugehen. Lieber wollte der Mahr auf eine günstigere Gelegenheit warten.

Pelariol erzählte eine völlig frei erfundene Geschichte über die angebliche Verfolgung Lhiuvans, die in den Düsterwald, nach Radon und schließlich immer weiter in die noch wenig erforschten Ländereien im Westen geführt hätte, über die Schwierigkeiten, immer wieder neu seine Spur aufzunehmen, und andere Probleme. Ein paarmal versuchte er Widersprüche einzubauen, doch der Schattenmahr war auf der Hut und unterband alle entsprechenden Versuche.

Auch während er sprach, ließ Illurien sich durch nichts anmerken, was sie dachte, ob sie ihm glaubte oder nicht, ob sein erfundener Bericht sie in irgendeiner Weise beruhigte oder beunruhigte. Von Zeit zu Zeit stellte sie ein paar Zwischenfragen, und als er zum Ende gekommen war, schwieg sie eine Weile.

»Sehr bedauerlich, dass Lhiuvan euch entkommen ist und ihr ihn seither nicht wieder einfangen konntet«, sagte sie schließlich. »Das soll kein Vorwurf an dich und deine Mitstreiter sein, ihr habt sicherlich euer Möglichstes getan. Aber ich kann mir einfach keinen Reim auf Lhiuvans Verhalten und seine Absichten machen. Vor seinem Verrat war er einer der tapfersten und berühmtesten Elbenkrieger. Das Wohl unseres Volkes war bei allem, was er tat, für ihn das Wichtigste, er hat es stets über sein eigenes gestellt. Ich begreife nicht, warum jemand wie er plötzlich ein Tor zu öffnen versucht und damit in Kauf nimmt, Verderben über uns alle zu bringen, zumal er weiß, dass es in eine Welt führt, von der aus mächtige böse Kräfte die Thir-Ailith unterstützt haben. Es fällt mir schwer zu glauben, dass er aus freiem Willen gehandelt hat.«

»Wie … wie meint Ihr das, Herrin?«, fragte Pelariol lauernd.

Illurien seufzte.

»Nun, je mehr ich darüber nachdenke, desto sicherer bin ich, dass er niemals freiwillig etwas tun würde, das unser Volk und alle anderen in eine so immense Gefahr bringen würde. Auch glaube ich nicht, dass Drohungen oder Versprechungen ihn dazu treiben könnten. Er muss unter einem fremden Einfluss gestanden haben, oder es muss etwas mit ihm geschehen sein, das ihn grundlegend verändert hat. Wenn dies der Fall ist, dann besteht die Gefahr, dass es auch anderen zustoßen kann. Deshalb ist es so ungeheuer wichtig, dass wir mehr darüber erfahren.«

Pelariol spürte das Erschrecken des Schattenmahrs darüber, wie nah Illurien mit ihren Vermutungen der Wahrheit gekommen war. Wenn sie den Gedanken weiterführte und auch gegen ihn misstrauisch wurde, da er ja immerhin mit Lhiuvan Kontakt gehabt hatte …

Aber diese Verbindung schien sie nicht zu ziehen. Stattdessen rang sie sich plötzlich ein Lächeln ab.

»Du musst mich für furchtbar halten, dass ich dich so verhöre«, sagte sie. »Aber es liegt nur daran, dass mir diese Angelegenheit so große Sorgen bereitet. Es mag noch andere Tore geben, von denen niemand bislang etwas weiß. Was immer Lhiuvan auch bezweckt, wenn er eines davon findet und öffnet, kann dies unser aller Untergang sein. Ich war ebenfalls nicht untätig und habe einige Krieger zum Schutz des Tores nach Elan-Dhor geschickt, sowie zahlreiche Späher ausgesandt, die nach Lhiuvan suchen, aber so nah wie du und deine Begleiter ist noch niemand an ihn herangekommen. Ist dir irgendetwas an ihm aufgefallen, als du mit ihm gesprochen hast?«

»Nein, aber wir haben auch nicht viel gesprochen. Er behauptete, er wäre seit dem Kampf gegen die Thir-Ailith nicht mehr in den Katakomben unter der Zwergenmine gewesen, und erst recht hätte er niemals versucht, das Tor zu öffnen. Er wüsste nicht, warum man ihm das vorwirft. Wir wollten uns auf keine Diskussionen darüber einlassen, sondern ihn so schnell wie möglich zum goldenen Tal bringen.«

»Auch mir gegenüber hat er es geleugnet, obwohl wir ihn direkt vor dem halb geöffneten Tor fanden. Das ist alles sehr undurchsichtig.« Sie schüttelte den Kopf, als wolle sie die Gedanken vertreiben. »Ich danke dir für deinen Bericht. Ruh dich heute hier aus, doch möchte ich dich bitten, morgen zu deinen Begleitern zurückzukehren, damit ihr die Verfolgung so schnell wie möglich fortsetzen könnt. Solltest du weitere Krieger zu deiner Unterstützung benötigen, brauchst du es nur zu sagen.«

Pelariol begriff, dass die Unterhaltung damit beendet und die vermutlich einzige Gelegenheit vertan war, wenn er jetzt aufstand und ging. Wenn er noch etwas erreichen wollte, dann blieb ihm nur noch der Weg der Gewalt, und er war bereits entschlossen, das Risiko einzugehen, als ihm unerwartet der Zufall zu Hilfe kam.

Eine Elbin betrat den Raum, ein dickes Buch in der Hand, und trat auf sie zu.

»Ich bringe den Foliant, den Ihr gewünscht habt, Herrin.«

Pelariol griff nach dem Buch, als wolle er es nehmen und ihr über den Tisch reichen, doch Illurien hatte sich bereits erhoben und griff selbst danach. Für einen Augenblick berührten sich ihre Finger, aber dieser kurze Moment genügte dem Schattenmahr.

Überdeutlich konnte Pelariol spüren, wie während der Berührung etwas von ihm auf sie überging. Illurien erstarrte kurz, dann nahm sie den Foliant, legte ihn achtlos auf den Tisch und setzte sich wieder. Äußerlich war ihr nichts davon anzumerken, dass der Mahr auch von ihr Besitz ergriffen hatte.

»Mir fällt gerade ein, dass du mir vielleicht noch in einer weiteren Hinsicht helfen kannst«, sagte sie, als die Elbin den Raum wieder verlassen hatte. »Uns haben in letzter Zeit beunruhigende Gerüchte aus Lartronia erreicht. Es wird von einem drohenden Krieg gemunkelt. Du warst doch zuletzt in dieser Gegend unterwegs. Was kannst du darüber berichten?«

Gelinian hatte ihre Schriftrollen sinken lassen und blickte irritiert zu ihnen herüber.

»Gerüchte über einen Krieg in Lartronia? Davon habe ich noch nichts gehört.«

»Und doch ist es so«, bestätigte Pelariol. »Leider entsprechen diese Gerüchte der Wahrheit. Die Verhältnisse dort sind sehr verworren. König Kalmar ist mit einer großen Armee in den Nordosten des Landes gezogen, und von Norden aus rückt ein radonisches Heer auf die gleiche Gegend vor. Es geht um einen unglaublich brutalen Überfall der Barbaren auf ein radonisches Dorf, bei dem alle Einwohner abgeschlachtet wurden.«

»Immer wieder diese Barbaren«, sagte Illurien mit finsterer Miene. »Allein schon wegen der ständigen Angriffe auf unsere Schiffe hätte ich nichts dagegen, wenn mit diesen Wegelagerern endlich aufgeräumt würde.«

»Ich fürchte, so einfach ist es nicht, Herrin. König Kalmar will nicht gegen die Barbaren vorgehen, sondern seine Grenze gegen die radonischen Truppen schützen. Wenn sie nach Lartronia eindringen, wird er es als kriegerischen Akt werten und den Angriff zurückschlagen.«

»Ein Krieg zwischen Radon und Lartronia wäre eine Katastrophe für die gesamte Region. Zweifellos wären auch unsere Freunde in Elan-Dhor und Zarkhadul davon schwer betroffen.«

Pelariol wich Illuriens Blick aus. Helles Sonnenlicht schien in das Fenster, und in seinem Schein malten die sich in einer sanften Brise wiegenden Rankpflanzen am Rande der Fenster ein fast hypnotisch wirkendes Muster aus Licht und Schatten auf dem Boden. Einige Sekunden lang herrschte Schweigen. Im Grunde war dieses ganze Gespräch mittlerweile überflüssig geworden, es war nur eine Farce, die sie gemeinsam aufführten, um auf Gelinian glaubwürdig zu wirken.

»Was ist los?«

»Nun, ich sage es nicht gern, aber es gibt Hinweise, dass die Zwerge in die Unruhen verstrickt sind, sie sogar fördern. So steht mittlerweile wohl fest, dass sie entgegen all ihrer Beteuerungen die Barbaren sehr wohl mit Waffen versorgen. Waffen, die diese vermutlich auch für Angriffe auf unsere Schiffe nutzen!«

Illuriens Augen verengten sich.

»Das wird sich nachprüfen lassen. Wie gesagt, ich habe einige Krieger hingeschickt, die mit den Zwergen dafür sorgen sollen, dass sich niemand dem Tor nähert.«

»Manche Gerüchte besagen sogar, dass die Zwerge selbst den Konflikt zwischen Lartronia und Radon noch anheizen«, fuhr Pelariol fort. »Sie verkaufen Waffen an beide Länder und würden an einem Krieg prächtig verdienen. Erst am Krieg, und noch mehr anschließend beim Wiederaufbau, ganz abgesehen von dem enormen Zugewinn an Macht, den sie dabei erlangen würden.«

»Das glaube ich nicht!«, warf Gelinian heftig ein, erhob sich mit einer fließenden Bewegung und trat einige Schritte auf sie zu. »Weder Königin Tharlia noch Kriegsmeister Warlon würden so etwas zulassen!«

»Ich kann es nicht beurteilen, das sind nur die Gerüchte, die an meine Ohren gelangt sind. Aber wenn auch nur ein Teil davon wahr ist, dann treiben die Zwerge mit allen ein falsches Spiel, auch mit uns.« Er machte eine kurze Pause. »Viele von uns, die in der Sklaverei der Thir-Ailith aufgewachsen sind, haben ihnen unsere Freiheit zu verdanken, das werden wir ihnen nie vergessen. Aber diese Befreiung war ihnen nur mithilfe unseres Volkes möglich, sonst wäre Zarkhadul nie neu besiedelt worden, und Elan-Dhor befände sich immer noch in der Hand der Thir-Ailith. Insofern haben die Zwerge unserem Volk mindestens ebenso viel zu verdanken wie wir ihnen. Wenn sie uns aus bloßer Gier jedoch jetzt so hintergehen …«

»Ich werde das nachprüfen lassen«, sagte Illurien. »Und wenn sich die Gerüchte bestätigen sollten, werden die Zwerge diesen Verrat bitter bereuen. Die Zeit des Friedens war kurz genug, und ich werde nicht dulden, dass sie aus Eigennutz Athalien in neue Kriege stürzen!«

10

ALANION

An einem unbekannten Ort, zu einer unbekannten Zeit

»Ich war damals nicht in der Lage, auf Molakans Worte zu antworten«, berichtete Thalinuel mit stockender Stimme. »Sie hatten mir einen regelrechten Schock versetzt und mich sprachlos gemacht. Es war … einfach entsetzlich, mit welcher Gleichgültigkeit er über den Tod der Zwerge sprach und sich nur um die Verzögerung beim Bau des neuen Tal'Orin zu sorgen schien. Gerade so, als wären sie nicht mehr als Tiere für ihn.«

Auch Barlok sagte nichts. Elben hatten Seite an Seite mit seinem Volk gegen die Thir-Ailith gekämpft, doch er hatte den Eindruck gewonnen, als ob gerade unter den Kriegern viele wären, die einen Zwerg noch immer als eine minderwertige Kreatur betrachteten.

»Ich wollte Molakan später darauf ansprechen, aber wir ritten direkt in den Krieg, und da hatte ich …«

Das leise Schaben von Stein auf Stein ließ Thalinuel verstummen. Gleich darauf fiel ein Lichtschein in ihren Kerker, der Barlok nach der vollkommenen Dunkelheit so blendete, das er die Augen zusammenkneifen musste. Erst nachdem er ein paarmal geblinzelt hatte, begannen seine Augen sich an das Licht zu gewöhnen. Es handelte sich um zwei Laternen, in deren Schein er sehen konnte, dass sie sich in einer kleinen, völlig kahlen Grotte befanden. Die Elbin lag knapp einen Meter neben ihm auf dem Boden.

Was er hingegen nicht erkennen konnte, waren die Unbekannten, die sie gefangen genommen hatten. Sie hielten ihm ihre Laternen entgegen, sodass sie ihn auch weiterhin blendeten. Er konnte lediglich gepanzerte Stiefel sehen, die ihnen bis über die Knie reichten. Alles, was darüber lag, blieb hinter dem hellen Schein der Lampen verborgen.

»Wer seid ihr?«, fragte eine barsche, befehlsgewohnte Männerstimme. »Wie kommt ihr hierher? Sprecht rasch und sprecht gut, wenn ihr nicht wollt, dass wir euch auf der Stelle töten!«

»Mein Name ist Thalinuel. Wir stammen nicht von hier, sind nur durch unglückliche Umstände hierher verschlagen worden«, berichtete Thalinuel.

Ein verächtliches Schnauben ertönte.

»Unglückliche Umstände! Wir befinden uns im Krieg, falls ihr es noch nicht mitbekommen habt. Da mag der Umstand, uns begegnet zu sein, sehr schnell wirklich zu einem Unglück für euch werden, wenn ihr keine bessere Erklärung anzuführen habt.«

»Aber wir haben mit eurem Krieg nichts zu tun«, beteuerte Thalinuel. »Wir wissen nicht einmal, wer ihr seid oder wo wir uns befinden.«

»Die ganze Welt ist in diesen Krieg verwickelt. Es gibt keine Unbeteiligten, niemanden. Entweder gehört ihr zu uns oder zu den Schergen der Schattenmahre.«

»Mit den Schattenmahren haben wir jedenfalls nichts zu tun!«, stieß Barlok hervor. »Wir …«

»Schweig! Ich spreche mit der Elbin!«, befahl der Unbekannte. »Mit dir beschäftigen wir uns später. Also, Thalinuel, oder wie immer du heißen magst. Woher kommt ihr, und welche Pläne verfolgt ihr? Meine Geduld ist bald erschöpft.«

Thalinuel zögerte einen Moment.

»Wir wurden durch ein magisches Tor in diese Welt verschlagen. Es brachte uns hier in dieses Gebirge, auf dessen zerklüfteten Wegen wir vermutlich immer noch umherirren würden, wenn uns nicht ein seltsames buntes Fellwesen mit einem äußerst frechen Mundwerk, über das wir so wenig wissen wie über diese Welt, einen Eingang in diese Höhlen gezeigt hätte.« Sie holte tief Luft. »Mir ist selbst bewusst, wie bizarr das klingt, und doch ist es die reine Wahrheit.«

Getuschel ertönte, es war allerdings so leise, dass Barlok kein Wort verstehen konnte. Auch gelang es ihm nach wie vor nicht, mehr als vage Umrisse hinter dem Licht der Laternen zu erkennen.

»Das klingt nicht nur bizarr, das ist das Unsinnigste, was ich je gehört habe. Ein Tor? Hier im Gebirge? Es gibt hier kein Tor, sonst wäre es längst entdeckt worden. Aber wir haben Mittel und Wege, die Wahrheit herauszufinden.«

Zwei der Gestalten traten hinter den Laternen hervor. Barlok keuchte verblüfft, als er erkannte, dass es sich um Elben handelte. Sie hatten die typischen spitz zulaufenden Ohren ihres Volkes, die zwischen ihrem langen, blonden Haar hervorragten, das bis weit über ihre Schultern fiel. Allerdings waren die beiden im Gegensatz zu den Elben, denen er bislang begegnet war, vom Hals bis zu den Füßen in massive stählerne Rüstungen gehüllt. Lediglich auf Helme hatten sie verzichtet.

Nicht einmal die Krieger, die seinem Volk bei der Befreiung von Elan-Dhor beigestanden hatten, waren so gepanzert gewesen – sie hatten lediglich verstärkte Wämser und vereinzelt Kettenhemden getragen. Schwerer als der Schutz, den eine Rüstung ihnen bot, wog für sie die massive Einschränkung ihrer Beweglichkeit, die dadurch entstand, wie Lhiuvan ihm erklärt hatte.

Aber nicht nur durch ihre martialische Kleidung unterschieden sich die Elben vor ihm von jenen, die er kannte. Auch ihre Gesichter waren weniger fein geschnitten. Der Sanftmut, der bei vielen Elben der vorherrschende Zug war, selbst bei den Kriegern, fehlte ihnen. Sie wirkten kälter, härter.

Kriegerischer …

Die beiden Männer packten Thalinuel an den Schultern, zerrten sie in die Höhe und hielten sie fest. Ein weiterer Elb trat auf sie zu und streckte die Hände nach ihrem Gesicht aus.

»Es wird nicht nötig sein, Gewalt anzuwenden«, sagte sie ruhig. »Ich unterwerfe mich dem *Danan-chaat*, und nun, da ich weiß, dass auch ihr meinem Volk entstammt, werde ich meinen Geist bereitwillig für dich öffnen, damit du dich von der Wahrheit dessen, was ich gesagt habe, überzeugen kannst.«

»Was soll das bedeuten? Was hat er vor?«, stieß Barlok hervor.

»Sei unbesorgt, mir wird nichts geschehen«, erwiderte Thalinuel und schloss die Augen.

Der Elb presste ihr seine Fingerspitzen gegen die Schläfen, und jetzt begriff Barlok. Elben besaßen die Fähigkeit, in den Geist eines anderen einzudringen und seine Gedanken zu lesen. Er hatte selbst miterlebt, wie sie auf diese Art von einem gefangenen Thir-Ailith wichtige Informationen erhalten hatten.

Einige Sekunden lang schien nichts zu geschehen, dann löste der Elb seine Finger wieder von ihrem Kopf.

»Du sprichst tatsächlich die Wahrheit, so unglaublich sie sich auch anhört.«

»Ich bin eine Elbin. Natürlich stehe ich auf der Seite meines Volkes und nicht auf der Seite des Chaos und der Dunkelheit. Es ist schlimm genug, dass ihr mir so etwas überhaupt zugetraut habt.«

»Es geschah aus gutem Grund. Unsere Feinde besitzen die Fähigkeit, anderen ihren Willen aufzuzwingen und uns so zu unterwandern. Wir dürfen niemandem trauen, schon gar keiner Fremden. Mein Name ist Alanion.«

Auf seinen Wink hin ließen die beiden Elben Thalinuel los und zerschnitten ihre Fesseln. Sie massierte sich die Handgelenke.

»Und was ist mit meinem Begleiter?«

Der Elb zögerte.

»Ein Wesen wie ihn habe ich noch nie gesehen. Ich bin mir nicht sicher, ob wir ihm wirklich trauen können.«

»Barlok stammt aus derselben Welt wie ich, nur aus einer späteren Zeit. Er gilt als großer Held seines Volkes, das zuletzt einen tapferen Kampf gegen das Böse in Gestalt dunkler Abtrünniger unseres Volkes geführt hat.«

»Zumindest hat er dir das erzählt. Aber du hast ihn unter sonderbaren Umständen im Inneren eines Tors getroffen. Es gibt keinen Beweis, dass seine Geschichte der Wahrheit entspricht. Wie heißt überhaupt das Volk, dem er entstammt?«

»Ich kann gut für mich selbst sprechen«, polterte Barlok. Erneut zerrte er erfolglos an seinen Fesseln. »Und wenn du es genau wissen willst, ich bin ein Zwerg!«

»Kenne ich nicht«, brummte Alanion, doch einem seiner Begleiter sagte der Name etwas.

»Ich habe schon von Zwergen gehört, es gibt sie auch in unserer Welt«, behauptete er. »Ein kleines, primitives Völkchen. Es lebt in Höhlen in den Bergen im Westen. Ähnlich wie Goblins, nur noch primitiver, kaum mehr als Tiere. Sie besitzen keinerlei Zivilisation und sind nicht einmal für die Schattenmahre von Interesse.«

Empört schnappte Barlok nach Luft.

»Sehe ich vielleicht wie ein Tier aus?«, schnaubte er. »In unserer Welt ist mein Volk eine der höchststehenden Zivilisationen. Unser handwerkliches Geschick ist weithin berühmt, und unsere Krieger sind berüchtigt. Uns mit Goblins zu vergleichen, ist …«

»In unserer Welt jedenfalls seid ihr nicht mehr als ein kleines, primitives Bergvölkchen, das in Höhlen und Erdlöchern haust. Mein Misstrauen gilt nicht dir persönlich, aber wir dürfen kein Risiko eingehen.«

Zwei der Elben packten Barlok wie zuvor Thalinuel und zerrten ihn in die Höhe. Wütend stemmte er sich gegen ihren Griff, doch gefesselt hatte er keine Chance gegen sie.

»Lasst mich los!«, brüllte er. »Ich will nicht, dass mir einer in den Kopf guckt. Ich werde euch umbringen, wenn ihr es auch nur versucht. Ihr werdet mir nicht …«

»Wehre dich nicht dagegen!«, riet ihm Thalinuel, als Alanion nach seinen Schläfen griff. »Es tut nicht weh, aber wenn du dich sträubst, machst du es nur schlimmer.«

Barlok beachtete sie nicht. Wild schüttelte er seinen

Kopf, bog ihn nach hinten und stieß ihn vor, bis einer der Elben grob seine Haare packte und seinen Kopf so weit in den Nacken zwang, dass er ihn kaum noch bewegen konnte.

Gleich darauf spürte er ein seltsam prickelndes Gefühl hinter seiner Stirn. Es war, als würden unsichtbare Finger in seinem Geist herumstochern. Instinktiv versuchte er sie abzuwehren und zurückzudrängen. Mit aller Kraft kämpfte er dagegen an, doch dies waren Waffen, auf die er sich nicht verstand. Mühelos drangen die tastenden Finger tiefer vor, aber es war längst nicht so schlimm, wie er geglaubt hatte. Er hatte befürchtet, der Elb würde tief in seinen Geist eindringen, das Unterste zuoberst kehren und ihm rücksichtslos jeden noch so geheimen Gedanken entreißen.

Das jedoch geschah nicht. Alanion ging äußerst behutsam vor, und obwohl es Barlok unmöglich war, das Gefühl zu beschreiben, spürte er, dass der Elb nur die obersten Regionen seines Gedächtnisses durchforstete, sich nur für seine grundsätzlichen Einstellungen und seine Welt interessierte, vor allem für den Krieg gegen die Thir-Ailith und die Rolle, die er dabei gespielt hatte.

Alles dauerte nur wenige Sekunden, dann löste Alanion die Finger wieder von seinen Schläfen. Im gleichen Moment verschwand das tastende Gefühl in Barloks Gedanken.

»Ich hoffe, es war nicht zu unangenehm für dich«, sagte der Elb. »Nun kenne ich dich besser und weiß, dass du ein Mann von großer Ehre bist.« Er ließ sich ein Messer geben und durchschnitt eigenhändig Barloks Fesseln. »Ich bedauere, dass ich dir diese Unannehmlichkeiten bereiten musste, aber unser aller Leben hängt davon ab, dass wir wachsam und misstrauisch sind. Nun jedoch ist dieses Misstrauen ausgeräumt.«

Barlok massierte sich die Handgelenke. Nur mühsam beherrschte er seinen Zorn. Am liebsten hätte er Alanion augenblicklich niedergeschlagen, doch seine Worte hatten auch etwas in ihm berührt. Obwohl er es in seinem gegenwärtigen Zustand zu verdrängen versuchte, musste Barlok sich eingestehen, dass er selbst in einer vergleichbaren Situation ebenso gehandelt hätte, vermutlich sogar noch weniger rücksichtsvoll.

Und Alanion hatte sich bei ihm entschuldigt.

Erst jetzt drang die Bedeutung seiner Worte völlig in Barloks Bewusstsein. Alanion war so, wie auch die Elben in seiner eigenen Welt vor langer, langer Zeit gewesen sein mussten: stolz, wild, kriegerisch, entschlossen und voller Fanatismus, der ihnen die Kraft für den Kampf gegen das Böse verlieh. Und dennoch hatte Alanion ihn als einen Mann von großer Ehre bezeichnet und sich bei ihm dafür entschuldigt, dass er seine wahren Absichten hatte prüfen müssen. Das war etwas, wozu sich kaum ein anderer Elb hätte durchringen können, den Barlok kannte.

Sein Zorn legte sich fast augenblicklich, und er neigte leicht den Kopf als Zeichen der Ehrerbietung.

»Nun, da wir wissen, dass ihr keine Feinde seid, können wir uns angenehmeren Dingen zuwenden«, sprach Alanion weiter. »Ich habe nur an der Oberfläche eures Bewusstseins geforscht und habe noch unzählige Fragen an euch, wie ihr wahrscheinlich auch an uns. Aber ihr müsst hungrig und durstig sein. Wir können euch keine so reichliche Tafel anbieten, wie ich es gern täte, doch wir werden zumindest ein kleines Mahl für euch bereiten. Während ihr esst und trinkt, können wir uns weiter unterhalten.«

So feindselig Alanion und seine Begleiter sich zuvor verhalten hatten, so sehr bemühten sie sich nun, dies durch Freundlichkeit wieder wettzumachen. Dennoch reagierte Barlok kaum darauf. Auch wenn sein Zorn verraucht war, so blieb doch das grundlegende, in vielen tausend Jahren gewachsene Misstrauen seines Volkes gegenüber allen Elben, das ihn zur Vorsicht mahnte.

Man bot ihnen neue Kleidung an, die er ablehnte, die Thalinuel hingegen dankend annahm, dann führte man sie aus der Zelle und über einen Stollen in eine große Höhle, in der zahlreiche Tische, Stühle und Bänke standen. Sie war durch Fackeln und Laternen hell erleuchtet. Schrate waren keine zu entdecken, aber mehrere Dutzend Elben hielten sich dort auf. Auch sie trugen alle Rüstungen. Mit unverhohlener Neugier starrten sie die Ankömmlinge an, doch merkte Barlok, dass ihre Blicke vor allem ihm galten. Er bemühte sich, sie zu ignorieren, richtete seine Aufmerksamkeit lieber auf den sie umgebenden Fels. Die Höhle war offenkundig natürlichen Ursprungs, doch war das Gestein mit Werkzeugen bearbeitet worden, allerdings ausgesprochen schlecht. Wenn die Elben dafür verantwortlich waren, dann verstanden sie auch in dieser Welt allem Anschein nach nichts vom Bergbau.

Alanion führte sie an einen freien, etwas abseitsstehenden Tisch und forderte sie auf, sich ebenso wie er zu setzen. Weitere Elben kamen herbei und tischten ihnen Essen auf. Es war karg, wie Alanion schon angekündigt hatte, bestand nur aus Wasser, Brot, etwas Käse und wenigen dünnen Scheiben Fleisch.

»Bitte verzeiht, dass wir euch nichts Besseres anbieten können«, sagte der Elb. »Aber hier, im Inneren des Berges, sind Nahrungsmittel unser kostbarstes Gut. Wir sind auf Lieferungen von außen angewiesen, die jedoch immer seltener werden, sodass wir kaum genug haben, um selbst über die Runden zu kommen. Das meiste müssen wir mittlerweile durch Überfälle von unseren Feinden erbeuten.«

Zögernd griff Barlok nach dem Brot. Es war so trocken und hart, wie es aussah, und es schmeckte auch sonderbar, aber er war so hungrig, dass er es dennoch hinunterschlang. Gleiches galt auch für den Käse. Einzig das gepökelte Fleisch schmeckte ihm hervorragend, so gut, dass er sich mehr davon gewünscht hätte. Als er sich umblickte, stellte er jedoch fest, dass von den anwesenden Elben niemand mehr als eine einzelne Fleischscheibe vor sich hatte, während man Thalinuel und ihm jeweils drei vorgesetzt hatte.

»Wir sind für jeden Happen dankbar, den ihr mit uns teilt«, versicherte Thalinuel. »Aber warum lebt ihr hier im Berg? In meiner Welt würde kein Elb auch nur eine Minute länger als unbedingt notwendig in einer solchen Umgebung verbringen.«

Alanion stieß ein kurzes, hartes Lachen aus.

»Länger als notwendig?«, wiederholte er. »Ja, denkst du denn, wir wären freiwillig hier? Wir halten uns hier versteckt, weil nur die Berge uns in dieser Gegend Schutz vor den Schattenmahren und ihren Bestien bieten. Wir sind nur wenige hundert Krieger, aber wir halten diese Stellung schon seit langer Zeit. Früher bildeten die Berge für unser Volk das Tor in den Norden, doch nun sind die Lande dort verheert und unfruchtbar.«

»Wir haben sie gesehen«, warf Thalinuel ein und schauderte bei der Erinnerung. »Der Anblick war entsetzlich.«

»Ja. Früher war dort fruchtbares Land, das uns Nahrung im Überfluss bot, doch nun ist der Norden für uns verloren. Aber wir halten diesen Stützpunkt dennoch weiterhin. Es gibt nur wenige Zugänge, die zudem gut getarnt sind und leicht verteidigt werden können. Unser Volk hält sich vor allem in den großen Wäldern im Süden verschanzt und führt von dort aus den Krieg gegen den Feind, aber falls dieser schlecht verlaufen sollte, kann es hier Zuflucht finden. Diese Berge bilden eine Festung, die auch von einer noch so großen Übermacht an Feinden kaum eingenommen werden …«

Er unterbrach sich, als sich ein kleines Wesen mit leuchtend buntem Fell dem Tisch näherte.

»Du!«, stieß er hervor, und Zorn glitt über sein Gesicht. »Was willst du hier? Verschwinde, oder es wird dir schlecht ergehen. Wir haben keine Zeit für deine unsinnigen Späßchen.«

Auch Barlok bedachte den Puschel mit einem finsteren Blick, nur Thalinuel lächelte.

»Du kennst dieses Wesen? Wir haben ihm unser Leben zu verdanken. Es hat uns hergeführt. Ohne seine Hilfe hätten wir niemals den Eingang in diesen Berg gefunden und wären verhungert.«

»Wenigstens eine, die meine Leistungen mal zu würdigen weiß«, krächzte das Wesen. Ohne den geringsten Respekt vor Alanion zu zeigen, kam es näher herangetrippelt und sprang mit einem Satz auf ihren Schoß. »Zum Dank darfst du mich ein wenig kraulen.«

Verblüfft über so viel Frechheit saß Thalinuel einen Moment lang wie erstarrt. Dann zuckte sie mit den Schultern, lächelte erneut, wenn auch ein wenig gezwungen, und begann tatsächlich, dem Wesen über das Fell zu streichen.

Barloks Blick verfinsterte sich noch mehr. Zwar hatten sie Puschel vermutlich wirklich ihr Leben zu verdanken, und dass er sie den Elben in die Hände gespielt hatte, war offenbar doch keine boshafte Falle gewesen. Dennoch blieb Barlok misstrauisch. Zu fremdartig war das Wesen, zu undurchsichtig waren seine Absichten.

»Du scheinst diese Kreatur zu kennen«, ergriff er erstmals an Alanion gewandt das Wort. »Und du scheinst sie nicht gerade zu mögen. Was weißt du über sie?«

»He, du brauchst gar nicht so zu tun, als ob ich nicht da wäre«, rief Puschel. »Ich sitze hier. Warum fragst du mich nicht selbst, unhöflicher Grobian?«

»Fast nichts«, erwiderte Alanion, ohne darauf zu achten. »Dieses Wesen tauchte vor einigen Tagen plötzlich auf, reißt Possen und spuckt große Töne, aber es weigert sich, uns etwas über sich selbst zu verraten. Wenn ...«

»Und das mit gutem Grund! Wer traut schon einem Elben? Alles, was du wüsstest, würdest du doch spätestens jetzt weitertratschen.«

»Wenn es nach mir gegangen wäre, hätten wir es ergriffen und notfalls getötet, wenn es mit seinem Wissen nicht herausrücken will«, fuhr Alanion unbeirrt fort. »Aber aus mir unbekannten Gründen hat der Prinz verboten, etwas gegen dieses Wesen zu unternehmen, und angeordnet, dass es sich frei überall bewegen darf.«

»Der Prinz? Ist er der Kommandant dieses Stützpunkts?«

»Nein, nicht direkt, ich führe das Kommando. Er ist …« Alanion zögerte, dann schüttelte er den Kopf. »Das ist eine Angelegenheit, die lebenswichtig für unser ganzes Volk ist. Deshalb kann ich Außenstehenden gegenüber nicht darüber sprechen.«

»Demnach misstraut ihr uns noch immer«, stellte Barlok mit Bitterkeit in der Stimme fest.

»Nein, das ist es nicht. Versteh mich nicht falsch, es handelt sich nicht um Misstrauen. Aber der Feind darf unter gar keinen Umständen davon erfahren. Damit will ich dir nicht unterstellen, dass du willentlich zum Verräter würdest, aber so wie wir hat auch der Feind die Möglichkeit, jemandem Wissen gegen dessen Willen zu entreißen. Jeder von uns hier würde eher sterben, als in Gefangenschaft zu geraten und dort womöglich etwas preiszugeben, und wir Elben haben die Möglichkeit, uns mittels eines geistigen Befehls rechtzeitig zu töten. Gilt das auch für dich?«

»Nein«, gab Barlok zu. Zwar würde er auch unter Folter niemals etwas verraten, aber er hatte vorhin selbst erlebt, wie leicht es anderen möglich war, in seinen Kopf einzudringen und sich alle gewünschten Informationen auf diese Art zu beschaffen. Dabei würden die Schattenmahre und ihre Diener sicherlich wesentlich rücksichtsloser vorgehen als die Elben.

»Auch ich beherrsche diese Fähigkeit nicht«, ergänzte Thalinuel. »Entweder haben die Elben in unserer Welt sie niemals erlernt, oder das Wissen darum ist bei uns verloren gegangen. Unter diesen Umständen ist es sicherer, wenn ihr uns nicht in alles einweiht.«

»Wie wäre es, wenn ihr Dummköpfe ganz aufhört, miteinander zu sprechen?«, schlug Puschel vor. »Wäre doch die einfachste Lösung. Dann kann niemand mehr irgendwas vom anderen verraten.«

»Bei den Mahren, es reicht mir endgültig mit dir.« So blitzartig, dass Barlok der Bewegung mit Blicken kaum folgen konnte, sprang Alanion auf und griff über den Tisch nach dem Wesen, doch noch schneller sprang es von Thalinuels Schoß herunter und wich ein paar Schritte zurück. Aus sicherer Entfernung schnitt es dem Elb eine Grimasse und war gleich darauf zwischen den Tischen verschwunden.

»Sorgt dafür, dass es nicht noch einmal in unsere Nähe kommt!«, befahl Alanion zornig und setzte sich wieder. »Dieses Ungeheuer treibt mich noch in den Wahnsinn. Manchmal denke ich, dass es nicht mehr als eine besonders heimtückische Geheimwaffe des Feindes ist.«

»Sind alle in seinem Volk so?«, fragte Thalinuel.

»Dieser eine reicht mir schon. Ich weiß nichts über sein Volk; er ist der Einzige seiner Art, dem ich bislang begegnet bin. Und hoffentlich wird er auch der Einzige bleiben. Er widersetzt sich jeglicher Ordnung und verbreitet nur Chaos, und allein das macht ihn im Grunde schon zu unserem Feind.« Alanion seufzte. »Aber hören wir auf, über dieses Fellknäuel zu sprechen. Allem Anschein nach ist es harmlos, und wir haben wahrlich größere Probleme. Was habt ihr nun vor? Ihr seid in dieser für euch fremden Welt gestrandet.«

»Was ist mit dem Tor, durch das wir hergekommen sind?«, fragte Barlok. »Können wir nicht auf dem gleichen Weg auch wieder zurückkehren?«

»Ich fürchte, das wird nicht möglich sein. Das Tor ist mit Sicherheit geschlossen und hat sich nur bei eurer Ankunft kurzzeitig geöffnet, sonst hätten wir es längst entdeckt. Zwar wären auch wir in der Lage, es zu öffnen, aber mit unwägbaren Risiken. Niemand von uns beherrscht die Fähigkeit, es so zu beeinflussen, dass es euch an ein bestimmtes Ziel bringen würde. Ihr könntet sonstwo landen, aber mit größter Wahrscheinlichkeit nicht in eurer eigenen Welt.«

»Und wir wissen nicht, was womöglich von der anderen Seite durch das offene Tor herüberkommen würde«, ergänzte Thalinuel. »Obwohl es wohl kaum noch schlimmer werden kann.«

»So einfach kann man das nicht behaupten.« Alanion beugte sich auf seinem Stuhl vor. »Wie ich schon sagte, sind wir nur Wenige hier, und es bleibt uns nicht viel anderes übrig, als uns versteckt zu halten. Aber weiter im Süden sieht es anders aus. Unsere Heere haben bereits mehrere große Siege über die Horden der Finsternis erzielt. Der Ausgang dieses Krieges ist noch völlig offen, es sieht gar nicht einmal schlecht für uns aus. Zwei Schwerter mehr werden ihn nicht entscheiden, dennoch wären zwei erfahrene Kämpfer wie ihr eine willkommene Verstärkung, wenn ihr euch entscheiden würdet, euch uns anzu…«

»Moment mal!« Mit wachsendem Unmut hatte Barlok zugehört, nun machte er seinem Ärger Luft. Donnernd ließ er seine Faust auf den Tisch niedersausen. Die Gespräche an den anderen Tischen verstummten, alle Blicke wandten sich ihm zu, doch er beachtete sie nicht. »Das klingt, als wäre es bereits beschlossene Sache, dass wir uns mit unserer Lage einfach so abfinden. Zumindest für mich gilt das jedoch absolut nicht. Ich gehöre nicht hierher! Mein Volk braucht mich. Ich habe mit eurem Krieg nichts zu schaffen, und ich werde nicht eher ruhen, bis ich einen Weg zurück gefunden habe!«

Thalinuel legte ihm besänftigend die Hand auf den Arm.

»Barlok, ich weiß, wie schwer das für dich sein muss, aber …«

»Nichts weißt du!«, fiel er ihr ins Wort. »Selbst in unserer Welt ist die Zeit, aus der du stammst, längst vergangen. Für dich wäre es so oder so eine gänzlich fremde Umgebung. Außerdem bist du hier unter deinesgleichen. Ich aber werde ganz gewiss nicht den Rest meines Lebens unter Elben verbringen!«

»Und wie viel Zeit mag wohl in unserer Welt vergangen sein, seit du in das Tor gestürzt bist?«, fragte Thalinuel ruhig. »Hast du daran schon mal gedacht? Es können wenige Monate sein, aber es können auch Jahrtausende sein, so wie bei mir. Niemand von uns weiß, welches Jahr man dort inzwischen schreibt. Möglicherweise existiert selbst Elan-Dhor in dieser Zeit nur mehr als eine blasse Erinnerung aus ferner Vergangenheit.«

Ihre Worte trafen Barlok wie ein Schlag. Das war ein Aspekt, den er in der Tat bislang noch gar nicht bedacht hatte. Bestürzt senkte er den Kopf.

An einem weiter entfernten Tisch stimmte einer der Elben ein Lied an. Andere fielen mit ein. Mit glockenhellen Stimmen sangen sie über einen Elbenfürsten, der seine Liebste verließ, um gegen die Horden des Bösen in die Schlacht zu ziehen. Er tötete Unzählige von ihnen, ehe ein Pfeil aus dem Hinterhalt ihn zu Fall brachte. Die schwermütige Ballade endete mit dem Wind, der über den immergrünen Hügel strich, unter dem er seine letzte Ruhestätte fand, während sein Sohn heranwuchs, um einst das Werk seines Vaters zu vollenden.

Obwohl er mit seinen eigenen Gedanken beschäftigt war, rührte das Lied Barlok an, und er konnte nicht anders, als hinzuhören.

»Wir sind alle nur Werkzeuge der Götter, die ihre Aufgabe zu erfüllen haben«, sagte Alanion, nachdem der letzte Ton verklungen war und die Gespräche an den Tischen leise wieder aufgenommen wurden. »Und wenn wir dereinst ins große Nichts eintreten und den endlosen Schlaf beginnen, können wir nur hoffen, dass wir unser Werk so gut getan haben, dass sich die, die nach uns kommen, unser in Liedern und Geschichten erinnern.«

»Und dass wir nicht allein und heimatlos in einer unbekannten Fremde sterben«, fügte Barlok bitter hinzu.

Alanion musterte ihn einige Sekunden lang.

»Vielleicht vermag dies dich zu trösten: Es gibt auch in unserer Welt Zwerge, wie sich dein Volk nennt, obwohl ich selbst noch keinen gesehen habe. Ein primitives Volk, wie du schon gehört hast, weit hinter dem Entwicklungsstand zurück, den ihr bei euch offenbar erreicht habt. Du könntest dich ihrer annehmen und sie anleiten, wenn du nicht bei uns leben willst.«

Barlok zögerte. In seinen Gedanken herrschte nur noch Chaos. Die Erkenntnis, dass seine Welt eine völlig andere geworden sein könnte, selbst wenn es eine Möglichkeit zur Rückkehr gäbe, hatte ihm den Boden unter den Füßen weggezogen und ihn völlig durcheinandergebracht. Die Hoffnung, auf irgendeinem Weg irgendwann nach Elan-

Dhor zurückkehren zu können und diejenigen wiederzusehen, die ihm am Herzen lagen, hatte ihm bislang Kraft verliehen, alles zu ertragen, was auf ihn eingestürmt war.

Aber es war nur ein Strohhalm gewesen, an den er sich geklammert hatte und der nun zerbrochen war.

»Ich… werde darüber nachdenken«, murmelte er stockend.

Man bot Barlok einen Schlafplatz zusammen mit einigen Elben in einer mit Strohsäcken ausgelegten Höhle an, doch er lehnte ab und nahm nur eine Decke an, die man ihm reichte. Zu seiner eigenen Verwunderung durfte er sich völlig frei bewegen und erkundete auf eigene Faust seine Umgebung. In Elan-Dhor hätte man gerade im Krieg dem Angehörigen eines anderen Volkes kaum gestattet, überall so umherzustreifen, ohne ihn zumindest dabei zu überwachen, doch konnte er keine Beobachter entdecken. Anderseits hätten Zwerge aber auch nicht die Möglichkeit gehabt, sich so zweifelsfrei seiner Absichten zu vergewissern, wie die Elben es getan hatten.

In einer kleinen Grotte, kaum mehr als einer Nische, legte er sich auf dem nackten Boden zur Ruhe. Er breitete die Decke über sich und spürte den starken Fels unter sich, der ihm zumindest kurzzeitig die Illusion vermittelte, wieder daheim zu sein. Es dauerte nicht lange, bis er eingeschlafen war.

Am nächsten Tag führten Alanion und einige Begleiter Thalinuel und ihn in dem von ihnen bewohnten Teil der Höhlen herum. Sie begegneten vereinzelten Schraten, doch obwohl sie sich das Reich unter dem Berg teilten, beachteten sie und die Elben einander kaum. Zwischen ihren

Völkern schien keine direkte Freundschaft zu herrschen, sondern eher ein Zustand der gegenseitigen Duldung.

Vor allem aber wurden sie unzähligen anderen Elben vorgestellt, so vielen, dass Barlok sich ihre Namen unmöglich alle merken konnte, es nicht einmal versuchte.

Überhaupt war er den ganzen Tag über ziemlich still, wechselte selbst mit Thalinuel nur ein paar Worte. Bis auf wenige kurze Ausflüge an die Oberfläche und die Expedition nach Zarkhadul hatte er sein ganzes Leben in Elan-Dhor verbracht. Die Mine war seine Heimat gewesen. All seine Zeit hatte er ihrem Schutz und Wohlergehen gewidmet, hatte Kriege in der Tiefenwelt geführt und mehr als einmal fast mit seinem Leben dafür bezahlt. Selbst als die Thir-Ailith sein Volk aus Elan-Dhor vertrieben hatten, hatte es für ihn keinen Zweifel gegeben, dass er eines Tages dorthin zurückkehren würde.

Jetzt sah das anders aus, und er wünschte fast, er wäre gestorben, als das Tor ihn verschlungen hatte.

Je mehr er grübelte, desto klarer wurde ihm, dass er auf keinen Fall hierbleiben würde. So freundlich sich die Elben ihm gegenüber auch verhielten, gab es dennoch eine Kluft zwischen ihnen, die sich nicht überwinden ließ. Vielleicht lag es nicht einmal an ihnen, sondern an seinen eigenen Vorbehalten, aber er konnte unmöglich auf Dauer unter ihnen leben. Eine gewisse Zeit, ja, bis er möglichst viel über diese Welt in Erfahrung gebracht hatte. Falls nötig, würde er auch an ihrer Seite kämpfen, aber wenn sie ihm tatsächlich nicht helfen konnten, in seine Welt zurückzukehren, würde er schon bald weiterziehen. Wenn in dieser Welt Zwerge als ein noch junges, wildes Volk lebten, würde er vermutlich wirklich zu ihnen gehen, um sie vor Gefahren zu schützen und in ihrer Entwicklung voranzubringen. Es war nicht das, was er sich für seinen Lebensabend vorgestellt hatte, aber unter den gegebenen Umständen der einzige Weg, der wenigstens halbwegs Sinn versprach.

Am Tag darauf stellte Alanion einen kleinen Trupp zusammen, der die südlichen Zugänge des Gebirges kontrollieren sollte. Barlok schloss sich ihm genau wie Thalinuel bereitwillig an.

Zwei Tage lang waren sie durch Stollen und Höhlen unterwegs. Hatte Barlok anfangs noch gedacht, dass dieses Gebirge der ideale Ort für eine Zwergenmine sein könnte, so änderte sich dies bald. Nirgendwo ließen sich nennenswerte Vorkommen von Erzen entdecken, geschweige denn Spuren von wertvolleren Gütern. Hier schien es nichts als Fels zu geben, hauptsächlich Granit, sodass der Bergbau sich nicht lohnen würde.

Schließlich erreichten sie die Südflanken des Gebirges. In diesem Bereich lebten wesentlich mehr Schrate als im Norden, vereinzelt stießen sie sogar auf ganze Dörfer, die in besonders großen Höhlen errichtet waren. Aus diesem Grund hatten die Elben hier vermutlich auch nicht einmal Wachposten stationiert, im Falle einer Gefahr würden die Schrate sie rechtzeitig warnen.

Durch einen schmalen Spalt, der durch eine vorragende Felsnase gut getarnt war, gelangten sie ins Freie. Es war früher Morgen, die Sonne war gerade erst über den Horizont geklettert.

Ein Stückweit mussten sie einem eingeschnittenen Bergpfad folgen, dann wurden die Felsen zu ihrer Linken niedriger und ermöglichten schließlich einen Blick über die südlichen Landstriche.

Der Anblick war völlig anders als im Norden. Hier gab es keine verheerten und verbrannten Gebiete, das Land war hügelig und fruchtbar, es wurde sogar bestellt. Große Tierherden grasten auf Weiden, zudem gab es Felder, auf denen Getreide angebaut wurde. Vereinzelt waren Dörfer zu sehen.

»Wer wohnt dort?«, fragte Thalinuel verblüfft. »Ich hätte nicht erwartet, dass die Horden der Finsternis in ganz normalen Häusern wohnen, Vieh züchten und Felder bestellen.«

»Auch die Heere der Schattenmahre müssen ernährt werden«, antwortete Alanion. »Hauptsächlich übernehmen die Nocturnen diese Aufgabe, auch wenn sie damit nicht glücklich sind. Von den Völkern, die den Schattenmahren dienen, sind sie das schwächste und sind deshalb am ehesten im Krieg zu entbehren. So bleibt ihnen nichts anderes übrig, als sich dem Befehl der Mahre zu beugen und sich um die Versorgung der Heere zu kümmern. Aber täuscht euch nicht. Auch sie sind grausam und böse, zumindest die meisten von ihnen. Sie beten die Götter des Chaos und der Finsternis an und vollziehen schreckliche Rituale, um ihnen zu huldigen.«

»Auch in unserer Welt gab es einst Nocturnen«, berichtete Thalinuel. »Es scheint, dass das Leben überall ähnliche Wege einschlägt.«

»Wir glauben eher, dass sie mit den Schattenmahren und den anderen Kreaturen des Bösen einst auf unsere Welt kamen, so wie auf viele andere. Offenbar auch auf eure«, entgegnete Alanion. »Mittels der Tore haben sich die Mahre über zahlreiche Welten ausgebreitet und sie bevölkert.«

»Und wenn es gelingt, sie irgendwo zu besiegen, wie es bei uns vor langer Zeit der Fall war, dann erobern sie neue Welten«, fügte Thalinuel düster hinzu. »So wie diese, auf die sie anscheinend erst lange nach unserer gekommen sind. Ein ewiger Kreislauf, solange es nicht gelingt, sie zu töten.«

»Man kann einen Schattenmahr nicht töten!«

»Ich habe noch kein Ungeheuer erlebt, das man nicht zur Strecke bringen kann«, grollte Barlok. »In manchen Fällen ist es nur schwerer als in anderen.«

Alanion zuckte mit den Achseln.

»Zumindest haben wir noch keinen Weg gefunden. Vielleicht wird es dem Prinzen …« Er brach ab. »Es ist müßig, darüber zu spekulieren. Seht ihr die großen Trecks?«, fragte er und deutete ins Tal hinab. »Sie schaffen die Nahrungsmittel in den Süden zur Front. Ein paarmal ist es uns gelungen, sie zu überfallen und die Fracht in unseren Besitz zu bringen. Mittlerweile jedoch werden die Transporte schwer bewacht, ebenso wie die Dörfer. Aber unsere Vorräte gehen bereits wieder zur Neige, es wird uns nichts anderes übrig bleiben, als in den nächsten Wochen noch einmal einen Angriff zu riskieren.«

Einige Minuten lang starrten sie stumm auf das Hügelland und die sich daran anschließende Ebene.

»Die Zwerge, von denen du gesprochen hast«, ergriff Barlok schließlich wieder das Wort. »Wo leben sie?«

»Ich weiß nichts Genaues darüber. Es heißt, sie wurden in den Bergen weit im Süden gesehen, noch jenseits des großen Waldes, in dem unsere Heere Stellung bezogen haben. Mehr kann ich dir im Moment leider nicht darüber sagen. Aber ich erwarte in der nächsten Zeit Boten aus dem Süden, die uns Kunde über den Verlauf des Krieges bringen. Möglicherweise können sie etwas über dein Volk berichten.«

Das war nicht unbedingt die Antwort, auf die Barlok gehofft hatte, aber für den Moment musste er sich wohl damit zufriedengeben. Noch einmal ließ er seinen Blick über das Land vor ihnen schweifen.

»Ich kann mir schlecht vorstellen, dass wir den langen Weg nur gemacht haben, um das zu sehen«, sagte er.

Alanion lachte.

»So ist es. Wir werden uns mit jemandem treffen. Eine Art Spitzel, der uns gelegentlich mit Informationen versorgt. Ich hoffe, er wird bald kommen.«

Genau wie Thalinuel folgte Barlok dem Beispiel einiger der Elben und ließ sich auf einem Felsen nieder. Seine Geduld wurde auf eine harte Probe gestellt. Mehrere Stunden verstrichen, ohne dass etwas geschah, und ihm entging nicht die wachsende Sorge auf Alanions Gesicht. Die Sonne erreichte den Zenit und begann langsam wieder zu sinken, als plötzlich das Geräusch eines kollernden Steins die Stille durchbrach. Sofort sprangen die Elben auf und griffen nach ihren Waffen.

Wenige Minuten später bog eine hochgewachsene, durch einen langen schwarzen Umhang mit hochgeschlagener Kapuze vollständig verhüllte Gestalt um eine Biegung des Weges und blieb stehen, als sie die auf sich gerichteten Pfeile erblickte.

»Ich bin es, Urlak«, ertönte eine zischelnde, so unangenehme Stimme, wie Barlok sie noch nie zuvor gehört hatte. Auf einen Wink Alanions hin senkten die Krieger ihre Bögen. Langsam kam die Gestalt näher.

»Das … ist ein Nocturne«, stieß Thalinuel hervor.

»Ja. Ich sagte ja, nicht alle von ihnen sind von Grund auf böse, obwohl sie den finsteren Göttern huldigen. Urlak hat die Zeichen der Zeit erkannt und sich mit uns verbündet. Er ist der Patriarch einer kleinen Schaustellertruppe, die von Dorf zu Dorf zieht und dabei viele nützliche Informationen für uns sammelt. Für einige Tage sind sie nun in Sorkani, dem uns am nächsten gelegenen Dorf dort hinten.«

»Ein Wesen wie dieses ist mir fremd«, zischelte der Nocturne und deutete dabei auf Barlok. »Seid Ihr sicher, dass Ihr ihm vertrauen könnt?«

»Das bin ich. Es gibt keinen Zweifel, dass er auf unserer Seite steht. Was hast du zu berichten?«

Zusammen mit dem Fremden trat Alanion ein Stück zur Seite und sprach eine Weile leise mit ihm. Es war ein sonderbarer Anblick, die lichte Gestalt des Elben und das von Kopf bis Fuß schwarz verhüllte Wesen der Nacht so einträchtig beieinanderstehen zu sehen. Barlok selbst war noch niemals einem Nocturnen begegnet, in seiner Zeit waren sie schon lange ausgestorben gewesen. Aus Thalinuels Erzählungen wusste er jedoch, dass sie das Sonnenlicht hassten, weil es ihnen Schmerzen zufügte, wenn es ungeschützt auf ihre Haut traf.

Nach einiger Zeit wandte sich Urlak um und ging grußlos den Weg zurück, auf dem er gekommen war.

»Gehen wir«, sagte Alanion wortkarg. Was er gehört hatte, schien ihm nicht zu gefallen, doch er schwieg sich darüber aus.

Kurz darauf kehrten sie durch den schmalen Felsspalt

zurück in das Höhlenreich unter dem Berg und machten sich auf den Rückweg zum Lager der Elben.

Sie erreichten es wenige Stunden, bevor es von den Horden der Finsternis angegriffen wurde.

11

SCHARMÜTZEL

Thalinuels Geschichte, Januar 11658
alter Zeitrechnung der Elben

Das Hämmern von annähernd fünfzigtausend Pferdehufen brachte den Boden zum Beben und vertrieb alles Leben in weitem Umkreis. Die Tiere des Waldes und der Steppe flohen, und bis auf wenige besonders Mutige verkrochen sich die Einwohner der Menschendörfer, an denen das Heer vorbeikam, ängstlich.

Gewaltige Banner, vor allem in den von Elben so geliebten Farben Gold und Silber, flatterten im Wind. Kalt wie mondbeschienenes Silber gleißten stählerne Kettenhemden, Helme und Waffen im Schein der fahlen Wintersonne. Niemals hatte man in diesem Teil der Welt seit dem Zeitalter des Feuers ein solches Elbenheer gesehen, seit dem Krieg gegen die Schattenmahre und die anderen Kreaturen der Finsternis, ehe es schließlich gelungen war, diese zu besiegen und vertreiben. Weit mehr als zehntausend berittene Elbenkrieger, eine gigantische Streitmacht, die mächtig genug erschien, alles, was immer sich ihr in den Weg zu stellen wagte, einfach niederzuwalzen.

Da sie sowohl auf Fußtruppen wie auch auf einen Tross für ihre Versorgung verzichtet hatten, drangen sie rasch nach Norden vor, wie Molakan es geplant hatte. Sie ritten schnell und legten nicht mehr Pausen ein als unbedingt nötig. An Verpflegung besaßen sie nur das, was sie mit sich führten, doch hatte Molakan den Feldzug gut organisiert. Mehrere elbische Städte entlang ihrer Route standen auf ihrer Seite und waren bereit, sie zu unterstützen, so gut es ging, sodass sie ihre Vorräte dort ohne großen Zeitverlust auffrischen konnten.

Schnelligkeit war entscheidend bei ihrem Vorhaben. König Hollan sollte keinen Tag länger als unvermeidlich Zeit bekommen, sich auf den Angriff vorzubereiten. Zwar konnte sich Thalinuel nicht vorstellen, dass es ihm gelingen würde, sich ihnen erfolgreich zu widersetzen, auch nicht mit seiner schweren Kavallerie. Aber je mehr Zeit Hollan erhielt, seine Truppen zu formieren und ihre Stellungen zu befestigen, desto blutiger würde dieser Krieg werden und desto mehr Opfer würde er auf elbischer Seite fordern.

Derzeit fühlte er sich sicher, das hatten ihre Erkundigungen ergeben. Seine Armee diente als bloße Drohung. Allein der Gedanke, dass sie sich gegen ein Ziel in Bewegung setzen könnte, sollte abschrecken. Dass er selbst zum Ziel eines Angriffs werden könnte, damit rechnete Hollan nicht. Vermutlich konnte er sich angesichts der Größe des Heeres nicht einmal vorstellen, dass jemand dergleichen wagen würde. Nun, damit hatte er Molakans Entschlossenheit und die Zahl der Elbenkrieger, die jener mittlerweile hinter sich vereint hatte, unterschätzt, und diese Überheblichkeit würde ihm zum Verhängnis werden.

Ein völliger Überraschungsangriff würde ihnen allerdings auch nicht gelingen, diesbezüglich gab sich Thalinuel keinen Illusionen hin. Ihr Heerzug war längst entdeckt worden, und so schnell sie auch unterwegs waren, mit einem einzelnen Reiter konnte es das Heer an Geschwindigkeit nicht aufnehmen. Mit Sicherheit waren bereits Späher auf dem Weg, um den König zu warnen. Einige wenige Tage würden ihm jedoch nicht viel dabei nützen, sich für eine Schlacht zu rüsten.

Auch das Wetter war auf ihrer Seite. Der Winter war bislang mild gewesen, lediglich im Dezember hatte es zwei Wochen lang stark geschneit, doch einige Tage Tauwetter hatten den Schnee rasch wieder schmelzen lassen. Hier im Norden war es zwar kälter als in Talarien oder Tal'Orin, aber selbst hier lag nur eine dünne Schneedecke, aus der sogar die Gräser noch herausragten und die sie kaum behinderte.

Thalinuel schätzte, dass sie sich noch zwei, höchstens drei Tagesritte von den myloischen Hügeln entfernt befanden. An diesem Abend hofften sie, nach Thilion zu gelangen und dort zu übernachten. Wenn sie schnell ritten, konnten sie Hollans Heerlager von dort aus binnen eines Tages erreichen, doch es war nicht zu erwarten, dass dies Molakans Plan sein würde. Der Gewaltritt hierher war für Pferde und Reiter anstrengend genug gewesen. Sie brauchten unbedingt eine längere Rast, denn sie konnten unmöglich zu Tode erschöpft in die Schlacht ziehen.

Mit dem letzten Licht des Tages gelangten sie wie erhofft nach Thilion, wo Verwalter Norialas sie begrüßte. Das Heer schlug auf einem großen Platz vor der Stadt das Lager auf, wo bereits alles für die Versorgung der Krieger vorbereitet war. Im Gegensatz zu den kargen Mahlzeiten der letzten Tage konnten sie an diesem Abend nach Herzenslust schlemmen und trinken.

Molakan selbst und sein Offiziersstab, zu dem auch Thalinuel gehörte, wurden von dem Verwalter in die Stadt eingeladen und dort bewirtet. Auch ihnen wurde ein opulentes Mahl aufgetischt, doch konnte Thalinuel es genau wie die anderen nicht richtig genießen. Norialas hatte Späher ausgesandt, um das feindliche Heer zu beobachten. Während sie aßen, brachte er ihr Wissen mit diesen Informationen auf den neusten Stand, und sie berieten ein letztes Mal über ihre Strategie, sodass die Köstlichkeiten, über die sie sich hermachten, nebensächlich wurden.

Ihre Krieger waren hervorragend ausgebildet, doch viele von ihnen hatten erst wenig oder noch gar keine praktische Kampferfahrung gesammelt. Dies würde für sie die Bluttaufe sein. Hinzu kam, dass sie es mit einem Feind zu tun haben würden, dessen Heer mehr als doppelt so groß wie ihres war, auch wenn es sich nur um Menschen handelte.

Schließlich waren alle förmlichen Angelegenheiten besprochen. Die Stimmung löste sich, wurde trotz – oder gerade wegen – der bevorstehenden Schlacht heiter, fast ausgelassen. Immerhin ritten sie in einen Krieg, von dem niemand wusste, ob er unversehrt oder auch nur lebend zurückkehren würde. Dadurch wurde jede Stunde besonders kostbar.

Thalinuel nutzte die Gelegenheit, sich mit Verilon zu unterhalten, wozu sie in den vergangenen Monaten viel zu wenig Gelegenheit gehabt hatte. Lange Zeit waren sie nahezu unzertrennlich gewesen, und sie hatte sich kaum etwas sehnlicher gewünscht, als dass sich mehr aus der zwischen ihnen herrschenden Freundschaft entwickeln würde. Dann jedoch hatte der Aufstand der jüngeren Völker begonnen. Sie waren beide immer wieder von Molakan mit wichtigen Aufträgen ausgesandt worden, häufig getrennt voneinander, sodass sie sich immer seltener gesehen hatten.

Mittlerweile war sich Thalinuel ihrer Gefühle für Verilon nicht mehr sicher. Nicht nur die äußeren Umstände hatten sich in den vergangenen Monaten verändert. Sie waren auch an ihr selbst nicht spurlos vorübergegangen. Sie war nicht mehr das idealistische Mädchen, das voller romantischer Verzückung zu ihrem Gefährten aufblickte. Die vielen Kampfeinsätze hatten sie härter werden lassen – erwachsener.

Hinzu kam, dass Krieg kein Nährboden war, auf dem Liebe gut gedieh. Zumindest im Augenblick war Freundschaft alles, was sie Verilon zu geben und von ihm zu nehmen in der Lage war. Über alles Weitere würde sie sich erst Gedanken machen, wenn sich die Zeiten geändert hatten.

Allzu lange unterhielten sie sich an diesem Abend nicht mehr. Obwohl Elben mit deutlich weniger Schlaf als die meisten anderen Völker auskommen konnten, waren sie erschöpft von den Strapazen des langen Ritts und zogen sich früh zurück. Ebenso wie die anderen, die zu dem Festmahl geladen waren, übernachtete Thalinuel in der Stadt und genoss es, zum ersten Mal seit geraumer Zeit wieder in einem richtigen Bett zu schlafen.

Kaum hatte sie sich hingelegt, schlief sie auch schon ein, doch die Gedanken an die bevorstehende Schlacht verfolgten sie bis in ihre Träume hinein und sorgten dafür, dass es ein unruhiger Schlaf wurde.

Erst spät am nächsten Vormittag brachen sie auf. Im Gegensatz zu den großen Entfernungen, die sie in den vergangenen Tagen zurückgelegt hatten, lag diesmal nur ein halber Tagesritt vor ihnen. Die Schlacht würde erst am nächsten Tag stattfinden, deshalb wollten sie sich dem Heerlager der Menschen nur bis auf eine Entfernung von höchstens zwei, drei Reitstunden nähern. Anderenfalls wäre die Gefahr eines nächtlichen Überfalls zu groß gewesen.

Am späten Nachmittag schlugen sie auf offener Steppe, wo sie jeden, der sich ihnen näherte, bereits frühzeitig bemerken würden, ihr Lager auf. Die Stimmung war wesentlich angespannter als am Vorabend. Am nächsten Tag würden sie auf das feindliche Heer treffen, und niemand wusste, ob er den folgenden Abend noch erleben würde.

Für Thalinuel war nach wie vor beunruhigend unklar, wie Molakan die schwere Reiterei der Menschen aufzuhalten gedachte. Er hatte einen Plan, daran gab es keinen Zweifel, doch hüllte er sich diesbezüglich in Schweigen. Die einzige Andeutung, die sie erhalten hatte, war, dass es etwas mit dem Pferdegespann zu tun hatte, das sich ihrem Heereszug in Thilion angeschlossen hatte und nun im Zentrum des Lagers stand.

Was sich in dem Wagen befand, wusste sie jedoch nicht. Die gesamte Ladefläche wurde von einem großen, massiven Bretterverschlag eingenommen, der lediglich eine Tür, aber keine Fenster besaß.

Das Gespann wurde von einem Trupp Krieger bewacht, die Molakan persönlich ausgewählt hatte, und die jeden fortschickten, der zu nahe kam. Die Einzigen, die dorthin vorgelassen wurden, gehörten zu einem kleinen, erlauchten Kreis von Heilern. Einige von ihnen hatten den gesamten Weg hierher im Inneren des Verschlages verbracht. Nun, als sie ihr vorläufiges Ziel erreicht hatten, stiegen ein paar davon aus, während andere den Wagen betraten.

Jemand stieß Thalinuel leicht von hinten an.

»Sieh nicht so auffällig hinüber«, raunte Verilon ihr zu. »Du erregst schon Aufmerksamkeit, wenn du den Wagen die ganze Zeit anstarrst. Seit wann bist du so neugierig?«

Widerwillig wandte sie ihren Blick ab.

»Das ist keine bloße Neugier. Wenn möglicherweise mein Leben von etwas abhängt und ich nicht einmal weiß, um was es sich handelt, dann macht mich so etwas reichlich nervös.«

»Es muss sich jedenfalls um eine Waffe handeln. Molakan sagte, es wäre gefährlich, deshalb dürfte sich niemand dem Wagen nähern. Mehr habe ich auch nicht aus ihm herausbekommen.« Verilon zuckte mit den Achseln. »Wir werden morgen erfahren, was es damit auf sich hat. Es bringt nichts, wenn wir uns jetzt den Kopf darüber zerbrechen.«

Thalinuel schnitt eine Grimasse.

»Deine Ruhe möchte ich haben! Du weißt, dass ich ganz bestimmt nicht feige bin, aber ich habe ein ganz ungutes Gefühl bei der Sache.«

»Ich bin nicht annähernd so ruhig, wie du glaubst«, widersprach Verilon ernst. »Und ich habe ebenfalls ein äußerst ungutes Gefühl. Allerdings aus einem ganz anderen Grund.« Er zögerte kurz. »Ich weiß nicht, ob ich überhaupt darüber sprechen soll. Molakan würde meine Bedenken bestimmt mit ein paar wohlgesetzten Worten zerstreuen, aber auch das würde nur kurze Zeit wirken. Es ist alles so …« Er machte eine Geste, als würde er etwas wegwerfen. »Ach, vergiss am besten einfach wieder, was ich gesagt habe.«

»Nein, sag ruhig, was du meinst. Wir sind schon so lange Freunde, da sollten wir wohl auch offen über alles reden können.«

»Da hast du wohl Recht.« Verilon senkte für ein paar Sekunden den Blick, ehe er ihr wieder in die Augen sah. »Ich … bin mir einfach nicht mehr sicher, ob wir wirklich das Richtige tun. Diese Schlacht, dieser ganze Krieg … Sicher, die jüngeren Völker haben mit den Feindseligkeiten angefangen, aber es ist etwas anderes, ob wir Wachen in einigen ihrer Städte postieren, die ein Auge darauf haben, dass es keine Übergriffe und keinen organisierten Widerstand gegen uns gibt, selbst wenn dies manchmal nur mit Gewalt durchzusetzen ist, oder ob wir in eine offene Schlacht gegen sie ziehen. Die erste Schlacht überhaupt in Athalien seit dem Kampf gegen die Schattenmahre. Es wird tausende Opfer geben. Ist es das wirklich wert? Gibt es keinen anderen Weg?«

»Gedanken dieser Art gehen mir in letzter Zeit auch immer häufiger durch den Kopf«, gestand Thalinuel. »Unser Volk verändert sich. Du hättest miterleben sollen, was ich in Tal'Orin gesehen habe. Wir sind doch nie Unterdrücker und Tyrannen gewesen! Aber dort zwingt Molakan die Zwerge, wie Sklaven für uns zu schuften, und ihr Leben scheint ihm gar nichts zu bedeuten. Das hat doch nichts mehr mit elbischer Lebensart zu tun! Manchmal denke ich, dass einige von uns bereits schlimmer als die Angehörigen der jüngeren Völker geworden sind.«

»Schlimme Zeiten erfordern schlimme Maßnahmen,

wie Molakan so gerne behauptet«, sagte Verilon. »Ich denke nicht, dass es bereits so schlimm ist, wie du es siehst, aber auch ich frage mich allmählich, ob er unser eigentliches Ziel nicht aus den Augen zu verlieren beginnt. Für ihn rechtfertigt das Ergebnis alle Methoden. In mancherlei Hinsicht geht er dabei einfach zu weit. Als wir die Zwergenmine gestürmt haben, ist er nicht einmal vor dem Einsatz von finsterer Magie zurückgeschreckt.«

»Das hat immerhin vielen von uns das Leben gerettet«, erinnerte Thalinuel. »Aber ich weiß, was du meinst. Der Zweck heiligt nicht jedes Mittel, wie Molakan zu glauben scheint. Wir können schließlich nicht dauerhaft alle anderen Völker versklaven, nur um zu gewährleisten, dass sie keinerlei Bedrohung für uns darstellen.«

»Wenn wir die Schlacht morgen gewinnen, werden sie das sowieso nicht mehr. Ich hoffe, dass Molakan dann von weiteren kriegerischen Handlungen absieht. Denn sonst wird außer uns selbst niemand mehr da sein, um ihn von diesem verhängnisvollen Weg abzubringen.«

Auch als sie das Gespräch längst beendet hatten, gingen diese Worte Thalinuel noch lange im Kopf herum.

Der Himmel war von Wolken verdeckt, zwischen denen nur von Zeit zu Zeit ein vereinzelter Stern sichtbar wurde. Der Mond blieb dauerhaft verborgen, und entsprechend dunkel war die Nacht.

Es war niemals völlig still in einem Heerlager. Gemurmel, gedämpfte Gespräche, das Geräusch, wenn jemand sich im Schlaf umdrehte – vielfältige Laute erfüllten die Luft, wenn so viele Individuen auf engem Platz zusammenkamen, selbst wenn sie noch so leise zu sein versuchten.

Aber es waren nicht diese Geräusche, die Thalinuel wach hielten, sondern ihre eigene innere Unruhe, die durch das Gespräch mit Verilon noch zusätzliche Nahrung erhalten hatte. Er hatte genau das ausgesprochen, was auch sie fühlte, ohne dass sie sich dessen zuvor so deutlich bewusst gewesen war oder es in Worte hätte kleiden können.

Auch sie sah immer deutlicher die Gefahr, dass Molakan jedes Gespür für Verhältnismäßigkeit zu verlieren drohte. Sie hatte sich ihm angeschlossen, weil sie der Überzeugung war, dass ihr Volk sich gegen gewaltsame Übergriffe anderer Völker schützen musste, doch aus diesem Selbstschutz drohte mittlerweile ein Angriffs- und Eroberungskrieg zu werden. Das konnte sie nicht mehr gutheißen.

Jetzt, am Vorabend der Entscheidungsschlacht, war jedoch ganz sicher nicht der richtige Zeitpunkt, sich mit solchen Gedanken zu belasten. Thalinuel war ohnehin innerlich so angespannt, dass es ihr nicht gelang, zur Ruhe zu kommen. Da sie wusste, dass sie keinen Schlaf finden würde, meditierte sie lediglich eine Weile mit geschlossenen Augen, dann verließ sie ihr Zelt wieder.

Sie war bei weitem nicht die Einzige.

Überall saßen Männer und Frauen an den Feuern, denen es offenbar ebenso wie ihr erging. Manche starrten nur in Gedanken versunken vor sich hin, andere sprachen leise miteinander, doch ihr entgingen nicht die winzigen, raschen Bewegungen, die die Nervosität verrieten, die von allen Besitz ergriffen hatte.

Thalinuel setzte sich mit an eines der Feuer, verspürte jedoch kein Verlangen danach, sich zu unterhalten. Stumm beobachtete sie die züngelnden, hin und her tanzenden

Flammen und genoss die von ihnen ausstrahlende Wärme. Mehr als eine Stunde saß sie so da, ohne bewusst wahrzunehmen, was um sie herum vorging. Schließlich jedoch breitete sich eine Unruhe aus, die auch ihr nicht entging und sie aus ihren Gedanken aufschrecken ließ.

»Was ist passiert?«, erkundigte sie sich.

»Ein Überfall. Unsere Späher haben einen Reitertrupp entdeckt, der sich uns nähert«, berichtete ihr jemand.

Thalinuel erhob sich. Raschen Schrittes ging sie quer durch das Lager auf Molakans Zelt zu. Zahlreiche Elben hatten sich bereits dort versammelt, da es auch als Befehlsstand diente, doch sie erreichte es erst gar nicht.

»Thalinuel!«, vernahm sie einen Ruf hinter sich, als sie nur noch wenige Dutzend Schritte davon entfernt war. Olvarian hatte ihn ausgestoßen, Molakans rechte Hand. Sie trat auf ihn zu.

»Ich habe gehört, wir werden angegriffen, und wollte meine Hilfe anbieten, die Feinde abzuwehren.«

»Das wird nicht nötig sein. Wir haben bereits Truppen losgeschickt, um sie in eine Falle zu locken. Sie werden weder unser Lager erreichen noch in ihr eigenes zurückkehren.« Sein Blick wurde grimmig. »Aber ich kann deine Hilfe dennoch brauchen. Ich stelle gerade einen Trupp zusammen, der im Gegenzug das Lager der Menschen angreifen wird. Wenn Hollan zu solchen Maßnahmen greift, tun wir es auch, und gerade jetzt wird dort wohl kaum jemand mit einem Überfall rechnen. Ich wäre froh, wenn ich dabei auf dich zählen könnte.«

Thalinuel nickte, ohne zu zögern. Wenn sie in dieser Nacht schon keinen Schlaf mehr finden würde, war es wesentlich besser, an einem solchen Kampfeinsatz teilzunehmen, als tatenlos herumzusitzen und auf den noch fernen Morgen zu warten.

Nur wenige Minuten später war der Trupp aus einhundert Kriegern zusammengestellt und brach kurz danach auf. Olvarian selbst befehligte ihn. Sie verließen das Lager zunächst in östlicher Richtung und wandten sich dann erst in einem weit gezogenen Bogen nach Norden. Zwar sicherten Elbenkrieger die gesamte Umgebung, dennoch war nicht völlig auszuschließen, dass es einzelnen Kundschaftern der Menschen gelang, ihren wachsamen Augen zu entgehen.

Gut eineinhalb Stunden lang ritten sie in schnellem Tempo und wurden erst langsamer, als sie sich dem feindlichen Lager näherten. Der Klang der Pferdehufe war nicht gerade leise, und jedes Geräusch tönte laut durch die Stille der Nacht. Schließlich zügelten sie ihre Rösser, und nur einige kleine Spähtrupps drangen vorsichtig weiter vor, um auszukundschaften, wo Wachen stationiert waren, und diese nach Möglichkeit gleich unbemerkt auszuschalten.

Die Trupps brauchten nicht lange, um zurückzukehren. Sie hatten tatsächlich mehrere Wachen überwältigt und dadurch nach eigenen Angaben den Weg bis zu den Außenbereichen des Lagers frei gemacht.

»Wenn wir uns den feindlichen Stellungen von etwas weiter nördlich her nähern, stoßen wir direkt auf eine riesige Pferdekoppel«, berichtete einer der Späher.

Ein Lächeln glitt über Olvarians Gesicht.

»Soldaten, die die halbe Nacht damit beschäftigt sind, entlaufene Pferde einzufangen, sind nicht besonders ausgeruht, wenn es zum Kampf kommt«, sagte er noch immer grinsend. Er wählte zwanzig Krieger aus. »Ihr werdet die

Umzäunung der Koppel niederreißen und so viele Pferde wie möglich davonjagen. Die anderen folgen mir!«

Ohne noch weiter zu versuchen, leise zu sein, preschten sie los. Kurz darauf trennte sich das Grüppchen, das die Koppel einreißen sollte, in nördlicher Richtung von ihnen, während Thalinuel mit dem Haupttrupp weiterhin in direkter Linie auf das feindliche Lager zuritt. Zusätzlich zu den brennenden Feuern flammten dort nun weitere Lichter auf, als man ihr Näherkommen bemerkte, doch für eine organisierte Gegenwehr war es bereits zu spät.

In den vergangenen Tagen und Wochen hatte König Hollan weitere Streitkräfte hier zusammengezogen, die nicht alle Platz im stark befestigten Zentrum des Lagers fanden. Die Außenbezirke waren nur schlecht gesichert, da er ohnehin hauptsächlich auf die Schnelligkeit und Schlagkraft seiner Kavallerie setzte und sich auf keinen Stellungskrieg einlassen wollte.

Eine Palisade aus angespitzten, schräg aus dem Boden ragenden Pfählen bildete das einzige Hindernis, das ihnen noch im Weg stand. Ihre Elbenpferde, die größer und kräftiger als die Reittiere der Menschen waren, hatten keine Schwierigkeiten, sie im Sprung zu überwinden, und nur wenige Sekunden später war die Barriere auf einer Breite von mehreren Metern komplett niedergerissen worden, sodass für die Nachfolgenden eine Bresche entstand.

Die Menschen wurden von dem Angriff völlig überrascht. Vereinzelte Wachen an den Feuern schossen Pfeile ab, doch waren sie schlecht gezielt und verletzten niemanden. Soldaten kamen aus den Zelten gestürmt, ungerüstet, schlaftrunken und nur mit ihren Schwertern bewaffnet, wenn überhaupt.

Schreie gellten durch die Nacht.

Thalinuel schlug mit ihrer Klinge zwei Krieger nieder, ehe diese überhaupt nur ihre Schwerter zur Verteidigung heben konnten, dann wehrte sie einen auf ihr linkes Bein gezielten Streich ab.

Wie es der Angriffsplan vorsah, drangen die Elben zunächst in Keilformation in das Lager vor, dann lösten sie diese auf und preschten in Form einer sich öffnenden Blumenblüte in verschiedene Richtungen weiter, wobei sie alles niedermachten, was sich ihnen in den Weg stellte.

Fast ohne zu zielen, hieb Thalinuel mit ihrem Schwert nach rechts und links. Dies hatte nichts mit einem fairen Kampf zu tun. Es war ein blindwütiges Hacken und Stechen, und zahlreiche Menschen wurden von den Hufen der Elbenpferde einfach niedergetrampelt.

Doch setzten sie ihren Angriff nicht allzu lange fort. Sie waren nur wenige und hatten eine riesige Übermacht gegen sich. Sobald die Menschen sich von ihrem Schock erholten und sich zu einer ernsthaften Gegenwehr formierten, würden sie sie durch ihre pure Masse einkesseln und ihnen den Fluchtweg abschneiden. So weit durfte es nicht kommen.

Olvarian ließ zum Rückzug blasen. Genau wie die anderen riss Thalinuel ihr Pferd herum. Erneut vereinten die Elbenkrieger sich zu einer geschlossenen Formation und flohen auf dem gleichen Weg aus dem Lager, auf dem sie eingedrungen waren. Einige von ihnen hatten leichte Verwundungen davongetragen, doch hatten sie keine Verluste zu beklagen, während sie zahlreiche Tote und Schwerverletzte hinter sich zurückließen.

Gemessen an der Gesamtzahl der Soldaten fielen diese

kaum ins Gewicht, doch die psychologische Wirkung des Überfalls würde für die Menschen verheerend sein.

Wenige Meilen von dem Lager entfernt zügelten die Elben ihre Pferde. Kurz darauf stieß der zweite Trupp wieder zu ihnen. Auch er hatte einen durchschlagenden Erfolg errungen, wie einer der Krieger berichtete. Es war ihnen gelungen, hunderte Pferde aus der Koppel zu treiben. Sie wieder einzufangen, würde die Menschen Stunden kosten.

Zufrieden mit dem Ergebnis ihres Angriffs zogen sie sich noch ein Stück weiter zurück und rasteten dort. Es wäre sinnlos gewesen, bis zu ihrem eigenen Lager zurückzukehren, da ihnen die Truppen ohnehin entgegenkommen würden.

Ohne Zwischenfälle verbrachten sie den Rest der Nacht, und als die Sonne golden hinter dem Horizont aufstieg, traf ihr Glanz auf die prachtvollen, aus der Ferne heranrückenden Banner des Elbenheeres.

12
DIE FELSENWÜRMER

An einem unbekannten Ort, zu einer unbekannten Zeit

»Es ist seltsam, dass von diesem Krieg so gut wie nichts überliefert ist«, murmelte Barlok. »Ich erinnere mich noch gut, dass wir nur durch Glück und nach langer Suche Hinweise auf die Auseinandersetzungen innerhalb des Elbenvolkes fanden, aus denen wir ableiten konnten, was es mit dem Feind aus den Katakomben der Tiefenwelt auf sich hatte. Aus Scham, dass erstmals Elben gegen Elben gekämpft hatten, hatte dein Volk versucht, alle Erinnerungen daran auszulöschen.«

Thalinuel seufzte.

»Ja, das kann ich mir gut vorstellen. Obwohl auch anderes Wissen einfach so mit der Zeit verloren gegangen ist – so waren etwa schon zu meiner Zeit kaum noch Informationen über den Krieg gegen die Schattenmahre erhalten. Aber der Bruderkrieg der Elben war das wohl dunkelste Kapitel unserer Geschichte. Und ich habe es hautnah miterlebt. Zu einem kleinen Teil habe ich es sogar selbst mitverschuldet, da ich auf Molakans Lügen und falsche Versprechungen hereingefallen bin.«

»Aus dieser Zeit stammt noch das Misstrauen der jüngeren Völker gegen die Elben, ganz besonders das der

Zwerge. Aber dass es einen so gewaltigen Krieg gab, ist vollständig in Vergessenheit geraten. Dein Volk war sehr gründlich dabei, alle Überlieferungen zu vernichten.«

Auch für den Rückweg hatten sie gut zwei Tage benötigt und waren vor einer knappen Stunde wieder im Lager der Elben angekommen. Nun saßen sie in der großen Höhle mit den Tischen und Stühlen. Ihr Reiseproviant war bereits am Morgen aufgebraucht gewesen, und seither hatten sie nichts mehr gegessen. Obwohl das Brot und der Käse noch genauso seltsam wie am ersten Tag schmeckten, hatten sie sich deshalb gierig über ihre erste Mahlzeit nach vielen Stunden hergemacht, während sich Alanion mit einigen anderen Elben sofort zu einer Beratung zurückgezogen hatte.

»Aber immerhin hat es wieder eine Annäherung gegeben. Im Krieg um Elan-Dhor habt ihr mit meinem Volk Seite an Seite gekämpft«, sagte Thalinuel. »Ich wünschte, ich hätte unsere Welt zu deiner Zeit erleben können, wenn es gelungen ist, die Sünden der Vergangenheit endlich auszuräumen.«

»Und ich wünschte, ich wüsste wenigstens, ob der Krieg gegen die Dunkelelben gewonnen wurde. Der Sieg war bereits nahe, als ich in das Tor geschleudert wurde, aber ich weiß es eben nicht sicher. Ich …«

Er brach ab, als er bemerkte, dass es still um sie herum geworden war. Die Gespräche waren verstummt, und die Elben hatten sich dem Höhleneingang zugewandt und die Köpfe gesenkt. Ein Junge von zwölf oder dreizehn Jahren war dort erschienen; es fiel Barlok schwer, bei Angehörigen anderer Völker das Alter zu schätzen. Der Junge war hager, fast dürr, und im Gegensatz zu allen anderen Elben, denen er bislang begegnet war, war sein Kopf kahl. Wie ein Baby hielt er Puschel im Arm, der sich mit sichtlicher Behaglichkeit an ihn kuschelte.

Barlok zweifelte nicht daran, dass es sich um den Prinzen handelte, von dem Alanion vor einigen Tagen gesprochen hatte. Auch Thalinuel beugte nun den Kopf, und nach kurzem Zögern tat er es ihr gleich.

Einige Sekunden lang hielten die Elben ihre Köpfe gesenkt, dann blickten sie wieder auf und setzten ihre Gespräche fort.

»Er kommt auf uns zu«, raunte Barlok.

Direkt vor ihrem Tisch blieb der Junge stehen und musterte vor allem Barlok mit unverhohlener Neugier.

»Ich bin Harlan, aber die meisten nennen mich nur den Prinzen. Ihr müsst die Fremden sein, von deren Ankunft ich gehört habe.«

»Klar sind sie das«, krächzte Puschel auf seinem Arm. »Vor allem der Kurze. Oder hast du etwa schon mal einen Elben gesehen, der so klein und dick ist und so viele Haare im Gesicht hat?«

»Von Haaren musst du Fellbüschel gerade was erzählen«, brummte Barlok.

»Ich bin Thalinuel, und das ist Barlok aus dem Volk der Zwerge«, stellte Thalinuel rasch vor, ehe sich ein neuer Streit entwickeln konnte.

»Kommt ihr wirklich aus einer anderen Welt, in der es keine Schattenmahre gibt?«

»So ist es«, bestätigte sie. »Es gab sie einst auch bei uns, aber es ist uns gelungen, sie zu besiegen und zu vertreiben.«

»Dann muss es sich um eine sehr glückliche und schöne

Welt handeln. Ich hoffe, ihr werdet mir bald mehr davon erzählen.«

»So glücklich nun leider auch wieder nicht. Auch bei uns gibt es Kriege und Leid, dazu bedarf es nicht zwingend der Schattenmahre. Aber wir werden dir gerne darüber berichten, wenn du dich dafür interessierst.«

»Das tue ich.« Eifrig nickte der Junge. »Heute ist es schon spät, aber vielleicht morgen? Ich freue mich schon darauf.«

Puschel verdrehte die Augen und gähnte demonstrativ, um zu zeigen, wie sehr auch ihn die Geschichten interessierten, sagte aber nichts. Harlan lächelte ihnen zu, dann wandte er sich ab und ging davon.

Thalinuel starrte ihm nach.

»Das … kann doch nicht sein«, stieß sie leise hervor. »Dieser Junge … in ihm schlummert eine so ungeheuerliche magische Kraft, wie ich sie noch nie zuvor gespürt habe. Ich hätte nicht einmal gedacht, dass so etwas überhaupt möglich ist. Seine Macht übertrifft die der mächtigsten Magier, die ich aus meinem Volk gekannt habe, um ein Vielfaches.«

»Übertreibst du da nicht ein wenig?« Skeptisch runzelte Barlok die Stirn. »Er ist doch noch ein Kind.«

»Trotzdem. Ich übertreibe keineswegs. Wahrscheinlich könnte er es mit allen übrigen Elben hier gleichzeitig aufnehmen. Und seine Fähigkeiten werden noch wachsen, wenn er älter wird. Dieses Kind ist ein magisches Ungeheuer!«

Barlok rieb sich das Kinn und strich sich über den Bart. »Dann muss Alanion das gemeint haben, als er es als eine für sein Volk lebenswichtige Angelegenheit bezeichnet hat und nicht über den Prinzen sprechen wollte. Deshalb wohl auch dieser ganze Stützpunkt so weit weg von den Kriegslinien. Er dient nur dazu, den Jungen hier versteckt zu halten, bis er zu einer Art magischem Superkrieger herangewachsen ist.«

»Ein Krieger, der stark genug ist, es auch mit einem Schattenmahr aufzunehmen«, sponn Thalinuel den Gedanken weiter. »Kein Elb hat je die direkte Begegnung mit einem Schattenmahr überlebt, heißt es. In meiner Zeit waren sie nur noch eine Legende. Ich weiß nicht, über welche ungeheuerlichen Fähigkeiten sie verfügen. Aber wenn irgendjemand sie besiegen kann, dann ist es dieser Knabe.«

»Nur wird es noch Jahre dauern, bis er zum Mann heranreift und diesen Kampf aufnehmen kann. Die entscheidende Frage ist, ob die Elben bis dahin durchhalten können. In einem Jahrzehnt kann sich der Verlauf eines Krieges grundlegend wandeln, und wir wissen nicht einmal, wie sie sich gegenwärtig schlagen. Mal heißt es, der Krieg steht gut für sie, und sie wären auf dem Vormarsch, dann wieder höre ich, sie hätten sich in den Wäldern des Südens versteckt.«

»Was sich nicht zwangsläufig ausschließt. Vor allem nicht, wenn der Kampf in den Wäldern stattfindet.«

Barlok ließ seine Faust in die linke Handfläche klatschen.

»Aber wir wissen eben nichts Genaues, und ihre Freundlichkeit allein reicht mir nicht mehr. Wie es aussieht, ist unser Schicksal nun untrennbar auf Gedeih und Verderb mit dem ihren verbunden. Ich bin ein Krieger, und wenn ich ungewollt Teil dieses Krieges geworden bin, dann will ich auch kämpfen.«

»Vielleicht wirst du das eher müssen, als dir lieb ist.«

»Alanion hat gesagt, dass er in nächster Zeit Boten aus dem Süden erwartet«, fuhr Barlok unbeirrt fort. »Wenn sie wieder aufbrechen, werde ich mich ihnen anschließen und mir mit eigenen Augen ein Bild von der Lage machen. Anschließend werde ich entscheiden, ob ich kämpfen oder zu meinem Volk gehen und es unterrichten werde.«

»Vorausgesetzt, sie lassen dich.«

»Was meinst du damit?«

»Bist du wirklich so naiv?« Thalinuel beugte sich vor und senkte ihre Stimme. »Diese Elben hier, sie sind nicht wie die in unserer Welt. Nicht zu meiner Zeit und erst recht nicht zu deiner. Sie führen einen fürchterlichen Krieg gegen den schlimmsten Feind, den man sich nur denken kann. Um diesen zu bestehen, müssen sie hart und gnadenlos sein. Wir kennen das wichtigste Geheimnis ihres Volkes. Glaubst du wirklich, sie werden uns so einfach gehen lassen, wenn die Gefahr besteht, dass der Feind durch uns davon erfahren könnte?«

»Noch wissen sie nicht, dass wir hinter Harlans Geheimnis gekommen sind, und sie brauchen es ja auch nicht zu erfahren.«

»Alanion ist kein Narr, er weiß, dass ich die Macht des Jungen bei der ersten Begegnung spüren würde, und die hat nun in aller Öffentlichkeit stattgefunden. Aber darum geht es gar nicht. Wir wissen, dass Harlan hier aufgezogen wird, das allein reicht. Alanion muss bewusst gewesen sein, dass er das nicht vor uns hätte verheimlichen können, deshalb hat er erst gar kein Geheimnis daraus gemacht. Er versucht, uns mit seiner Freundlichkeit das Leben hier so angenehm wie möglich zu machen, denn er hat von Anfang an nicht vorgehabt, uns wieder von hier wegzulassen, bis der Prinz alt genug ist, seine Bestimmung zu erfüllen!«

Ein leichter Schmerz am Arm weckte Barlok. Schlaftrunken fuhr er hoch, aber seine in langen Jahren als Krieger erworbenen Reflexe funktionierten so gut wie eh und je. Er nahm eine Bewegung neben sich wahr und packte blitzschnell zu.

»He, lass das, blöder Grobian!«, ertönte eine keifende Stimme. Erst jetzt erkannte er, dass er Puschel ergriffen hatte. Nun wusste er auch, woher der Schmerz gekommen war, der ihn geweckt hatte. So weich das bunte Fell der Kreatur normalerweise war, verwandelte es sich doch in spitze Stacheln, wenn es sich sträubte. Ein gutes Dutzend dieser Stacheln bohrten sich in Barloks Handfläche, gerade so tief, dass sie ihm wehtaten, ihn aber nicht ernsthaft verletzten. Trotzdem widerstand er dem Impuls, seinen Griff zu lösen.

»Warum hast du mich angegriffen, Wicht? Wolltest du mich im Schlaf töten? Dann hättest du behutsamer vorgehen und mir deinen Dolch ins Herz stoßen sollen!«

»Töten? So einen Blödsinn kannst auch nur du quasseln.« Die Stacheln bohrten sich tiefer in Barloks Hand, bis ihm keine andere Wahl mehr blieb, als seinen Griff zu lösen. Hastig wich Puschel einen Schritt zurück. »Ich weiß gar nicht, warum ich so gutmütig bin. Ist das der Dank, dass ich versuche, dein nutzloses Leben zu retten? Ich wollte dich wecken, Dämlack, aber du hast geschlafen wie eine tarlanische Kuh. Da habe ich dich ein bisschen gepikst. Und jetzt steh schon endlich auf!«

Obwohl Thalinuels Worte ihm zu schaffen gemacht hatten, da sie vermutlich der Wahrheit entsprachen, hatte er sich früh hingelegt und war auch schnell eingeschlafen. Zwar war er an lange Märsche gewöhnt, vor allem unter der Erde, dennoch waren die letzten Tage anstrengend gewesen.

Aber er hatte mittlerweile gelernt, dass sich unter Puschels großspurigen Reden zumeist ein wahrer Kern verbarg. Hastig erhob er sich.

»Mein Leben retten?« Selbst hier, unter dem Berg, mochten ihm mannigfaltige Gefahren drohen, nicht zuletzt die, dass Alanion sich anders entschieden hatte und es vorzog, einen unliebsamen Mitwisser aus einem fremden Volk und einer fremdem Welt zu beseitigen. »Wovon sprichst du?«

»Davon, dass die Bösen kommen. Die Kreaturen der Finsternis, die Horden der Nacht, die Krieger der Schattenmahre – such dir aus, was immer dir am besten gefällt, aber komm endlich.«

»Und die Elben?«

»Ich hab versucht, sie zu warnen, aber diese ach so klugen Goldköpfchen hören ja nicht auf einen wie mich. Sollen sie doch zusehen, wie sie allein zurechtkommen.«

Eine leichte Erschütterung lief durch den Boden.

»Was war das?«

»Erinnerst du dich an den Felsenwurm, der es vor ein paar Tagen am Berghang auf euch abgesehen hatte? Jetzt stell dir mal seine großen Brüder vor, dann kannst du dir vielleicht denken, was das war.«

Einen Moment lang starrte Barlok Puschel fassungslos vor Schrecken an, dann fuhr er herum und begann zu laufen. Hinter sich hörte er, wie Puschel irgendetwas rief, doch er achtete nicht darauf.

Erneut erzitterte der Boden, etwas heftiger diesmal, dann schien der Hieb eines gigantischen Hammers den Berg zu treffen und brachte ihn zum Beben. Barlok taumelte und musste sich an einer Wand abstützen, um nicht von den Füßen gerissen zu werden.

Staub rieselte herab. Kleine Gesteinsbrocken lösten sich aus der Decke und den Wänden und schlugen polternd auf dem Boden auf.

Während er lief, warf Barlok einen besorgten Blick nach oben. Wäre dies eine Zwergenmine gewesen, hätte er keine Bedenken gehabt, aber die Elben verstanden wenig von der Stabilität von Fels. Einige besonders gefährdete Stellen hatten sie ohne sonderliches Geschick mit Brettern, Stangen und Pfeilern aus aufeinandergetürmten Felsbrocken abgestützt, doch weiteren so schweren Erschütterungen würden diese behelfsmäßigen Stützen kaum standhalten, von den ungeschützten großen Höhlen erst gar nicht zu reden. Es bestand die Gefahr, dass mehrere davon vollständig einstürzen und alles unter sich begraben würden.

Entsetzt dreinblickende Elben begegneten ihm auf seinem Weg, die meisten anscheinend gerade erst aus dem Schlaf erwacht. Den aufgeregten Gesprächsfetzen zufolge, die er auffing, glaubten sie wohl an ein Erdbeben. Bei ihnen befand sich auch Thalinuel. Als sie ihn erblickte, kam sie rasch auf ihn zu.

»Was ist passiert? Was hat das zu bedeuten?«

Barlok kam nicht gleich zum Antworten, denn wieder gab es eine heftige Erschütterung. Ein mehr als kopfgroßer Steinbrocken brach aus der Decke des Stollens und zerbarst krachend kaum einen Meter von ihnen entfernt auf dem Boden. Splitter flogen in alle Richtungen, und einige fügten Barlok leichte Verletzungen zu, doch das war nun seine gerinste Sorge.

»Ein Angriff!«, keuchte er. »Komm!«

Ohne weitere Fragen zu stellen, schloss Thalinuel sich ihm an.

Sie erreichten die Halle mit den vielen Tischen und Stühlen, in der sie ihre Mahlzeiten eingenommen hatten, und wollten weiterlaufen. In diesem Moment jedoch kamen mehrere Elben aus einem Stollen auf der gegenüberliegenden Seite gestürmt. Die meisten von ihnen waren verwundet, aber Barlok erkannte sofort, dass ihre Verletzungen nicht von Waffen herrührten, sondern von Felsen und Gesteinssplittern verursacht worden waren. Wunden dieser Art hatte er schon oft genug in der Tiefenwelt unter Elan-Dhor gesehen und selbst davongetragen.

»Zurück!«, brüllte einer der Elben. »Zurück, sie brechen durch!«

Die Höhlenwand hinter ihm begann unheilvoll zu knistern und zu knacken. Wenige Sekunden später barst sie wie unter der Wucht einer Explosion auseinander. Große Felsbrocken wurden quer durch die halbe Halle geschleudert, trafen einige der Elben und begruben sie unter sich. Gellende Schreie wurden laut.

Auch Barlok konnte einen Schrei nur mit Mühe unterdrücken. Was er vor sich sah, hätte wirklich der große Bruder des Felsenwurms sein können, der sie vor ein paar Tagen angegriffen hatte, und doch …

Das Monstrum war riesig. Ein gigantisches, bestimmt sechs Meter durchmessendes Maul, das sich beständig öffnete und wieder schloss, schob sich durch die Trümmer der Wand. Jedes Mal schlugen die Kieferleisten mit einem schrecklichen, mahlenden Geräusch aufeinander.

Schon der kleinere Wurm, mit dem sie es zuvor zu tun bekommen hatten, war grauenvoll gewesen, aber diese Riesenbestie, deren einzige Bestimmung das Fressen und Töten zu sein schien, war wie ein Gestalt gewordener Albtraum.

Einige Elbenkrieger hatten sich mittlerweile zum Widerstand formiert. Pfeile flogen auf den Wurm zu, prallten aber von seiner Haut ab. Selbst die, die in seinen Schlund flogen, schienen keinerlei Schaden anzurichten.

Weitere Elben stürzten mit Todesverachtung auf den Wurm zu, der sich in langsamen Windungen in die Halle schob. Mit aller Kraft hieben sie mit ihren Schwertern auf den Wurm ein, doch selbst ihre scharfen Klingen vermochten dessen Haut nicht einmal zu ritzen.

Dafür fuhr der Kopf des Ungeheuers plötzlich mit einer im Vergleich zu seiner bisherigen Schwerfälligkeit blitzschnellen Bewegung herum. Sein Maul schloss sich über zwei der Elben, deren Todesschreie abrupt endeten, als sie von den Kieferleisten zermalmt wurden.

»Bewegt euch nicht!«, brüllte Barlok, doch seine Stimme ging in dem Lärm unter.

Zahlreiche weitere Elben hatten mittlerweile die Halle erreicht und griffen die Bestie an. Obwohl der Kampf aussichtslos schien, wollte sich auch Barlok auf den Wurm stürzen, doch Puschel hatte seine Hose gepackt und hielt ihn mit erstaunlicher Kraft zurück.

»Lass mich los, du Wicht!«, knurrte Barlok und versuchte ihn abzuschütteln, doch es gelang ihm nicht.

»Lass du lieber das idiotische Heldengetue. Das ist nicht

der einzige Wurm. Wir müssen weg hier, solange es noch geht!«

Er hatte kaum ausgesprochen, als weniger als zwei Dutzend Meter neben dem Ungeheuer erneut ein großes Stück Felswand einstürzte. Ihres Halts beraubt, brach auch ein Teil der Decke herab und erschlug die dort kämpfenden Elben. Die letzten Fackeln im hinteren Teil erloschen, aber trotz der Dunkelheit sah Barlok undeutlich durch die aufwirbelnde Wolke aus Staub und Gesteinstrümmern, wie sich der hässliche Schädel eines weiteren Felsenwurms in die Höhle schob. Die herabstürzenden Trümmer machten ihm nichts aus.

Ein eisiger Schauder lief Barlok über den Rücken, als er daran dachte, dass auch er nun unter den Trümmern begraben läge, wenn nicht ausgerechnet Puschel ihn zurückgehalten hätte.

Auch an diesem Ende der Höhle lösten sich Brocken aus der Decke. Hastig wich er ein Stück zurück und packte einen der wenigen Elben, die dem Inferno entronnen waren und aus der Staubwolke heraus auf ihn zugetaumelt kamen.

»Wo ist Alanion?«, brüllte er ihn an.

»Tot«, keuchte der Elb und rang nach Luft. »Er hat heldenhaft… gekämpft, doch er fiel… als einer der Ersten. Flieht! Gegen diese Bestien sind wir machtlos!«

Er riss sich los und hetzte weiter.

Ganz so machtlos, wie er behauptet hatte, schien sein Volk jedoch nicht zu sein, selbst wenn Schwerter und Pfeile versagten. Ein Grüppchen von Elben, die keine Uniform trugen, darunter hauptsächlich Frauen, hatte sich nicht weit von Barlok entfernt zu einem Halbkreis zusammengefunden. Angestrengt starrten sie in Richtung der beiden Felsenwürmer, die immer weiter in die Höhle vordrangen.

Blaue Fünkchen begannen um das Maul eines der Ungeheuer zu tanzen und vermehrten sich rasch. Wenn sie seine Haut trafen, leuchteten sie für einen Augenblick heller. Sie schienen dem Wurm Schmerzen zuzufügen, ihn zumindest zu ärgern. Wütend schnappte er nach ihnen, doch die Fünkchen wichen ihm mühelos aus.

Sie ballten sich zu einer gut kopfgroßen Kugel zusammen, die heller und heller zu strahlen begann. Der Wurm versuchte auch danach zu schnappen, doch das war gar nicht nötig. Kaum öffnete sich sein Maul, schoss sie von selbst zwischen seinen Kieferleisten hindurch und tief hinein in seinen Rachen.

Das Ungeheuer bäumte sich auf und hämmerte dabei mit dem Kopf gegen die Decke. Erneut brach ein Teil davon ein. Wild pendelte der Kopf hin und her, während eine regelrechte Flut von grellem Licht aus dem Maul des Wurms hervorbrach und die ganze Höhle hell erleuchtete. Nach wenigen Sekunden jedoch erlosch es wieder, ohne irgendeinen sichtbaren Schaden bei dem Wurm hinterlassen zu haben.

»Raus hier, bevor alles zusammenbricht!«, kreischte Puschel und zerrte an Barloks Hose. »Sie können die Felsenwürmer nicht aufhalten. Und du kannst ebenfalls nichts gegen sie ausrichten. Komm jetzt, oder willst du unbedingt sterben?«

Er hatte auf jegliche Beleidigungen und seine übliche schnoddrige Ausdrucksweise verzichtet, und vielleicht führte gerade das Barlok den Ernst der Situation richtig vor Augen. Überall in der Decke zeigten sich mittlerweile

Risse, die sich rasch vergrößerten. Es war nur noch eine Frage von Minuten, vielleicht sogar nur Sekunden, bis die gesamte Höhle einstürzen würde.

Auch die meisten noch lebenden Elben hatten dies erkannt und flohen. Rasch blickte Barlok sich um, doch Thalinuel war nirgendwo zu entdecken. Er wusste nicht einmal, ob sie sich an dem Angriff auf die Felswürmer beteiligt hatte oder bereits geflohen war, ob sie noch lebte oder hier unter Felsen begraben lag. Er sträubte sich nicht länger. Gemeinsam mit Puschel hetzte er auf den Ausgang zu. Hinter sich hörte er das Donnern herabbrechender Felsmassen und dazwischen immer wieder Schreie, doch er blickte nicht zurück, sondern lief, so schnell er konnte.

Der Stollen beschrieb einen Bogen nach rechts.

»Nicht da lang!«, zeterte Puschel. »Wir müssen hier rein.« Er deutete auf eine schmale und niedrige Abzweigung, doch keiner der Elben beachtete ihn. »Ihr Dummköpfe, ihr rennt in euer Verderben!«

Barlok zögerte einen Moment. Obwohl er dem bunten Fellwesen auch jetzt noch längst nicht wirklich vertraute, hatte es seit Beginn des Angriffs stets die richtigen Ratschläge gegeben und ihm sogar das Leben gerettet.

Er entschloss sich, Puschel zu vertrauen. Da der schmale Gang nicht beleuchtet war, zog er hastig eine brennende Fackel aus ihrer Halterung und zwängte sich seitlich durch die Öffnung in der Felswand.

Erneut waren das Bersten und Krachen von Gesteinsmassen und Schreie zu hören. Eine Wolke aus Staub und Schutt quoll aus der Richtung heran, in die die Elben gelaufen waren. Barlok verschob die Frage, wieso Puschel das Verhängnis im Voraus geahnt hatte, auf später. Auch über ihm knackte das Gestein bedrohlich, und er zwängte sich rasch weiter. Erleichtert atmete er auf, als sich der Gang nach kaum einem Meter verbreiterte.

Es gab eine weitere Erschütterung, ganz in seiner Nähe. Als er zurückblickte, sah er, wie sich ein etwa halb so großer Wurm wie die beiden in der Halle aus dem Stollen schob. Die flüchtenden Elben mussten ihm direkt entgegengerannt sein.

Barlok erstarrte, als sich der Kopf des Wurms in seine Richtung wandte, und auch Puschel verfiel in Reglosigkeit. Doch es schien, als würde bereits die flackernde Flamme der Fackel ausreichen, das Ungeheuer aufmerksam zu machen.

»Lauf!«, keuchte Puschel, zwängte sich an ihm vorbei und hastete weiter, als der Kopf des Wurms wuchtig gegen die Felswand mit dem für ihn viel zu schmalen Eingang zu dem Stollen prallte. Krachend zersplitterte Gestein unter dem Biss der gewaltigen Kieferleisten. Mit einer Geschwindigkeit, die Barlok nie für möglich gehalten hätte, fraß sich der Wurm durch den massiven Fels in seine Richtung.

Ein, zwei Sekunden lang starrte Barlok das sich nähernde Ungeheuer noch wie gelähmt an, dann erst überwand er seine Erstarrung. Er fuhr herum und begann zu laufen, hinter Puschel her, der bereits mehrere Meter Vorsprung gewonnen hatte. Das Geräusch splitternden und berstenden Gesteins folgte ihm.

Und es kam näher.

Barlok lief bereits, so schnell er konnte, doch als er erneut einen Blick über die Schulter zurückwarf, sah er, dass es ihm keineswegs gelungen war, den Abstand zu vergrößern. Stattdessen fraß sich der Wurm schneller durch das Gestein, als Barlok rennen konnte, und hatte sich ihm bereits ein beträchtliches Stück genähert.

Nackte Panik trieb Barlok voran, und er schaffte es, noch ein wenig schneller zu laufen. Endlich wurde es vor ihm wieder hell. Kurz darauf erreichte er einen breiteren, beleuchteten Gang. Ein Stück abseits wartete Puschel schon auf ihn.

»Die Fackel weg!«, rief er. Ohne zu überlegen, ließ Barlok sie fallen, lief ein Stück in den Gang hinein auf Puschel zu und presste sich neben ihm reglos an die Felswand.

Mit lautem Poltern und Bersten stürzte um den Ausgang des Stollens die Felswand ein. Das gewaltige Maul des Felsenwurms schob sich in den Gang. Unschlüssig ließ er seinen Kopf ein paarmal von einer Seite zur anderen pendeln. Barlok wagte kaum noch zu atmen. Als er keine Bewegungen eines Opfers wahrnahm, begann er sich nach einigen Sekunden geradewegs in die gegenüberliegende Felswand hineinzufressen. Obwohl sein Leib sicherlich acht, neun Meter lang war, dauerte es kaum eine Minute, bis er vollständig verschwunden war. Nur ein kreisrundes, mehrere Meter durchmessendes Loch im Fels blieb zurück.

Erst jetzt wagte Barlok, sich wieder zu bewegen.

»Das war knapp!«, stieß er hervor. »Wie haben diese Ungeheuer bloß dieses Versteck hier aufgespürt?«

»Das war doch schon lange zu erwarten, auch wenn diese blöden Elben es nicht wahrhaben wollten. Komm weiter, wir sind noch längst nicht in Sicherheit. Hier wird bald kein Stein mehr auf dem anderen stehen. Nach den Würmern werden die Schattenhorden kommen.«

»Aber wir können nicht einfach weg«, protestierte Barlok. »Was ist mit Thalinuel? Wir müssen sie finden! Hoffentlich ist sie nicht mit in die Kämpfe …«

»Ist sie nicht, sie ist nämlich nicht annähernd so dämlich wie du. Sie ist längst geflohen, und wenn du gleich auf mich gehört hättest, könnten auch wir schon in Sicherheit sein. Also, kommst du jetzt endlich? Ich jedenfalls hab' keine Lust, hier draufzugehen.«

Barlok zögerte noch einen Moment, dann folgte er Puschel. Zwar traute er dem Fellwesen durchaus zu, ihm irgendetwas vorzuflunkern, um sich selbst zu retten, aber wenigstens bislang hatte es ihn noch nie offen belogen, und wenn es ihm nur darauf angekommen wäre, sich in Sicherheit zu bringen, hätte es auch alleine fliehen können.

Immer wieder bebte der Boden, wenn Felswände oder auch ganze Stollen und Höhlen unter dem gierigen Biss der Felsenwürmer einstürzten. Elben begegneten ihnen nur noch ganz vereinzelt, doch war gelegentlich fernes Waffenklirren zu hören. Einige von ihnen leisteten offenbar immer noch Widerstand.

Barlok versuchte sich vorzustellen, wie es wäre, wenn es Ungeheuer wie die Felsenwürmer auch in seiner Welt gegeben hätte. Selbst Elan-Dhor hätte einem Angriff von ihnen nichts entgegenzusetzen gehabt.

»Eigentlich sind die Würmer harmlos«, behauptete Puschel, als hätte er seine Gedanken gelesen. »Normalerweise kommen sie tief in der Erde vor, wo nichts anderes lebt, kriechen geistlos umher und fressen Steine, bis sie irgendwann sterben. Aber nun haben die Schattenmahre von ihnen geistig Besitz ergriffen und sie mit ihrer bösen Macht erfüllt. Das macht sie so gefährlich.«

Sie gerieten an eine Abzweigung, und der Kampflärm wurde lauter. Plötzlich erkannte Barlok, was ihn schon zuvor daran irritiert hatte, ohne dass es ihm richtig bewusst geworden war. Die Felsenwürmer trugen keine Waffen, aber was er hörte, war das Klirren von Schwertern, das Hämmern von Metall auf Metall. Nun sah er auch, woher es stammte. Ein Stück entfernt in dem Seitenstollen kämpfte ein kleiner Trupp Elben gegen eine Übermacht von Eindringlingen. Es handelte sich um große, gedrungene Gestalten, die zu viele Arme zu haben schienen, doch waren sie zu weit entfernt und das Licht war zu schwach, um sie genauer zu erkennen. Auch sah er sie nur für einen kurzen Moment, da Puschel und er hastig an der Abzweigung vorbeiliefen, um nicht entdeckt zu werden.

»Was waren das für Wesen?«, keuchte er, während sie den Stollen weiter entlanghetzten.

»Hörst du mir eigentlich nie zu, wenn ich etwas sage? Ich hab' dir doch schon erklärt, dass die Würmer nur den Weg für die Horden der Mahre bereiten. Sie schwärmen bereits aus und werden bald hier überall sein.«

»Und was ist mit Thalinuel? Wo ist sie?«

»Wenn deine Beine nicht so kurz wären und du schneller laufen würdest, hätten wir sie wahrscheinlich längst eingeholt. Und jetzt hör endlich auf, uns mit blöden Fragen aufzuhalten.«

Sie hasteten weiter durch das Labyrinth der Stollen und Höhlen. Den von den Elben bewohnten Teil hatten sie bereits hinter sich gelassen und befanden sich wieder auf dem Weg, auf dem sie vor wenigen Stunden erst von der anderen Seite des Gebirges zurückgekehrt waren. Das Waffengeklirr war hinter ihnen zurückgeblieben. Bis in diesen Bereich war der Feind offenbar noch nicht vorgedrungen.

Oder es lebten keine Elben mehr, die ihm noch Widerstand leisteten …

13

DER PAKT

September 9430 neuer Zeitrechnung der Elben

Die Abordnung aus Radon war groß und außerordentlich pompös. General Tajir, der Kommandant des Heeres, trug eine bunte, mit zahlreichen Orden, Tressen und Goldlitzen behängte Uniform, sowie einen blank geputzten, in zwei Spitzen auslaufenden goldenen Helm, der in der Sonne wie ein Diamant gleißte. Bei vielen Männern hätte eine solche Aufmachung nur lächerlich gewirkt, doch Tajir war ein alter Haudegen mit eisgrauem Haar, der eine so starke Ausstrahlung besaß, dass er vermutlich selbst in einem alten Kartoffelsack noch Ehrfurcht gebietend gewirkt hätte.

Seine Eskorte bestand aus einhundert Kriegern, auch sie alle in Galauniformen, als sie in das Zeltlager des lartronischen Heeres geritten kamen.

Es fiel Lhiuvan leicht, sich diesen Auftritt zu erklären. Die Beratung fand nicht nur auf Einladung König Kalmars statt, sondern außerdem in seinem Zeltlager. Er war der Herrscher von Lartronia. Dies war sein Hoheitsgebiet, und die radonische Armee war in dieses eingedrungen. Vor allem aber war er von königlichem Geblüt, während Tajir nur General war, weshalb es Kalmar nicht zuzumuten war, ins Lager des feindlichen Heeres zu reiten, um bei diesem

General vorzusprechen, da er nicht als Bittsteller unterwegs war. Allenfalls hätte man einen neutralen Treffpunkt wählen können, doch die Befehle des unter dem Einfluss Ailas stehenden Königs Lorian an seinen General lauteten anders.

Aber wenn er schon seinem Gegenspieler die Aufwartung machen musste, wollte Tajir wenigstens durch seinen Auftritt Macht und Würde repräsentieren. Unmittelbar vor König Kalmar, der die Gesandtschaft vor dem Eingang seines Zeltes erwartete, zügelte er sein Pferd, stieg ab und verbeugte sich.

»Meine Ehrerbietung, Euer Majestät, König Kalmar von Lartronia. Ich danke Euch für diese Einladung und bin gekommen, Euch die Grüße meines Herrn, König Lorian von Radon, zu überbringen.«

»Ich wünschte, er wäre selbst gekommen, um sie mir auszurichten«, erwiderte Kalmar kühl. »Und vor allem wünschte ich, er hätte es getan, ehe sein Heer die Grenzen meines Landes überschritten hat.«

Tajir gab sich Mühe, sich nichts anmerken zu lassen, doch gelang es ihm nicht völlig, seinen Ärger über die wenig freundliche Begrüßung zu verbergen.

»Um darüber zu sprechen, bin ich gekommen. Ich kann Euch versichern, dass dies kein Akt der Aggression war, der gegen Euch oder Euer Reich gerichtet ist. Mein Herr wünscht keine kriegerischen Auseinandersetzungen mit Lartronia. Wenn wir dennoch die Unantastbarkeit Eurer Grenzen verletzt haben, so nur aus Gründen, die sich auch für Euch zu einer Bedrohung entwickeln könnten, der wir gemeinsam entgegentreten sollten. Aber das sollten wir nicht hier in aller Öffentlichkeit besprechen. Was ich Euch zu berichten habe, ist nur für Eure Ohren und die Eurer Vertrauten bestimmt.«

»Ihr habt Recht, General Tajir. Wir haben viel zu besprechen, das nicht jeder hören muss. Außerdem habe ich einen kleinen Imbiss vorbereiten lassen. Folgt mir.«

Zusammen mit einigen Beratern, zu denen auch Lhiuvan in seiner Tarnung als Kyrill-Priester gehörte, trat er ins Zelt. Tajir folgte ihm mit einigen Vertrauten seines Generalstabes. Im Inneren des Zeltes war eine Tafel mit allerlei Köstlichkeiten aufgebaut, an der sie Platz nahmen. Diener eilten mit Krügen umher und schenkten Wein ein.

Während des Essens wurden nur einige höfliche Belanglosigkeiten ausgetauscht. Immerhin jedoch erfüllte es den Zweck, die frostige Atmosphäre ein wenig zu entspannen. Erst nachdem der Tisch abgeräumt worden war, begannen die eigentlichen Beratungen.

»Immer wieder sind in den vergangenen Jahren von den Barbaren Überfälle auf radonisches Territorium durchgeführt worden«, begann Tajir. »Sie plündern unsere Dörfer, vergewaltigen unsere Frauen, und es kommt nicht selten auch zu Toten. Zur Verantwortung ziehen können wir sie dafür nie, da sie sich nach den Angriffen stets wieder auf lartronisches Gebiet zurückziehen, wohin wir ihnen nicht folgen dürfen. So können sie ungehindert in ihrem Treiben fortfahren.«

»Die Situation ist mir bekannt«, antwortete Kalmar gedehnt. »Und glaubt mir, auch ich bin nicht glücklich darüber.«

»Dennoch unternehmt Ihr nichts dagegen. Obwohl wir Euch wieder und wieder um Beistand in dieser Angelegenheit gebeten haben, bleibt Ihr untätig.«

»Die Wälder im Osten sind groß und dicht. Selbst eine ganze Armee würde nicht ausreichen, sie zu durchkämmen, zumal die Barbaren dort beheimatet sind und das Terrain kennen. Sie würden sich zurückziehen und stets aufs Neue aus dem Hinterhalt angreifen. Ich kann es mir nicht erlauben, ein Heer in diesen Wäldern zu verlieren. Sichert Eure Grenzen entsprechend, dann wird es keine Überfälle mehr geben.«

»Ihr wisst, dass das unmöglich ist. Weder können wir die gesamte Grenze bewachen noch alle unsere Siedlungen in ihrer Nähe. Ihr schützt Mörder und Plünderer, indem Ihr ihnen einen sicheren Rückzugsort lasst. Eure Untätigkeit ermuntert diese Barbaren noch dazu, immer dreistere und brutalere Überfälle durchzuführen. Bei ihrem letzten derartigen Angriff haben sie ein ganzes Dorf niedergebrannt und sämtliche Einwohner grausam abgeschlachtet. Das …«

»Ich hörte davon und bedauere sehr, was geschehen ist«, fiel König Kalmar ihm scharf ins Wort. »Aber selbst das berechtigt Euch nicht, mit einem Heer in Lartronia einzufallen, es sei denn, Euer Herr wünscht offenen Krieg. Ich schütze keineswegs die Barbaren, aber ich schütze sehr wohl meine Grenzen. Und das gegen jeden, ohne Ausnahme. Ebenso wenig lasse ich mich durch geschaffene Tatsachen erpressen. Wenn Euch daran liegt, den Frieden zu wahren, so kommt Ihr als Bittsteller und solltet entsprechend auftreten. Ich hoffe, das war deutlich genug.«

Ein wenig besorgt beobachtete Lhiuvan durch seine Sehschlitze den General. Er hatte Kalmar geraten, hart und unnachgiebig aufzutreten, um Tajir seine Aufgabe nicht zu leicht zu machen und sich selbst in eine starke Verhandlungsposition zu bringen. Möglicherweise jedoch übertrieb er nun. Tajir war ein stolzer Mann. Er hatte völlig unzweideutige Befehle erhalten, Kalmar über die vermeintliche Gefahr durch die Zwerge aufzuklären und ein Bündnis mit ihm zu schmieden, doch wenn er zu sehr gereizt wurde, bestand die Gefahr, dass er seine Befehle missachtete und alles gefährdete.

Dabei waren diese ganzen Verhandlungen nur eine Farce, deren Ergebnis bereits feststand, da beide Könige längst den Einflüsterungen des Schattenmahrs erlegen waren. Genau dies aber durfte niemals bekannt werden, nicht einmal sie selbst durften merken, dass sie nur Puppen waren, an deren Fäden ein anderer zog. Vielleicht wäre es besser gewesen, König Lorian dazu zu bringen, die Verhandlungen selbst zu führen, obwohl dieser keinerlei Ambitionen hegte, Burg Greifenhall zu verlassen.

Aber der kritische Moment ging vorüber. Tajirs Pflichtgefühl siegte über seinen persönlichen Stolz.

»Ich bin nur ein Bote und überbringe eine Nachricht meines Herrn. Es steht mir nicht zu zu beurteilen, ob König Lorian dies als Bittstellerei betrachtet«, behauptete er ausweichend. »Auch Lartronia schwebt durch die Barbaren in potentieller Gefahr. Bislang haben sie Eure Siedlungen verschont, um Euch nicht gegen sich aufzubringen. Durch ihren besonders brutalen letzten Überfall aber ist die Bereitschaft König Lorians gestiegen, einen Plan umzusetzen, der schon ein paarmal erwogen, aber bislang stets wieder verworfen wurde: die gesamte Räumung des von den Wilden bedrohten Gebietes und die Umsiedlung aller dort lebenden Menschen. Was würden die Barbaren in einem solchen Fall wohl tun, wenn es auf unserer Seite der Grenze für sie nichts mehr zu erbeuten gäbe? Die Antwort liegt auf der Hand, sie würden sich den lartronischen Ortschaften zuwenden.«

»Soll das auf eine Erpressung hinauslaufen?«, grollte König Kalmar.

»Nein, es soll nur zeigen, dass die Barbaren auch für Euer Land eine Bedrohung darstellen. Ihr habt behauptet, nicht einmal ein ganzes Heer wäre in der Lage, sie aus ihren Schlupfwinkeln in den Wäldern zu vertreiben. Nun, zwei vereinten Armeen dürfte es hingegen ganz sicher gelingen.«

»Ah, endlich kommt Ihr zum Kern der Sache. Wenn ich Euch recht verstehe, schlagt Ihr also vor, dass wir gemeinsam gegen die Barbaren ziehen. Ein schlauer Plan. Ein solches Bündnis würde Euren Einfall in mein Reich legitimieren, und wir würden gemeinsam in den Kampf ziehen.«

»So ist es, Majestät.«

»Allerdings scheint mir, dass Radon von einem solchen Bündnis deutlich mehr profitieren würde als Lartronia. Gemeinsam in den Kampf zu ziehen, würde auch bedeuten, dass wir Euch helfen, die Drecksarbeit zu verrichten, um derentwillen Euer Heer ausgezogen ist. Wo aber läge der Vorteil für Lartronia, wenn ich gute Männer zum Sterben in die Wälder schicke, gleich ob allein oder gemeinsam mit Euren Kämpfern?«

»Wir würden gemeinsam diesen Unruheherd vernichten, bevor er auch für Euch gefährlich werden könnte«, erwiderte Tajir. »Denn das würde er, und zwar schon bald. Und ich spreche hier nicht nur von den Barbaren. Hinter ihnen steckt eine weitaus gefährlichere Macht, deren größtes Vergnügen es wäre, unser beider Länder in einen Krieg gegeneinander zu hetzen, um hinterher das entstehende Machtvakuum selbst zu füllen. Wir haben nun endlich Beweise dafür, dass die Zwerge die Barbaren unterstützen, was auch bedeutet, dass sie Euch die ganze Zeit über belogen und ein falsches Spiel mit Euch getrieben haben.«

Auf einen Wink hin reichte einer seiner Begleiter König Kalmar das Schwert und den Speer, die man in Waldhain bei dem toten Barbarenkrieger gefunden hatte.

Von nun an folgte alles der Dramaturgie, die der Schattenmahr festgelegt hatte. Zum Schein weigerte sich König Kalmar zunächst zu glauben, dass die Zwerge einen so niederträchtigen Plan verfolgten, doch wurde er rasch empfänglicher für die Argumente und gab seinen gespielten Widerstand schließlich ganz auf.

»Einen Verdacht hatte ich bereits seit Jahren«, behauptete er. »Aber solange es keine Beweise gab und sich ihre Waffen nicht gegen uns richteten … Die überfallenen radonischen Dörfer hätten sich auch nicht wehren können, wenn die Barbaren mit herkömmlichen Waffen angegriffen hätten, so schien sich der Schaden in Grenzen zu halten.«

»Aber so wird es nicht bleiben. Die Barbaren verfügen über eine beachtliche Zahl von Kriegern, und mit solch hochwertigen Waffen ausgerüstet werden sie sich bald auch gegen Eure Dörfer wenden. Selbst ohne ein Umsiedlungsprogramm hat nach dem Angriff auf Waldhain jenseits der Grenze bereits eine Massenflucht nach Norden und Westen eingesetzt. Die Menschen fliehen in blinder Panik.«

»Angesichts unser beider Heere werden die Wilden wohl kaum weitere Angriffe riskieren, weder diesseits noch jenseits der Grenze. Die entscheidende Frage ist, wie wir nun weiter vorgehen. Wenn wir in die Wälder eindringen, müssen wir uns selbst mit unseren vereinten Heeren auf eine lange und verlustreiche Suche mit ständigen Attacken aus dem Hinterhalt einstellen, mit der Gefahr, dass plötzlich ein Zwergenheer in unserem Rücken auftaucht oder dass alles möglicherweise sinnlos ist, wenn es den Barbaren gelingt, uns zu umgehen und in den Minen Zuflucht zu suchen.«

Tajir nickte bedächtig.

»Und was schlagt Ihr stattdessen vor?«

»Wir sollten das Übel bei der Wurzel packen, und das größere Übel sind in diesem Fall die verräterischen Zwerge, die uns in einen Krieg gegeneinander hetzen wollen«, erklärte Kalmar. »Sind sie erst besiegt, können wir uns ihren Handlangern zuwenden, den Barbaren. Wir müssen mit vereinten Kräften einen Angriff gegen Elan-Dhor und Zarkhadul führen!«

»Aber … das ist Wahnsinn!« Tajir sprang auf und blickte sich fassungslos um. »Die Zwerge sind zu zahlreich und zu stark, erst recht, wenn sie sich in ihren Minen verschanzen. Wir können ihre Felder verbrennen, können sie belagern und versuchen, sie auszuhungern, doch soweit ich gehört habe, bauen sie auch unterirdisch Lebensmittel an, sodass selbst damit ein Erfolg fraglich wäre. Aber wir werden es niemals schaffen, ihre Tore zu erstürmen!«

»Es wird schwer, aber es ist nicht unmöglich«, widersprach Kalmar. »Vertraut mir. Wir haben mehr Verbündete, als Ihr glauben mögt, mächtige Verbündete, und darüber hinaus habe ich bereits einen Plan, wie wir die Zwerge entscheidend schwächen können. Hört zu …«

»…und wenn es sich bewahrheitet, dass die Zwerge von Elan-Dhor und Zarkhadul, die wir für unsere Freunde gehalten haben, sich insgeheim mit den Barbaren verbündet haben und sie mit Waffen beliefern, die diese zu Angriffen gegen unsere Schiffe nutzen, dann kann das nicht ohne Konsequenzen bleiben. Wir Elben sind ein friedliches Volk. Selbst den alten Groll zwischen uns und den Zwergen glaubten wir überwunden, aber wenn sich herausstellt, dass unsere vermeintlichen Freunde wirklich für die grauenvolle Auslöschung ganzer Dörfer mitverantwortlich sind und ihretwegen womöglich erneut Kriege geführt werden, dann können wir dem nicht tatenlos zusehen.«

Obwohl es eindeutig ihre Mutter war, die da auf dem Söller stand und zu ihrem Volk sprach, hatte Gelinian das Gefühl, den Worten einer Fremden zu lauschen. Und sie war nicht die Einzige, der es so ging.

Zahlreiche Elben hatten sich auf der Wiese unterhalb des Söllers versammelt, um die Ansprache der Herrin Illurien an ihr Volk zu hören, die als außerordentlich wichtig angekündigt worden war. Doch was bislang zu hören gewesen war, hatte hauptsächlich Verwirrung gestiftet.

Viele Elben waren als Sklaven der Thir-Ailith aus deren Katakomben tief unter Elan-Dhor befreit worden, in einem Krieg, an dem Elben und Zwerge Seite an Seite gekämpft hatten. Insofern hatten sie die alten Vorurteile zwischen den Völkern nie mitbekommen und fühlten eine enge Verbundenheit mit den Zwergen. Dass diese nun plötzlich Verräter sein sollten, war für sie kaum begreiflich.

Durch die Tausenden Neuankömmlinge war das bereits dem Untergang geweihte Elbenvolk verjüngt und von neuer Kraft erfüllt worden. Vielen, die nur noch den schleichenden Niedergang betrauert und auf den Tod gewartet hatten, war es gelungen, ihre Lethargie abzuschütteln. Ihnen, die schon ihr ganzes Leben im goldenen Tal verbracht hatten, ging es daher kaum anders – auch sie waren von Illuriens Worten verwirrt.

Das Misstrauen gegenüber den Zwergen hatte tief in ihnen gesessen, und es reichte bereits viele Jahrtausende zurück. Mehr als alle anderen hatte sich jedoch Illurien in den vergangenen Jahren für die Freundschaft und Verständigung zwischen ihren Völkern eingesetzt.

Und nun stellte ausgerechnet sie die Zwerge an den Pranger, warf ihnen ungeheuerlichen Verrat vor und drohte damit, ihnen gewaltsam Einhalt zu gebieten oder gar Vergeltung an ihnen zu üben?

Es war wirklich schwer zu verstehen. Nicht einmal Gelinian verstand es …

»Was ist mit deiner Mutter? Was hat das zu bedeuten?«, vernahm sie Serilanas Stimme hinter sich.

»Still!«, zischte sie. Sie war nicht allein hergekommen, um die Rede zu hören, sondern in Begleitung einiger weniger enger Freunde und Vertrauter, mit denen zusammen sie bereits die letzten Stunden verbracht hatte, seit sie sich am frühen Vormittag von ihrer Mutter getrennt hatte. Es war ihr unerträglich gewesen, allein zu sein. »Nicht hier. Kommt mit.«

Zu dritt verließen sie den Platz und schlugen den Weg hinab zum Ufer des Chrysal ein, des durch das goldene Tal fließenden Flusses, während Illurien hinter ihnen ihre Ansprache fortsetzte.

»Irgendetwas stimmt nicht mit meiner Hohen Mutter«, sagte sie ratlos, als sie sich weit genug entfernt hatten. »Sie wirkt so verändert, seit sie von den Vorwürfen gegen die Zwerge gehört hat.«

»Wer hat ihr davon berichtet?«, wollte Serilana wissen, ihre engste und älteste Freundin.

»Pelariol, einer unserer Krieger, der sich bereits seit längerer Zeit mit einigen Begleitern in jener Gegend aufhält. Er brachte hauptsächlich Kunde über den Verräter Lhiuvan, den sie bereits gefasst hatten, der ihnen dann jedoch wieder entkam. Auf die Zwerge kam er erst zu sprechen, als die Audienz schon fast vorbei war.«

Sie erreichten das Ufer des Flusses und ließen sich dort im Gras nieder. Gemächlich strömte das Wasser neben ihnen dahin. Goldene Blätter trieben wie winzige Flöße auf seiner Oberfläche; alles wirkte still und friedlich. Illuriens Stimme drang nicht bis hierher. Es war schwer vorstellbar, dass sie nur ein paar hundert Meter entfernt von eventuellen Strafexpeditionen und gar einem drohenden Krieg sprach.

»Und er hat ihr das alles berichtet, wovon sie jetzt spricht?«, hakte Tagarin, ihr zweiter Begleiter, nach. Gewöhnlich war er fast immer gut gelaunt und fröhlich, aber im Moment war er überaus ernst. »Hat er auch Beweise für seine Anschuldigungen vorgelegt?«

»Es waren nicht einmal direkte Anschuldigungen. Er hat lediglich die Unruhen in Lartronia erwähnt, das lartronische und das radonische Heer, die dort gegeneinander zu marschieren drohen, was beide Länder in Chaos und Elend stürzen würde. Anfangs war die Herrin außerordentlich skeptisch, weil vieles nur auf Anschuldigungen beruhte, doch sie fragte immer weiter nach, bis sich das Bild abzurunden begann.«

»Aber es gibt keine Beweise?«, beharrte Tagarin.

Gelinian schüttelte den Kopf.

»Pelariol konnte jedenfalls keine vorlegen, doch schließlich war er auch nicht deswegen gekommen. Aber er sagt, es gäbe sie. Zwergenwaffen, die bei toten Barbarenkriegern gefunden wurden, und dergleichen mehr. Ich habe nicht richtig aufgepasst, weil ich alldem zunächst keine große Bedeutung beigemessen habe. Wie Mutter schon gesagt hat, will sie diese Beweise auf jeden Fall zunächst prüfen lassen, ehe sie konkrete Entscheidungen trifft. Wenigstens darauf beharrt sie. Ich … ich weiß nicht, was ich von der ganzen Angelegenheit halten soll.«

»Dieser Pelariol … was hast du für einen Eindruck von ihm?«

Gelinian zögerte und starrte auf den Fluss.

»Ich weiß es nicht. Man … sollte niemanden beurteilen, den man nur so kurz kennt, und ich habe kaum eine Stunde in seiner Gegenwart verbracht. Er hat gut und überzeugend gesprochen, und er war sehr zerknirscht, dass Lhiuvan ihnen durch die Hilfe anderer entkommen ist und sie ihn seither nicht wieder einfangen konnten.«

»Aber?« Fragend blickte Serilana sie an. Gelinian und sie kannten sich viel zu lange und zu gut, als dass sie ihr etwas hätte vormachen können.

»Er war mir unheimlich«, stieß sie hervor. »Es war das erste Mal, dass mir so etwas in Gegenwart von jemandem aus unserem eigenen Volk passiert ist, aber so war es. Er machte im Grunde einen sympathischen Eindruck, aber er hatte etwas an sich … Ich kann es nicht beschreiben. Es war nichts Bestimmtes, weder etwas, das er gesagt, noch, was er getan hat. Aber irgendetwas an ihm flößte mir vom ersten Moment an Unbehagen ein.«

Einige Sekunden herrschte Schweigen.

»Ich denke, wir sollten selbst einmal mit diesem Pelariol sprechen«, ergriff Tagarin schließlich wieder das Wort. »Er muss eine ziemliche Überzeugungskraft besitzen, wenn die Herrin nur auf seinen Bericht hin unser Volk bereits gegen die Zwerge einzunehmen versucht, noch ehe sie die Beweise überhaupt gesehen hat.«

»Das wird leider nicht möglich sein. Er ist schon wieder fort.« Gelinian war nicht einmal sicher, ob sie es wirklich bedauerte. Sie konnte nicht sagen, warum Pelariol ihr solches Unbehagen bereitete, aber es war so. Schon der Gedanke daran, erneut mit ihm zusammenzutreffen, ließ sie erschauern. Es war, als würde sie sich an seiner statt an eine Wolke aus Dunkelheit erinnern. »Schon kurz nach dem Gespräch mit meiner Mutter ist er wieder aufgebrochen, um nach Lartronia zurückzukehren und die Jagd nach Lhiuvan fortzusetzen.«

Und inzwischen war er hoffentlich schon viele, viele Meilen entfernt…

»Die Jagd auf Lhiuvan scheint für ihn ja eine fast heilige Mission zu sein. Ich kann mich nicht erinnern, seinen Namen schon mal gehört zu haben«, erkundigte sich Serilana. Sie fischte mit der Hand einige Blätter aus dem Fluss und ließ sie dann weiterschwimmen. »Stammt er aus dem Tal?«

»Nein, aus der Gefangenschaft der Thir-Ailith. Er hat einige Jahre hier gelebt, ist dann aber mit einigen anderen umhergezogen, um sich in der Welt umzusehen. Zuletzt haben sie in Gormtal gelebt und gegen die dort herrschenden Ausschweifungen angekämpft.«

»Gerade für die Elben, die unter der Tyrannei der Thir-Ailith aufgewachsen sind, ist Lhiuvan ein Held gewesen, da er maßgeblich daran beteiligt war, sie zu befreien. Dann verstehe ich erst recht nicht, warum dieser Pelariol so versessen darauf ist, ihn zu fangen.«

»Er ist zornig, weil sie ihn bereits festgenommen hatten, er ihnen aber wieder entkommen ist. Das kann ich gut verstehen. Und ich verstehe auch, dass gerade Leute wie Pelariol von ihm besonders enttäuscht sind, eben weil Lhiuvan für sie ein tadelloser Held war. Sie fühlen sich von ihm in besonderem Maße betrogen.«

»Möglich.« Tagarin wirkte nicht allzu überzeugt. »Die ganze Angelegenheit mit Lhiuvan ist schon seltsam genug. Für seinen Verrat, seine merkwürdigen Ausflüchte und seine Flucht finde ich einfach keine Erklärung. Und nun passiert wieder etwas sehr Merkwürdiges, in das er zumindest am Rande verstrickt ist. Ich frage mich, ob nicht mehr dahintersteckt…«

Gelinian rang kurz mit sich. Schon der Gedanke, noch einmal mit Pelariol zusammenzutreffen, verursachte ihr eine Gänsehaut, doch sie überwand ihren Abscheu.

»Möglicherweise weiß Pelariol mehr darüber, als er gesagt hat. Wir sollten auf alle Fälle noch einmal mit ihm sprechen. Er hatte einen langen Ritt hinter sich, als er hier eintraf, und sich nicht viel Ruhe gegönnt. Vor allem sein Pferd dürfte erschöpft sein. Es kann nicht schwer sein, ihn einzuholen. Tagarin, ruf ein Dutzend vertrauenswürdige Krieger zusammen, aber sag niemandem, was wir vorhaben. Illurien darf auf keinen Fall davon erfahren. Wir brechen so schnell wie möglich auf.«

Unbeeindruckt ließ Warlon seinen Blick über die in ihren Galauniformen herausgeputzten Menschen schweifen. Er kannte sich mit ihren Ehren- und Rangabzeichen nicht aus, doch bereitete es ihm keine Schwierigkeiten zu erkennen, wer von ihnen ein echter Krieger war und schon selbst auf dem Schlachtfeld gestanden hatte und wer nur aufgrund von Speichelleckerei und seiner Herkunft einen hohen Rang erhalten hatte.

In Begleitung der Offiziere befanden sich auch einige wenige zivile Würdenträger von König Kalmars Hof, die mit ihm und dem Heer von Teneret aufgebrochen waren. Obwohl der König ihr nicht selbst angehörte, war es eine hochrangige Delegation, die Elan-Dhor besuchte, ein Zeichen der Wertschätzung, die man den Zwergen entgegenbrachte. Angeführt wurde sie von General Ohaile, dem Oberkommandierenden des Heeres. Er war an die Stelle General Morakows getreten, eines alten Haudegens, der die lartronische Armee seinerzeit in den Kampf gegen die Thir-Ailith geführt hatte, aber zu Warlons Bedauern vor einigen Jahren gestorben war.

Ohaile war ein stämmiger Mann mit grauem Haar und einem ebenfalls grauen Bart, doch die glatte Haut seines Gesichts zeigte, dass er noch nicht so alt war, wie dies vermuten ließ. Genau wie Morakow hatte auch er schon Schlachtenluft gewittert und schien sich in seiner mit Orden und Tressen behängten Galauniform höchst unwohl zu fühlen.

Wie es sich für Staatsbesuche unter Verbündeten gehörte, hatten die Abgesandten Lartronias einige kostbare Geschenke mitgebracht und Königin Tharlia überreicht. Aber schließlich, dachte Warlon, kamen die Menschen ja auch als Bittsteller, wenn man den Anlass ihres Besuchs einmal aller schönen Worte entkleidete.

Sie hatten ihren Besuch zuvor angekündigt und darum gebeten, dass auch der Hohe Rat von Zarkhadul, zumindest aber die beiden Abgeordneten der Kriegerkaste, an dem Treffen teilnahmen. Zusammen mit Sokan, dem zweiten Krieger im Rat, und Ailin als Abgeordnete der Gelehrten hatte er sich deshalb mit einem Pferdewagen auf den Weg nach Elan-Dhor gemacht.

Auf dem Streifen Land, das man den Zwergen am Fuß des Schattengebirges zum Geschenk gemacht hatte, war inzwischen eine gepflasterte Straße errichtet worden, sodass die Distanz mit einem schnellen Gespann binnen nur eines Tages zu bewältigen war.

Demnächst würde es vielleicht sogar noch schneller gehen. Nachdem es mittlerweile eine unterirdische Verbindung zwischen den beiden Minen gab, war geplant, diese nun auszubauen. In direkter Linie war der Weg ein gutes Stück kürzer, da man keine Rücksicht auf den unregelmäßigen Verlauf der Bergkette zu nehmen brauchte. Sogar die Errichtung einer durchgehenden unterirdischen Schienenverbindung befand sich bereits in der Planung, doch das war alles noch Zukunftsmusik.

Königin Tharlia hatte zu Ehren der Gäste ein üppiges Festessen auftischen lassen. Da das Fleisch von Luanen, ihren Hauptnutztieren, den meisten Menschen zu streng schmeckte, hatte sie sogar extra ein Ferkel schlachten lassen, obwohl sie erst wenige Schweine besaßen, die eigentlich auch nicht zum Verzehr, sondern für die Zucht gedacht waren.

Während sie sich eine Suppe aus Steckrüben mit frisch

gebackenem Brot, Forellen und andere Fische aus dem Cadras, das in einem Stück an einem Drehspieß gegrillte Spanferkel und zum Abschluss verschiedene Torten schmecken ließen, schilderte General Ohaile sein Anliegen.

»Wie Ihr wohl wisst, ist eine große radonische Armee nach Lartronia eingefallen. Barbaren haben jenseits des Oronin ein Massaker in einem Dorf veranstaltet, und König Lorian unternimmt nun einen Vergeltungsfeldzug.«

»Die Barbaren bilden keinen einheitlichen Volksstamm«, warf Warlon ein. »Sie sind in zahlreiche Stämme und Clans zersplittert, die sich zum Teil sogar untereinander bekämpfen. Einige von ihnen sind leider blutrünstig, aber manche sind auch vergleichsweise zivilisiert und friedlich. Es wäre ein Fehler, sie alle in einen Topf zu werfen.«

»Das ist uns bewusst. In erster Linie geht es aber darum, dass König Kalmar es nicht einfach dulden kann, dass eine fremde Armee seine Grenzen überschreitet, aus welchen Gründen auch immer. Deshalb ist er den Eindringlingen mit einem eigenen Heer entgegengezogen, doch das wisst Ihr sicherlich bereits. Bislang sind es nur Drohgebärden, aber wenn die Radoner sich nicht zurückziehen, kann daraus rasch ein verheerender Krieg erwachsen, an dem niemand ein Interesse hat, auch Euer Volk nicht. Uns ist bewusst, dass Euer Handel durch diese unerfreuliche Situation bereits starke Einbußen erlitten hat.«

»Er ist sogar so gut wie zum Erliegen gekommen«, stellte Tharlia richtig.

Ohaile nickte betrübt.

»Es wagen sich keine Karawanen und erst recht keine einzelnen Händler mehr in diese Gegend, wenn hier täglich ein Krieg ausbrechen kann, das kann ich sogar verstehen. Soweit darf es auf keinen Fall kommen. Aber da König Lorian offenbar zum Äußersten entschlossen ist, besteht die einzige Chance, ihn zum Rückzug zu bewegen, darin, ihm vor Augen zu führen, dass er einen Krieg nicht gewinnen kann. Die lartronische Armee allein scheint für die Abschreckung nicht auszureichen.«

»Wenn ich Euch richtig verstehe, bittet Ihr uns also, Euch zu unterstützen«, ergriff Kriegsmeister Sutis das Wort. »Wir haben uns niemals in die Kriege eingemischt, die die Menschen untereinander führen. König Lorian ist nicht unser Feind, und Radon ist ein wichtiger Handelspartner.«

»König Kalmar erbittet auch nicht Eure Unterstützung im Kampf. Ihm ist bewusst, dass dies zu viel verlangt wäre, obwohl ich bei dieser Gelegenheit an unsere Hilfe im Krieg gegen die Thir-Ailith erinnern möchte, ohne die es heute vermutlich weder Elan-Dhor noch Zarkhadul gäbe.«

»So wenig wie Lartronia und Radon«, sagte Tharlia scharf. »Das war eine Gefahr, die uns alle bedroht hat. Natürlich sind wir Euch für die damalige Unterstützung noch immer dankbar, aber die lartronische Armee hat nicht nur für uns gekämpft, sondern auch für die Rettung Eures eigenen Reichs.«

»Wie dem auch sei, streiten wir nicht über die Vergangenheit. Ich sagte bereits, ich erbitte nicht Eure Hilfe im Krieg, sondern dabei, ihn zu verhindern. Die Stärke und Kampfkraft der Zwergenkrieger ist weithin berühmt. Würden sie der radonischen Armee an unserer Seite entgegentreten, würde dies eine enorme Abschreckung bedeuten. Selbst König Lorian in seiner Verblendung müsste erkennen, dass er es nicht mit unseren beiden Heeren aufnehmen könnte, und würde sich hoffentlich zurückziehen.«

»Und wenn nicht, wären wir plötzlich doch gegen unseren Willen in den Krieg verwickelt.« Tharlia lächelte. »Was Euch sicherlich furchtbar unangenehm wäre.«

»So weit braucht es nicht zu kommen, das haben wir gewiss nicht als Hintergedanken«, wehrte Ohaile ab. »Unser Ziel ist es allein, einen Krieg zu verhindern, und wenn beide Zwergenminen uns symbolisch eine größere Zahl Krieger zur Seite stellen, sehen wir eine große Chance, dass König Lorian zur Vernunft kommt. Sollte dies nicht geschehen, hätten wir vollstes Verständnis, wenn die Krieger wieder nach Elan-Dhor und Zarkhadul zurückkehren, ohne sich am Kampf zu beteiligen, und König Kalmar wäre Euch dennoch zu großem Dank verpflichtet.«

»Also nur ein Bluff zur Abschreckung«, fasste Warlon zusammen. »Ein guter Plan, wenn er aufgeht. Allerdings wird man in Radon nicht gut auf uns zu sprechen sein, wenn wir uns so eindeutig für eine Seite entscheiden.«

»Wenn dadurch ein Krieg verhindert werden kann, der nicht nur Tausende das Leben kosten, sondern auch unseren Handel über lange Zeit hinweg blockieren würde, wäre es diesen Preis dennoch wert«, fand Schürfmeister Torgan.

Schürfmeister Artok, der zweite Vertreter der Arbeiterkaste im Hohen Rat von Elan-Dhor, nickte zustimmend.

»Lartronia ist für uns ein wesentlich wichtigerer Handelspartner«, pflichtete er bei. »Sollten die wenigen Karawanen, die uns aus Radon erreichen, für einige Zeit ausbleiben, bis sich alles wieder beruhigt hat, würde uns dies erheblich weniger schaden als die gegenwärtige Situation. Und das war nur eine Einschätzung aus der Sicht meiner

Kaste. Persönlich meine ich, dass wir König Kalmar viel zu verdanken haben und ihn schon deshalb unterstützen sollten.«

General Ohaile neigte zum Dank den Kopf in seine Richtung.

»Dem schließe ich mich an«, ergriff Thilus als Gemahl der Königin und Vertreter der Kriegerkaste erstmals das Wort. »König Kalmar war uns stets ein treuer Verbündeter. Worum er nun bittet, ist nicht viel, da es sich nur um eine symbolische Geste handelt, die dazu beitragen könnte, diesen unsinnigen Krieg zu vermeiden. An wie viele Krieger habt Ihr gedacht, General?«

»Nun, es muss schon eine erhebliche Zahl sein, um wirklich eine abschreckende Wirkung zu haben«, sagte Ohaile bedächtig. »König Kalmar hofft, dass jede Mine zumindest vier- bis fünftausend Krieger stellen wird.«

Ein leises Raunen ging durch den Saal.

»Das ist wirklich eine erhebliche Zahl«, stellte Warlon fest. Der Gedanke, so viele Zwergenkrieger an die vom Krieg bedrohte Oberfläche zu schicken, behagte ihm nicht sonderlich, selbst wenn es voraussichtlich nur für wenige Tage sein würde. Zugleich aber sah er ein, dass sie auf diese Möglichkeit, den Krieg unblutig zu verhindern, nicht verzichten konnten.

»Wir werden darüber beraten«, erklärte Tharlia. Sie erhob sich und beendete damit das Festmahl.

Die Beratung fand im Thronsaal statt, dauerte jedoch nicht lange. Niemand war dafür, das Hilfsgesuch auszuschlagen, sodass es nur noch um die Zahl der Krieger ging. Nach wenigen Minuten schon war auch in dieser Frage eine Einigung erzielt worden.

»Elan-Dhor wird Euch fünftausend Krieger zur Verfügung stellen, und Zarkhadul wird weitere viertausend beisteuern«, verkündete Tharlia ihren Gästen. »Möge Li'thil geben, dass die Abschreckung Erfolg hat und König Lorian seine Truppen zurückzieht.«

14

DIE SCHLACHT

An einem unbekannten Ort, zu einer unbekannten Zeit

Die Schwertklinge erschien geradewegs aus dem Nichts.

Gerade noch war der vom Licht der Laterne erhellte Stollen vor ihm leer gewesen, dann nahm Barlok aus dem rechten Augenwinkel ein metallisches Flimmern war und spürte im nächsten Moment bereits den scharfen Stahl an der Kehle, noch bevor er reagieren und sein eigenes Schwert heben konnte.

Er erschrak bis ins Mark und erstarrte.

Selbst Puschel, der zwei Schritte vor ihm dahineilte, erging es nicht besser als ihm. Auch auf ihn richtete sich plötzlich eine Klinge, die geradewegs aus der massiven Felswand zu ihrer Rechten herausragte. Das Wesen stieß einen leisen, schrillen Laut aus und erstarrte ebenfalls. Die Lust auf großmäulige Sprüche schien ihm vergangen zu sein. Barlok glaubte sogar zu sehen, wie die Farben seines Fells etwas blasser wurden.

Ein Befehl ertönte. Die Schwerter wurden zurückgezogen, und ein Teil der scheinbar massiven Felswand löste sich auf, verschwand einfach von einer Sekunde auf die nächste. Eine Nische kam dahinter zum Vorschein, in der insgesamt vier Elben standen. Eine davon war Thalinuel, ein weiterer der Prinz. Die beiden anderen Kriegerinnen kannte Barlok zwar vom Sehen, erinnerte sich aber nicht mehr an ihre Namen.

»Thalinuel!«, stieß er erleichtert hervor.

»Wieder mal typisch idiotische Elbenart, einen so zu erschrecken«, maulte Puschel. Misstrauisch beäugte er die beiden Elbenkriegerinnen, die ihre Schwerter mittlerweile gesenkt hatten, und sprang mit einem Satz auf Harlans Arme. Der Junge wirkte von den Ereignissen schockiert und völlig außer Fassung gebracht.

»Ich habe dir gesagt, dass er außergewöhnliche Fähigkeiten besitzt«, erinnerte Thalinuel. »Tut mir leid, wenn wir euch erschreckt haben, aber die Sicherheit geht vor. Wir sind bereits mehrfach angegriffen worden, ehe wir uns tief genug in das Gewirr der Stollen und Höhlen zurückziehen konnten. Ohne Harlan hätten wir es vermutlich gar nicht geschafft. Dabei ging alles so schnell, dass kaum jemand noch an ihn gedacht hat.«

Erst jetzt fiel Barlok auf, dass sowohl sie wie auch die beiden Kriegerinnen zahlreiche Blessuren davongetragen hatten, doch glücklicherweise schien keine der Wunden allzu schlimm zu sein.

»Wir waren ursprünglich zu fünft«, ergänzte eine von ihnen. »Die persönliche Garde des Prinzen, seine Leibwächter. Aber die anderen drei sind gefallen, noch ehe wir auf Thalinuel trafen. Wir sind froh, dass es uns überhaupt gelungen ist, den Prinzen aus der unmittelbaren Gefahrenzone zu bringen.«

Unwillkürlich blickte Barlok sich um, doch sie hatten sich weit genug von den Kämpfen entfernt, dass zumindest gegenwärtig von Verfolgern nichts zu bemerken war.

Auch der Kampflärm war schon vor geraumer Zeit hinter ihnen verklungen.

»Aber was nutzt das?«, murmelte er. »Wenn diese Berge eine Festung waren, so ist sie verloren. Vielleicht ist noch einigen wenigen anderen die Flucht gelungen, aber die meisten sind tot. Und wir werden es auch bald sein, wenn wir hierbleiben.«

»Die Schattenkreaturen können nicht alle Höhlen und Stollen nach uns absuchen«, wandte eine der Elbinnen ein. »Wir können uns irgendwo verstecken, bis Hilfe von unserem Volk eintrifft.«

Barlok stieß ein trockenes, humorloses Lachen aus.

»Hilfe? Was für Hilfe? Wenn keiner die Nachricht überbringt, dass hier etwas geschehen ist, kann es Monate dauern, bis man im Süden davon erfährt, und dann? Alles Land im weiten Umkreis der Berge ist vom Feind besetzt. Es wird keine Hilfe kommen. Und selbst wenn, wird sie uns in diesem Höhlenlabyrinth nicht finden, wenn dies bis dahin auch dem Feind nicht gelungen ist.«

Betroffenes Schweigen folgte seinen Worten.

»Aber was können wir stattdessen tun?«, erkundigte sich die zweite Kriegerin nach einigen Sekunden.

Es war eine für Barlok ungewohnte Situation. Abgesehen höchstens von Thalinuel konnte er sich nicht daran erinnern, dass ein Elb ihn jemals um Rat gefragt hatte. Dass dies jetzt geschah, lag nicht nur daran, dass er als ein Fremder aus einer Welt, in der die Schattenmahre besiegt worden waren, einen ganz anderen Stellenwert besaß, auch wenn er selbst nicht daran beteiligt gewesen war. Es verriet vor allem, wie verzweifelt die Elben waren.

Aber nicht er antwortete auf die Frage. Thalinuel kam ihm zuvor.

»Wir können nicht zurück, und wir können uns nicht auf Dauer in den Bergen verstecken und auf Hilfe hoffen«, fasste sie zusammen. »Damit bleibt uns nur noch eine Möglichkeit. Wir müssen das Unmögliche tun, das, was man als Letztes von uns erwartet, nur dann haben wir eine kleine Chance zum Überleben. Irgendwie müssen wir uns auf eigene Faust nach Süden durchschlagen, wo der Großteil unseres Volkes lebt und gegen die Schattenmahre kämpft!«

Thalinuels Geschichte, Januar 11658
alter Zeitrechnung der Elben

Es hätte ein wunderschöner Wintermorgen sein können, wenn nicht die Schlacht unmittelbar bevorgestanden hätte, und es zweifellos für viele, Elben und Menschen gleichermaßen, der letzte Morgen überhaupt sein würde, den sie erlebten. Die Wolkendecke war im späten Verlauf der Nacht aufgerissen. Nun, eine knappe Stunde, nachdem sie über den Horizont im Osten geklettert war, schien die Sonne fahl von einem blauen Himmel herab. Es war kalt, aber die Luft war von einer seltenen Klarheit und wurde bereits von der Sonne erwärmt. Thalinuel genoss die warmen Strahlen auf ihrer Haut und verzichtete sogar darauf, sich durch einen Zauber vor der Kälte zu schützen.

Olvarian hatte sich mit seinem nächtlichen Angriffstrupp wieder in das Elbenheer eingefügt. Thalinuels Hoffnung, ein eigenes Kommando zu erhalten, erfüllte sich zu ihrem Leidwesen nicht. Stattdessen hatte Molakan sie ebenso wie Olvarian, Verilon und eine Reihe anderer als Berater in seinen Befehlsstab geholt.

Langsam rückten sie vor, auf das Heer der Menschen zu, das sie in der Ferne wie eine dunkle Mauer erwartete. Noch trennte sie eine gute Meile voneinander. Wie nicht anders zu erwarten, hatte König Hollan es halbmondförmig aufgestellt, wobei die Spitzen in ihre Richtung wiesen. Angesichts der Zusammensetzung seiner Truppen war dies die beste Schlachtordnung und verriet eine Menge über seine geplante Strategie.

Viele Möglichkeiten gab es in diesem völlig ebenen Gelände nicht. Die Taktik würde gegenüber der Kampfkraft eine eher untergeordnete Rolle spielen, es sei denn, eine der beiden Seiten beging einen gravierenden Fehler. Ein solcher jedoch könnte leicht tödlich enden.

Es waren nur Reiter zu sehen. Diese Schlacht würde hauptsächlich durch die Kavallerie entschieden werden. Hollans Fußtruppen lauerten vermutlich als Reserve hinter seinen Linien, für den in seinen Augen wohl eher unwahrscheinlichen Fall, dass einigen Elbentruppen ein Durchbruch gelingen sollte.

»Hollan wird wissen, dass wir keine schwere Kavallerie haben«, erklärte Molakan. »Entsprechend wird er ganz auf seine gepanzerten Reiter vertrauen. Er wird sie vermutlich schon frühzeitig in den Kampf werfen und versuchen, die Schlacht dadurch zu entscheiden.«

»Wenn sie unser Zentrum durchbrechen, trennt er unser Heer in zwei Teile«, fuhr Olvarian fort. »Dann wird er seine Flanken vorrücken lassen, um unsere zersplitterten Truppen in die Zange zu nehmen und zu umzingeln, sodass sie zwischen zwei Fronten geraten. So weit darf es keinesfalls kommen.«

»Aber was können wir dagegen tun?«, erkundigte sich ein jüngerer Elb. »Unsere Waffen sind wirkungslos gegen massive Rüstungen. Unsere Pfeile werden davon abprallen, ohne Schaden anzurichten, und unsere Schwerter sind nicht mehr als Spielzeuge dagegen. Wir bräuchten Lanzen oder Streitäxte, um sie aufzuhalten.«

»Seid unbesorgt«, ergriff Molakan wieder das Wort. »Um die gepanzerten Reiter werden wir Magier und Heiler uns kümmern. Sie werden unseren Truppen nichts anhaben können.«

»Und wie soll das geschehen?«, fragte Thalinuel. »Wollt Ihr uns nicht endlich in Eure Pläne einweihen? Es hat mit dem Wagen zu tun, nicht wahr? Alle würden sich wesentlich wohler fühlen, wenn sie wüssten, wie Ihr die gepanzerten Reiter aufhalten wollt.«

Molakan zögerte einen Moment und blickte sich um, dann schüttelte er den Kopf.

»Es hat keinen Sinn, viele Worte darüber zu verlieren. Ihr werdet es selbst erleben.«

Widerwillig musste Thalinuel sich mit dieser Antwort zufriedengeben. Trotz Molakans Versicherung, dass ihnen von der gepanzerten Kavallerie keine Gefahr drohte, gefiel ihr die ganze Sache nicht, und dies nicht nur wegen der Ungewissheit, sondern weil sich ein intuitives Gefühl drohenden Unheils ihrer bemächtigt hatte. Mehrfach schon hatte Molakan gezeigt, dass er für einen Erfolg notfalls bereit war, alle geltenden Grenzen zu überschreiten, und sie fürchtete, dass dies auch hier der Fall sein würde.

Aus der Richtung des feindlichen Heeres war das

Schmettern von Trompeten zu vernehmen, die den Beginn der Schlacht anzeigten und Thalinuels Gedankengänge unterbrachen.

König Hollan begann den Kampf zunächst vorsichtig und schickte zwei Regimenter berittene Bogenschützen gegen ihr Zentrum aus. Molakan schickte ihnen zwei elbische Regimenter entgegen. Wenn er die feindlichen Reiter zu nah herankommen ließ, bestand die Gefahr, dass Gefallene und verletzte oder durchgehende Pferde seine ganze Schlachtlinie durcheinanderbrachten und für nachfolgende Angriffe öffneten, was zweifellos Hollans Absicht war. Deshalb mussten die Angreifer bereits in sicherer Entfernung abgefangen werden. Zudem boten schnell reitende Krieger ein wesentlich schwerer zu treffendes Ziel.

Gerade Letzteres erwies sich als ein gewichtiger Faktor. Die Elbenkrieger waren letztlich die weitaus besseren Schützen. Auch sie hatten Verluste zu beklagen, doch längst nicht so viele wie die Menschen. Ein Soldat nach dem anderen stürzte getroffen aus dem Sattel. Ihre Kettenhemden und Lederwämser boten nur schwachen Schutz gegen die scharfen Pfeilspitzen, behinderten sie jedoch. Schilde führten sie nicht mit sich, da sie ohnehin beide Hände für den Bogen benötigten.

Auch die Elben waren kaum geschützt, trugen ebenfalls nur leichte Wämser aus Leder, doch waren sie wesentlich wendiger, und es gelang ihnen, vielen der ohnehin nicht besonders gut gezielten Pfeile auszuweichen. Mit nur geringen eigenen Verlusten dezimierten sie die feindlichen Reiter. Kaum mehr als die Hälfte von ihnen saß noch im Sattel, als sie ihre Pfeile verschossen hatten und König Hollan schließlich zum Rückzug blasen ließ.

Molakan nutzte die Gelegenheit, um sofort einen Gegenangriff zu befehlen. Noch während die eigenen Reiter zurückkehrten, schickte er von beiden Flanken jeweils zwei weitere Regimenter in die Schlacht.

Ein äußerst gefährliches Manöver, wie Thalinuel unbehaglich feststellte, da er dadurch die eigenen Reihen stark entblößte. Sie waren den Menschen nun einmal zahlenmäßig weit unterlegen und mussten sich ihre Kräfte viel besser einteilen.

Mehr als viertausend Elbenkrieger rasten auf das feindliche Heer zu und stürzten sich auf dessen Flanken. Hollan schien von diesem Angriff völlig überrascht zu werden. Gerade aufgrund der zahlenmäßigen Überlegenheit seines Heeres war er offenbar überzeugt gewesen, dass er allein das Heft des Handelns in der Hand hielt und die Elben nur auf seine Attacken reagieren würden.

Unbehelligt konnten sich die Krieger seinen Reihen weit genug nähern, um sie unter Beschuss zu nehmen, und kehrten Hollans eigene Taktik gegen ihn. Trotz der zum Schutz erhobenen Schilde verwandelte sich seine Front durch die mit großer Präzision abgeschossenen Pfeile in ein Chaos aus toten und verletzten Männern und durchgehenden Pferden.

Seine Armee war für den Nahkampf gedacht, weshalb er nur über wenige Bogenschützen verfügte, und von denen waren die meisten bereits gefallen. So hatte er keine Möglichkeit, den Angriff aus der Ferne abzuwehren. Die Soldaten begannen zurückzuweichen, und seine gesamte Schlachtlinie drohte durcheinanderzugeraten. Ein erfolgreicher Gegenangriff war unter diesen Umständen unmöglich.

Kostbare Minuten, in denen immer mehr Soldaten fielen, verstrichen, ehe Hollan einige Regimenter seiner hinter der vordersten Front zurückgehaltenen Reserve losschickte. Mit gezogenen Schwertern preschten sie den Elbenkriegern entgegen.

An der linken Flanke schossen diese noch einige Pfeile ab, wendeten dann ihre Pferde und zogen sich wie befohlen zurück. Die Soldaten verfolgten sie nicht besonders weit, um nicht in Pfeilschussweite des übrigen Elbenheeres zu geraten, sondern gaben sich damit zufrieden, sie vertrieben zu haben.

Anders hingegen sah es an der rechten Flanke aus.

»Was geht da vor?«, keuchte Thalinuel. »Diese Narren, sie sollen sich doch zurückziehen!«

Genau das geschah jedoch nicht. Stattdessen sandten die Elbenkrieger den Angreifern ihre letzten Pfeile entgegen, dann hängten sie sich ihre Bögen um, zogen selbst ihre Schwerter und ritten ihnen entgegen.

»Larinias!«, knirschte Olvarian. »Ich habe gleich befürchtet, dass es ein Fehler ist, ihm ein Kommando zu übertragen. Er ist einfach noch nicht so weit, hat nur seinen Ruhm im Kopf und will sich beweisen.«

Molakan befahl, auf Hörnern das Signal zum Rückzug zu blasen, doch es wurde ignoriert. Der Rausch der Schlacht hatte Larinias gepackt. Auch Thalinuel kannte dieses Gefühl. Alle Sinne waren bis zum Äußersten gespannt, wenn man den Feind direkt vor Augen hatte, und der einzige Gedanke war: *er oder ich*. Man fühlte sich ungeheuer lebendig, gerade weil die eigene Existenz jeden Moment enden konnte, steigerte sich in einen Taumel, in dem nichts außer dem Kampf mehr zählte und man alles andere um sich herum vergaß.

Gebannt beobachteten sie, wie die Elbenkrieger und die berittenen Soldaten aufeinanderprallten. Das erste direkte Kräftemessen fiel deutlich zu ihren Gunsten aus. Nicht nur mit Pfeil und Bogen, sondern auch im Nahkampf mit den Schwertern erwiesen sich die Elben als überlegen.

Doch Thalinuel sah auch, dass der größte Teil der Soldaten beim ersten Zusammenprall einem Kampf zu entgehen versuchte. Stattdessen wichen sie den Elben aus, um in ihren Rücken zu gelangen und ihnen den Fluchtweg abzuschneiden.

Sie warf einen Blick zu dem Wagen hinüber. Fast alle Magier hatten sich dort versammelt, doch sonst war dort noch keinerlei Aktivität zu bemerken.

Dafür schickte Hollan zwei weitere Regimenter aus. Damit schloss sich die Falle um die von dem jungen Larinias befehligten Elbenkrieger. Von allen Seiten brandete der Angriff gegen sie, ohne dass sie sich zurückziehen konnten. Trotz ihrer überlegenen Kampfkraft hatten sie gegen diese Übermacht keine Chance.

»Wir müssen ihnen Hilfe schicken, oder sie werden aufgerieben!«, stieß Verilon hervor.

Molakan knirschte mit den Zähnen und ballte die Fäuste.

»Genau dazu hätte es nie kommen dürfen. Wir können es uns nicht erlauben, uns in Einzelgefechten zu verzetteln!«

»Aber es ist nun einmal passiert. Unsere Leute werden da draußen abgeschlachtet. Dem können wir nicht tatenlos zusehen!«, ereiferte sich Thalinuel. »Gebt mir ein Regiment, um wenigstens den Kessel zu durchbrechen, damit sie daraus fliehen und zurückkehren können.«

Molakan zögerte.

»Wenn Hollan jetzt seine gepanzerten Reiter einsetzt, werden sie alle, die sich im Kessel befinden, niedermachen, ohne auch nur ihr Tempo zu verringern, und wir verlieren noch ein weiteres Regiment, wenn ich dich angreifen lasse. Ich kann seine schwere Kavallerie nur auf freiem Feld abwehren, oder unsere Leute sterben ebenfalls.«

»Trotzdem hat Thalinuel Recht, wir dürfen sie nicht einfach ihrem Schicksal überlassen«, bekam sie Unterstützung von Olvarian. »Larinias ist ein Narr, aber wir können seine Leute nicht einfach für seinen Fehler opfern.«

Diesmal überlegte Molakan nicht mehr lange.

»Nimm dir Selawians Regiment und hol sie da raus!«, befahl er. »Aber lass dich nicht auf lange Kämpfe ein. Bei dir kann ich mich wenigstens darauf verlassen, dass du dich an meine Befehle hältst.«

Thalinuel nickte nur knapp und gab ihrem Pferd die Sporen. Selawian protestierte erst gar nicht dagegen, dass sie das Kommando über sein Regiment übernahm. Er war ein abgeklärter, ruhiger Mann, manchmal vielleicht sogar in seinen Entscheidungen etwas zu zögerlich für einen Befehlshaber.

Die eingeschlossenen Elben hatten mittlerweile mehrere vergebliche Versuche unternommen, den sich immer enger zusammenziehenden Ring von Feinden zu durchbrechen, aber die Übermacht war zu groß, und mit jeder Sekunde verschob sich das Kräfteverhältnis mehr zu ihren Ungunsten.

Erst durch Thalinuels Eingreifen änderte sich das. König Hollans Reiter fanden kaum Gelegenheit, eine Abwehrfront gegen den neuen Feind zu bilden, die meisten waren noch in Zweikämpfe verstrickt.

Thalinuel ließ die Hälfte ihrer Krieger ein Stück zurück, damit sie die Soldaten aus der Distanz mit Pfeilen beschießen konnten. Die anderen führte sie in den Nahkampf. Ihr Ziel war es, eine Bresche in den Kessel zu schlagen, durch die möglichst viele der Eingeschlossenen entkommen konnten.

Nun waren es die Soldaten, die sich zwischen zwei Fronten befanden. Thalinuel wehrte den Hieb eines wahren Hünen ab. Drei-, viermal klirrten die Schwerter aufeinander. Metall glitt kreischend über Metall, und einmal rettete sie nur ihr Schild vor einem tödlichen Treffer, dann entdeckte sie eine Lücke in seiner Abwehr und stieß ihm ihre Klinge in die Brust.

Ein Soldat, der sie gerade attackieren wollte, kippte von einem Pfeil getroffen vom Pferd, dennoch blieb ihr keine Atempause. Gleich zwei weitere Gegner griffen sie an. Thalinuel focht wie besessen, parierte mühsam die Schläge und Stiche von beiden Seiten. Ihr Schild war bereits zerbeult, und sie geriet doch immer mehr in die Defensive. Einer der Soldaten fügte ihr einen Schnitt an der Schulter zu, doch dann bemerkte ein anderer Elbenkrieger ihre Notlage und tötete den Mann. Gleichzeitig ließ sie ihre Klinge um die ihres zweiten Gegners herumwirbeln, und gleich darauf flog sein Schwert mitsamt der Hand, die es hielt, durch die Luft.

Erst jetzt fand sie Gelegenheit, sich kurz umzusehen und sich einen Überblick über die Situation zu verschaffen.

Der Kessel war wie erhofft durchbrochen worden. Mit der Aussicht auf Rettung verstärkten auch die zuvor Eingeschlossenen ihre Angriffe. Nun waren es die menschlichen Soldaten, denen die Auslöschung drohte. Thalinuel spürte, wie der Rausch der Schlacht auch von ihr Besitz ergriff. Es stellte eine große Verlockung dar, die feindlichen Regimenter völlig zu zerschlagen, doch sie gab ihr nicht nach.

Laute elbische Hörner bliesen zum Rückzug und ermahnten sie an ihre Befehle, doch waren sie gar nicht nötig.

Verstärkung näherte sich bereits von Hollans Flanke her, und auch in das Zentrum seines Heeres war Bewegung geraten. Es spielte keine Rolle, ob die Truppen von dort ebenfalls in den Kampf eingreifen sollten oder ob sie nur zur Seite wichen, um den Weg für die schwere Kavallerie freizumachen. In jedem Fall drohte höchste Gefahr.

»Zurück!«, brüllte sie. »Rückzug! Zurück zum Heer!«

Sie wehrte den Angriff eines weiteren Soldaten ab und schlug ihm den Kopf von den Schultern, einem anderen stieß sie ihr Schwert in die Kehle. Wieder wurde sie attackiert, parierte einen Streich und rammte ihren Schild vor. Der Soldat war auf diesen Stoß nicht gefasst und wurde aus dem Sattel geschleudert.

»Zurück!«, brüllte sie noch einmal. »Wo ist Larinias?«

»Er ist tot«, rief eine junge Kriegerin ihr zu. »Er fiel gleich als einer der Ersten.«

Thalinuel fluchte. Immerhin aber gelang es nun immer mehr Elben, sich von ihrem Feind zu lösen und den Rückzug anzutreten. Die wenigen Soldaten, die tollkühn – oder verrückt – genug waren, sie zu verfolgen, wurden leichte Opfer der Bogenschützen.

Die vordersten Linien von Hollans Zentrum hatten sich mittlerweile geöffnet und gaben den Blick auf die im Sonnenlicht glänzenden Rüstungen und Lanzen seiner schweren Kavallerie frei, die sich nun in Bewegung setzte. Er hatte sich entschieden, seine tödlichste Waffe in den Kampf zu werfen, in der Hoffnung, das Elbenheer mit einem einzigen harten Schlag zerstreuen und die Schlacht gewinnen zu können.

So erschreckend es einerseits war, bot die langsam vorrückende Walze aus gleißendem und glitzerndem Stahl zugleich auch ein Bild von fast morbider Schönheit.

Zwei, drei Sekunden lang wurde Thalinuel davon abgelenkt. Fast zu spät bemerkte sie einen von seinem Pferd gestürzten Soldaten, der sich ihr zu Fuß mit erhobenem Schwert näherte. Erst im letzten Moment senkte sie ihren Schild und spaltete ihm gleich darauf mit einem wuchtigen Hieb den Schädel.

Dann zwang auch sie ihr Pferd herum. Fast alle noch lebenden Elbenkrieger befanden sich inzwischen auf dem Rückzug, und sie schloss sich ihnen an.

Nur Sekunden später bot sich ihr ein unglaublicher Anblick.

Eine schwarze Sonne ging hinter dem Elbenheer am Horizont auf!

Entsetzte Rufe erklangen, und der Rückzug verlangsamte sich, doch wieder wurden Hörner geblasen.

»Weiter!«, trieb Thalinuel die Krieger an, obwohl der Anblick auch sie schockierte. »Reitet schneller! Reitet, was auch immer geschieht!«

Was im ersten Moment wie eine schwarze Sonne ausgesehen hatte, war in Wirklichkeit eine mehr als einen Meter durchmessende Kugel, die nicht am Horizont, sondern dicht hinter dem elbischen Heer aufstieg. Sie schien ganz aus Finsternis zu bestehen. Kein bisschen Licht spiegelte sich darauf, es gab keine einzige glänzende Stelle. Im Gegenteil, es schien fast so, als würde sie in ihrer unmittelbaren Umgebung alle Helligkeit aufsaugen.

Thalinuel zweifelte nicht daran, dass sie sich in dem Wagen befunden hatte. Molakans Geheimwaffe gegen die schwere Kavallerie der Menschen. Selbst aus der Entfernung konnte sie die verderbliche Magie spüren, mit der die Kugel erfüllt war. Ihre ärgsten Befürchtungen bewahrheiteten sich: Erneut griff er auf finstere Magie zurück.

Langsam stieg die Kugel höher, schwebte in mehreren Dutzend Metern Höhe über das elbische Heer hinweg und weiter auf das Schlachtfeld zwischen den beiden Armeen. Thalinuel sah nun, dass ihr Eindruck sie nicht getäuscht hatte. Die Kugel sog tatsächlich Helligkeit in sich auf und wurde größer, während sie sie verschlang. Ein gräuliches Feld aus Zwielicht entstand um sie herum, in dem sich schwarze Streifen und Schlieren bildeten, als würden Rauchwolken aus der Kugel austreten, die ihr ein quallenartiges Aussehen verliehen und ihr wie ein Schweif folgten.

Auch das Vordringen der gepanzerten Reiter war ins Stocken geraten, doch der helle Schall von Trompeten trieb sie wieder voran. Im Trab näherten sie sich.

Inzwischen hatte Thalinuel die Flanke umrundet. Die Wände des Aufbaus auf dem Wagen waren zur Seite geklappt, und noch immer standen die Magier davor, doch hatten sie sich mittlerweile an den Händen ergriffen, um ihre Kräfte zu vereinen. Thalinuel konnte die Energie spüren, die sie mit der schwarzen Kugel verband. Eine Energie, die ungleich stärker war als die, die beim Kampf um die Zwergenmine zum Einsatz gekommen war.

Molakan befand sich nicht mehr bei den anderen Befehlshabern, er unterstützte vermutlich die Magier, deshalb zügelte sie ihr Pferd direkt vor Olvarian.

»*Das* also ist die geheime Waffe?«, stieß sie hervor. »Schon wieder setzt Ihr und Molakan finstere Magie ein, obwohl bekannt ist, welche verderbliche Wirkung sie auf diejenigen hat, die sie anwenden!«

»Hast du vielleicht eine bessere Idee, wie wir die schwere Kavallerie sonst aufhalten sollen?«, gab Olvarian gereizt zurück. »Magie ist die einzige Waffe, die nur uns zur Verfügung steht und die wir einsetzen können, um ihre Vorteile auszugleichen. Trotz der Gefahren wären wir dumm, wenn wir darauf verzichten. Aber nach dieser Schlacht wird ohnehin alles vorbei sein. Wir werden den Menschen eine so vernichtende Niederlage zufügen, dass sie Jahre brauchen werden, um sich wieder davon zu erholen, und es nicht noch einmal wagen werden, sich gegen uns zu erheben. Auch der Einsatz solcher Mittel wird dann hoffentlich nie wieder nötig sein.«

Seine Worte beruhigten Thalinuel keineswegs, doch in diesem Moment erklangen erneut erschrockene Rufe und lenkten sie ab.

Die Reiter hatten bereits mehr als die Hälfte der freien Fläche zwischen den beiden Armeen überwunden. Unruhe entstand im elbischen Heer, denn jeden Augenblick mussten sie angaloppieren und ihre Lanzen senken, um mit brachialer Urgewalt in die Reihen der Krieger hineinzupreschen und alles niederzumachen, was ihnen im Weg stand.

Doch dazu kam es nicht mehr.

Als die ersten von ihnen unter der schwarzen Kugel hindurchritten, explodierte diese.

Zumindest sah es einen Moment lang so aus. Bislang hatte sie Helligkeit in sich aufgesogen und war dabei auf mehr als das Doppelte ihrer ursprünglichen Größe angewachsen. Nun stieß sie Dunkelheit aus, doch nicht mehr nur in dünnen Schlieren, sondern in riesigen Wolken. Wie schwarze Vorhänge senkten sie sich über die Reiter und breiteten sich dabei rasend schnell aus, bis sie alle vier Regimenter der schweren Kavallerie eingehüllt hatten. Die hintersten Reiter versuchten noch, ihre Pferde herumzureißen, doch es gelang ihnen nicht mehr rechtzeitig, ehe die Finsternis auch sie verschlang.

Thalinuel konnte spüren, wie die magische Energie abrupt zunahm, so stark, dass sie einen leichten Schmerz in den Schläfen bemerkte.

»Was… was geschieht da?«, stieß sie keuchend hervor. Nachdem sie alle Reiter verschluckt hatte, dehnte sich die Wolke nicht mehr weiter aus, dennoch verließ nicht ein einziger der Kavalleristen sie wieder, wie es bei der Geschwindigkeit, mit der sie geritten waren, schon nach ein paar Sekunden hätte der Fall sein müssen.

Stattdessen waren Schreie und das Klirren von Waffen aus der Wolke zu hören. Für einen Moment schoss ein Gefühl grimmigen Triumphes in Thalinuel hoch. Molakan hatte Wort gehalten und die gefährlichste Waffe König Hollans, die im offenen Kampf als nahezu unbesiegbar geltende schwere Kavallerie, ausgeschaltet. Wen interessierte da schon, welche Art von Magie er dafür eingesetzt hatte? Was er tat, rettete Tausenden von ihnen das Leben. Das zählte mehr als alles andere.

Der Schmerz in ihren Schläfen nahm zu. Entsetzt erkannte Thalinuel, dass das nicht ihre eigenen Gedanken waren, und kämpfte dagegen an. Obwohl sie nicht selbst an der Beschwörung teilnahm, begann die finstere Magie bereits ihr Denken zu vergiften, sie mit ihren Verlockungen einzufangen, ihr einzuflüstern, wie leicht sich nahezu alle Probleme lösen ließen, wenn man lästige Skrupel ablegte.

»Was geschieht da?«, keuchte sie noch einmal mit überschnappender Stimme und musste sich beherrschen, Olvarian nicht an seinem Wams zu packen und durchzuschütteln. Auch diese Aggressivität war nicht allein eine Folge ihrer Angst und ihres Schreckens.

»Sie bekämpfen einander«, erwiderte Olvarian mit einem bösen Glanz in den Augen. »Unsere Magie gaukelt ihnen vor, sie würden gegen unsere Krieger kämpfen, dabei schlachten sie sich gegenseitig ab. Sieh!«

Die Schwärze der Wolke begann sich aufzuhellen, verwandelte sich allmählich in ein schmutziges Grau und wurde gleichzeitig transparent. Allerdings wurde sie nicht völlig durchsichtig, sondern eher so, als würde man durch ein verschmutztes Fenster in einen halbdunklen Raum blicken. Das Bild, das sich bot, blieb nicht nur unscharf, die Wolke waberte auch in sich, und ständig wurde der Blick von rauchartigen, durcheinanderwirbelnden Zusammenballungen getrübt. Zudem waren die Perspektiven seltsam verzerrt, sodass der Eindruck entstand, sie wäre innen größer als außen, so sehr dies auch allen Gesetzen der Natur widersprach.

Thalinuel war froh, dass dadurch das Gemetzel, das im Inneren der Wolke stattfand, nicht in allen Einzelheiten zu erkennen war.

Die Reiter waren in einen verbissenen Kampf Mann gegen Mann verwickelt. Nur wenige von ihnen besaßen noch ihre Lanzen. Die meisten hieben mit großen Streitäxten und Breitschwertern aufeinander ein, ohne zu erkennen, dass sie ihre eigenen Kameraden töteten. Jeder kämpfte gegen jeden, weil ihr Blick durch die Magie getrübt wurde. Es war wirklich ein Abschlachten, wie Olvarian es genannt hatte. Hunderte, vielleicht sogar Tausende lagen bereits tot oder verletzt auf der Erde. Selbst wer nur aus dem Sattel gestürzt war, wurde vom Gewicht seiner eigenen Rüstung an den Boden genagelt und hatte keine Chance mehr, aus eigener Kraft wieder auf die Beine zu kommen.

Diese Stoßwirkung war das Gefährlichste an den Lanzen, obwohl ihre nur hauchdünnen Spitzen im Gegensatz zu geschliffenen Schwertklingen durchaus auch in der Lage waren, einen Panzer zu durchdringen, wenn sie im richtigen Winkel trafen.

Nicht einer der Soldaten versuchte die Wolke zu verlassen, als nähmen sie gar nicht wahr, dass sie sich innerhalb des Gebildes befanden. Sie war wie eine eigene kleine Welt, auch dies vermutlich eine Auswirkung der Magie. Lediglich herrenlose Pferde entkamen dem Getümmel und jagten davon.

»Das … ist unerträglich!«, stieß Thalinuel hervor. »Beendet dieses Massaker! Ich hätte nie gedacht, dass unser Volk zu so etwas fähig wäre.«

»Nicht wir töten die Menschen, sie tun es selbst«, gab Olvarian zurück. »Was sie einander antun, glauben sie uns anzutun. Sie sind die Bestien, nicht wir!«

Thalinuel blickte sich um. In den Augen fast aller sah sie

den gleichen unheilvollen, triumphierenden Glanz wie in Olvarians Blick.

Begriffen sie denn nicht, dass nicht nur die Menschen vor ihren Augen starben, sondern auch ihre eigenen Ideale? Dass ihre Seelen mit jedem Augenblick mehr vom Bösen vergiftet wurden und sie alles, für das sie diesen Krieg zu kämpfen vorgaben, mit Füßen traten? Nach dem, was hier geschah, hatten sie jegliche Legitimation verloren, elbische Werte zu vertreten und für das Licht zu stehen.

Vor Äonen hatten sie die Schattenmahre und deren Horden des Bösen von dieser Welt vertrieben, doch nun bedienten sie sich der gleichen Magie wie diese und begannen selbst wie sie zu werden, Diener des Chaos und der Finsternis. Es hatte nicht nur begonnen, sondern war bereits weit fortgeschritten und hatte anscheinend das gesamte Heer erfasst. Wie schlimm musste es erst bei den Magiern sein, die diese finstere Macht heraufbeschworen hatten und in unmittelbarem Kontakt mit ihr standen?

Da sie bei Olvarian kein Gehör finden würde, ritt sie ein paar Schritte weiter, bis sie Verilon erreichte, packte ihn an der Schulter und schüttelte ihn. Unwillig wandte er sich ihr zu.

»Was ist los?« Selbst in seinen Augen entdeckte sie den verderblichen Glanz, die Genugtuung über das, was die Menschen sich in ihrer Verblendung gegenseitig antaten, und den militärischen Sieg, den ihr Volk im Begriff stand zu erringen.

»Verilon, komm zu dir!«, beschwor sie ihn. »Wir müssen diesen Wahnsinn beenden, oder wir sind alle verloren!«

»Verloren?«, echote er verständnislos. »Die Schlacht hat sich zu unseren Gunsten gewendet, siehst du das denn nicht? Die schwere Kavallerie unserer Feinde ist dabei, sich selbst auszulöschen. Der Sieg ist unser!«

»Aber um welchen Preis? Erkennst du denn nicht, dass wir nicht nur die Menschen dazu veranlassen, sich gegenseitig umzubringen, sondern auch alles töten, wofür wir stehen und was uns zu Dienern des Lichts macht? Wir wenden uns von den Göttern ab, die uns geschaffen haben, und dienen den Mächten des …«

Sie verstummte, als sie erkannte, dass sie nicht zu ihm durchdrang. Zu fest hielt ihn die Finsternis bereits in ihren Klauen. Er blickte sie nicht einmal mehr an, sondern verfolgte weiter das Gemetzel innerhalb der Wolke.

Bin ich denn wirklich die Einzige, die das Verderben erkennt, in das wir uns stürzen?, fragte sie sich von hilfloser Verzweiflung erfüllt.

Sie sprang von ihrem Pferd und wollte zu Molakan und den anderen Magiern hinübereilen, doch auf halber Strecke stellten sich ihr mehrere Krieger aus seiner persönlichen Garde in den Weg.

»Halt! Wir haben ausdrücklichen Befehl, niemanden durchzulassen«, erklärte einer von ihnen. »Die Beschwörung darf unter keinen Umständen gestört werden.«

Voller ohnmächtigem Zorn war Thalinuel einen Moment lang versucht, ihr Schwert zu ziehen und sich mit Gewalt den Durchlass zu erzwingen. Gleich darauf erschrak sie über sich selbst, dass sie so etwas auch nur denken konnte. Auch dies war bereits eine Folge des düsteren Einflusses, dem nicht einmal sie sich völlig entziehen konnte.

Abrupt wandte sie sich ab.

Der Kampf innerhalb der Wolke näherte sich mittlerweile seinem Ende. Von anfangs über viertausend waren nur wenige hundert Kavalleristen überhaupt noch kampffähig, und ihre Zahl verringerte sich beständig weiter. Noch immer waren sie nicht in der Lage, die Täuschung zu durchschauen, sondern kämpften mit unveränderter Verbissenheit gegeneinander.

In König Hollans Heer war Chaos eingekehrt, das war selbst aus der Ferne zu erkennen. Schon die magische Wolke allein hatte unter den Soldaten Angst und Schrecken ausgelöst, und nun mussten sie auch noch mitansehen, wie ihre stärksten Kämpfer sich gegenseitig niedermachten, statt den Feind zu bekämpfen.

Panik griff um sich. Zahlreiche Soldaten hatten ihre Reihen bereits verlassen und waren geflohen. Niemand hielt die Deserteure auf. Das gesamte Heer befand sich in Auflösung, wurde nur noch von einem Rest an Disziplin und Pflichtbewusstsein zusammengehalten, aber selbst die, die noch standhielten, waren zutiefst demoralisiert. Vermutlich wären sie nicht mehr in der Lage gewesen, viel Widerstand zu leisten, wenn Olvarian jetzt einen Angriff befohlen hätte, doch damit ließ er sich noch Zeit.

Am besten erging es vermutlich noch den hinter dem Heer postierten Fußtruppen, die das Gemetzel wenigstens nicht mitansehen mussten.

Die schwarze Kugel stieg wieder höher und schwebte auf das Elbenheer zu. Gleichzeitig begann die Wolke sich aufzulösen. Die zuletzt ohnehin nur noch grauen Schwaden verloren noch mehr an Farbe, wurden vom Wind auseinandergetrieben und zerfaserten in der Luft. Das Waffengeklirr verstummte. Dafür klangen Entsetzensschreie von den höchstens noch zweihundert gepanzerten Reitern herüber, als sie erkannten, dass es sich bei den zahlreichen Toten und Verletzten um sie herum ausschließlich um ihre eigenen Kameraden handelte, und vor allem, als sie allmählich begriffen, dass sie selbst diejenigen waren, die sie auf dem Gewissen hatten.

Von namenlosem Schrecken getrieben, preschten sie zurück zu ihrem Heer.

Die schwarze Kugel schwebte währenddessen auf den Wagen zu, mit dem sie hergebracht worden war, und ließ sich wieder darauf nieder. Im gleichen Moment brachen die meisten Magier bewusstlos zusammen. Sofort eilten einige Heiler herbei, die an der Beschwörung nicht teilgenommen hatten, um sich um sie zu kümmern.

Molakan war einer der Wenigen, die auf den Beinen geblieben waren. Mühsam und gebeugt wie ein alter Mann kam er zu ihnen herübergeschlurft. Thalinuel erschrak, als sie ihn aus der Nähe sah. Sein Haar hatte seinen goldenen Glanz verloren und war stumpf geworden. Sein Gesicht hatte eine gräuliche Färbung angenommen und war von tiefster Erschöpfung geprägt; all seine Bewegungen waren zittrig. Er sah aus, als wäre er um Jahrhunderte gealtert.

Einzig seine fanatisch funkelnden Augen wirkten nicht müde.

»Wir haben es geschafft«, krächzte er. »Ihre schwere Kavallerie ist vernichtet und ihr restliches Heer in Schrecken erstarrt. Los doch, worauf wartet ihr noch, geben wir ihnen den Rest!«

Sofort befahl Olvarian einem Regiment, vorzurücken und das feindliche Zentrum mit Pfeilen zu beschießen. Es hatte sich geöffnet, um die fliehenden Kavalleristen durchzulassen, und er wollte verhindern, dass es sich wieder neu formierte. Die Menschen befanden sich noch immer in der Überzahl, doch wenn es gelang, ihre ohnehin beträchtlich in Unordnung befindliche Formation zu durchstoßen, war die Schlacht endgültig gewonnen.

Zu diesem Zweck schickte Olvarian kaum eine Minute später zwei weitere, noch frische Regimenter aus, die bislang noch nicht an der Schlacht beteiligt gewesen waren. Sie hatten den Befehl, ins feindliche Zentrum einzubrechen.

Wie erhofft hatte der Pfeilbeschuss das Chaos noch vergrößert. Zwar wurden ständig Trompeten geblasen, und Boten ritten von einem Armeeteil zum anderen, doch gelang es ihnen nicht, die Ordnung wiederherzustellen. Zu konfus waren viele der Soldaten in ihrer Furcht.

Als sie jetzt auch noch die beiden Regimenter auf sich zurasen sahen, wurden viele von ihnen von Panik übermannt. Sie wichen zurück, und noch einmal floh eine beträchtliche Zahl von ihnen.

»Was für Feiglinge!«, stieß Olvarian verächtlich hervor. »Und die wollen sich uns entgegenstellen? Kaum tritt ihnen jemand entschlossen mit einer Waffe in der Hand entgegen, schon machen sie sich in die Hose und fliehen wie die Kaninchen.«

Thalinuel musste sich vor Augen halten, dass es seit dem Sieg über die Schattenmahre keine richtigen Kriege mehr gegeben hatte. Die Soldaten mochten so gut wie möglich gedrillt worden sein, doch fehlte ihnen die praktische Erfahrung im Kampf. Zum ersten Mal wurden sie unmittelbar mit den Schrecken des Krieges konfrontiert, und dem erwiesen sich viele nicht gewachsen.

Statt auf eine geschlossene Kampflinie trafen die Elbenkrieger auf eine ungleichmäßige, zerfranste Front voller Lücken, die es ihnen leicht machte, die Abwehr aufzubrechen. In Form eines Keils, der wie von einem riesigen Hammer in die Reihen der Soldaten getrieben wurde, drangen sie weiter vor. Die Menschen bildeten kein diszipliniertes Heer mehr, sondern nur noch eine verängstigte, demoralisierte Ansammlung von Leibern, durch die die Elben wie ein heißes Messer durch Butter schnitten. Nur die wenigsten von ihnen leisteten in dem Gedränge überhaupt noch Widerstand.

»Schickt mehr!«, befahl Molakan. Sein Gesicht sah nicht mehr ganz so grau aus, und seine Haltung war straffer und kraftvoller geworden; er begann sich bereits wieder von der Beschwörung zu erholen. »Lasst unser ganzes Heer angreifen, damit versetzen wir ihnen den Todesstoß! Der Sieg ist unser. Sie werden laufen, als wären die Dämonen der Finsternis hinter ihnen her!«

Was in gewisser Weise sogar nicht einmal so weit von der Wahrheit entfernt ist, wurde Thalinuel mit Schrecken bewusst. *Zumindest müssen sie uns nach dem, was gerade mit ihrer schweren Kavallerie passiert ist, wirklich fast schon für Dämonen halten.*

Olvarian begann erste Befehle für einen Großangriff zu erteilen, unterbrach sich aber, als aus der Ferne plötzlich das Schallen von Hörnern zu hören war.

»Das … sind elbische Hörner«, sagte Molakan verblüfft. »Was hat …«

»Da!« Olvarian deutete nach Osten. Die Wintersonne war inzwischen höher geklettert, sodass selbst gegen ihren blendenden Schein die Reiter als Silhouetten zu erkennen waren, die sich von dort näherten. Und es waren viele Reiter, tausende, ein ganzes Heer.

Erneut erschollen elbische Hörner.

15

DER WALDLÄUFER

September 9430 neuer Zeitrechnung der Elben

Während der Nacht hatte es angefangen zu regnen und den ganzen folgenden Tag nicht mehr aufgehört. Alles sah grau in grau aus, als hätte der Regen die Farben aus der Welt gewaschen. Dicke graue, manchmal fast schwarze Wolken bedeckten den Himmel. Sie hingen so tief, dass man das Gefühl hatte, sie anfassen zu können, wenn man nur die Hand nach ihnen ausstreckte. Den ganzen Tag über war es nicht richtig hell geworden; eine lange, zwielichtige Morgendämmerung war am späten Mittag unmerklich in eine ebenso lange und nicht minder zwielichtige Abenddämmerung übergegangen, an die sich bald eine weitere Nacht anschließen würde.

Die Wache auf den Befestigungen außerhalb von Zarkhadul war gewöhnlich schon langweilig, doch an einem Tag wie diesem hasste Tolar sie ganz besonders. Er war stolz darauf, der Kriegerkaste anzugehören, dennoch hätte er jetzt ungleich lieber bei einem prasselnden Kaminfeuer in einer der vielen Schänken Zarkhaduls gesessen. Oder wenigstens in der Wachstube. Es war traurig, dass eine Wache überhaupt nötig war, aber die Zeiten waren zu unsicher, um die kostbaren Felder am Fuß des Kalathun ungeschützt zu lassen.

Der Krieg gegen die Thir-Ailith, in den auch das Königreich Lartronia hineingezogen worden war, lag noch nicht einmal eineinhalb Jahrzehnte zurück, trotzdem kursierten in den letzten Wochen bereits wieder beunruhigende Gerüchte über große Truppenbewegungen und einen bevorstehenden Krieg der Menschen untereinander. Zwar waren die Zwerge nicht direkt davon betroffen, dennoch konnte ein Krieg in unmittelbarer Nähe des Schattengebirges nicht gänzlich ohne Auswirkungen auf sie bleiben.

Schon jetzt machten diese sich bemerkbar. Seit Wochen waren kaum noch Händler nach Zarkhadul gekommen, von großen Karawanen ganz zu schweigen. Offenbar war ihnen die Gegend zu gefährlich geworden. Der Platz innerhalb der Einfriedung, auf dem sie gewöhnlich ihr Lager aufschlugen, war völlig leer.

Und nun waren vor einigen Tagen auch noch viertausend Krieger aus Zarkhadul und ein noch größeres Heer aus Elan-Dhor ausgezogen, um die lartronische Armee zu verstärken. Zwar war ihnen ausdrücklich untersagt worden, an irgendwelchen Kampfhandlungen teilzunehmen; stattdessen sollten sie nur als Abschreckung gegenüber dem radonischen Heer dienen. Trotzdem hätte Tolar sich ihnen nur zu gerne angeschlossen. Alles war besser, als hier Stunde um Stunde eintönig Wache zu schieben.

Selbst die Zwergenarbeiter, die sogar bei diesem Wetter den weiteren Ausbau der Befestigungsanlagen vorantrieben, beneidete er fast schon. Sie verrichteten schwere Knochenarbeit, doch waren sie in einer großen Gruppe und saßen nicht wie er allein auf diesem Turm neben dem Tor fest. Immer wieder blickte er zu ihnen hinunter.

Ursprünglich hatte ein einfacher Zaun die Grenze zwischen Lartronia und dem von König Kalmar an die Zwergenminen abgetretenen Streifen Land am Fuße des Schattengebirges markiert. Hauptsächlich war er als Schutz gegen gefräßige Tiere gedacht, damit diese sich nicht über die angepflanzten Nahrungsmittel hermachen konnten. Kurz danach war er durch ein Mäuerchen ersetzt worden, und dieses wurde seit einiger Zeit zumindest im direkten Umkreis der beiden Minen immer weiter verstärkt.

Den Begriff Verteidigungsanlage verdiente die Mauer auch jetzt noch nicht, jedenfalls nicht nach Zwergenmaßstäben. Sie würde kein feindliches Heer aufhalten können, aber das war auch nicht ihre Aufgabe. Zumindest Plünderer oder Diebe, die es hauptsächlich auf die oft in ihrem Schutz lagernden Karawanen abgesehen hatten, würden sie jedoch nicht so leicht überwinden.

Der Hauptgrund aber war, dass sich die an das Leben unter der Erde gewöhnten Zwerge mit der Weite des offenen Landes an der Oberfläche oft schwertaten. Eine Mauer, je höher und dicker, desto besser, die sie von der Außenwelt abschirmte, verlieh ihnen einfach ein besseres Gefühl der Sicherheit und Geborgenheit.

Tolar wandte den Blick von den Arbeitern ab und starrte wieder auf das regenverhangene Land außerhalb der Mauer. Eine einsame Gestalt, die sich näherte, erweckte seine Aufmerksamkeit. Sie war hochgewachsen und schien kräftig zu sein. Genau war dies nicht zu erkennen, da sie bis zu den Waden in einen grünen, durch die Nässe fast schwarz erscheinenden Mantel gehüllt war. Zum Schutz gegen den Regen hatte sie die Kapuze hochgeschlagen und tief in die Stirn gezogen.

Tolar ergriff sein umgehängtes Horn und blies ein Signal. Die Tür der Wachstube am Rand des Karawanenplatzes wurde aufgestoßen. Zwei weitere Krieger traten heraus und kamen missmutig auf das Tor zugestapft. Auch Tolar stieg von dem Wachturm hinunter.

»Was ist los?«, brummte einer der Krieger verdrossen.

»Ein Fremder nähert sich. Er ist irgendwie … seltsam. Wie ein Händler wirkt er nicht.«

Tolar zog den Riegel des hölzernen Tores zurück und öffnete es. Ohne seinen Schritt zu beschleunigen, kam der Fremde näher und blieb unmittelbar vor ihm stehen.

»Wer seid Ihr, und was führt Euch nach Zarkhadul?«, fragte Tolar und blickte ein wenig beklommen zu ihm hinauf. Der Unbekannte war in der Tat kräftig und selbst für einen Menschen groß, und er war nicht nur seltsam, wie Tolar ihn zuvor noch beschrieben hatte, sondern fast unheimlich. Etwas Düsteres ging von ihm aus. Tolar verspürte keine Angst vor einem einzelnen Mann, doch war er froh, die beiden anderen Krieger hinter sich zu wissen.

Langsam hob der Fremde die Hände und schlug die Kapuze zurück. Ein hartes, von Wind und Wetter gegerbtes Gesicht kam darunter zum Vorschein. Dunkle, vom Regen strähnig gewordene Haare hingen ihm tief in die Stirn.

»Ich bin schon freundlicher empfangen worden, aber Ihr tut gut daran, wachsam zu sein«, sagte er. »Ich bringe wichtige Kunde für Kriegsmeister Warlon und muss ihn unverzüglich sprechen. Mein Name ist Malcorion.«

Kampfführer Ralor war stolz, dass man ihm das Kommando über die von Elan-Dhor und Zarkhadul ausgesandten Krieger übertragen hatte, obwohl er wusste, dass er sie nicht in den Kampf führen würde. Dennoch war es eine Abwechslung von der Monotonie.

Natürlich war es eine äußerst erfreuliche Entwicklung, dass es in der Tiefenwelt seit dem Sieg über die Thir-Ailith so gut wie keine kämpferischen Auseinandersetzungen mehr gab. Der Waffenstillstand mit den Goblins, die früher immer wieder Überfälle durchgeführt hatten, hielt ununterbrochen an. Die Gnome hatten unter den Dunkelelben, die jedes fremde Leben auszulöschen versucht hatten, schwer zu leiden gehabt. Viele waren getötet worden, und die meisten Überlebenden hatten sich in abgelegene Bereiche weit entfernt von den Minen der Zwerge zurückgezogen. Einzig die Schrate stellten nach wie vor eine Plage dar, doch bildeten sie keine Gefahr, da sie von Natur aus eher diebisch veranlagt waren und nur selten offene Überfälle auf die weit überlegenen Zwerge verübten.

Selbst die meisten Zarkhane und anderen gefährlichen Ungeheuer in den Tiefen der Erde waren von den Thir-Ailith abgeschlachtet worden – der einzige Vorteil ihrer kurzzeitigen Terrorherrschaft über die Welt unter dem Schattengebirge.

Die Kehrseite war, dass längst nicht mehr so viele Krieger wie früher benötigt wurden. Ihr Ansehen war gesunken, und es wurden sogar bereits vereinzelte Stimmen laut, die eine Verkleinerung ihrer Kaste forderten. Mit dieser neuen Mission, auch wenn es kein Kampfeinsatz war, konnten sie die Wichtigkeit eines starken Heeres endlich wieder einmal unter Beweis stellen.

Ralor blickte sich um. Die Berge lagen bereits ein gutes Stück hinter ihnen. Viele Jahrhunderte lang hatte kaum ein Zwerg seinen Fuß an die Oberfläche gesetzt. Erst als Elan-

Dhor von den Dunkelelben überrannt worden war, hatten sie keine andere Wahl als die Flucht dorthin gehabt. Nicht zuletzt wegen der Auseinandersetzungen mit den umliegenden Menschendörfern war es keine sonderlich angenehme Erfahrung gewesen. Zusammen mit der Tatsache, dass sie nun einen eigenen kleinen Streifen Land außerhalb des Gebirges besaßen, der bewacht werden musste, hatte dies dennoch dafür gesorgt, dass viele Zwerge keine so tiefe Abneigung mehr gegen die zuvor nur als feindselig und abstoßend betrachtete Oberfläche hegten.

Am Mittag des zweiten Tages nach ihrem Aufbruch, als sie nur noch wenige Meilen vom lartronischen Heerlager entfernt waren, ordnete Ralor eine Rast an. Sie mussten fast drei Stunden warten, bis sich ihnen aus Nordosten eine große Staubwolke näherte. Ein weiterer Heerzug kam von dort mit klirrenden Rüstungen heranmarschiert und vereinte sich schließlich mit ihnen: die viertausend Zwergenkrieger aus Zarkhadul. Da sie den deutlich weiteren Weg zurückzulegen hatten, waren sie bereits lange vor den Zwergen aus Elan-Dhor aufgebrochen.

Es gab eine fröhliche Begrüßung. Viele der Soldaten hatten einst selbst zu den Streitkräften von Elan-Dhor gehört, ehe sie nach Zarkhadul übergesiedelt waren, hatten ihre ehemaligen Kameraden jedoch zum Teil schon lange nicht mehr gesehen.

Auch deshalb hielt Ralor diese Mission für wichtig, weil sie von den Kriegern der beiden Minen zusammen durchgeführt wurde und die Bande untereinander wieder stärken würde. Vereinzelt hatten in den vergangenen Jahren gemeinsame Wehrübungen stattgefunden, und natürlich gab es immer wieder gegenseitige Besuche, dennoch begannen die beiden Zwergenvölker sich bereits allmählich zu entfremden. Dies war ein normaler Prozess, der sich auch weiterhin fortsetzen würde, doch gemeinsame Missionen wie diese würden ihn zumindest ein bisschen verlangsamen.

Vereint zogen sie weiter und erreichten bald darauf König Kalmars Heerlager. Auch hier gab es eine lautstarke Begrüßung und viele Hochrufe der lartronischen Soldaten. Man hatte saftige Braten für die Zwerge vorbereitet, und zahlreiche Fässer voller Bier und Wein wurden herangeschafft, aber eine wirklich herzliche Atmosphäre kam nicht auf, nicht einmal, nachdem König Kalmar persönlich die Ankömmlinge begrüßt und ihnen in einer kurzen Rede für ihre Unterstützung gedankt hatte.

Ganz allgemein verhielt man sich ihnen gegenüber freundlich, aber es gab nur wenige Soldaten, die sich zu ihnen setzten und mit ihnen zusammen aßen und tranken. Die meisten hielten sich zurück. Trotz des gemeinsamen Kampfes gegen die Thir-Ailith, der inzwischen jedoch schon viele Jahre zurücklag, gab es ein stark verwurzeltes Misstrauen zwischen den Völkern.

Hauptsächlich eine Folge davon, dass wir uns viel zu lange unter die Berge zurückgezogen und isoliert haben, dachte Ralor. *Man wusste, dass es uns gab, aber man kannte uns nicht, und deshalb misstraut man uns noch heute. Wir sind Fremde, mit denen man zwar Handel treibt, und in diesem speziellen Fall militärische Verbündete, aber keine Freunde.*

Er genehmigte sich mehrere Humpen Met, doch der Marsch schien anstrengender gewesen zu sein als gedacht, denn er spürte, wie er rasch müde wurde. Die Augen fielen ihm zu, und er schlief ein.

Als er wieder zu sich kam, lag er genau wie seine Krieger in Ketten.

Im ersten Moment glaubte Warlon, von einem Trugbild genarrt zu werden, als er von seinem Dunkelbier aufsah und zur Eingangstür des *Schwert und Schild* hinüberblickte.

Das Schankhaus hatte es schon vor mehr als eintausend Jahren im alten Zarkhadul gegeben, selbst der Name war beibehalten worden, als es nach der Neubesiedlung der Mine neu eröffnet worden war. Von Zeit zu Zeit kam Warlon gerne hierher, vor allem nach langen, anstrengenden Ratssitzungen, um sich von dem Geschwätz und dem diplomatischen Ringen um unbedeutende Feinheiten zu erholen. Wie schon der Name vermuten ließ, trafen sich im *Schwert und Schild* hauptsächlich Angehörige der Kriegerkaste. Dementsprechend rau war zumeist der Umgangston, und bei vielen Gesprächen ging es um kriegerische Themen. Im Moment wurden hauptsächlich der drohende Krieg zwischen Lartronia und Radon sowie das Entsenden der viertausend Krieger diskutiert.

Angehörige anderer Kasten verirrten sich nur selten hierher, und Fremde noch viel seltener. Die Arbeiter bevorzugten andere Schänken, vor allem wenn sie mit menschlichen Händlern ihre Geschäfte mit einem Trunk feiern wollten, und die meisten Gelehrten hielten ganz allgemein nicht viel von solchen Vergnügungen und waren nicht oft an derartigen Orten anzutreffen.

Jetzt jedoch bot sich ein ungewöhnlicher Anblick. Eine Priesterin betrat das Schankhaus, und nicht nur irgendeine, sondern Ailin, die Hohepriesterin der Göttin Li'thil, die zugleich auch seine Frau war. So wie sie als Hohepriesterin und Gründerin der hiesigen Schwesternschaft das in Elan-Dhor geltende Eheverbot für Hexen nicht übernommen hatte, hatte sie auch auf den Zwang zum Tragen eines Schleiers in der Öffentlichkeit verzichtet.

Warlons Blick glitt allerdings nur kurz über ihr Gesicht und verharrte dann auf dem ihres Begleiters, der selbst für einen Menschen ungewöhnlich groß und kräftig war und sie um gut zwei Köpfe überragte.

»Malcorion?«, murmelte er. Und dann, wesentlich lauter diesmal, dass es durch den ganzen Schankraum schallte: »Malcorion, he, hier drüben!« Er sprang auf und winkte.

An vielen Tischen verstummten die Gespräche, und verwundert blickten die Zwerge auf, als der Waldläufer mit weit ausgreifenden Schritten auf ihn zukam, ihn umarmte und ihm auf die Schultern klopfte.

»Malcorion, bist du es wirklich? Wie viele Jahre ist es inzwischen her, seit wir uns zuletzt gesehen haben? Warum hast du nicht schon früher von dir hören lassen? Nicht einmal zur Hochzeit von Königin Tharlia und Thilus bist du erschienen.«

Mit einer Handbewegung scheuchte Warlon die beiden Krieger weg, die mit ihm am Tisch gesessen hatten. Ohne Murren erhoben sie sich.

»Es war leider unmöglich, obwohl ich es sehr bedauert habe«, erwiderte Malcorion. »Ich war lange Zeit in den wenig erforschten Ländern im Süden und Westen unterwegs, wo die Sterne des Nachts am Himmel fremd sind. Eine Menge Geschichten könnte ich von meinen Reisen erzählen, doch dafür ist jetzt nicht die richtige Zeit.«

Er nahm auf einem der freien Stühle Platz. Auch Ailin setzte sich.

»Das hört sich nicht an, als ob du nur hergekommen wärst, um alte Freunde zu besuchen.«

»Nein«, bestätigte Malcorion. »Ich wünschte, es wäre so, aber ich bin hier, um euch zu warnen. Auf dem Weg hierher habe ich mein Pferd zuschanden geritten. Ein Dutzend Meilen von hier entfernt stolperte es und brach sich den Vorderlauf. Ich musste es töten und den restlichen Weg zu Fuß zurücklegen, dabei ist Eile von höchster Not. Ich fürchte, niemand hier ahnt auch nur, welche Gefahr eurem Volk droht.«

Warlon warf einen Blick zu Ailin, doch sie zuckte mit den Achseln.

»Mir hat er auch nichts gesagt, sondern darauf bestanden, sofort mit dir zu sprechen. Ich dachte mir, dass wir dich hier finden, deshalb habe ich ihn hergeführt.«

»Nachdem ich eine Menge kostbare Zeit verloren habe, weil die Wache am Tor mich zunächst nicht einlassen wollte. Mein Name sagte niemandem etwas. Es scheint, als wäre mein Anteil am Krieg gegen die Thir-Ailith ziemlich in Vergessenheit geraten.«

Er rang sich ein Lächeln ab, um zu zeigen, dass er deswegen nicht böse war, dann griff er nach dem Weinkrug auf dem Tisch, goss sich einen Becher ein und leerte ihn in einem Zug.

Als die Bedrohung durch die Dunkelelben aufkam, hatte sich Warlon zusammen mit Ailin und einigen weiteren Begleitern aufgemacht, um nach den Hochelben zu suchen und sie um Hilfe zu bitten. Ihre Suche hatte sie zu dem Waldläufer geführt, und nachdem ein Dunkelelb, der ihnen heimlich gefolgt war, seine Frau und seine Kinder grausam ermordet hatte, war Malcorion bereit gewesen, sie zum goldenen Tal hoch in der eisigen Einöde des Nordens zu führen. Während dieser gefahrvollen Reise waren sie gute Freunde geworden, und oft hatte sich Warlon seither gefragt, wo Malcorion sein und wie es ihm gehen mochte, ob er überhaupt noch am Leben war. Jahr um Jahr war verstrichen, ohne dass er etwas von dem Waldläufer gehört hatte, und nun tauchte er plötzlich einfach so auf und saß ihm gegenüber.

Die Jahre waren nicht spurlos an ihm vorübergegangen. Die Falten in seinem Gesicht waren mehr und tiefer geworden, und in sein dunkles Haar hatten sich einige graue Strähnen gemischt, doch ansonsten wirkte er noch ebenso stark und energisch wie bei ihrem ersten Zusammentreffen.

»Ahhh«, machte er und wischte sich mit dem Handrücken den Mund ab, nachdem er getrunken hatte. »Das tut gut. Aber kommen wir zu den wichtigen Dingen. Ihr wisst, dass König Lorian nicht gut auf mich zu sprechen ist, seit ich seine Tochter angeblich entführt und anschließend geheiratet habe, und obwohl ich sie aufrichtig geliebt habe, gibt er mir auch an ihrem Tod die Schuld. Die Belohnung auf meinen Kopf ist in Radon seither sogar noch erhöht worden. Dennoch habe ich mich in den vergangenen Monaten viel im Grenzgebiet zwischen Lartronia und Radon aufgehalten, um die immer verworrenere Situation dort zu erkunden.«

»Du meinst Spionage«, warf Warlon ein. »Du hast dich als Spion für König Kalmar verdingt.«

»In gewisser Weise, obwohl es mir nicht um das Geld

ging. Ich habe auch nicht alle Nachrichten überbracht, sondern sie gesiebt, um die gespannte Lage nicht noch zusätzlich anzuheizen.«

»Es gibt berechtigte Hoffnung, dass es zu keinem Krieg kommt. Ich habe viertausend Zwergenkrieger ausgesandt, und weitere fünftausend kommen aus Elan-Dhor, um sich an der Seite der lartronischen Armee zu zeigen. König Lorian müsste ein gewaltiger Dummkopf sein, wenn er unter diesen Umständen einen Angriff wagt.«

Malcorion schüttelte den Kopf und blickte ihn eindringlich an.

»Du irrst dich, und das ist der Grund, aus dem ich herkam. Du hast sie in eine Falle geschickt. Ich habe die Ankunft der Zwergenkrieger in Kalmars Heerlager beobachtet, wo sie mit reichlich Wein und Bier überschwänglich empfangen wurden. Inzwischen dürften sie alle Gefangene sein.«

»Aber …«

»Es wird keinen Krieg zwischen Lartronia und Radon geben. Kalmar und Lorian haben ihren Streit schon vor Tagen beigelegt. Sie werden nicht gegeneinander kämpfen, sondern gemeinsam gegen ein neues Ziel marschieren.«

»Ein neues Ziel? Ich fürchte, ich verstehe nicht ganz.« Warlon runzelte die Stirn. Was er hörte, ergab für ihn beim besten Willen keinerlei Sinn. »Hat König Kalmar nachgegeben und will nun doch zusammen mit den Truppen aus Radon gegen die Barbaren in den Kampf ziehen? Und was hat das mit unseren Kriegern zu tun?«

»Nicht gegen die Barbaren«, behauptete der Waldläufer. »Wie ich vermutet habe, habt ihr nicht die geringste

Ahnung, in welcher Gefahr ihr schwebt. Deshalb bin ich hergekommen, um euch zu warnen. Die Heere der Könige werden vereint gegen Elan-Dhor und Zarkhadul ziehen!«

16

AUF DER FLUCHT

An einem unbekannten Ort, zu einer unbekannten Zeit

»Und dann? Was geschah dann?«, drängte Harlan. »Was war das für ein Heer, das euch zu Hilfe kam? Habt ihr die Menschen gemeinsam geschlagen? Haben sie sich euch danach auf Dauer unterworfen?«

Seine Augen leuchteten vor Spannung und Begeisterung. Obwohl sein Volk in dieser Welt einen noch viel schrecklicheren Krieg führte, konnte der Prinz nicht genug von Thalinuels Erzählungen bekommen, doch sie antwortete nicht auf seine Fragen. Barlok vermutete inzwischen, dass der Junge diese Berge noch nie verlassen hatte, oder höchstens als Säugling, als man ihn hergebracht hatte. Er wusste allenfalls aus den Berichten anderer, wie es an der Oberfläche aussah, was gerade für einen Elb furchtbar sein musste. Kein Wunder, dass er so begierig jedes Wort in sich aufsog, selbst wenn es sich um eine fremde Welt handelte, von der Thalinuel sprach.

Mit nur kurzen Pausen zwischendurch waren sie noch viele Stunden lang weiter nach Süden vorgedrungen. Den Elben schien der Marsch nichts auszumachen, nicht einmal dem Jungen, aber nachdem er die letzten Tage fast ununterbrochen gelaufen war, begann Barlok allmählich Erschöpfung zu spüren. Er bemühte sich jedoch, sich nichts davon anmerken zu lassen, und hielt tapfer mit.

Als Thalinuel schließlich begonnen hatte, von der Schlacht zu erzählen, hatte ihm dies geholfen, seine Müdigkeit zu verdrängen. Harlan hatte sich ohnehin brennend dafür interessiert, aber auch Beliana und Arkorial, die beiden Leibwächterinnen des Prinzen, hatten ihr gespannt gelauscht.

Barlok hingegen erfüllten ihre Worte mit zwiespältigen Gefühlen. Das alles lag schon lange zurück, und diesmal war die Schlacht auch nicht gegen Zwerge gegangen, doch wurzelte die Entfremdung zwischen den Elben und allen anderen Völkern in den Geschehnissen, die Thalinuel schilderte. Zudem musste es zwischen den Thir-Ailith, zu denen sie gehört hatte, und den gleichnamigen Dunkelelben, gegen die sein Volk den schrecklichsten Krieg seiner Geschichte gefochten hatte, einen Zusammenhang geben.

Es war schwer, in dieser Welt aus immerwährender Dunkelheit die Tageszeit zu schätzen, doch Barlok nahm an, das es an der Oberfläche bereits hell wurde, als sie in einer kleinen Höhle endlich beschlossen, eine längere Rast einzulegen. Sofort ließ er sich zu Boden sinken. Die beiden Elbenkriegerinnen vereinbarten, abwechselnd zu wachen; das war das Letzte, was er noch mitbekam, dann war er bereits eingeschlafen.

Am nächsten Tag setzten sie ihre Wanderung fort. Der Schlaf hatte Barlok gutgetan und ihm seine Kräfte zurückgebracht. Während der ersten Stunden kamen sie gut voran, doch nach und nach wurde der Prinz immer unleidlicher. Immer häufiger verlangte er nach Pausen, beschwerte sich, dass seine Füße und Beine wehtäten, und forderte schließlich sogar, man solle ihn in seine Gemächer zurückbringen.

Barlok hatte ihn als einen höflichen, neugierigen Jungen kennen gelernt, doch nun entdeckte er eine ganz andere Seite an ihm. Zunächst glaubte er, Harlan wäre nur ein verhätscheltes, wehleidiges Balg, doch rasch erkannte er, dass etwas anderes dahintersteckte.

Der Junge war geistig zurückgeblieben.

Er besaß den Körper eines Zwölf- oder Dreizehnjährigen, doch sein Geist war immer noch der eines Kindes. Zumindest in mancherlei Beziehung. Er war einerseits intelligent und aufnahmefähig, zugleich lebte er aber zu einem beträchtlichen Teil in einer eigenen kindlichen Realität, in der er alles ausklammerte, was ihm nicht gefiel. Für ihn war dies nur ein Abenteuer, das ihm durch die damit verbundenen Strapazen immer weniger zusagte. Deshalb verlangte er, man solle ihn einfach zurückbringen, weil er sich in seiner eigenen Realität weigerte anzuerkennen, dass es kein Zurück mehr gab.

Ein Kind, das nur verzogen und quengelig war, konnte man notfalls schelten und ihm irgendwie den Ernst der Situation begreiflich machen, nicht aber jemandem, der sich vor einer ungeliebten Realität in eine Traumwelt zurückzog und zudem noch über gewaltige Kräfte verfügte. Wenn sein Ärger in offenen Zorn umschlug, konnte er wer weiß was tun, ohne auch nur einen Moment über die Konsequenzen nachzudenken.

Beliana und Arkorial redeten wie mit Engelszungen auf ihn ein, und schließlich trugen sie ihn sogar abwechselnd, wodurch sie wieder schneller vorankamen.

Am meisten Einfluss jedoch hatte Puschel auf ihn. Mühelos brachte er den Jungen immer wieder durch seine Worte oder sonstige Späße zum Lachen und besserte seine Laune dadurch. Auch hielt Harlan ihn gern auf dem Arm. Es beruhigte ihn nicht nur, sondern er lief dann sogar freiwillig auf eigenen Füßen, ohne sich zu beschweren.

Das also ist die große und vielleicht einzige Hoffnung des Elbenvolkes in dieser Welt, dachte Barlok sarkastisch.

Erneut übernachteten sie in einer kleinen Höhle, und nicht lange, nachdem sie ihren Weg fortgesetzt hatten, erreichten sie das Gebiet, in dem sich noch vor wenigen Tagen die Schrate getummelt hatten.

Jetzt waren sie verschwunden.

Nicht einer von ihnen war mehr zu sehen, doch waren noch zahlreiche Hinweise auf ihre Anwesenheit zu entdecken. Offenbar hatten sie ihre Lager in aller Hast geräumt und waren Hals über Kopf geflohen, wobei sie viele Sachen zurückgelassen hatten, die nun achtlos in ihren Wohnhöhlen umherlagen.

»Das gefällt mir nicht«, raunte Barlok. »Selbst wenn sich die Nachricht vom Angriff auf die Elben schon bis hierher verbreitet hat, ist das kein Grund für eine so übereilte Flucht.«

»Es sei denn, es hat auch hier einen Angriff gegeben«, ergänzte Thalinuel düster. »Aber es sind keinerlei Spuren von Felswürmern zu entdecken.«

»Auf dieser Seite der Berge wurden bislang nur ganz vereinzelt welche gesichtet«, behauptete Beliana. »Aber die Mahre verfügen noch über genügend andere Streiter.«

Vorsichtiger als bisher drangen sie weiter vor. Nur noch wenige Meilen lagen bis zum Ausgang vor ihnen, aber dann würde es erst recht gefährlich werden, wusste Barlok. Er war diesen Weg zwar zuvor erst je einmal hin und zurück gegangen, doch er verstand sich auf einen Kampf in unterirdischen Höhlen und Stollen. An der von den Nocturnen und anderen feindlichen Kreaturen bewohnten Oberfläche sah dies anders aus, doch dafür würden sich die Elben dort vermutlich wohler fühlen.

Auf jeden Fall würden sie dort auf zahllose Feinde treffen, und er hatte noch keine Ahnung, wie es ihnen gelingen sollte, ihnen zu entgehen. Vermutlich würden sie es nicht einmal unbemerkt bis nach Sorkani schaffen, und dann war noch die Frage, ob sich Urlak mit seinen Schaustellern überhaupt noch dort aufhielt und ob er bereit war, ihnen zu helfen. Schwierigkeiten über Schwierigkeiten.

Ihr Vorhaben war ein reiner Verzweiflungsplan voller Ungewissheiten, der eigentlich gar nicht gelingen *konnte.*

Der Stollen, den sie entlanggingen, mündete vor ihnen in eine Höhle. Die beiden Elbenkriegerinnen bildeten die Vorhut ihrer kleinen Gruppe und betraten sie als Erste. Bevor sie reagieren konnte, traf eine eiserne, stachelbewehrte Keule Arkorial und zertrümmerte ihr den Schädel.

Beliana überlebte sie nur um Bruchteile von Sekunden. Etwas schien sie zu warnen, sodass es ihr gelang, ihr Schwert im letzten Moment hochzureißen und den Schlag einer weiteren Keule abzuwehren, doch dafür bohrte sich gleich darauf eine Klinge tief in ihren ungeschützten Leib.

Barlok stieß einen Fluch aus, packte Thalinuel am Arm und wich mit ihr einen Schritt zurück. Beide hielten sie ein Schwert in der einen und eine Fackel in der anderen Hand.

Zwei Furcht erregende Ungeheuer, wie Barlok sie noch nie zuvor gesehen hatte, drangen über die Leichen der beiden Elbinnen in den Stollen ein. Hinter ihnen drängelten sich weitere. Sie waren groß, mindestens drei Köpfe größer als er, mit braun geschuppter Haut, einem gedrungenen Körper und stämmigen Beinen.

Das wahrhaft Erschreckende an ihnen aber waren ihre vier kräftigen Arme. Je zwei von ihnen wuchsen auf jeder Seite aus ihrem Oberkörper. In den beiden oberen hielten sie jeweils ihre Keule und ihr Schwert.

Barlok packte sein Schwert fester und wünschte, es wäre eine massive Zwergenstreitaxt. Er sprang vor und wich zur Seite aus, als eine der Kreaturen mit ihrer Keule zuschlug. Der Boden bebte, als sie ins Leere ging. Fast im gleichen Moment stieß Barlok sein Schwert vor, wollte es dem Ungeheuer vor sich in den Leib rammen, doch dieses bewies, dass es mit dem Schwertarm ebenso schnell und geschickt wie mit dem anderen war und sich auf beide gleichzeitig zu konzentrieren verstand.

Es blockte den Stich ab und ging gleich darauf selbst zum Angriff über. Mit Keule und Schwert schlug es abwechselnd nach Barlok, während sich die zweite Kreatur auf Thalinuel stürzte.

Plötzlich ertönte ein schriller Schrei hinter ihnen. Erst jetzt schien Harlan richtig begriffen zu haben, was geschehen war – dass seine Begleiterinnen tot waren.

Barlok fühlte sich von einer ungeheuerlichen Kraft zur Seite gedrückt, während Thalinuel an die gegenüberliegende Felswand taumelte. Die beiden vierarmigen Kreaturen wurden wie vom Hieb eines titanischen Hammers getroffen zurückgeschleudert und rissen dabei auch ihre Kameraden mit sich. Blut spritzte aus ihren Nasen, ihren Mündern und ihren Augen.

In einem Haufen verworrener Gliedmaßen blieben sie in der Höhle liegen, doch nur einen Augenblick lang. Dann wurden sie von unsichtbaren Händen gepackt und alle in die Höhe gerissen, bis hinauf zur Höhlendecke, von wo sie haltlos herabstürzten. Die meisten waren nicht mehr als eine blutige Masse, nachdem sie auf dem Boden aufgeschlagen waren. Nur wenige lebten noch.

Barlok hatte dem unglaublichen Schauspiel fassungslos zugesehen. Nun wandte er langsam den Kopf.

Harlan stand mit weit aufgerissenen Augen hinter ihm, in denen Trauer und ein bodenloser Zorn geschrieben standen. Noch immer schrie er. Die Hände hatte er vor sich ausgestreckt, winzige blaue Flämmchen tanzten über seine Finger.

Ein Gluthauch traf Barlok im Nacken. Blaues Feuer hüllte die vierarmigen Ungeheuer ein und verzehrte sie – die Toten und die, die den Sturz aus der Höhe überlebt hatten, nur um jetzt ein noch viel schrecklicheres Ende zu finden.

Harlans Beine versagten ihm den Dienst, und er brach zusammen.

Während sich Thalinuel um den bewusstlosen Prinzen kümmerte, ihn bequemer hinlegte und ihn mit dem Mantel einer der toten Elbinnen zudeckte, suchte Barlok die nähere Umgebung ab. In der Höhle vor ihnen lauerten keine Feinde mehr, sie waren alle von Harlan getötet worden. Das magische Feuer hatte so heiß gebrannt, dass nicht einmal Knochen, sondern nur etwas Asche von ihnen übrig geblieben war.

Auch in den angrenzenden Höhlen waren keine weiteren Feinde zu entdecken, doch wagte Barlok nicht, sich allzu weit von den anderen zu entfernen. Ihre ohnehin nur kleine Gruppe war noch weiter geschrumpft, und fast hätte Barlok es lieber gesehen, wenn er mit Thalinuel wieder allein gewesen wäre, statt dass sich der nach wie vor undurchsichtige Puschel bei ihnen befand und sie zudem noch Babysitter für den Prinzen spielen mussten.

Wie Thalinuel von Anfang an behauptet hatte, schien er in der Tat über ungeheuer starke Kräfte zu verfügen, doch angesichts seines labilen Geisteszustandes war Barlok nicht sicher, ob er sich darüber freuen sollte. Die Gewalten, die Harlan entfesselt hatte, hatten sie gerettet, aber sie hatten ihn auch zutiefst entsetzt. Harlan hatte aus Zorn über den Tod seiner Leibwächterinnen heraus gehandelt. Möglicherweise konnten ihn bei seiner Launenhaftigkeit auch weniger drastische Ereignisse dazu bringen, seine Kräfte einzusetzen, und dann nicht zwangsläufig nur gegen Feinde …

Der Prinz schlug gerade die Augen auf, als Barlok zurückkehrte.

»Ich fühle mich so schwach, und mir tut alles weh«, jammerte der Junge.

»Du hast etwas sehr Schlimmes getan«, sagte Thalinuel. »Du hast deine Kräfte zu zerstörerischen Zwecken eingesetzt, hast sogar damit getötet. Dunkle oder finstere Magie nennen wir das, und sie ist sehr gefährlich für dich selbst. Ihre Auswirkungen bekommst du nun zu spüren, und wenn es nur bei ein bisschen Erschöpfung bleibt, hast du großes Glück gehabt.«

Erschrocken starrte Harlan sie an.

»Aber … was soll denn passieren? Sie haben Arkorial

und Beliana getötet, dafür musste ich sie bestrafen. Außerdem hätten sie sonst bestimmt auch uns etwas Böses angetan«, fügte er fast trotzig hinzu.

»Du hast uns gerettet, das stimmt, und ich mache dir auch keine Vorwürfe. Aber du musst sehr vorsichtig sein. Elbische Magie bezieht ihre Macht aus den Kräften, die uns umgeben, aus der Schöpfungskraft der Natur. Dunkle Magie hingegen frisst an uns, nährt sich von unserer eigenen Kraft. So schlägt sie immer auf uns zurück. Sie ist wider unsere Natur, nur die Schattenmahre und ihre Schergen können sie nutzen.«

»Aber ich werde mich doch wieder erholen?« Harlan stemmte sich auf die Ellbogen hoch.

»Das wirst du. Sei unbesorgt, du wirst nicht sterben, nur weil du sie einmal benutzt hast. Aber ich muss dich warnen: Je häufiger du sie anwendest, einen umso höheren Preis wirst du dafür zahlen müssen, und ich spreche nicht nur von der Kraft, die sie dir nimmt. Sie raubt dir noch etwas anderes, etwas viel Wichtigeres. Sie *verändert* dich. Mit jedem Mal wirst du sie leichter entfesseln können, gerade darin liegt ihre große Verlockung. Aber immer rascher erfüllt dich zugleich auch ihre Finsternis und löscht alles in dir aus, was dich zum Elben macht. Ohne es zu merken, wirst du werden wie unser Feind, wirst selbst zu einer Kreatur des Bösen. Glaub mir, ich weiß, wovon ich rede.«

Der Junge wandte seinen Blick zu Puschel, der mit ernstem Gesicht nickte. Furcht stand in Harlans Augen geschrieben. Barlok war froh darüber, dass Thalinuel auf diese Angst einflößende Art mit ihm gesprochen hatte. Er selbst verstand nichts von Magie und wusste nicht, ob sie die Wahrheit gesagt oder sich nur etwas ausgedacht hatte, aber auf jeden Fall würde Harlan seine Kräfte so schnell nicht wieder einsetzen.

Nach einigen Minuten hatte sich der Junge so weit erholt und auch seinen Schrecken überwunden, dass sie ihren Weg fortsetzen konnten. Zuvor hatten sie die Leichen der beiden Elbenkriegerinnen notdürftig mit ein paar Steinen und Felsbrocken bedeckt.

Es dauerte nun nicht mehr lange, bis sie den Ausgang erreichten. Dank seiner Vorsicht entdeckte Barlok die dort ebenfalls postierten Wachen rechtzeitig, ehe sie ihnen direkt in die Arme laufen konnten.

»Es sind sechs«, verkündete er und zog seinen Kopf hastig zurück, nachdem er einen Blick um eine Ecke riskiert hatte. »Die gleichen vierarmigen Ungeheuer wie vorhin. Ob draußen noch mehr lauern, kann ich nicht sagen.«

»Konntest du erkennen, ob draußen Tag oder Nacht herrscht?«

»Tag.«

»Dann glaube ich nicht, dass draußen noch mehr sind. Ich vermute, diese Kreaturen verabscheuen das Tageslicht ebenso wie die Nocturnen.«

»Aber diese sechs reichen schon. An denen kommen wir niemals unbemerkt vorbei, und im Kampf können wir sie nicht besiegen. Es sei denn …«

»Nein!«, protestierte Thalinuel entschieden. »Hast du nicht gehört, was ich vorhin gesagt habe? Er wird selbst zu einem Wesen des Bösen, wenn er seine Kräfte auf diese Weise einsetzt.«

»Er braucht sie ja nicht gleich umzubringen.«

»Das allein ist es nicht, es geht grundsätzlich um die Art, in der er seine Magie nutzt. Er wird als ein Ungeheuer, so schlimm wie die Schattenmahre, bei seinem Volk ankommen, wenn wir ihn bei jeder Schwierigkeit, auf die wir stoßen, bitten, seine Kräfte doch noch ein weiteres Mal auf die dunkle Weise einzusetzen. Wir werden einen anderen Ausgang finden müssen.«

»Das kann Tage oder gar Wochen dauern, und selbst wenn wir einen finden, heißt es nicht, dass diese Ungeheuer ihn nicht ebenfalls entdeckt haben und bewachen.« Er wandte sich an Puschel. »He, du, du weißt doch sonst immer alles. Wie wäre es, wenn du uns jetzt einen Ausgang zeigen würdest?«

Puschel streckte ihm die Zunge heraus.

»Im Gegensatz zu dir laufe ich mit offenen Augen und Ohren durch die Gegend, deshalb weiß ich mehr als du, Blödmann. Aber hier kenne ich mich auch nicht aus. Du wirst schon suchen müssen.«

»Ich habe eine bessere Idee. Wir schmeißen dich einfach in die Höhle, am besten direkt zwischen die Wachen. Während sie sich mit dir beschäftigen, können wir vielleicht unbemerkt an ihnen vorbeischlüpfen.«

»Aber sie würden ihm wehtun!«, protestierte der Prinz, ohne zu erkennen, dass es sich nur um einen Scherz handelte. Zornig blickte er Barlok an. »Das lasse ich nicht zu.«

»Schon gut, der Grobian meint es nicht so«, beruhigte Puschel ihn rasch. »Aber wenn wir noch länger hier streiten, können wir auch gleich nach den Posten rufen.«

»Das erste vernünftige Wort, das ich heute von dir höre«, brummte Barlok.

Sie zogen sich ein Stück weit zurück, damit sie nicht durch Zufall von den Wachen entdeckt oder gehört wurden. Gerade bei Harlan ließ sich nicht ausschließen, dass er die Gefahr schlichtweg vergaß und zu laut sprach. In einer ein Stück entfernten Höhle verharrten sie dicht neben der Mündung eines Stollens, in den sie fliehen konnten, wenn sich ihnen jemand näherte.

Verbissen grübelte Barlok über eine Lösung nach, während er auf und ab ging. In Elan-Dhor waren die Zwerge bis zur versehentlichen Befreiung der Thir-Ailith stets die stärksten Bewohner der Tiefenwelt gewesen. Von daher war er es gewohnt, die meisten Probleme mit Gewalt und überlegener Kampfkraft zu lösen. Hier war das jedoch nicht möglich. Die vierarmigen Ungeheuer waren schreckliche Kämpfer und zudem in der Überzahl.

Mit Gewalt war hier also nichts auszurichten, und er glaubte auch nicht, dass es ihnen viel nutzen würde, blindlings durch die Stollen und Höhlen zu irren, in der Hoffnung, einen unbewachten weiteren Ausgang zu finden. Die Schrate kannten sich hier mit Sicherheit besser aus und hätten ihnen helfen können, aber sie waren geflohen, und nach ihnen zu suchen war mit Sicherheit ebenso sinnlos.

Aber der Gedanke an Elan-Dhor weckte eine andere Erinnerung. Zweifelnd blickte er zu Harlan hinüber. Der Prinz saß mit dem Rücken an eine Felswand gelehnt, Puschel hatte sich wie meistens in seine Arme gekuschelt. Obwohl er sich mittlerweile an den Anblick gewöhnt hatte, gaben der kahlköpfige Junge und das knallbunte Federbüschel noch immer ein seltsames Bild ab.

»Ich habe dir erzählt, wie es mir beim entscheidenden Kampf um Elan-Dhor gelungen ist, mit einem Stoßtrupp aus Zwergen und Elben bis in die Katakomben der Thir-Ailith vorzudringen«, wandte er sich leise an Thalinuel.

»Die Elbenmagier haben uns in ein magisches Feld gehüllt, das uns unsichtbar machte, sodass wir unbemerkt an den Dunkelelben vorbeischlüpfen konnten. Glaubst du, der Junge könnte das auch?«

Thalinuel zögerte.

»Das wäre ein extrem schwieriger Zauber, aber wenigstens kein zerstörerischer. In Elan-Dhor waren zwanzig der stärksten Elbenmagier nötig, um ihn zu weben. Ich selbst wäre nicht annähernd dazu in der Lage.«

»Aber sie mussten auch uns Krieger mit dem Feld schützen, und wir waren doppelt so viele wie sie.«

»Harlan müsste außer sich selbst sogar drei Begleiter unsichtbar machen. Die Kräfte dafür hätte er zweifellos, aber darum allein geht es nicht. Er müsste das Feld nicht nur erzeugen, sondern es auch aufrechterhalten. Dafür ist eine enorme Konzentration notwendig, die man nur durch langes Training erreichen kann. Ein noch so kleiner Fehler, der einen von uns nur für den Bruchteil einer Sekunde sichtbar werden lässt, und alles ist aus.«

Barlok ließ seine rechte Faust in die linke Handfläche klatschen.

»Wenn dieser Junge eine so große Bedeutung für sie hat, dann begreife ich nicht, warum sie nicht schon längst damit begonnen haben, ihn entsprechend auszubilden und seine Fähigkeiten zu schulen.«

»Das konnten sie nicht, ohne ihr Versteck zu verraten«, erwiderte Thalinuel. »Angesichts seiner ungeheuren Kräfte wäre bei einem intensiven Training über einen längeren Zeitraum hinweg so viel magische Kraft freigesetzt worden, dass es für die Schattenmahre wie ein Leuchtfeuer gewesen wäre. Alanion hatte gehofft, dass sie nichts von der Existenz des Prinzen wissen. Dann hätte der Angriff nicht ihm, sondern dem Stützpunkt allgemein gegolten. Sobald Harlans Fähigkeiten jedoch geschult worden wären, hätten sie nicht nur die Gefahr erkannt, sondern auch gewusst, wo der Junge sich aufhält.«

»Und wir müssen es jetzt ausbaden. Aber ob ausgebildet oder nicht, wir müssen es riskieren. Es ist die einzige Möglichkeit, die ich sehe.«

»Ich rede mit Harlan.«

Barlok nahm seine ruhelose Wanderung durch die Höhle wieder auf, während Thalinuel auf den Prinzen einsprach. Aus den wenigen Brocken, die er aufschnappte, konnte er erleichtert entnehmen, dass es bereits nicht mehr darum ging, *ob* der Junge es sich zutraute, sondern sie ihm Kniffe verriet, wie er seine Kräfte besser kontrollieren konnte, und einfache Konzentrationsübungen mit ihm machte. Puschel rückte ein Stück von ihm ab, um ihn nicht abzulenken.

Wenig später sah Barlok, wie Harlans Umrisse unscharf wurden und zu verschwimmen begannen. Fasziniert beobachtete er die raschen Fortschritte, die der Junge machte. Schon wenige Minuten später gelang es ihm, sich komplett unsichtbar zu machen, doch dauerte dies meist nur kurz an, dann wurden entweder seine gesamten Konturen oder zumindest einzelne Körperteile wieder sichtbar.

Aber Thalinuel setzte die Übungen mit ihm unermüdlich fort, und der Prinz erwies sich als ein gelehrsamer Schüler. Schon bald schaffte er es scheinbar mühelos, für Minuten unsichtbar zu bleiben, und behauptete, er könne dies noch viel länger durchhalten.

Als Nächstes versuchte er, das Unsichtbarkeitsfeld nicht

nur um sich selbst, sondern auch um andere zu weben, zunächst mit sehr mäßigen Ergebnissen. Schließlich gelang es ihm jedoch, auch Puschel verschwinden zu lassen, der die Gelegenheit gleich zu einem seiner Späße zu nutzen versuchte. Lautlos erhob er sich und schlich auf Barlok zu, doch kaum hatte er sich wenige Schritte von Harlan entfernt, wurde er wieder sichtbar. Enttäuscht kehrte er um und setzte sich wieder neben den Jungen.

»Ich hoffe, du schaffst es noch, mich so lange unsichtbar zu machen, dass ich dem Blödian da vorne in den Hintern treten kann, ohne dass er mich kommen sieht.«

»Lass den Unsinn! Das ist kein Spaß, was wir hier machen. Unser und auch dein Leben hängen davon ab!«, fuhr Thalinuel ihn an. »Außerdem geht es nicht um die Zeitdauer, sondern um die räumliche Ausdehnung des Feldes.«

»Ja, ja«, maulte Puschel. »Und unser Leben hängt auch davon ab, ob ich versehentlich niesen muss, wenn wir uns an den Posten vorbeischleichen. Wenn mich etwas ärgert, juckt mir immer gleich die Nase.«

»Ich werde dich tragen, dann wirst du schon nicht niesen müssen«, entgegnete der Prinz ernst.

Thalinuel setzte ihre Übungen mit ihm fort. Wie sie erklärte, war es absolut verblüffend, welche Fortschritte Harlan machte. Es sei ein weiterer Beweis, wie ungeheuer stark seine Kräfte wären. Andere bräuchten Monate oder gar Jahre, um die Fähigkeit zu entwickeln, sich fremden Blicken zu entziehen. Er hingegen wäre schon nach wenigen Minuten in der Lage gewesen, diese Magie zu erlernen. Nun ginge es nur noch darum, sie alle mit einzuschließen und die nötige Konzentration über einen längeren Zeitraum hinweg aufrechtzuerhalten, aber auch das würde er rasch in einem Maße erlernen, sodass sie es wagen konnten, sich an den Wachen vorbeizuschleichen.

Zunächst bekam Barlok aber zu spüren, wie dehnbar der Begriff *rasch* war. In Wahrheit verging wahrscheinlich nicht viel mehr als eine Stunde, doch ihm kam die Zeit wie eine Ewigkeit vor, bis es Harlan schließlich gelang, sich selbst, Thalinuel und Puschel gleichzeitig mehrere Minuten lang ohne die geringsten verräterischen Anzeichen unsichtbar zu machen.

Die Elbin forderte Barlok auf, zu ihnen herüberzukommen, und nun versuchte Harlan, das magische Netz auf sie alle vier auszudehnen. Barlok hatte das schon erlebt und war nicht überrascht, als die Umgebung um ihn herum kurz zu flimmern begann. Dann schien wieder alles normal zu sein.

»Seine Beine«, ermahnte Thalinuel. »Die Beine des Zwergs werden nicht völlig umschlossen. Jetzt sitzen und stehen wir hier nur still, aber zum Ausgang werden wir uns bewegen. Das Feld muss noch größer werden, um uns auch dann völlig einzuhüllen.«

»Das ist doch alles verrückt«, stieß Barlok hervor. »Ich weiß, ich habe den Vorschlag selbst gemacht, aber trotzdem … Ich dachte, der Junge kann es entweder, oder er kann es nicht, es wäre sowas wie eine Gabe. Aber ich habe mir bestimmt nicht vorgestellt, dass du es ihm jetzt erst beibringst, vor allem, da du es selbst nicht kannst.«

»Wie du siehst, funktioniert es aber ganz gut.«

»Nicht gut genug, als dass ich bereitwillig mein Leben darauf setzen würde, und genau darum geht es schließlich. Der Junge mag stark und sehr lernfähig sein, aber er ist trotzdem ein blutiger Anfänger auf dem Gebiet. Wenn wir ein paar Tage Zeit für sein Training hätten, sähe alles anders aus, aber so ist und bleibt es Wahnsinn.«

Thalinuels Blick wurde weicher, und sie legte ihm die Hand auf den Unterarm.

»Glaubst du, ich würde mir nicht dieselben Sorgen machen? Es geht doch auch um mein Leben. Aber ich glaube, dass er es schaffen wird. Mächtige Elbenmagier schaffen es erst nach Jahren des Trainings, einen oder zwei Begleiter zusätzlich mit dem Feld zu umschließen. Harlan hingegen gelingt es fast auf Anhieb mit uns dreien. Ich weiß, dass es viel verlangt ist, aber vertrau mir in dieser Hinsicht. Erst wenn ich völlig davon überzeugt bin, dass er es schaffen wird, werde ich sagen, dass wir es riskieren können.«

»Mein Misstrauen gilt nicht dir, sondern nur diesem Jungen. Es widerstrebt mir, mein Schicksal in die Hände eines Kindes zu legen, für das diese Fähigkeiten nicht viel mehr als ein neues Spielzeug sind.« Barlok zuckte die Achseln und breitete die Arme in einer hilflosen Geste aus. »Aber da ist noch etwas anderes. Du hast gesagt, die Elben hätten seine Fähigkeiten nicht trainiert, weil das die Schattenmahre angelockt hätte. Besteht nicht jetzt die gleiche Gefahr?«

»Nein, keine Sorge. Dies ist kein richtiges Training, bei dem große Mengen Magie entfesselt werden, die man noch in weiter Entfernung wahrnehmen könnte. Wir machen hauptsächlich harmlose Konzentrationsübungen.«

Ihre Worte beruhigten Barlok ein wenig. Zu Thalinuel hatte er tatsächlich volles Vertrauen – was ihm zu schaffen machte, war eher die gesamte Situation. Harlans kindliche Unberechenbarkeit und seine fehlende Ausbildung waren ein Teil davon, aber es ging auch grundsätzlich darum, dass er sein Leben von Kräften abhängig machen musste, die er nicht verstand und von denen er praktisch nichts wusste.

Wenn es nur die geringste Aussicht auf einen Sieg gegeben hätte, wäre er lieber gegen ein Dutzend der vierarmigen Kreaturen im offenen Kampf angetreten, statt sich auf die Magie des Prinzen zu verlassen.

Thalinuel übte und übte mit dem Jungen. Nach einer Weile setzten sie das Training in Bewegung fort, indem sie in der Höhle umhergingen und er versuchte, das Feld um sie herum aufrechtzuerhalten. Dies war der absolut schwerste Teil dessen, was er lernen musste, doch schließlich gelang ihm auch das zu ihrer Zufriedenheit.

Sie näherten sich erneut dem Ausgang. Die sechs Ungeheuer warteten noch immer dort, vielleicht waren es inzwischen auch andere. Es war nach wie vor Tag, allerdings war es im Freien nicht mehr so hell wie zuvor.

»Bist du bereit?«, wandte Thalinuel sich flüsternd an den Prinzen. »Konzentriere dich, wie ich es dir beigebracht habe, dann kann nichts passieren.«

Harlan nickte. In den Schutz des Unsichtbarkeitsfeldes gehüllt, betraten sie die Höhle. Dicht hinter Barlok ging Thalinuel, direkt neben dem Jungen, der Puschel auf dem Arm hielt.

Keinem der Ungeheuer schien etwas aufzufallen, und Barloks Hoffnung, dass der aberwitzige Plan tatsächlich gelingen könnte, stieg. Sie waren kaum noch ein Dutzend Schritte von dem Ausgang entfernt, als zwei der Kreaturen genau davor stehen blieben und anfingen, sich zu unterhalten.

Der Schweiß brach Barlok aus. Die beiden machten nicht den Eindruck, als ob sie so schnell wieder von dort verschwinden würden. An ihnen vorbeizukommen, ohne sie zu berühren, war ebenfalls unmöglich, da es sich nur um einen schmalen Spalt im Fels handelte, und er wusste nicht, wie lange es Harlan schaffen würde, sie unsichtbar zu machen.

Sie mussten weg von hier, bevor seine Konzentration nachließ. Sprechen konnten sie nicht. Aus der kurzen Entfernung würde man sie mit Sicherheit hören. Deshalb drehte er sich um und bedeutete dem Jungen zurückzugehen, doch Thalinuel schüttelte den Kopf. Sie blickte sich kurz um, dann hob sie einen kleinen Stein auf und schleuderte ihn in die hinterste Ecke der Höhle.

Sofort verstummten die Kreaturen. Ihre Blicke wandten sich in die Richtung, in der der Stein gefallen war.

»Was war das?«, stieß eines der Ungeheuer hervor. »Ort, Haga, ihr seht nach!«

Zwei der Kreaturen setzten sich in Bewegung. Zu Barloks Enttäuschung waren es nicht die beiden, die vor dem Eingang standen. Gleich darauf traten jedoch auch sie einige Schritte tiefer in die Höhle hinein.

Der Weg war frei.

Barlok musste sich zwingen, nicht loszustürmen, als er den ins Freie führenden Durchgang erreichte. Sie waren noch längst nicht in Sicherheit. Erst als der zum Fuß des Gebirges hinabführende Weg nach rund hundert Metern eine Biegung machte und hohe Felsbrocken sie vor Blicken verbargen, ließ Harlan das magische Feld erlöschen. Er wirkte erschöpft von der Konzentration, vor allem aber zeigte sein Gesicht Stolz.

»Wir haben es geschafft«, stieß Barlok hervor. »Wir haben es wirklich geschafft, obwohl ich es kaum zu hoffen gewagt hatte.«

»Der schwierigste Teil liegt noch vor uns«, erinnerte Thalinuel. Sie beugte sich über die natürliche steinerne Brüstung und blickte zu dem Dorf in der Tiefe hinab. »Ich habe keine Ahnung, wie wir es unbemerkt bis nach Sorkani hinein schaffen sollen, um nach Urlak zu suchen, von allem weiteren erst gar nicht zu sprechen.«

»Es dürfte noch zwei oder vielleicht sogar drei Stunden hell bleiben«, sagte Barlok. »So lange sollten wir uns an den Abstieg machen. Unsere Feinde sind Kreaturen der Dunkelheit. Bei Nacht sind sie uns weit überlegen, deshalb sollten wir uns für die Nacht ein Versteck suchen und bis zum Morgengrauen rasten.«

Der Prinz war nicht angetan davon, dass sie ihren Weg weiter fortsetzen, doch Puschel brachte seinen Protest rasch zum Verstummen.

Zumindest als Babysitter ist er uns eine Hilfe, dachte Barlok spöttisch.

Der Pfad, dem sie zunächst folgten, wurde immer unebener und verschwand schließlich ganz. Barlok musste erkennen, dass es sich um gar keinen richtigen Weg handelte, sondern offenbar lediglich um das Bett eines ehemaligen Gebirgsbaches, der nur ein kurzes Stück oberirdisch geflossen war.

Auch hatte er sich verschätzt, was die Zeit betraf. Sie waren kaum eine Stunde unterwegs, als die Abenddämmerung bereits hereinbrach.

»Es hat keinen Sinn, wenn wir weitergehen«, sagte Thalinuel. »In der Dunkelheit brechen wir uns höchstens die Beine. Suchen wir uns lieber einen Platz für die Nacht.«

Es war ausgerechnet Puschel, der nicht weit entfernt eine von hohen Felsen umgebene Senke fand, die ihnen sowohl vor dem Wind als auch vor einer zufälligen Entdeckung Schutz bot. Nur durch einen schmalen Spalt zwischen den Felsen gelangte man hinein.

Bevor sie die Senke betrat, blickte sich Thalinuel noch einmal um und starrte zu den Gipfeln der Berge hinauf, als sie plötzlich zusammenzuckte. Sie griff mit einer Hand nach Barloks Arm und drückte ihn fest.

»Diese Berge!«, keuchte sie. Ihre Augen waren weit aufgerissen. »Ich … ich kenne sie. Sie heißen die Weißberge!«

»Das ist völlig unmöglich«, stieß Barlok hervor. »Du musst dich täuschen. Höchstens eine vage Ähnlichkeit.«

Er selbst war niemals weit genug von Elan-Dhor fortgegangen, um die Weißberge zu sehen, aber er hatte von ihnen gehört und kannte sie aus Warlons Schilderung seiner Reise zu den Elben im goldenen Tal. Der langgezogene Gebirgszug markierte einen Teil der Grenze zwischen Radon und dem nördlich gelegenen Udan.

»Ich täusche mich nicht!«, behauptete Thalinuel. »Ich habe diese Berge oft genug gesehen. Der Berg, aus dem wir herausgekommen sind, der höchste von ihnen, ist der Doralin. Sein Gipfel ist äußerst markant. Ich würde ihn jederzeit wiedererkennen.«

»Es kann nicht sein!«, beharrte Barlok. »Wie sollte es hier das gleiche Gebirge geben wie in unserer Welt? Du *musst* dich täuschen.«

»Nein.« Die Elbin schüttelte den Kopf. »Ich bin mir völlig sicher. Begreifst du denn nicht, was das zu bedeuten hat? Jetzt ergibt auch vieles andere einen Sinn, wofür ich bislang keine Erklärung gefunden habe. Dieselben Völker, auch wenn sie hier noch sehr jung sind, dieselbe Sprache – das Tor hat uns nicht in eine fremde Welt geschleudert. Dies ist *unsere* Welt! *Unsere Welt in fernster Vergangenheit!*«

17

PELARIOL

September 9430 neuer Zeitrechnung der Elben

Als sie gehofft hatte, sie könnten Pelariol rasch einholen, hatte Gelinian sich gründlich verschätzt. Er hatte nicht nur mehrere Stunden Vorsprung, er war allem Anschein nach auch mit zwei Pferden unterwegs. Den Spuren zufolge, die sie fanden, hatte er ein zweites Reittier ein Stück außerhalb der eisigen Einöde in einem verlassenen Gehöft zurückgelassen, das sie am frühen Abend erreichten.

Für einen Elben war dies ein äußerst seltsames Verhalten. Elben liebten ihre Pferde und ritten nur in Notfällen ein fremdes Tier oder überließen ihr eigenes gar einem anderen. Natürlich boten zwei Pferde die Möglichkeit, große Distanzen im Notfall schneller zu überwinden, aber so extrem eilig waren die Nachrichten über Lhiuvan, die Pelariol überbracht hatte, nun auch nicht gewesen, und von dem drohenden Krieg in Lartronia hatte er nur beiläufig berichtet.

Vor allem gab es keinen Grund, eines der Pferde hier zurückzulassen, es sei denn, er hatte dadurch Fragen aus dem Wege gehen wollen. Dazu wiederum gab es nur Veranlassung, wenn er etwas zu verbergen hatte.

Gelinians Misstrauen wuchs, während sie mit ihren Begleitern die Verfolgung fortsetzte.

Obwohl Pelariol die Pferde immer wieder wechselte, sodass eines sich jeweils etwas erholen konnte, während es ihn nicht zu tragen brauchte, waren beide Reittiere ziemlich erschöpft, während ihre eigenen noch vergleichsweise frisch waren. Anfangs holten sie gut auf, doch schließlich ließ auch die Kraft ihrer Pferde nach, und sie mussten langsamer werden.

Sie befanden sich nun tief im Reich Udan, einem großen, nur dünn besiedelten Steppenland. Von wenigen größeren Städten weiter im Süden abgesehen lebten die Menschen hier meist in kleinen Dörfern von nur wenigen Gehöften oder wie seit Urzeiten als Nomaden, galten jedoch als friedlich und gastfreundlich.

Nach mehreren kurzen Pausen legten sie gegen Mitternacht an einem kleinen Bach eine knapp dreistündige Rast ein. Die Tiere konnten trinken und von dem saftigen Steppengras fressen, und auch sie selbst gönnten sich eine karge Mahlzeit aus den mitgeführten Vorräten, ehe sie ihren Weg fortsetzen.

Im ersten Licht der Morgendämmerung machten sie eine schreckliche Entdeckung. Eines von Pelariols Pferden lag tot vor ihnen im hohen Gras. Während des nächtlichen Ritts schien es mit dem rechten Vorderhuf in ein Erdloch geraten zu sein und hatte sich das Bein gebrochen. Geier flogen krächzend auf, als sie sich dem Kadaver näherten, und auch andere Tiere hatten sich daran bereits gütlich getan.

Das wahrlich Schreckliche jedoch war, dass Pelariol das Pferd nicht von seinen Leiden erlöst, sondern zum Fraß für die Wölfe und Hyänen einfach liegen gelassen hatte. Die Spuren bewiesen unzweifelhaft, dass es noch versucht hatte, sich zu wehren, aber ohne sich auf sein verletztes Vorderbein aufrichten zu können, hatte es keine Chance gehabt.

»Bei den Göttern!«, stieß Serilana entsetzt hervor. »Welch ein Ungeheuer tut so etwas?«

»Ich habe euch gesagt, dass mit diesem Pelariol etwas nicht stimmt.« Schaudernd wandte Gelinian den Blick von dem Kadaver ab. »Es ist gut, dass wir ihm gefolgt sind. Nun haben wir den Beweis, zu welch einer Gräueltat er fähig ist.«

»Ich kenne keinen Elb, der sein Pferd einfach so qualvoll verrecken lassen würde«, stimmte Tagarin ihr zu. »Und ich kann mir auch schwerlich vorstellen, dass er schon immer so gewesen ist, ohne dass es auffiel.«

»Irgendetwas Dunkles hat ihn berührt und verändert«, behauptete Gelinian. »Je mehr ich darüber nachdenke und mir die Begegnung mit ihm in Erinnerung rufe, desto klarer wird mir das. Ich glaube, meine Mutter hat es auch gespürt, denn anfangs war sie zwar höflich, aber sehr distanziert ihm gegenüber. Umso mehr hat es mich gewundert, dass sich das dann schlagartig geändert hat.«

»Ähnlich wie bei Lhiuvan, der auch ohne erkennbaren Grund zum Verräter geworden ist. Ich glaube immer mehr, dass es da einen Zusammenhang gibt. Zwei ehrbare Männer, die sich plötzlich zum Bösen wandeln, das kann kein Zufall sein, zumal sie auch noch Kontakt miteinander hatten.«

»Und nachdem die Herrin Illurien mit Pelariol gesprochen hat, bezeichnet sie die Zwerge plötzlich als Verräter und Feinde, nachdem sie sich vorher am eifrigsten für die Freundschaft zwischen unseren beiden Völkern eingesetzt hat«, ergänzte Serilana. »Auch dies erscheint mir wenig zufällig.«

Unruhe entstand unter den Elbenkriegern. Tagarin hatte nur solche ausgewählt, die er persönlich kannte und denen er vertraute, doch wie befohlen hatte er ihnen keine Einzelheiten über den Auftrag mitgeteilt. Nun begannen sie zu begreifen, dass es sich um eine Angelegenheit mit einem weitaus größeren Hintergrund handelte, als sie bislang geahnt hatten.

»Du denkst, es wäre irgendwie… ansteckend? Es könnte von einem Elb auf den anderen übertragen werden?« Das Entsetzen, das Gelinian bei diesem Gedanken hätte befallen müssen, kam nicht. Unterbewusst war auch sie bereits zu diesem Schluss gekommen, hatte sich bislang lediglich geweigert, es sich einzugestehen. Nun, nachdem der Verdacht laut ausgesprochen worden war, konnte sie die Augen nicht mehr länger vor der Wahrheit verschließen.

»Es deutet zumindest alles darauf hin«, sagte Serilana. »Und wenn es sich so verhält, dann ist Pelariol vermutlich sogar nur deshalb ins goldene Tal gekommen. Sein Bericht über Lhiuvan war nur ein Vorwand. Aus irgendeinem Grund will er uns und die Zwerge gegeneinander aufbringen.«

»Und vielleicht hat er sogar bei dem Streit zwischen Lartronia und Radon irgendwie seine Hände im Spiel«, überlegte Tagarin laut. »Aber welches Interesse sollten er und Lhiuvan daran haben, die Völker in einen Krieg zu hetzen?«

»Das kann er uns nur selbst beantworten. Wir reiten weiter!«, befahl Gelinian. »Wir müssen ihn unbedingt stellen. Wenn er jetzt nur noch ein zudem völlig erschöpftes Pferd hat, kann er uns nicht mehr entkommen.«

»Sein Pferd lahmt«, stellte Gelinian fest. Es war mittlerweile hell geworden, und sie war abgestiegen und hatte sich hingekauert, um den Boden genauer untersuchen zu können. »Noch nicht sehr stark, aber weit wird er nicht mehr kommen. Es hat ein Hufeisen verloren.«

Sie stieg wieder auf, und sie ritten weiter. Nichts deutete darauf hin, dass Pelariol seine Verfolger entdeckt hatte, jedenfalls unternahm er nichts, um sie abzuschütteln. Auf direktem Weg ritt er auf die Grenze nach Radon zu. Seine Eile musste andere Gründe haben. Offenbar hatte er im Süden etwas zu erledigen, das keinen Aufschub duldete, und sei es nur das Erstatten eines Berichts.

Ihre Hoffnung, ihn nun rasch einholen zu können, erlitt jedoch abermals einen Dämpfer. Erstmals hatte Pelariol doch einen Umweg gemacht und ein einsam gelegenes Gehöft aufgesucht. Als sie dort eintrafen, wurden sie von zahlreichen Augenpaaren misstrauisch und nicht eben freundlich beäugt.

»Was wollt Ihr?«, fragte ein dicklicher Mann mit Halbglatze und einem aufgedunsenen, rötlichen Gesicht, offenbar der Bauer.

»Vor wenigen Stunden ist ein anderer Elb hier vorbeigekommen«, sagte Gelinian. »Wir möchten nur wissen, was er wollte.«

»Ich wüsste nicht, was Euch das angeht«, antwortete der Bauer, und der feindselige Ausdruck auf seinem Gesicht verstärkte sich noch. Er stemmte die Fäuste in die Hüften.

»Er hatte ein lahmendes Pferd, das ein neues Hufeisen brauchte.« Seine Feindseligkeit verwunderte Gelinian, doch sie blieb weiterhin höflich. »Ist es hier neu beschlagen worden?«

»Ich bin Bauer, kein Schmied. Ich beschlage keine Pferde. Sonst noch etwas?«

»Oder hast du ihm eines deiner Pferde verkauft?«, fragte Tagarin.

Mit einem Mal begriff Gelinian.

»Nein, das hat er nicht«, sagte sie. »Er hat es *getauscht.*«

Am Zusammenzucken des Bauern erkannte sie, dass sie ins Schwarze getroffen hatte. Elbenpferde, die der Zucht im goldenen Tal entstammten, waren sehr viel ausdauernder und kräftiger als normale Reittiere und besaßen einen immensen Wert, gerade weil normalerweise kein Elb auf die Idee gekommen wäre, sein Pferd zu verkaufen.

Der Bauer hatte die Gelegenheit beim Schopf ergriffen, billig an eines der seltenen Tiere zu gelangen. Nun jedoch fürchtete er, sie wären gekommen, um ihm seinen frisch erworbenen Schatz wieder abzunehmen.

»Sei unbesorgt, wir sind nicht wegen des Pferdes hier«, versicherte sie. »Es gehört rechtmäßig dir. Aber der Elb, den wir verfolgen, ist vermutlich ein Verräter. Ich bitte dich nur, uns ein paar Fragen zu beantworten.«

Die Erleichterung war dem Bauern deutlich anzusehen. Er gab seine feindselige Haltung auf, und seine Leute senkten die drohend erhobenen Mistgabeln, Sensen und Dreschflegel, die sie in Händen hielten.

Bei den Göttern, dachte Gelinian. *Haben diese Stallburschen und Feldarbeiter ernsthaft vorgehabt, es nur wegen eines Pferdes mit mehr als einem Dutzend bewaffneter Elbenkrieger aufzunehmen?*

Trotz ihres Versprechens blieb der Bauer misstrauisch, aber schließlich erfuhren sie, dass Pelariol von ihm zwei andere Pferde im Tausch gegen seines erhalten hatte.

»Es sind gute, kräftige Pferde, die besten, die ich hatte«, behauptete er. »Der Elb hat sie selbst ausgewählt. Aber sie wurden nicht oft geritten, sondern haben hauptsächlich meinen Wagen gezogen. Er wird nicht allzu schnell mit ihnen sein.«

Gelinian hörte es voller Zufriedenheit. Zuletzt erfuhr sie noch, dass der Besuch Pelariols nicht einmal drei Stunden zurücklag. Sie bedankte sich, dann setzten sie die Verfolgung fort.

Eine knappe Stunde später entdeckten sie einen Reiter am Horizont, der ein zweites Pferd am Zügel mit sich führte. Auch Pelariol bemerkte sie wenig später und beschleunigte seinen Ritt noch. Wenn es noch eines Beweises bedurft hätte, dass er etwas zu verbergen hatte, so lieferte er ihn selbst durch seinen Versuch zu fliehen.

Dennoch holten sie beständig auf. Seine Pferde waren zu langsam, als dass er ihnen entkommen hätte können. Schließlich erkannte Pelariol die Sinnlosigkeit seiner Bemühungen und blieb stehen. Wenige Minuten später holten sie ihn ein und umkreisten ihn.

»Was hat das zu bedeuten?«, fragte er scharf. »Ich bin sehr in Eile.«

»Das ist unverkennbar«, entgegnete Gelinian. »So sehr, dass du gleich zwei Pferde brauchtest. Einem davon konntest du nicht einmal einen gnädigen Tod gönnen, als es sich verletzte, und das zweite hast du gegen diese beiden Ackergäule eingetauscht.«

»Und selbst wenn? Ein lahmes Pferd nutzte mir nichts,

ich musste es tauschen. Warum habt Ihr mich verfolgt? Die Herrin selbst hat mir Eile auferlegt. Ich glaube nicht, dass sie damit einverstanden ist, dass Ihr mich nun aufhaltet.«

»Meine hohe Mutter weiß nicht, dass ich hier bin. Wenn du mir einige Fragen beantwortest, werde ich dich nicht lange bei deiner Mission aufhalten, Lhiuvan zu fangen. Oder lautet sie vielleicht eher, ihm Bericht zu erstatten?«

Pelariol erstarrte für einen Moment, dann blickte er sich gehetzt um, doch die Kriegerinnen und Krieger bildeten einen dichten Wall um ihn.

»Ich weiß nicht, wovon Ihr sprecht«, behauptete er. »Und jetzt gebt mir den Weg frei! Ich habe mir nichts zuschulden kommen lassen und bin mit dem Segen Eurer Mutter unterwegs. Sie wird sehr ungehalten sein, wenn sie erfährt, was hier geschieht.«

»Meine Mutter«, wiederholte Gelinian gedehnt. Es fiel ihr schwer, ruhig zu bleiben. Jetzt, in Pelariols unmittelbarer Nähe und während sie sich darauf konzentrierte, konnte sie überdeutlich spüren, dass mit ihm etwas nicht stimmte. Da war etwas Finsteres, Böses, etwas absolut Fremdartiges, wie sie es noch nie zuvor erlebt hatte, und sie konnte nicht sagen, worum es sich handelte. »Ja, auch über meine Mutter möchte ich mit dir sprechen. Genauer gesagt über das, was du ihr angetan hast. Steig von deinem Pferd!«

»Ich werde …«

Urplötzlich ließ er die Zügel des zweiten Pferdes los und rammte seinem die Absätze in die Flanken. Im verzweifelten Versuch, einen Durchbruch zu erzwingen, ritt er auf die Krieger zu, doch auch sie reagierten blitzschnell.

Schwertspitzen streckten sich ihm entgegen, und ihm blieb nichts anderes übrig, als sich zu Boden fallen zu lassen, wenn er sich nicht selbst aufspießen wollte.

Gelinian wollte den Befehl geben, ihn zu ergreifen, aber etwas warnte sie davor. Erst jetzt drang eine Kleinigkeit in ihr Bewusstsein vor, die sie gerade beobachtet hatte. Pelariol hatte erst gar nicht sein eigenes Schwert gezogen, sondern nur seine Hände schräg vor sich gestreckt. Zudem hatte er selbst im Fallen noch versucht, nach einem der Krieger zu greifen, doch seine Finger hatten dessen Bein um eine Winzigkeit verfehlt.

Hatte er auch Illurien berührt? Sie versuchte sich zu erinnern, war sich aber nicht sicher. Auf jeden Fall war es besser, kein Risiko einzugehen. Es gab eine Reihe von magischen Ritualen, bei denen eine körperliche Berührung notwendig war. Möglicherweise benötigte Pelariol sie auch, um das Böse in sich auf einen anderen zu übertragen.

»Lasst ihn nicht an euch herankommen!«, befahl sie. »Er darf euch nicht berühren.«

Hasserfüllt starrte Pelariol sie an. Gelinian erwiderte seinen Blick ungerührt und überlegte. Es hatte keinen Sinn, mit Pelariol zu reden, wie sie es zunächst vorgehabt hatte. Was immer Finsteres Besitz von ihm ergriffen hatte, hielt ihn fest in seinem Bann. Er würde ihre Fragen niemals beantworten, jedenfalls bestimmt nicht wahrheitsgemäß. Und doch hing von diesen Antworten möglicherweise ungeheuer viel ab.

Ihr blieb nur eines, was sie tun konnte, doch schon bei dem Gedanken daran spürte sie, wie ihr vor Entsetzen ein eisiger Schauer über den Rücken lief.

Sie würde sich die Antworten direkt aus seinem Kopf holen müssen.

Es war, als würde man ihr eine glühende Schwertklinge in den Kopf rammen und immer tiefer hineinbohren, um ihren Verstand auszubrennen. Die ganze Welt um Gelinian herum versank in Agonie und Pein. Sie hörte wie aus weiter Ferne Schreie, wusste aber nicht, ob sie von ihr selbst oder ihren Begleitern stammten. Vielleicht von ihnen allen.

Als Pelariol erkannt hatte, dass sie ein *danan-chaat* an ihm vollziehen wollte, war er bei weitem nicht so erschrocken gewesen, wie sie gehofft hatte, und hatte sogar für einen kurzen Moment verächtlich gelächelt. Es hatte sie in ihrem Verdacht bestärkt, dass er eine körperliche Berührung benötigte, damit die Finsternis in ihm auf eine andere Person übergreifen konnte.

Dennoch hatte Gelinian sich davon nicht abschrecken lassen, sondern war lediglich noch vorsichtiger geworden. Vier Krieger hatten Pelariol umzingelt und richteten ihre Schwerter auf ihn. Vier weitere Elben hielten sich hinter ihr an den Händen und bildeten einen magischen Kreis, um sie zu unterstützen. Serilana und Tagarin schlossen den Kreis mit ihr, indem sie sie jeweils mit einer Hand an den Schultern hielten.

Außer ihr selbst war nur Serilana eine ausgebildete und recht starke Magierin. Die anderen besaßen nur schwache Kräfte, in ihrer Gesamtheit konnten sie sie aber doch deutlich unterstützen. Gerne hätte sie auch die übrigen Krieger noch mit in den magischen Kreis einbezogen, doch sie wollte sich absichern und hatte diese als Wache eingeteilt. Für den Fall, dass sie die geringste Veränderung an ihr bemerken sollten oder sie seltsame Befehle erteilen würde, hatten sie den Auftrag, sie unverzüglich niederzuschlagen und anschließend zu fesseln.

Soweit Gelinian im Moment überhaupt noch etwas denken konnte, war sie froh über diese Vorsichtsmaßnahme. Die Finsternis in Pelariol war ungleich stärker, als sie erwartet hatte. Es waren nicht seine eigenen Kräfte, sondern die einer fremden Macht, die bereits vor einiger Zeit auch von ihm selbst Besitz ergriffen und seinen Geist versklavt hatte, so viel zumindest konnte sie spüren. Um was für eine Macht es sich handelte, blieb ihr jedoch bislang verborgen. Nur daran, dass sie nicht nur mächtig, sondern auch abgrundtief böse und verderblich war, gab es keinen Zweifel.

Ohne die Unterstützung der anderen hätte sie keine Chance gehabt, doch auch so bröckelte ihr Widerstand immer mehr. Die geistigen Qualen, die sie durchlitt, waren schier unerträglich. Immerhin hatte Pelariol sogar ihre Mutter, die Herrin Illurien, mühelos unter seinen Bann gezwungen, deren Kräfte ungleich größer als ihre eigenen waren, und das so blitzartig, dass Gelinian nichts davon mitbekommen hatte, obwohl sie sich im selben Zimmer aufgehalten hatte.

Die anderen verspürten die gleiche Pein wie sie, aber sie fühlte auch die Kraft, die von ihnen auf sie überströmte und sie stärkte. Ohne diese Unterstützung hätte sie den Kampf längst verloren. Da sie eine Einheit bildeten, konnte Pelariol nicht sie allein unterwerfen oder sich nacheinander um sie kümmern, sondern musste es gleichzeitig mit ihnen allen aufnehmen.

Das war seine einzige Schwäche. Einen Teil seiner Finsternis hatte er bereits auf Illurien übertragen. Nur das war sein Auftrag gewesen, und nun reichten seine Kräfte nicht mehr aus, mehrere Gegner gleichzeitig unter seinen Willen zu zwingen.

Es war ungeheuer schwer, aber langsam gelang es Gelinian, die Finsternis zurückzudrängen. Der Druck in ihrem Kopf ließ nach, und auch der Schmerz begann zu verebben, je erfolgreicher sie gegen den fremden Einfluss ankämpfte.

Schließlich hatte sie die dunkle Macht vollständig aus ihrem Kopf verdrängt und ging nun ihrerseits zum Gegenangriff über. Rasch erkannte sie, dass Pelariol nicht vollständig von der Finsternis übernommen worden war. Sein eigenes Bewusstsein war noch immer da, wenngleich versklavt und so stark eingekerkert, dass es keinerlei Kontrolle über den Körper besaß. Zu ihm musste sie vordringen.

Sie spürte, dass der echte Pelariol sie unterstützte und ebenfalls gegen die fremde Macht ankämpfte, was sie zusätzlich stärkte. Wie es bei einem *danan-chaat* üblich war, hatte sie die Lider geschlossen, doch vor ihrem inneren Auge sah sie den Kampf um Pelariol wie die Eroberung eines großen Hauses mit zahlreichen Stockwerken voller Gänge und Zimmer. Aus jedem einzelnen dieser Gänge und Zimmer musste sie die Finsternis zurückdrängen.

Mit aller Entschlossenheit wehrte sich die dunkle Macht, doch schien sie allmählich zu erkennen, dass sie unterliegen würde. Noch einmal verstärkte sie ihre Gegenwehr, aber als auch das nichts nutzte, zog sie ihre Konsequenzen. Ihre Geheimnisse mussten gewahrt bleiben, und ehe sie zuließ, dass Pelariol etwas verriet, tötete sie lieber ihn und sich selbst.

Gelinian spürte, wie sich der Herzschlag des Elben verlangsamte und unregelmäßig wurde. Verzweifelt versuchte sie selbst Einfluss darauf zu nehmen, aber es gelang ihr nicht. Noch besaß die fremde Macht die Kontrolle über Pelariols Körper. Immer unregelmäßiger wurde sein Herzschlag und hörte dann ganz auf.

Hastig zog sich Gelinian aus seinem Kopf zurück und löste ihren Griff von seinen Schläfen, als er zusammenbrach. Auch sie selbst fühlte sich plötzlich so erschöpft und ausgelaugt, dass ihr schwindlig wurde. Den anderen aus dem magischen Kreis ging es nicht anders.

Einer der Elbenkrieger untersuchte Pelariol, konnte aber nur den Kopf schütteln.

»Er ist tot, Herrin.«

»Ich weiß. Die dunkle Macht war zu stark. Ich habe nur wenig erfahren können, aber es steht fest, dass er unter einen finsteren Einfluss geraten ist, den er an meine Mutter weitergegeben hat. Wir müssen die anderen warnen und Unheil verhindern. Begrabt ihn! Wir machen eine kurze Rast, dann kehren wir auf schnellstem Weg zurück ins goldene Tal.«

18

HARLAN

In ferner Vergangenheit, vor der Zeitrechnung der Elben

»Es kann nicht sein«, murmelte Barlok zum wiederholten Male und schüttelte den Kopf. »Ich kann es einfach nicht glauben.«

Ganz stimmte das nicht. Tief in seinem Inneren hatte er bereits zu akzeptieren begonnen, dass Thalinuels Behauptung der Wahrheit entsprach, nur sein Verstand weigerte sich hartnäckig, sich dies einzugestehen. Zu viele Risiken und offene Fragen ergaben sich daraus, wenn sie sich wirklich in der Vergangenheit ihrer eigenen Welt befanden.

Inzwischen war es dunkel geworden, und sie hatten sich in der Senke niedergelassen, in der sie die Nacht verbringen wollten. Der Prinz war bereits eingeschlafen.

Während der kurzen Zeit der Dämmerung hatte Barlok die Gipfel der Berge noch einmal genau betrachtet, besonders den, den Thalinuel für den Doralin hielt. Seine Form war in der Tat charakteristisch. Auf einer Seite hatte sich ein riesiges Felsbrett gelöst und war in die Tiefe gestürzt, sodass dort ein fast lotrecht abfallender Hang entstanden war, über dem sich der eigentliche Gipfel beinahe wie eine geknickte Zipfelmütze zu beugen schien.

Auch einige der anderen Berge wiesen unverwechselbare Eigenheiten auf. Für sich selbst hatte Barlok keine Zweifel, dass er sie jederzeit wiedererkennen würde.

Ein unumstößlicher Beweis jedoch war das nicht. Für ihn bildeten Berge den natürlichen Lebensraum, er hatte einen ganz speziellen Blick dafür. Elben hingegen bedeutete Gestein fast nichts. Wenn sie für ihn unverwechselbar waren, hieß das nicht, dass es sich bei Thalinuel ebenso verhielt. Möglicherweise ließ sie sich schon durch eine grobe Ähnlichkeit täuschen. Das war der Gedanke, an den er sich klammerte.

Dann war da noch Puschel.

»Wurde ja auch Zeit, dass ihr endlich die Wahrheit erkennt«, war seine lapidare Antwort auf Thalinuels Entdeckung gewesen. Ihm mehr Informationen darüber zu entlocken, war ihnen trotz bohrender Fragen nicht gelungen. Schließlich hatte er sich durch Barloks Skepsis mal wieder beleidigt gefühlt und gar nichts mehr gesagt.

Dennoch hatte seine Bemerkung Barlok noch zusätzlich verunsichert.

»Etwas Tröstliches hat die ganze Sache immerhin«, stellte Thalinuel fest. »Wenn dies unsere Vergangenheit ist, dann wissen wir bereits, dass der Krieg gegen die Schattenmahre siegreich enden wird.«

»Das glaubst aber nur du«, ließ sich Puschel doch wieder zu einer Bemerkung hinreißen. »Weißt du, wie dieser Sieg errungen wurde?«

»Leider nicht. Der Krieg fand bereits Äonen vor meiner Zeit statt, und es sind kaum Überlieferungen erhalten geblieben. Aber was macht das schon? Wir haben den Krieg gewonnen, das ist schließlich alles, was zählt.«

»So eine blöde Antwort hätte ich höchstens von dem

Grobian erwartet, aber nicht von einer Elbin. Ich glaube, du bist schon zu lange mit diesem Zwerg zusammen. Was *zählt*, ist allein, dass ihr jetzt hier seid und in die Geschehnisse eingreift, denk da mal drüber nach.«

»Du meinst, wir könnten die Vergangenheit verändern?«, fragte Thalinuel erschrocken.

Genau diese Gedanken beschäftigten auch Barlok.

»Vielleicht haben wir das sogar schon getan«, sagte er. »Ohne uns wäre der Prinz womöglich bei dem Angriff gestorben. Vielleicht hat genau das die Elben zu einem Verzweiflungsangriff bewogen, der den Sieg brachte. Nun jedoch lebt Harlan noch, und möglicherweise nimmt die Vergangenheit nun einen ganz anderen Verlauf.«

»Sieh an, der Grobian ist ja doch nicht ganz so blöd, wie er aussieht. Es sind nicht immer nur die Großen, die Großes bewegen. Selbst so unbedeutende Gestalten wie ihr können Einfluss auf das Wohl und Wehe großer Reiche nehmen. Das habt ihr in euren Zeiten bereits getan, und jetzt seid ihr hier, um in dieser Zeit eure Spielchen mit dem Schicksal fortzusetzen.«

»Dann… ist es tatsächlich möglich, den Lauf der Zeit zu beeinflussen und die Geschichte zu verändern?«, stieß Thalinuel hervor.

Puschel zögerte einige Sekunden.

»Ich weiß es nicht«, sagte er dann ungewohnt ernst. »Vielleicht ist alles nur deshalb genau so geschehen, wie ihr es kennt, weil ihr jetzt hier seid. Vielleicht bewirkt ihr auch nur winzige Veränderungen, die keine weitreichenden Folgen haben. Vielleicht aber verändert ihr auch den gesamten Lauf der euch bekannten Geschichte, ob zum Guten oder zum Schlechten. Niemand weiß es. Dies ist jetzt eure Gegenwart, und ihr müsst euch entscheiden, was ihr tun wollt. Verkriecht ihr euch, bis ihr irgendwann sterbt, um möglichst wenig Schaden anzurichten? Dann richtet ihr ihn womöglich genau dadurch an, weil nur euer Handeln jetzt zu dem Lauf der Geschichte führt, den ihr kennt. Oder ihr verändert ihn dadurch. Alles ist möglich.«

Einige Minuten herrschte Schweigen, dann sprang Barlok auf.

»Ich frage mich immer mehr, wer oder was du bist, und welche Rolle du bei alldem spielst«, brummte er und starrte Puschel finster an. »Und ich werde das Gefühl nicht los, dass du viel mehr über all das weißt, als du zugibst.« Er wartete einige Sekunden, doch als keine Erwiderung kam, sondern Puschel ihn nur unverwandt angrinste, sprach er weiter. »Du weißt ganz genau, dass wir uns nicht einfach irgendwo verkriechen können, um uns nicht einzumischen. Das haben wir bereits getan, indem wir Harlan bis hierhergebracht haben. Wir können ihn jetzt nicht einfach sich selbst überlassen und hoffen, dass alles gut enden wird. So bleibt uns gar nichts anderes übrig, als weiterhin Einfluss auf die Geschehnisse zu nehmen. Also erzähl kein dummes Zeug, dass wir die freie Wahl in unseren Entscheidungen hätten. Die hatten wir höchstens, bevor du uns zu den Elben geführt hast, aber du selbst hast sie uns genommen.«

»Wenn meine Worte nur dummes Zeug sind, dann sollte ich wohl besser ganz aufhören zu reden«, maulte Puschel, und genau das tat er auch. Selbst auf Thalinuels Fragen reagierte er nicht mehr, sondern rollte sich zu einem Ball zusammen und tat so, als würde er schlafen.

Es wurde eine schreckliche Nacht für Barlok. Nach der Wärme im Inneren des Berges wurde es hier draußen rasch kühl, und er fröstelte. Zu gerne hätte er sich an einem Feuer gewärmt, doch konnten sie unmöglich riskieren, eines zu entzünden. Der Schein wäre bis in die Ebene hinunter zu sehen gewesen.

Auch konnten sie es sich nicht leisten, auf eine Wache zu verzichten. Zu viele Gedanken gingen Barlok im Kopf herum, und er wusste, dass er ohnehin nicht würde schlafen können, deshalb übernahm er die erste Schicht. Grübelnd starrte er in die Dunkelheit und lauschte auf jedes verdächtige Geräusch, doch es blieb alles ruhig.

Immer wieder warf er einen Blick zu Puschel, der, zusammengerollt, wie er war, im fahlen, alle Farben auslöschenden Mondlicht wie ein hell und dunkel gemusterter Ball aussah. Welches Spiel trieb dieses Wesen, und wie viel wusste es wirklich? Es tat alles, um einen harmlosen Eindruck zu erwecken, und spielte den Narren, aber davon ließ er sich nicht mehr täuschen.

Solange sie geglaubt hatten, das Tor hätte sie in eine fremde Welt geschleudert, war es ihnen nur darum gegangen, zu überleben und einen Weg zu finden, irgendwie in ihre eigene Welt zurückzukehren. Der hier tobende Krieg und sein Ausgang hatten sie nur am Rande berührt.

Jetzt hatte sich alles verändert. Mit einem Mal ging es nicht mehr nur um ihr eigenes Schicksal. Was immer sie taten, könnte den Verlauf der Geschichte bis zu seiner eigenen Zeit grundlegend verändern. Nichts würde so bleiben, wie er es kannte, wenn die Schattenmahre diesen Krieg gewannen. Vielleicht würde es Elan-Dhor dann niemals geben, vielleicht würde sein in dieser Zeit noch junges Volk ausgerottet werden.

Anderseits würde er dann niemals geboren werden und könnte daher auch nicht durch das Tor in die Vergangenheit geschleudert werden, um diese zu verändern…

In seinem Kopf begann sich alles zu drehen. Die Natur der Zeit und die Möglichkeit, ihren Verlauf zu ändern, war etwas, worüber er nie nachgedacht hatte. Selbst jetzt war er noch nicht völlig davon überzeugt, dass sie sich wirklich in der Vergangenheit statt in einer fremden Welt befanden, er begann allerdings, sich mehr und mehr damit abzufinden.

Aber war es entgegen Puschels Behauptungen nicht völlig vermessen zu glauben, dass ein einzelner Zwerg und eine Elbin das Schicksal der gesamten Welt verändern könnten? Nein, beantwortete er sich die Frage gleich darauf selbst. Hätte das Tor sie an irgendeinem anderen Ort der Welt ausgespien, hätte alles anders ausgesehen. Stattdessen jedoch hielten ausgerechnet sie unvermutet den Schlüssel zur Zukunft in den Händen.

In ihrer Begleitung befand sich nicht nur irgendein Junge. Die Hoffnungen des Elbenvolkes ruhten auf ihm. Möglicherweise hing der Ausgang des Krieges allein davon ab, ob es ihnen gelingen würde, ihn lebendig zu seinem Volk zu bringen.

Nach einigen Stunden merkte Barlok, dass ihm die Augenlider immer häufiger zufielen und er trotz des Aufruhrs in seinem Inneren einzuschlafen drohte. Er weckte Thalinuel und legte sich selbst hin. Fast augenblicklich schlief er ein, aber es wurde ein unruhiger, von Albträumen gepeinigter Schlaf, der ihm nur wenig Erholung brachte.

Als Thalinuel ihn weckte, fühlte er sich, als hätte er nur

ein paar Minuten geruht, aber die Sonne stand bereits mehrere Handbreit über dem Horizont im Osten. Dennoch war es bitterkalt, denn bis in die Senke hinab reichten ihre wärmenden Strahlen noch nicht. Barlok trampelte mit den Füßen und schlug immer wieder die Arme um sich, um sich aufzuwärmen.

Aufgrund der überhasteten Flucht waren sie nicht dazu gekommen, Vorräte mitzunehmen. In den Höhlen hatte Barlok ihnen Flechten und essbares Moos gezeigt. Es schmeckte zwar entsetzlich bitter, war aber nahrhaft. Thalinuel und sogar der Prinz hatten es hinuntergewürgt, nur Puschel hatte darauf verzichtet.

Jetzt hatten sie nicht einmal das und mussten mit leerem Magen aufbrechen, was vor allem Harlan nicht behagte. Wenigstens entdeckten sie nach kurzer Zeit eine kleine Quelle, an der sie ihren Durst stillen konnten.

Für den Prinzen spielte es keine Rolle, ob seine Begleiter aus der Zukunft oder aus einer anderen Welt stammten, dafür interessierte er sich kein bisschen. Barlok war sich nicht einmal sicher, ob der Junge überhaupt etwas davon mitbekommen hatte und sich noch daran erinnerte. Auch an diesem Tag trug er Puschel wieder bereitwillig auf dem Arm, dafür erzählte dieser ihm Geschichten von Prinzessinnen, die von großen Kriegern aus der Gewalt schrecklicher Ungeheuer befreit wurden. Das machte er so gut, dass Harlan ihm wie gebannt lauschte und völlig vergaß, sich weiterhin über seinen leeren Magen und den anstrengenden Abstieg zu beschweren.

Der Weg war nicht so schwer, wie Barlok befürchtet hatte, aber auch nicht mehr so leicht wie das erste Stück in dem ausgetrockneten Bachbett. Teilweise ging es sanfte

Hänge hinab, dann wieder steile Geröllhalden, und einmal endete ihr Weg jäh an einem sicherlich zwanzig Meter tiefen, lotrecht abfallenden Abgrund, sodass sie ein beträchtliches Stück zurückgehen mussten.

Dennoch bewältigten sie eine gute Strecke, ehe die Sonne im Zenit stand, und Barlok hoffte, dass sie ihr Ziel am späten Nachmittag erreichen würden. Er blickte sich gerade nach einem guten Platz für eine Rast um, als sich nähernde Schritte und mürrische Stimmen zu hören waren.

»Still!«, zischte er. Sofort verstummte Puschel. »Hinter die Felsen dort drüben, rasch!«

Er deutete auf eine Gruppe mannshoher Brocken ganz in der Nähe. Sie hetzten darauf zu und duckten sich dahinter, nur wenige Sekunden, ehe die Spitze einer Gruppe der vierarmigen Kreaturen in Sichtweite kam. Insgesamt waren es knapp ein Dutzend. Glücklicherweise gaben sie sich keinerlei Mühe, leise zu sein, sonst hätte Barlok sie mit Sicherheit nicht rechtzeitig genug bemerkt.

Mit gesenkten Köpfen und zum Schutz gegen die Sonne hochgeschlagenen Kapuzen zogen die Ungeheuer nur wenige Meter von ihnen entfernt vorbei, ohne sie zu entdecken. Wenig später waren sie hinter anderen Felsen verschwunden, doch die Begegnung mit ihnen stellte eine Warnung dar, die sich vor allem Thalinuel zu Herzen nahm.

»Wenn wir es bis nach Sorkani schaffen und die Stadt so, wie wir aussehen, betreten, können wir uns auch gleich in unsere Schwerter stürzen.«

»Ich weiß«, entgegnete Barlok. »Offen können wir uns nicht zeigen. Ich hatte gehofft, wir spionieren aus, wo sich Urlak und seine Schausteller befinden, und um zu ihnen zu gelangen, könnte der Junge uns noch einmal helfen.«

»Dann braucht er vorher unbedingt noch mehr Training. Wenn es ihm während des schwierigen Abstiegs gelingt, seine Konzentration aufrechtzuerhalten, dann gelingt ihm das auch in Sorkani.«

Der Prinz war nicht eben glücklich, dass er die Märchenstunde gegen eine weitere Trainingseinheit eintauschen sollte. Auch Thalinuels Versuch, ihm die Dringlichkeit der Übungen zu schildern, brachte sie nicht weiter. Wie Barlok schon zuvor vermutet hatte, fehlte Harlan jede Einsicht dafür. Für ihn war die Welt nicht mehr als ein Spielplatz, und erst als Puschel ihm die Bemühungen, sie unsichtbar zu machen, als eine Art Spiel darstellte, war er bereit, sich darauf einzulassen. Selbst jetzt noch erstaunte es Barlok immer wieder aufs Neue, welchen Einfluss das Wesen auf ihn hatte.

Er kümmerte sich nicht weiter um seine Begleiter, sondern konzentrierte sich wieder auf seine Umgebung. Seine Aufgabe war es nicht nur, einen möglichst leicht gangbaren Weg zu finden, sondern auch die Annäherung von Feinden rechtzeitig zu bemerken, und für beides brauchte er seine volle Konzentration.

Von Zeit zu Zeit, wenn er zurückblickte, waren Thalinuel, Harlan oder Puschel verschwunden, manchmal mehrere von ihnen oder alle gleichzeitig, doch lag es nur an der Magie des Jungen, der auf Anweisungen der Elbin hin seine Übungen absolvierte.

Das Land wurde allmählich flacher, sie hatten den Fuß der Berge fast erreicht. Mit Ausnahme der einen Patrouille war ihnen niemand begegnet, doch würde sich das ändern, sobald sie sich Sorkani näherten und die Nacht hereinbrach.

»Seid vorsichtig. Hier kommt noch einmal ein etwas

steileres Stück, und der Boden ist rutschig«, warnte er und warf einen Blick über die Schulter zurück.

Nur wenige Schritte hinter ihm standen eines der vierarmigen Ungeheuer und zwei Nocturnen. Trotz der weit nach vorn gezogenen Kapuzen war die weiße, faltige Haut ihres Gesichts zu erkennen.

Barlok stieß einen Schrei aus, fuhr herum und griff nach seinem Schwert, doch bevor er es ziehen konnte, sprang einer der Nocturnen auf ihn zu, versetzte ihm einen Tritt gegen das Schienbein und wich sofort wieder zurück.

»Erwischt!«, stieß er mit Puschels Stimme hervor und verwandelte sich gleich darauf in diesen zurück. Auch Thalinuel und der Prinz nahmen wieder ihr normales Aussehen an.

»Es tut mir leid, wenn wir dich erschreckt haben, das war nicht unsere Absicht«, beteuerte die Elbin.

»Meine schon, also sprich nur für dich selbst«, feixte Puschel. »O Mann, du hättest dein dummes Gesicht sehen sollen, Blödmann!«

Barlok presste die Zähne aufeinander und rammte sein halb gezogenes Schwert in die Scheide zurück.

»Wäre ich nur ein klein wenig schneller gewesen, hätten wir jetzt Ruhe vor dir«, presste er hervor. »Was soll der ganze Unsinn überhaupt?«

»Es war Harlans Idee. Er wollte zunächst nur einen Scherz machen, aber ich ärgere mich, dass ich nicht selbst darauf gekommen bin«, erklärte Thalinuel. »Es ist einfacher, uns ein anderes Aussehen zu verleihen, als uns komplett unsichtbar zu machen. So wird nicht jedes noch so leichte Nachlassen seiner Konzentration, das zu einem winzigen Flimmern führt, sofort Misstrauen erwecken.

Außerdem brauchen wir nicht ständig auf der Hut zu sein, dass uns nicht versehentlich jemand anrempelt.«

Die Idee war gut, das musste Barlok zugeben, obwohl auch sie Risiken barg. Wie sollten sie reagieren, wenn man sie ansprach? Sie wussten absolut nichts über die Gebräuche und das Verhalten der Nocturnen. Aber sie würden sich in Sorkani frei bewegen können und Urlak hoffentlich schnell finden, wenn er sich noch dort aufhielt.

Wenn er und seine Truppe hingegen schon weitergezogen waren oder sich weigerten, ihnen zu helfen …

Bald darauf blieb der Fels der Berge hinter ihnen zurück, und die Landschaft ging in ein gewelltes Hügelland über, in dem sie schon von Weitem gesehen werden konnten.

»Was glaubst du, schafft er es?«, wandte sich Barlok an Thalinuel.

»Wir müssen es wohl riskieren.« Sie richtete sich auf und blickte über die Kuppe eines Hügels hinweg. Das Dorf lag nur noch wenige Meilen entfernt. »Es wird viel Landwirtschaft rings um Sorkani betrieben. Die Felder werden uns etwas Sichtschutz gewähren. Ich sehe keine Feldarbeiter, die werden sich wohl erst bei Einbruch der Nacht zeigen.«

Sie gönnten sich noch einmal eine kurze Rast, ehe sie das letzte Stück ihres Weges in Angriff nahmen, nun bereits getarnt. Puschel saß wieder auf dem Arm des Jungen und war überhaupt nicht zu sehen. Thalinuel und Harlan selbst hingegen waren von echten Nocturnen nicht zu unterscheiden. Sogar die kuttenartigen Gewänder mit den weit in die Stirn gezogenen Kapuzen wirkten wie echt und verliehen ihnen zusätzlichen Sichtschutz. Barlok musterte sie kritisch, dann nickte er.

»Kannst du mir auch das Aussehen einer der vierarmigen Kreaturen verleihen?«, erkundigte er sich. »In der Rangordnung unserer Feinde scheinen die Nocturnen ganz unten zu stehen, kaum mehr als Sklaven. Diese Ungeheuer hingegen gehören zu den Kriegstruppen und dienen wohl auch als so etwas wie Aufseher. Ich vermute, sie werden nicht sonderlich beliebt sein, sondern eher gefürchtet, und man wird uns nicht so leicht ansprechen, wenn eines von ihnen bei uns ist.«

Der Prinz blickte ihn einige Sekunden lang scharf an, und als Barlok an sich herabsah, entdeckte er die klobigen Füße und den stämmigen Leib der Ungeheuer, sogar das zweite Paar Arme. Das unterschied den Zauber grundlegend von dem Netz der Unsichtbarkeit, bei dem er sich und seine Begleiter ganz normal hatte sehen können.

»Ich fürchte, ich bin ein bisschen klein dafür.«

»So nimmst du dich nur selbst wahr. Für uns siehst du genauso groß aus wie diese Kreaturen«, behauptete Thalinuel, und mit einem leichten Lächeln ihres faltigen Nocturnen-Gesichts fügte sie hinzu: »Furchterregend.«

Es fiel Barlok schwer zu glauben, und auch er musste bei der Vorstellung lächeln, dass er nun für andere wie ein Ungeheuer aussah, das fast doppelt so groß war wie er selbst, aber immerhin wirkten auch Thalinuel und Harlan deutlich größer.

»Wenn mir jemand den Kopf abzuschlagen versucht, wird er so wenigstens ein gutes Stück zu hoch zielen«, stellte er fest.

Nach einigen Minuten setzten sie ihren Weg fort und erreichten kurz darauf die ersten bewirtschafteten Felder. Das Korn war schon abgeerntet, aber hauptsächlich wurde hier Mais angebaut, dessen hohe Stauden ihnen guten Sichtschutz boten.

Unbemerkt kamen sie bis dicht an das Dorf heran. Aus der Nähe betrachtet entpuppte es sich als noch wesentlich ärmlicher, als es von weitem ausgesehen hatte. Die einzigen Ortschaften an der Oberfläche, die Barlok aus seiner Zeit kannte, waren die Siedlungen der Menschen in der Umgebung des Schattengebirges. Auch sie waren nicht gerade prachtvoll, doch Sorkani ließ sich in keiner Form mit ihnen vergleichen. Trotz der Nähe zum Gebirge, das ihnen mehr als genug Fels als bestes Baumaterial bot, gab es nicht ein einziges richtiges Haus, sondern nur schäbige Hütten, windschief und aus zum Teil bereits fauligen Brettern zusammengenagelt, einige sogar nur aus Zweigen und Ästen. Wahrscheinlich brachen sie bei jedem etwas kräftigeren Windstoß in sich zusammen.

Würde es sich bei den Bewohnern nicht um Nocturnen handeln, hätte Barlok Mitleid empfinden können, doch so hielt es sich in engen Grenzen.

»Dort drüben«, raunte Thalinuel ihm zu.

Voller Erleichterung entdeckte auch Barlok das knappe Dutzend Holzwagen, die auf einem bereits abgeernteten Acker am Rande des Dorfes standen. Auch sie befanden sich in einem schäbigen Zustand, aber längst nicht so heruntergekommen wie die Hütten.

»Es ist niemand zu sehen, alles wirkt verwaist«, stellte die Elbin fest. »Hoffentlich ist man Urlaks Doppelspiel nicht auf die Schliche gekommen. Was machen wir jetzt? Gehen wir einfach hin und fragen nach ihm?«

Barlok überlegte kurz, dann schüttelte er den Kopf.

»Nein, wir warten erst einmal ab, bis die Sonne untergeht. Ich glaube nicht, dass Urlak etwas zugestoßen ist, sonst würden die Wagen nicht mehr da stehen. Wahrscheinlich würden sich die Bewohner dieses Dorfes gegenseitig umbringen, nur um sie sich unter den Nagel zu reißen. Aber sehen wir erst einmal, was passiert, wenn es dunkel wird, sicher ist sicher.«

Sie zogen sich ein paar Schritte tiefer in das Maisfeld zurück. Die Sonne hing bereits als glutroter Ball am Horizont. Zwischen den Hütten huschten vereinzelt Gestalten herum, doch hatten sie immer noch ihre Kapuzen hochgeschlagen.

Als die Sonne zu mehr als der Hälfte versunken war, erwachte auch das Lager der Gaukler zum Leben. Aus einigen der Wagen traten Nocturnen heraus. Zwei Frauen holten Wasser aus einer nahen Quelle, ein junger Bursche entzündete ein Feuer, einige weitere fütterten die Pferde und die übrigen Tiere.

»Gehen wir«, sagte Barlok. Zwar hatte er Urlak noch nicht zu Gesicht bekommen, aber auch im Dorf verließen nun immer mehr Nocturnen ihre Hütten, und er bemerkte sogar zwei der vierarmigen Kreaturen. Je länger sie warteten, desto größer wurde die Gefahr einer Entdeckung.

Noch einmal musterte er Thalinuel und den Prinzen kritisch und blickte auch an sich selbst herab, um sich zu vergewissern, dass ihre Tarnung perfekt war, dann verließen sie das Maisfeld und gingen auf die Wagen der Schausteller zu.

19

MALCORION

September 9430 neuer Zeitrechnung der Elben

»Nein«, presste Warlon mit bebenden Lippen hervor. Sein Gesicht war blass geworden. »Das … das kann nicht sein! Ich war selbst dabei, als wir den Pakt mit der Abordnung König Kalmars geschlossen haben. Unsere Krieger sollten nur dazu dienen, die radonische Armee abzuschrecken.«

»Das haben sie euch zumindest erzählt. Kein schlechter Trick, wie ich widerwillig zugeben muss. Jedenfalls haben sie euch auf diese Weise hinters Licht geführt.«

»Sie wirkten so aufrichtig und überzeugend … Nichts deutete darauf hin, dass sie ein falsches Spiel treiben könnten. Bist du dir völlig sicher? Vielleicht handelt es sich nur um ein Missverständnis oder …«

»Alles war genau so geplant, wie ich es geschildert habe, und diente nur dem Zweck, die Verteidigung von Elan-Dhor und Zarkhadul zu schwächen, ohne dass ein Tropfen Blut vergossen wird. Nur Wenige waren in das Komplott eingeweiht, aber ich habe es von einem der Berater des Königs erfahren. Der Mann ist absolut vertrauenswürdig.«

»Aber … es handelt sich um insgesamt *neuntausend* Zwergenkrieger. Das ist fast ein Drittel all unserer Krieger.

Selbst wenn die Menschen zahlenmäßig deutlich überlegen sind, wie sollten sie diese so einfach überwältigen können?«

Malcorion rang sich ein grimmiges Lächeln ab.

»Ein Drittel eurer Heere, das sie mit einem Schlag ausgeschaltet haben. Mit Gewalt hätten sie das wirklich nicht so leicht geschafft, aber der Plan sah vor, ihnen zur Begrüßung Wein und Bier zu reichen, versetzt mit einem starken Schlafmittel. Danach dürfte es einfach gewesen sein, sie zu überwältigen und zu fesseln.«

»Aber warum das alles?« Warlon stützte die Ellbogen auf den Tisch und barg kopfschüttelnd das Gesicht in den Händen. »Es gibt keinerlei Grund dafür. König Kalmar ist seit Jahren mit uns verbündet. Wir sind Freunde der Menschen aus Lartronia und treiben regen Handel mit ihnen.«

»Nicht nur mit ihnen, da liegt das Problem. Aber bevor wir darüber weitersprechen, willst du nicht erst einmal einen Boten nach Elan-Dhor schicken, um Königin Tharlia zu warnen, bevor sie Kalmars Soldaten aus lauter vermeintlicher Freundschaft noch freiwillig in die Mine hineinlässt?«

»Du hast Recht.« Warlon blickte sich kurz um und winkte dann einen dunkelhaarigen, noch jungen Zwerg an einem der Nachbartische zu sich heran. »Wilar, komm her, ich habe einen Auftrag für dich. Ich weiß, du hast frei, aber du bist einer unserer schnellsten Reiter, und die Angelegenheit erfordert höchste Eile. Reite nach Elan-Dhor und richte Königin Tharlia aus, dass König Kalmar und König Lorian ein Bündnis geschlossen haben, um gemeinsam gegen uns vorzugehen. Unsere zu ihnen geschickten Krieger befinden sich aller Wahrscheinlichkeit nach in Gefangenschaft, und es ist mit Angriffen auf unsere Minen zu rechnen. Sie soll alle erforderlichen Vorkehrungen treffen. Sobald ich mehr weiß, werde ich sie entsprechend informieren. Hast du alles verstanden?«

Die Augen des jungen Zwergs hatten sich immer mehr geweitet. Fassungslos starrte er Warlon an.

»Das … das ist ein Scherz, oder?«, stieß er mit kläglicher Stimme hervor. »Ihr macht doch nur einen Scherz mit mir, Kriegsmeister, nicht wahr?«

»Sehe ich etwa aus, als würde ich scherzen? Glaub mir, mein Junge, es handelt sich leider um bitteren Ernst. Und jetzt überbring endlich die Nachricht. Aber nimm den Weg durch die Höhlen, der ist sicherer. Die Straße an der Oberfläche wird wahrscheinlich beobachtet. Ich kann es nicht riskieren, dass die Nachricht wegen eines heimtückischen Pfeils ihr Ziel nicht erreicht.«

»Wie Ihr befehlt, Kriegsmeister.« Wilar wandte sich um und hastete aus dem Gasthaus.

»Den Weg durch die Höhlen? Zwerge, die reiten?«, fragte Malcorion verwundert. »Hier scheint sich einiges verändert zu haben, seit ich zuletzt hier war.«

»Auch wir müssen Vorkehrungen treffen und dürfen keine Zeit verlieren. Ich werde den Hohen Rat zusammenrufen«, verkündete Ailin, bevor Warlon antworten konnte, und ging mit raschen Schritten davon.

»Sie ist noch immer nicht so leicht aus der Ruhe zu bringen und denkt in erster Linie praktisch«, kommentierte der Waldläufer und blickte ihr ein paar Sekunden lang hinterher. »Ein Prachtweib, wie du kein besseres finden könntest. Ich freue mich für euch beide. Wie geht es Lokin?«

»Er hat sich entschlossen, in Elan-Dhor zu bleiben, wo

er mittlerweile der Palastgarde angehört. Und was deine Fragen von vorhin betrifft: Wir haben vor noch nicht allzu langer Zeit eine unterirdische Verbindung zwischen den beiden Minen durch das ehemalige Reich der Thir-Ailith hergestellt. Und ja, wir besitzen ein paar Pferde, und einige von uns haben darauf reiten gelernt, um schnell Botschaften überbringen zu können.«

»Ihr Zwerge seid ein erstaunliches Volk. Das war mir schon vom ersten Moment an klar, als ich euch getroffen habe, und ihr bestätigt es immer wieder.« Er goss sich noch ein Weinglas voll und trank ein paar Schlucke. »Ich will nicht alles doppelt erzählen, deshalb musst du dich gedulden, bis ich vor dem Hohen Rat berichte. Obwohl König Kalmar vermutlich selbst daran glaubt, scheinen mir die offiziellen Gründe für den geplanten Angriff ohnehin nicht die wahren zu sein, deshalb brauchen wir nicht groß darüber zu sprechen. Es gibt ein paar Sachen, auf die ich mir keinen Reim machen kann. Ich weiß nicht, ob ich gegenüber dem Rat überhaupt davon sprechen soll, denn es handelt sich hauptsächlich um Vermutungen. Die Entscheidung überlasse ich dir.«

»Ich verstehe kein Wort. Das ist alles so verrückt! Ausgerechnet König Kalmar will gegen uns Krieg führen? Wenn ich dich nicht schon so lange kennen würde …«

»Genau darauf will ich gerade zu sprechen kommen. König Kalmar hat sich verändert. Mein Informant war lange Zeit einer seiner engsten Vertrauten und gehörte auch zu seinen Astrologen. Die Konstellation der Sterne, die Botschaften von Runen, jede Art von Orakel und Weissagungen – Kalmar hat stets viel Wert auf diesen Unsinn gelegt und sein Handeln danach ausgerichtet. Seine Ratgeber waren weise Männer und konnten darüber stets Einfluss auf seine Entscheidungen nehmen. Sie waren es, die Lartronia insgeheim schon seit vielen Jahren regiert haben, und alle haben erwartet, dass dies bis zum Tod des Königs so weitergehen würde. Doch vor einiger Zeit tauchte ein Fremder auf, ein Kyrill-Priester namens Chorm. Seine Orakel scheinen unfehlbar zu sein. Alles, was er voraussagte, traf ein, und so erwarb er sich des Königs Vertrauen. Inzwischen hört Kalmar fast nur noch auf ihn. Seine bisherige Berater dringen kaum noch zu ihm durch, er will nichts mehr von ihnen wissen. Wie du dir vorstellen kannst, ist mein Informant deshalb ziemlich verbittert und geradezu entsetzt über die Pläne, Elan-Dhor und Zarkhadul anzugreifen. Er fürchtet, dass Kalmar sein Reich geradewegs in den Untergang führt. Und im Moment steuert tatsächlich alles in diese Richtung.«

»Dann dürfte dieser Chorm den König auch gegen uns aufgehetzt haben. Die Frage ist nur, warum. Was verspricht er sich davon? Kyrill-Priester sind selten in dieser Gegend. Ich habe noch nie einen gesehen, und ich glaube nicht, dass mein Volk schon einmal mit ihnen zu tun hatte. Um Rache für irgendwas kann es also nicht gehen.«

»Du hast nicht nur bislang keinen Kyrill-Priester gesehen, du scheinst auch wenig über sie zu wissen. Sie handeln gewöhnlich nicht aus eigenem Antrieb heraus, sondern in fremdem Auftrag. In gewisser Hinsicht sind sie wie Söldner. Man kann sie anheuern, für was auch immer. Als Krieger, Leibwächter, Spion oder Meuchelmörder, aber gegen klingende Münze spielen sie auch den Berater und Weissager, wie in diesem Fall.«

Warlon überlegte kurz.

»Aber wenn er nur des Geldes wegen bei Kalmar angeheuert hat, warum will er denn unsere Minen vernichten? Das ergibt keinen Sinn. Ich denke eher, dass er Kalmars Geld zwar gerne einstreicht, aber in Wahrheit für jemand ganz anderen arbeitet und mit einem festen Auftrag hergeschickt wurde. Was weißt du über ihn? Woher kommt er?«

»Ich habe nicht die geringste Ahnung. Der Orden ist vor allem im Süden und im Westen verbreitet, also spricht einiges dafür, dass Chorm von dort kommt. Ich weiß fast nichts über ihn, nicht einmal, wie er aussieht. Kyrill-Priester verhüllen stets ihr Gesicht und lassen nur Schlitze für die Augen frei.«

»Häufig treffen Karawanen aus dem Süden und dem Westen bei uns ein und bringen große Mengen Waren nach dort«, überlegte Warlon laut. »Möglich, dass wir jemandem dort die Geschäfte verdorben haben, aber wer würde deshalb gleich einen Krieg anzetteln?«

»Schwer vorstellbar, aber wenn jemand dieses Ziel verfolgt, könnte er niemanden anheuern, der besser dafür geeignet wäre als ein Kyrill-Priester.« Malcorion leerte sein Glas und stand auf. »Lassen wir den Hohen Rat nicht warten. Wir haben keine Zeit zu vergeuden.«

Während des gesamten Rückwegs zum goldenen Tal hatte Gelinian über ihr weiteres Vorgehen nachgegrübelt und sich drüber auch mit Serilana und Tagarin beraten, aber zu einem Ergebnis waren sie nicht gekommen. Ihre Mutter war nicht einfach irgendeine Elbin, sondern die Herrin Illurien, die von ihrem ganzen Volk verehrt und teilweise fast vergöttert wurde. Gelinian konnte nicht einfach öffentlich behaupten, sie wäre von einer bösen Macht besessen, und verlangen, dass man ein *danan-chaat* und ein Austreibungsritual an ihr durchführte.

Selbst wenn die Vorwürfe von Illuriens eigener Tochter vorgebracht wurden, würde man ihr nicht glauben, und ohne hieb- und stichfeste Beweise war es undenkbar, dass man das *danan-chaat* gegen den Willen der Herrin durchführen würde. Ohne Zweifel würde Illurien einer solchen Prozedur niemals zustimmen und alle Vorwürfe von sich weisen. Das Einzige, was Gelinian sich von einer solchen Anklage erhoffen dürfte, wäre es, dass sie bei einigen anderen vielleicht Misstrauen säte, aber auch eine solche Saat würde – wenn überhaupt – erst viel später aufgehen.

Vermutlich *zu* spät.

Illurien wäre gewarnt, dass ihr Spiel durchschaut war. Sie würde vorsichtiger werden und sich besser verstellen, während gleichzeitig die finstere Macht in ihr alles daransetzen würde, die unliebsamen Mitwisser loszuwerden. Für jemanden von ihrer Macht würde es immer Möglichkeiten geben, bedauerliche Unfälle zu arrangieren.

Diese Macht machte es Gelinian auch unmöglich, mit ihren wenigen Getreuen allein zuzuschlagen. Pelariol war schwach und außerdem erschöpft gewesen, dennoch hatte sie ihn nur mit größter Mühe geistig bezwingen und nicht verhindern können, dass er sich selbst tötete, als er seine Niederlage erkannt hatte.

So weit durfte es bei ihrer Mutter nicht kommen. Gelinian gab sich keinen falschen Illusionen hin. Es würde ihr in einem magischen Kampf niemals gelingen, Illurien zu besiegen. Dafür würde sie die Hilfe mehrerer mächtiger Magier benötigen, und noch mehr Magier wären vonnöten, um zu verhindern, dass die fremde Macht ihre Mutter zwang, sich selbst etwas anzutun. Sie wollte Illurien schließlich nicht töten, sondern sie befreien!

Irgendwie musste sie versuchen, heimlich genügend Magier auf ihre Seite zu ziehen. Es würde schwer werden, sie zu überzeugen. Vor allem durfte nicht einer von ihnen, der ihr nicht glaubte, zu Illurien gehen und sie vor dem Komplott warnen, sonst wäre alles verloren. Es war ein extrem gefährlicher Plan, der zudem einige Zeit erforderte. Gelinian konnte nur hoffen, dass die abrupte Kehrtwendung ihrer Mutter in ihrer Einstellung zu den Zwergen und eventuell ihr weiteres Verhalten in den letzten Tagen manche so vor den Kopf gestoßen hatte, dass ihre Worte auf fruchtbaren Boden fallen würden.

Aber es sollte alles ganz anders kommen.

Irgendetwas stimmte nicht, als sie das goldene Tal erreichten, ohne dass Gelinian auf Anhieb bewusst wurde, worum es sich handelte. Alles schien auf den ersten Blick völlig normal, aber etwas …

»Es sind nur so wenige Elben zu sehen«, stellte Tagarin fest, dem offenbar die gleichen Gedanken durch den Kopf gingen. »Vor allem entdecke ich kaum Krieger. Halten die alle Mittagsschlaf?«

Nun, nachdem er es ausgesprochen hatte, erkannte Gelinian, dass genau dies sie ebenfalls irritiert hatte. Natürlich waren zahlreiche Elben zu sehen, die verschiedenen Tätigkeiten nachgingen, aber nicht so viele wie sonst. Eine unheilvolle Ahnung überkam sie.

Als sie ihre Pferde in die Ställe gebracht hatten, kam ihnen Avilar entgegen, einer der Vertrauten ihrer Mutter.

»Gelinian, wo seid Ihr bloß gewesen? Die Herrin hat

überall nach Euch suchen lassen. Sie war zuletzt in großer Sorge um Euch.«

Sicher doch, dachte Gelinian. *Wahrscheinlich weiß sie mittlerweile nicht einmal mehr, was es bedeutet, sich um einen anderen zu sorgen.*

»Ich habe mit meinen Freunden einen Ausritt unternommen und an den Grenzen der eisigen Einöde patrouilliert, um zu überprüfen, ob es irgendwelche verdächtigen Aktivitäten dort gibt«, log sie. Ihren Begleitern hatte sie zuvor bereits eingeschärft, zu niemandem ein Wort über das verlauten zu lassen, was sie erlebt hatten. »Nach den beunruhigenden Nachrichten aus dem Süden erschien mir das im Interesse unserer Sicherheit geboten.«

»Die Herrin hätte Euch gerne bei sich gehabt, wollte aber schließlich nicht länger warten. Vor zwei Tagen ist sie deshalb ohne Euch aufgebrochen.«

»Aufgebrochen? Wohin?«

»Sie ist nach Lartronia gesegelt, um sich vor Ort selbst ein Bild von der Situation dort zu machen.«

Gelinian zuckte zusammen und wechselte einen raschen Blick mit Serilana und Tagarin. Damit waren alle ihre Pläne hinfällig geworden. Sie hatte nicht damit gerechnet, dass Illurien so schnell handeln würde. Ihr Blick glitt weiter, den Chrysal entlang bis zu den Anlegestellen der Schiffe fast am Ende des Tals. Nicht ein einziges lag mehr dort vertäut.

»Die Schiffe«, stieß sie hervor. »Sie sind alle weg. Mit wie vielen Begleitern ist meine Mutter aufgebrochen?«

»Da sie in ein vom Krieg bedrohtes Gebiet reist, hat sich die Herrin zu ihrer Sicherheit zu einer großen Eskorte entschieden«, berichtete Avilar. »Sie ist mit eintausend Kriegern und fünfzig Magiern in See gestochen.«

Gelinian hatte das Gefühl, ihr würde der Boden unter den Füßen weggezogen. Alles schien sich mit einem Mal um sie zu drehen.

Eintausend Krieger und fünfzig Magier! Das war keine Eskorte mehr. Das war eine für ein Eingreifen in den Krieg bestimmte *Streitmacht!*

Während Warlon und Ailin inzwischen bereits ein wenig Zeit gehabt hatten, die ungeheuerlichen Neuigkeiten zu verdauen, wurden die übrigen Ratsmitglieder davon völlig überrumpelt und reagierten ebenso geschockt, wie Warlon es anfangs getan hatte. Zunächst herrschte auch bei ihnen Skepsis vor. Die meisten von ihnen kannten Malcorion nicht oder hatten höchstens einmal von ihm gehört. Als er ihnen von dem zu erwartenden Angriff berichtete und davon, dass die zu König Kalmar geschickten Zwergenkrieger geradewegs in eine Falle gelaufen waren, weigerten sie sich zunächst, es zu glauben. Dabei ging es nicht direkt um Misstrauen gegenüber dem Waldläufer, sondern sie vermuteten, dass es sich um ein Missverständnis handelte, so wie auch Warlon es zunächst getan hatte.

Diese Skepsis verstärkte sich noch, als Malcorion die Gründe für den bevorstehenden Krieg schilderte.

»Das ist doch lächerlich!«, empörte sich der bullige Schürfmeister Caron, der für die Arbeiterkaste im Hohen Rat saß. »Trotz anders lautender Gerüchte liefern wir keine Waffen an die Barbaren, sondern verzieren höchstens die, die sie ohnehin schon haben. Wir verkaufen ihnen nur Werkzeuge und andere Gebrauchsgegenstände.«

»Was in diesem Dorf geschehen ist, ist schrecklich«, ergänzte der greise Schriftmeister Selon. »Aber daraus abzuleiten, dass wir uns mit den Barbaren verschworen hätten, mit dem Ziel, Lartronia und Radon in einen Krieg zu stürzen und als dessen Nutznießer da zu stehen, ist völlig absurd. Daran kann König Kalmar nicht wirklich glauben.«

»Er ist ein alter Mann«, erinnerte Warlon.

»Das bin ich auch, sogar wesentlich älter als er, selbst wenn man die durchschnittliche Lebenszeit eines Zwergs auf die eines Menschen überträgt.«

»Aber Ihr hört auch nicht auf die Einflüsterungen von Fremden und weist Ratgeber, die es gut mit Euch meinen, zurück.« Warlon nickte dem Waldläufer zu. »Erzähle ihnen von dem Kyrill-Priester.«

Bereitwillig kam Malcorion der Aufforderung nach, doch Warlon sah auch weiterhin Skepsis auf den Gesichtern der anderen Ratsmitglieder.

»Ihr wisst, wie sehr ich Euch achte, Kriegsmeister, und dass ich niemals Euer Wort anzweifeln würde«, sagte Sokan schließlich, der zweite Abgesandte der Kriegerkaste. »Ihr seid genau wie die Hohepriesterin Ailin seit langer Zeit mit dem Waldläufer befreundet und verbürgt Euch für ihn. Aber was er uns hier erzählt, klingt einfach zu unglaubwürdig. Gerade noch haben wir König Kalmar als einen Freund betrachtet, und nun soll er plötzlich zu unserem Feind geworden sein, weil dieser Priester ihm eingeredet hat, wir würden ihn hintergehen? Kalmar ist ein weiser Mann, der solche Vorwürfe nicht einfach hinnehmen würde. Zumindest würde er sich anhören, was wir als Beschuldigte dazu zu sagen haben.«

Genau das war der Punkt, der auch Warlon die meisten Schwierigkeiten bereitete. Ein solches Verhalten passte einfach nicht zu dem lartronischen König, den er bislang zu kennen geglaubt hatte.

»Besitzen Kyrill-Priester irgendwelche besonderen Fähigkeiten?«, erkundigte er sich.

»Du meinst eine magische Begabung? Davon habe ich noch nie etwas gehört. Während ihrer Ausbildung lernen sie, wie man am schnellsten und wirkungsvollsten tötet, sie lernen den Umgang mit Giften, sie lernen, hervorragende Diebe zu sein und an Orte zu gelangen, die anderen verwehrt bleiben, und vor allem werden sie zu den gefürchtetsten Kriegern gedrillt, die man kennt. Aber sie sind ganz normale Menschen, keine Magier. Obwohl ich freilich nicht ausschließen kann, dass einige von ihnen sich später auch derartige Kenntnisse aneignen. Aber magische Fähigkeiten sind bei den Menschen bekanntlich äußerst selten. Die Kyrill-Priester bilden da keine Ausnahme. Zu ihrer normalen Ausbildung gehört es jedenfalls nicht.«

»Nach allem, was ich gehört habe, reicht es wohl schon, für König Kalmar Runen zu werfen und zu behaupten, sie würden aussagen, wir würden ihn hintergehen, um ihn gegen uns aufzubringen«, warf Ailin ein. »Dazu bedarf es keiner Magie. Wenn es diesem Chorm gelungen ist, sich das Vertrauen des Königs zu erschleichen, hat er einen enorm starken Einfluss auf ihn.«

»Ich habe mein ganzes Leben lang der Vernunft und Weisheit das Wort geredet«, fügte Selon hinzu. »Es ist erschreckend, dass der Herrscher eines so mächtigen Reiches offenbar nicht in der Lage ist, auf diesen Grundlagen eigenständige Entscheidungen zu treffen. Solange er auf Berater hörte, die das uneigennützig und im Interesse Lartronias für ihn getan haben, entstand dadurch kein Schaden, doch wenn nun ein Scharlatan mit ungewissen Absichten diese Position eingenommen hat… Ich kann nur wiederholen, es ist erschreckend, aber das ist die Situation, mit der wir uns nun irgendwie zurechtfinden müssen.«

Die Diskussion dauerte noch eine Weile an, ohne dass neue Aspekte zum Tragen kamen, bis Sokan schließlich mit der Faust auf den Tisch schlug.

»Das bringt uns doch nicht weiter«, stieß er hervor. »Entweder ignorieren wir die Warnung, weil sie so unglaublich klingt, oder wir nehmen sie ernst. Ich zumindest tue das. Lieber übermäßig vorsichtig sein als zu nachlässig. Wenn uns ein Angriff droht, müssen wir uns darauf vorbereiten, statt nur zu reden. Ich werde jetzt unverzüglich damit beginnen, unsere Verteidigungseinrichtungen zu kontrollieren und unser Heer in den Alarmzustand zu versetzen.«

»Und ich werde Euch begleiten«, schloss sich Warlon an.

20

URLAK

In ferner Vergangenheit, vor der Zeitrechnung der Elben

Eine beträchtliche Aufregung entstand im Lager der Schausteller, als Barlok und seine Begleiter sich näherten. Einige der Frauen und jungen Burschen verschwanden hastig in den Wagen, einige andere näherten sich den Neuankömmlingen langsam und voller offenkundiger Furcht. Ein Stück vor ihnen sanken sie auf die Knie, wobei Barlok nicht entging, dass ihre Furcht allein ihm galt. Thalinuel und Harlan in ihrer Tarnung als Nocturnen warfen sie nur flüchtige Blicke zu.

»Herr, wir sind Eure unterwürfigen Diener«, sagte eine der Frauen. »Was können wir für Euch tun?«

Zwar hatte Barlok vermutet, dass die vierarmigen Kreaturen in der Rangordnung über den Nocturnen standen, aber nicht, dass der Unterschied so gewaltig war.

»Urlak!«, stieß er barsch hervor und bemühte sich, die knurrige Stimme des Ungeheuers nachzuahmen, die er am Ausgang aus den Höhlen gehört hatte.

»Mein Mann? Aber er … er hat nichts Schlechtes getan, bitte glaubt mir. Er war stets ein treuer Diener der Schattenmahre, wie wir alle. Unser Stück *Khraátams Triumph* wurde von höchster Stelle gelobt, und …«

»Urlak!«, sagte Barlok noch einmal deutlich schärfer, obwohl er ein schlechtes Gewissen hatte. Die Frau durchlitt echte Todesängste. Die vierarmigen Kreaturen mussten eine wahre Schreckensherrschaft ausüben. Zu gerne hätte Barlok ihr gesagt, dass sie sich keine Sorgen machen müsse, aber er wusste nicht, ob er ihr trauen konnte. Zuerst musste er mit Urlak sprechen.

»Sehr wohl, wie Ihr befehlt, Herr.« Sie wandte sich zu dem Jungen hinter ihr um. »Geh und hol deinen Vater!«

Sofort lief der Junge los, zu einem der Wagen hinüber. Ohne sich um die Schausteller zu kümmern, folgte Barlok ihm mit seinen Begleitern. Es gab verschiedene Arten von Wagen. Manche besaßen lediglich Pritschen, die zum Teil hoch beladen und mit Planen abgedeckt waren, andere waren groß und massiv, sogar mit kleinen Fenstern darin. Auf einen von diesen eilte der Junge zu.

Kurz bevor sie den Wagen erreichten, wurde dessen Tür aufgestoßen und ein älterer Nocturne trat heraus, verharrte aber, als er sie erblickte. Barlok hätte nicht zu sagen vermocht, ob es sich um Urlak handelte. Menschen und auch Elben konnte er mühelos voneinander unterscheiden, aber die Nocturnen mit ihrer zerknitterten, weißen Haut sahen für ihn alle weitgehend gleich aus.

»Ihr wünscht, mich zu sprechen, Herr?«, sagte der ältere Nocturne und verbeugte sich tief. Auch in seinem Gesicht standen Angst und Unsicherheit geschrieben, und wie Barlok wusste, hatte er auch allen Grund dazu. »Ich bin Urlak, das Oberhaupt unserer Sippe.«

»Komm mit!«, befahl Barlok. »Allein!«

Um vor Beobachtern geschützt zu sein, hätte er sich am liebsten mit Urlak in das Maisfeld zurückgezogen, wo sie sich vorher versteckt hatten, doch hätte das vermutlich einen sonderbaren Eindruck gemacht. Aber Barlok vermutete, dass sie ihre Tarnung zumindest kurzfristig würden aufgeben müssen, um ihre wahre Identität zu beweisen, und solange er nicht wusste, ob die anderen Schausteller in Urlaks Doppelspiel eingeweiht waren, konnten sie dabei keine Zuschauer gebrauchen. Er führte den Nocturnen hinter den Wagen, wo sie zumindest einigermaßen geschützt waren. Thalinuel und der Prinz begleiteten sie.

»Womit kann ich dienen, Herr? Wir alle hier sind treue Diener der Schattenmahre und unseres großen Herrschers Khraátam. Heute wollen wir Sorkani verlassen und weiterziehen, um unser Schauspiel zu seinen Ehren auch an anderen Orten aufzuführen.«

»Du lügst! Du bist kein so treuer Diener, wie du behauptest«, sagte Barlok ihm auf den Kopf zu. »Versteckt leben tief im Inneren des Gebirges Elben. Du überbringst ihnen Nachrichten und spionierst für ...«

Weiter kam er nicht. Als Urlak erkannt hatte, dass sein Doppelspiel durchschaut war, reagierte er blitzschnell und mit einer Entschlossenheit, mit der Barlok nicht gerechnet hatte. Er hatte nicht einmal bemerkt, dass der Nocturne unter seiner Kutte ein Schwert trug, ehe dieser es zog und ohne Vorwarnung damit zuschlug.

Nur seine Tarnung rettete dem Zwerg das Leben. Für Urlak sah er wesentlich größer aus, als er war, und er hatte mit dem Streich auf die Kehle des vermeintlichen Ungeheuers gezielt. Dicht über Barloks Kopf pfiff die Klinge vorbei.

»Nein!«, brüllte er. »Tu das nicht!«

Urlak achtete nicht auf seine Worte, doch ehe er erneut zuschlagen konnte, hatte Barlok sein eigenes Schwert gezogen und parierte den nächsten Hieb damit. Funken sprühend prallten die Klingen aufeinander. Auch die folgenden Hiebe wehrte Barlok ab. Der Nocturne konnte einigermaßen mit der Waffe umgehen, aber man merkte, dass er kein Krieger war und nie eine Ausbildung im Schwertkampf erhalten hatte.

»Urlak, hör auf!«, hörte er Thalinuel rufen, aber auch jetzt reagierte der Nocturne nicht darauf.

Das Klirren der Schwerter lockte einige der jüngeren Sippenmitglieder an, die um den Wagen gestürmt kamen. Einer von ihnen hielt mehrere Wurfmesser in der Hand.

»Nein!«, brüllte Barlok. Es gelang ihm nicht mehr auszuweichen, als eine der Klingen wie ein blitzender Schemen auf ihn zuraste. Ein feuriger Schmerz explodierte in seiner Schulter, und gleich darauf traf Urlaks Schwert seine Schläfe und löschte sein Bewusstsein aus.

Als Barlok erwachte, spürte er einen pulsierenden Schmerz in seiner linken Schulter, und sein Kopf dröhnte. Gleichzeitig mit dem Schmerz kam die Erinnerung, und für einen Moment empfand er nur Verwunderung darüber, dass er überhaupt noch lebte.

Er befand sich nicht mehr im Freien, sondern lag auf einem weichen, aber schwankenden Lager, das immer wieder von Stößen erschüttert wurde, die neue Schmerzwellen durch seinen Körper sandten. Nicht weit über ihm spannte sich ein bogenförmiger, bräunlicher Himmel. Es dauerte mehrere Sekunden, bis er begriff, dass er sich in einem fahrenden, mit einer Plane überdachten Wagen befand. Das Knarren der Räder und vereinzeltes Schnauben von Pferden drangen an seine Ohren.

Stöhnend drehte Barlok den Kopf, obwohl der Schmerz in seiner Schulter sofort zu greller Pein aufloderte. Eine einzelne Kerze beleuchtete das Innere des Wagens. Der hintere Teil und die seinem Lager gegenüberliegende Seite waren mit Kisten, Fässern und Säcken vollgestopft.

Im flackernden Kerzenschein entdeckte er, dass Thalinuel auf einer Kiste neben ihm saß. Im Gegensatz zu ihm schien sie völlig unversehrt zu sein. Ungeachtet der Schmerzen versuchte Barlok sich aufzurichten.

»Bleib liegen, du musst erst wieder zu Kräften kommen«, sagte sie mit sanfter Stimme, als sie erkannte, dass er aufgewacht war, und drückte ihn auf sein Lager zurück. »Du kannst von Glück sagen, dass du überhaupt noch lebst, aber das kann sich schnell ändern, wenn du dich nicht schonst. Wie fühlst du dich?«

»Wie … wie soll ich mich schon fühlen?«, erwiderte er stockend. Das Sprechen fiel ihm schwer. Mühsam hob er eine Hand und betastete seine Schulter. Sie war dick verbunden, und auch um den Kopf trug er einen Verband. »Als ob ich zwischen Hammer und Amboss geraten wäre. Wie schlimm ist es?«

»Das Messer hat deine Schulter glatt durchbohrt, aber das wird heilen. Wie es aussieht, wirst du den Arm wieder ohne Einschränkung bewegen können, aber nur, wenn du ihn entsprechend schonst. Und der Seitenschutz deines Helmes hat Urlaks Klinge größtenteils abgleiten lassen.«

»Ich bin schon schlimmer verwundet worden. Wo sind wir hier überhaupt?«

»In einem von Urlaks Wagen auf dem Weg nach Süden.

Das war nicht gerade eine Meisterleistung, wie du ihn angesprochen hast. Typische Zwergenmanier, direkt mit dem Kopf durch die Wand. Was dann passiert ist, hast du dir selbst zuzuschreiben.«

»Ich weiß«, murmelte Barlok zerknirscht. »Aber bei der Unterwürfigkeit und Angst, die alle vor diesen vierarmigen Kreaturen gezeigt haben, habe ich nicht damit gerechnet, dass Urlak mich angreifen würde.«

»Um ein Haar wärst du getötet worden. Er und seine Sippe hassen die Craal inbrünstig. So heißen diese Kreaturen. Obwohl sie selbst nur niedere Diener der Schattenmahre sind, unterdrücken sie die Nocturnen mit grausamer Gewalt. Sie brauchen nicht einmal Gründe, um welche von ihnen zu töten. Manchmal bringen sie sie nur zu ihrem Vergnügen um oder um die anderen zu noch härterer Arbeit anzutreiben. Jeder Widerstand wird von ihnen brutal gebrochen, und solange sie Erfolg haben, genießen sie dabei das Wohlwollen der Schattenmahre.«

»Und ausgerechnet Urlak wagt es, sich gegen sie aufzulehnen. Ich war sicher, er würde mich töten. Wie kommt es, dass ich noch lebe?«

»Wir wussten schließlich vorher, dass er eine Art Widerstandskämpfer ist, und er behauptet, er hätte bereits mehrere Craal umgebracht. Nachdem er sich durch dich entlarvt glaubte, blieb ihm gar keine andere Wahl, als zu versuchen, dich zu töten. Seine Sippe weiß von seinem Doppelspiel und unterstützt ihn. Wie du erlebt hast, können einige von ihnen recht gut mit dem Messer umgehen. Sie hätten uns alle getötet, wenn Harlan nicht gerade noch rechtzeitig unsere Tarnung aufgegeben hätte. Es hat mich eine Menge Überredungskunst gekostet, aber Urlak glaubt uns jetzt. Er hat versprochen, uns zu den Elben im Süden zu bringen.«

Das war immerhin eine gute Nachricht.

»Denkst du, dass wir ihm vertrauen können? Und auch den anderen?«

Thalinuel zögerte kurz.

»Sie sind und bleiben trotz allem Nocturnen, Schattenwesen. Sie beten finstere Götter an und vollziehen zu ihren Ehren grausame Rituale. Wir können sie nicht mit den gleichen Maßstäben messen wie Angehörige der Völker, die wir kennen. Ich weiß nicht, ob wir ihnen trauen können. Für die Schattenmahre und die Craal sind sie nur Sklaven, aber sie gehören dennoch zu ihnen. Urlak möchte sein Volk von der Tyrannei befreien, und wenn die Geschichte so verläuft, wie wir sie kennen, wird dies geschehen. Aber sie werden dennoch stets Ausgestoßene bleiben und nicht in den Bund der übrigen Völker aufgenommen werden. In deiner Zeit sind sie sogar ausgestorben, wie du sagst, aber das brauchen sie ja nicht zu wissen. Wirklich vertrauen kann ich diesen Kreaturen nicht, aber ich vertraue auf Urlaks klaren Verstand. Wenn er gewollt hätte, hätte er uns an die Craal ausliefern können. Aber er weiß, dass es ihm und seinem Volk nützen wird, wenn er uns hilft. Deshalb wird er uns nicht hintergehen.«

»Hoffen wir es.« Es fiel Barlok immer schwerer, ihren Worten zu folgen. Noch immer schmerzte seine Schulter, aber vor allem das Hämmern in seinem Kopf und die Erschöpfung machten es ihm fast unmöglich, sich länger zu konzentrieren.

Thalinuel erkannte, was mit ihm los war, und reichte

ihm eine Schale mit einer dunklen, unangenehm riechenden Flüssigkeit darin.

»Du solltest versuchen, noch ein bisschen zu schlafen. Hier, trink das.«

»Was ist das? Stinkt ja ekelhaft.«

»Nur ein Sud aus Heilkräutern. Er wird dich stärken und deine Schmerzen lindern. Außerdem wirst du davon müde werden. Das ist im Moment das Beste für dich. Du musst deine Verletzungen auskurieren und möglichst bald wieder zu Kräften kommen.« Sie beobachtete, wie Barlok das Gebräu widerwillig schluckte, dann erhob sie sich von ihrer Kiste. »Gut so. Ich werde später noch einmal nach dir sehen.«

Sie schlug die Plane am rückwärtigen Ende des Gefährts zurück und sprang von dem rollenden Wagen.

Barlok schloss die Augen. Trotz seines ungeschickten Verhaltens hatten sie erreicht, was sie vorgehabt hatten: Urlak half ihnen, in den Süden zu gelangen. Aber er hatte einen hohen Preis dafür bezahlen müssen, auch wenn nur er selbst ganz allein die Schuld daran trug. Daran hätte Thalinuel ihn gar nicht erst zu erinnern brauchen, Barlok ärgerte sich auch so schon genug über sich selbst.

Probeweise versuchte er den linken Arm zu bewegen. Es ging, doch der Schmerz, der dabei durch seine Schulter zuckte, war schier unerträglich, und er konnte nur mit Mühe einen Schrei unterdrücken. Wenigstens würde der Arm nicht steif bleiben. Verletzungen wie diese hatte er schon viele erlitten. Etwas Schonung, wie auch Thalinuel gesagt hatte, und sie würde bald heilen.

Bald jedoch genügte ihm nicht. Barlok hasste es, jemandem ausgeliefert und von ihm abhängig zu sein, umso mehr, wenn es sich um einen Fremden wie Urlak handelte. Außer dem Wenigen, was Alanion und Thalinuel über ihn erzählt hatten, wusste er praktisch nichts über ihn. Trotzdem ruhte sein Leben und das seiner Begleiter jetzt in den Händen des Nocturnen, und das behagte Barlok gar nicht. Erst recht nicht, da er sich aufgrund seiner Verletzung nicht einmal würde zur Wehr setzen können, falls Urlak sie doch verraten sollte.

Seine Gedanken fingen an, sich zu verwirren, aber wenigstens ließen auch seine Schmerzen nach. Der Trank, den Thalinuel ihm gegeben hatte, begann zu wirken. Kurz darauf schlief er ein.

Seltsame Träume peinigten ihn. Sie waren unzusammenhängend und ohne Sinn, wirre Fetzen, die vorbeizogen, noch bevor er sich auf einen von ihnen einstellen konnte. In einigen dieser Traumfetzen befand er sich in Elan-Dhor, allerdings war die Mine völlig zerstört und offenbar schon seit langer Zeit verlassen, andere trugen ihn an Orte, an denen er nie zuvor gewesen war. Gemeinsam war ihnen allen ein Gefühl der Gefahr und des Verderbens. Er hörte düstere Stimmen zu sich sprechen, ohne verstehen zu können, was sie sagten.

Schweißgebadet erwachte Barlok schließlich aus dem Schlaf. Die ständigen Erschütterungen, die ihm Schmerz bereitet hatten, hatten aufgehört, der Wagen stand still. Helles Tageslicht strömte ins Innere, da die Plane vor dem Eingang zurückgeschlagen war. Als Nachtwesen, die das Licht der Sonne nicht vertrugen, waren die Nocturnen nur bei Dunkelheit aktiv und schliefen tagsüber.

Barlok hingegen genoss das hereinfallende Sonnenlicht, obwohl dies für einen Zwerg eher ungewöhnlich war. Normalerweise konnte er es zwar problemlos ertragen, aber er war es nicht gewohnt und liebte es nicht. Jetzt jedoch half es ihm, die düsteren Schatten der Träume zu vertreiben, die ihm hartnäckig in die Wirklichkeit herübergefolgt waren und nur widerwillig verblassten.

Vor allem das Bild des zerstörten Elan-Dhor hatte sich in sein Gedächtnis eingegraben, und er musste sich mit dem Gedanken beruhigen, dass es sich schließlich nur um einen Traum gehandelt hatte.

Aber ob Traum oder nicht – es spielte keine Rolle für ihn. Seine Heimat war unerreichbar fern. Selbst wenn ihn das Tor in eine andere Welt verschlagen hätte, wie er zunächst geglaubt hatte, wäre Elan-Dhor ihm näher gewesen. Er hätte sich zumindest fragen können, was dort vor sich ging. Aber er befand sich in einer Zeit, in der Elan-Dhor noch nicht einmal gegründet worden war. Selbst Dinge aus der tiefsten Vergangenheit der Mine würden sich erst in unendlich ferner Zukunft ereignen.

Und womöglich hing es sogar mit von ihm ab, ob sie sich überhaupt jemals ereignen würden …

Barlok wünschte, er könnte aufstehen und sich im Freien irgendwo in die Sonne setzen, dann würde es ihm noch leichter fallen, diese Gedanken zu verdrängen. Er versuchte sich ein wenig aufzurichten, doch rasch merkte er, dass seine noch frische Schulterwunde wieder aufzureißen drohte, und ließ sich zurücksinken.

Der Misserfolg drückte seine Stimmung noch weiter. Niedergeschlagen starrte er zu der fleckigen Plane hinauf, die sich über ihm wölbte, bis nach einer Weile Thalinuel zu ihm in den Wagen stieg.

»Du bist wach, gut. Ich muss deine Verbände wechseln.«

Sie reichte ihm erneut eine Schale mit einem Sud darin. »Trink das.«

Barlok schnüffelte an dem Gebräu. Der Sud roch anders als beim letzten Mal, aber nicht weniger übel.

»Was ist das? Noch ein Trank, damit ich schlafe?«

»Nein. Ein Heiltrank, der außerdem deine Schmerzen betäubt. Es wird ziemlich wehtun, wenn ich deine Wunde säubere.«

Aus Stolz und purer zwergenmäßiger Sturheit hätte Barlok ihr die Schale im ersten Moment am liebsten zurückgegeben und behauptet, dass er es gewohnt wäre, Schmerzen zu ertragen. Dann jedoch siegte sein klarer Verstand, und er erkannte, dass tapfere und heroische Gesten hier völlig fehl am Platze waren und er sich damit nur selbst schaden würde. Ergeben trank er den Sud.

Thalinuel wartete ein paar Minuten, bis dieser zu wirken begann, dann half sie Barlok, sich auf die rechte Seite zu drehen, damit sie an seine Schulter herankam. Es tat weh, aber der Schmerz war gut auszuhalten. Ohne den Trank wäre er vermutlich wesentlich schlimmer gewesen.

Mit geschickten Fingern wickelte die Elbin den Verband ab. Schon bevor die letzte Lage fiel, drang ein übler Geruch an Barloks Nase. Auf Thalinuels Gesicht zeichnete sich Sorge ab. Barlok wusste, was der Gestank zu bedeuten hatte.

»Die Wunde hat sich entzündet«, stellte Thalinuel fest. »Ich habe es fast befürchtet, so schmutzig, wie der Dolch war.« Sie legte eine Hand auf seine Stirn. »Und du hast Fieber. Bislang nur leicht, aber es wird stärker werden.«

»Und das sagst du so ruhig?«

Barlok drehte den Kopf ein wenig, bis er die Wunde sehen konnte, zumindest die Hälfte davon. Wie er bereits gehört hatte, war die Klinge durch seine gesamte Schulter gedrungen und an der Vorderseite wieder ausgetreten. Die Stelle, an der die Spitze durch seine Haut gedrungen war, konnte er sehen. Im Gegensatz zu der am Rücken, die weitaus größer sein musste und auch heftiger schmerzte, handelte es sich nur um eine kleine Wunde. Schorf hatte sich darauf gebildet, doch dieser war mit Eiter durchsetzt. Das Fleisch um die Wunde herum hatte sich gerötet.

»Sei unbesorgt, ich weiß, wie man solche Verletzungen behandelt. Du wirst wieder gesund, es wird nur etwas länger dauern, als ich gehofft habe.« Behutsam begann Thalinuel mit einem sauberen Tuch die Wunde auf beiden Seiten zu reinigen. »Eigentlich müsste ich sie mit heißem Wasser ausspülen, aber der Rauch eines Feuers wäre weithin zu sehen und könnte Verdacht erwecken. Nocturnen entzünden bei Tag kein Feuer. Ich werde die Wunde heute Abend gründlich reinigen. Bis dahin müssen ein paar Kräuter reichen, die die Entzündung bekämpfen.«

Sie verteilte einige große Blätter auf beide Seiten seiner Schulter und erneuerte dann den Verband.

»In meiner Zeit heißt dieses Land Radon«, berichtete Barlok, um sich abzulenken. »Und bei den großen Wäldern im Süden dürfte es sich um den Düsterwald handeln, falls es ihn in dieser Zeit schon gibt. Es ist ein weiter Weg dorthin.«

»Ziemlich weit, leider«, bestätigte Thalinuel. »Und wir kommen nur langsam voran. Urlak meint, wir würden mehrere Wochen brauchen. An regnerischen Tagen ohne Sonnenschein können sie auch tagsüber ein paar Dutzend Meilen zurücklegen, aber es würde Verdacht erwecken, wenn sie die Pferde zu sehr antreiben würden. Gaukler haben es gewöhnlich nicht allzu eilig, und die Craal beäugen sie ohnehin schon mit Misstrauen und bereiten ihnen immer wieder Ärger.«

»Auch ich habe immer noch Schwierigkeiten, mir vorzustellen, dass es bei diesen Schattenwesen solche Art von Vergnügungen gibt.«

Die Elbin lächelte, doch es sah nicht sehr fröhlich aus.

»Ihre Vorführungen haben wenig mit der Art harmloser Vergnügungen zu tun, die du dir vermutlich vorstellst. Sie sind brutal und blutig, du wirst es wohl noch erleben. Die Nocturnen sind auf ihre Art kaum weniger grausam als die Craal.«

»Und trotzdem glaubst du, dass wir ihnen vertrauen können?«

»Nach allem, was ich im Laufe der Nacht gesehen habe – ja. Das Land hier ist fruchtbar. Hier werden viele der Nahrungsmittel angebaut, die benötigt werden, um die Horden der Schattenmahre zu versorgen. Wir haben alle Dörfer und Gehöfte gemieden, aber wir haben viele Felder gesehen, auf denen Nocturnen arbeiteten. Die Craal treiben sie mit Prügeln und Peitschen an, und laut Urlak töten sie sie auch, wenn sie für ihren Geschmack immer noch zu langsam arbeiten. Ich kann mittlerweile verstehen, warum die Nocturnen sie inbrünstiger hassen als die Elben. Er ist nicht unser Freund, aber dass er uns hilft, ist seine Rache für das, was sie seinem Volk antun.«

»Wäre er ein Zwerg mit Ehre im Leib, würde mir dies als Grund, ihm zu vertrauen, völlig genügen, aber so … Ich möchte so bald wie möglich selbst mit ihm sprechen.«

»Ich werde es ihm ausrichten und ihn bitten, dich heute Abend aufzusuchen. Bist du hungrig?«

»Allerdings.« Erst nachdem sie ihn darauf angesprochen hatte, wurde sich Barlok dessen bewusst. Wie zur Bestätigung begann gleich darauf sein Magen zu knurren. Thalinuel reichte ihm etwas Brot, Käse und zwei Scheiben kaltes Fleisch, die er gierig verschlang und mit einem Glas Wasser hinunterspülte.

»Irgendwie müssen wir die Zeit bis zum Abend herumbekommen«, sagte die Elbin, nachdem er fertig gegessen hatte. »Es dürfte ziemlich langweilig für dich sein, nur hier zu liegen. Ich werde dir mehr von meiner Vergangenheit erzählen, hör zu …«

21

LOTHARON

Thalinuels Geschichte, Januar 11658
alter Zeitrechnung der Elben

Der Anblick des fremden Heeres hatte Thalinuel mit einem beklommenen Gefühl erfüllt, bis sie die Banner und Standarten König Lotharons erkannte. Um sie herum wurde Jubel laut, auch wenn die Schlacht im Grunde schon ohne die Unterstützung des Königs vorbei und gewonnen war. Auch Thalinuel gab sich für kurze Zeit der Hoffnung hin, dass Lotharon endlich zur Besinnung gekommen wäre und beschlossen hätte, aktiv in den Krieg einzugreifen.

»Dieser Narr!«, hörte sie Molakan toben, achtete aber nicht weiter darauf. »Das kann nicht sein. Das *darf* einfach nicht sein. Das wird er nicht wagen!«

Der Jubel verklang allmählich, als das königliche Reiterheer Kampfformation annahm, doch war diese nicht gegen die Menschen gerichtet. Im Gegenteil, selbst der in kopfloser Panik fliehende Haufen, in den sich deren Armee verwandelt hatte, war wieder zum Stehen gekommen und formierte sich neu.

Zunächst weigerte sich Thalinuel schlichtweg, anzuerkennen, was dies zu bedeuten hatte, doch die Antwort war so offensichtlich, dass sie die Augen letztlich nicht länger vor der Wahrheit verschließen konnte. König Lotharon hatte tatsächlich beschlossen, in den Krieg einzugreifen, aber nicht auf ihrer Seite.

Er war mit seinem Heer herbeigeeilt, um den Menschen gegen die Rebellen seines eigenen Volkes beizustehen!

Elben, die auf dem Schlachtfeld Elben gegenüberstanden.

Elben, die bereit waren, ihre Waffen gegen ihre eigenen Brüder und Schwestern zu erheben.

Etwas Derartiges hatte es noch nie gegeben. Es war bislang sogar schlicht undenkbar gewesen. Sicher, sie waren Thir-Ailith, Ausgestoßene, und gehörten nicht mehr zum Königreich der Elben. Dennoch hatte Thalinuel sich niemals vorstellen können, dass Lotharon sich mit einem anderen Volk gegen sie verbünden würde. Einem Volk zudem, das sich in den vergangenen Monaten durch sein aggressives Verhalten den Elben gegenüber hervorgetan und viele von ihnen heimtückisch ermordet hatte.

Sie versuchte die Größe des königlichen Heeres zu schätzen. Es musste aus tausenden berittener Elbenkrieger bestehen, nicht viel kleiner als ihre eigene Streitmacht, vielleicht sogar größer. Dazu kamen noch die von neuem Mut erfüllten Soldaten der Menschen.

»Wahnsinn«, flüsterte sie so leise, dass es außer ihr keiner hören konnte. »Das ist doch der völlige Wahnsinn.«

Hatte Lotharon etwa schon vergessen, dass es König Hollan gewesen war, der die Tzuul und Trolle zu dem Angriff auf seine Eskorte auf dem Weg zu der Friedenskonferenz in Tal'Orin angestiftet und die ganze Krise damit ausgelöst hatte? Dies war ein Anschlag auch auf sein Leben gewesen. Dann war es zu Überfällen auf reisende Elben gekommen und sogar zur Belagerung des elbischen Dorfes Riell durch die Menschen, die der König immerhin selbst beendet hatte, indem er mit einem Heer ausgerückt war.

All diese gewalttätigen Akte sollten nun plötzlich keine Rolle mehr für ihn spielen? Hoffte er immer noch, durch Untätigkeit die Menschen und die anderen jüngeren Völker zum Frieden bewegen zu können, und war bereit, dafür sogar einen Krieg von Elben gegen Elben zu beginnen? Die anderen Völker würden sich vor Lachen auf dem Boden wälzen, wenn sich das Elbenvolk selbst zerfleischte.

Gerade noch hatte alles nach einem triumphalen Sieg über die Menschen ausgesehen, der diese Demut lehren und sie von weiteren Übergriffen abschrecken würde; ein Sieg, durch den wahrscheinlich wirklich eine lange Periode des Friedens eingeläutet worden wäre. Obwohl sie selbst nur wenige Verluste erlitten hatten, hatten Elben dafür ihr Leben gegeben.

Lotharon jedoch drohte all dies nun zunichte zu machen, indem er sich auf die Seite ihrer Feinde stellte! Wäre er nur eine Stunde später eingetroffen, wäre die menschliche Armee bereits vollständig zerschlagen und in alle Richtungen zerstreut, König Hollan vermutlich gefangen gewesen. Nichts davon würde jetzt noch geschehen, falls Lotharon nicht zur Vernunft kam.

Ein kleiner Trupp mit dem königlichen Banner und einer weißen Verhandlungsfahne löste sich von dem Heer und kam auf sie zu.

»Übernimm du das«, wandte sich Molakan zähneknirschend an Olvarian. »Ich fühle mich noch zu schwach.

Außerdem fürchte ich, dass ich mich nicht beherrschen könnte und Lotharon mit meinem Schwert durchbohren würde, wenn ich ihm jetzt gegenüberträte.«

Olvarian nickte und blickte sich um, dann rief er die Namen derjenigen, die ihn begleiten sollten. Auch Thalinuel gehörte zu ihnen, obwohl sie auf diese Ehre gerne verzichtet hätte. Langsam ritten sie der königlichen Abordnung entgegen, die von Lotharon selbst angeführt wurde, wie sie erkannte, als sie sich näherten.

Etwa auf halbem Weg zwischen den Heeren trafen die Gesandtschaften aufeinander. Olvarian zügelte sein Pferd unmittelbar vor dem des Königs, machte allerdings keinerlei Anstalten abzusteigen, um diesem die Ehre zu erweisen. Auch sonst gab es keine formelle Begrüßung, wie sie eigentlich üblich gewesen wäre. Sogar die Herolde des Königs, die normalerweise seinen Namen und seine Titel verkündet hätten, schwiegen.

»Ich sehe, du und dein Haufen Gesetzloser weigert euch, das Knie vor eurem König zu beugen«, ergriff Lotharon schließlich als Erster mit eisiger Stimme das Wort. »Nun, von Ehrlosen sollte man keine Ehre erwarten, und sie würde mir auch nichts bedeuten.«

»Du bist nicht mein König«, gab Olvarian mit nicht minder eisiger Stimme zurück. Allein schon, dass er dem Herrscher des Elbenreiches sogar die ehrenvolle Anrede verweigerte, stellte einen offenen Affront dar. Zorniges Gemurmel erklang unter dessen Begleitern, doch Lotharon selbst nahm die Beleidigung ohne sichtbare Regung hin. »Schon bevor du mich zum Thir-Ailith erklärt hast, warst du es nicht mehr. Ein König sollte zum Wohl seines Volkes regieren und es vor den Übergriffen seiner Feinde schützen, statt es ihnen um eines falschen Friedens willen wehrlos auszuliefern.«

»Ich entscheide, was dem Wohl meines Volkes dient, nicht du und nicht der ehemalige Hüter der Türme von Saltinan, der es offenbar nicht einmal für nötig hält, sich persönlich vor mir für seine Verbrechen zu rechtfertigen.«

»Molakan ist durch große Anstrengungen während der Schlacht geschwächt und fühlt sich momentan unpässlich. Deshalb hat er mich ermächtigt, in seinem Namen und dem aller Thir-Ailith zu sprechen. Sprichst du auch für alle, die noch zum ehemals großen Königreich der Elben gehören, oder nur für dich selbst?«

Lotharon nahm auch diese neuerliche Provokation ohne sichtbare Regung hin. Hoch aufgerichtet saß er auf seinem Pferd, nicht nur in seine Rüstung, sondern auch in einen Mantel aus Würde gehüllt, Zoll für Zoll ein echter König.

Zumindest seiner äußeren Erscheinung nach, dachte Thalinuel. Sah man jedoch genauer hin, konnte man unter seiner Maske die Qual erkennen, die ihm dies alles bereitete, und für einen Moment tat er ihr fast leid. Rasch verdrängte sie diesen Gedanken wieder. Es war allein die Schuld des Königs, dass alles so weit gekommen war. Auch war es schließlich er gewesen, der sein Heer hierhergeführt hatte und damit für eine neuerliche Eskalation des Konflikts innerhalb des Elbenvolkes sorgte.

»Ich sollte überhaupt nicht mit dir sprechen«, entgegnete er nach einigen Sekunden. »Mit keinem von euch. Ich dürfte es im Grunde nicht einmal. Du hast es selbst gesagt, ihr seid Thir-Ailith. Ehrlose, die aus unserem Volk ausgestoßen wurden und mit Missachtung zu strafen sind. Nur aufgrund der besonderen Situation setze ich mich darüber hinweg, in der Hoffnung, mein Volk vor einem Krieg gegen jene bewahren zu können, die ihm selbst einst angehört haben.«

»Auch darin irrst du dich«, widersprach Olvarian kühl. »Du hast uns aus deinem Königreich verbannen können, aber wir gehören noch immer demselben Volk an, so wie ein Wolf, der von seinem Rudel vertrieben wird, noch immer ein Wolf bleibt. Einst mag der Bann eine mächtige Waffe gewesen sein, doch dieses Schwert ist stumpf geworden. Du brauchst sie nicht einmal mehr zu Ausgestoßenen zu erklären, immer mehr machen es selbst und wechseln auf unsere Seite, und das voller Stolz. Sobald bekannt wird, wie du uns hier in den Rücken fällst, wird es erneut einen weiteren Schub geben. Dein Königreich schrumpft und damit auch die Zahl deiner Untertanen. Nicht mehr lange, und unser Volk wird aus mehr Thir-Ailith bestehen als aus Königstreuen.«

»In einem immerhin hast du Recht«, räumte Lotharon nach einer kurzen Pause ein. »Nicht einmal mir ist es möglich, euch eure Herkunft zu nehmen. Umso schlimmer, dass ihr sie durch eure Taten selbst verleugnet. Die Zugehörigkeit zu einem Volk leitet sich nicht nur von der Abstammung her. Glaubst du, ich wüsste nicht, was hier geschehen ist? Wie ihr diese Schlacht gewonnen habt und warum Molakan sich zu schwach fühlt, selbst mit mir zu verhandeln? Meine Späher, die meinem Heer vorausgeritten sind, haben es mir berichtet. Bis zu diesem Moment hatte ich Zweifel, ob es richtig ist, was ich tue, aber ihr Bericht hat diese Zweifel beseitigt. Ihr mögt nicht mehr meiner Gerichtsbarkeit unterstehen, aber ihr habt euch nicht zum ersten Mal des schlimmsten Verbrechens schuldig gemacht, das es gibt. Ihr habt die Götter des Lichts verraten, die uns in diese Welt schickten, um das Dunkel zu bekämpfen. Ihr aber stärkt die Götter der Finsternis, indem ihr ihre Magie zu eurem Verderben und dem anderer heraufbeschwört.«

Genau dieser Punkt bereitete auch Thalinuel immer noch am meisten Unbehagen. Auch in ihren Augen war Molakans Entscheidung, finstere Magie anzuwenden, egal aus welchen Gründen, gefährlich und falsch.

»Es war eine Ausnahme, um das Leben vieler unserer Brüder und Schwestern zu schützen«, verteidigte sich Olvarian, unvermutet in die Defensive gedrängt.

»Nicht die erste. Muss ich dich erst daran erinnern, was geschah, als ihr die Mine der Zwerge zu erstürmen versucht habt? Und wer weiß, bei wie vielen anderen Gelegenheiten ihr noch auf die Macht der Finsternis zurückgegriffen habt, von denen ich keine Kenntnis habe!«

Olvarian wusste, dass er sich auf dünnem Eis bewegte, und entschloss sich, zum Gegenangriff überzugehen.

»Wenn du uns vorwirfst, die Götter zu verraten, warum legst du das gleiche Maß nicht auch an die an, gegen die wir kämpfen? Die Zwerge beten zu einer Göttin, die in ihren dunklen Stollen unter der Erde herumwandeln soll. Die Menschen verehren so viele verschiedene falsche Götter, dass niemand sie zählen kann, und die Nocturnen huldigen erneut den finsteren Göttern mit ihren abscheulichen Riten und bestialischen Opfern. Warum weist du nicht zuerst sie in die Schranken, die unsere Vorfahren ihnen auferlegt haben, statt uns anzuklagen, wenn wir in einzelnen Fällen gezwungen sind, auf Kräfte zurückzugreifen, die uns selbst zuwider sind? Wir könnten noch immer ein einheitliches Volk sein, wenn der König der Elben seiner Verpflichtung nachkäme und uns nicht gezwungen hätte, dies an seiner Stelle zu tun.«

»Jedes Volk hat die Freiheit, sich seine Götter selbst zu wählen, solange es sich um friedliche Götter handelt, die nicht das Ziel haben, erneut Finsternis, Chaos und Verderben über die Welt zu bringen. Auch die Nocturnen haben diesen abgeschworen, und es gibt keinerlei Beweise, dass sie sich ihnen wieder zugewandt haben.« Mit einer heftigen Geste schnitt der König Olvarian das Wort ab, als dieser etwas einwenden wollte. »Genug davon. Ich bin nicht gekommen, um mit dir über die Götter zu diskutieren. Ihr habt euch schuldig gemacht, einen offenen Krieg begonnen zu haben, und selbst wenn ich euch dafür nicht zur Rechenschaft ziehen kann, werde ich dies dennoch nicht dulden. Es besteht ein Friedensvertrag zwischen König Hollan und mir. Vor wenigen Tagen wurde dieser um einen Bündnispakt ergänzt, der es uns beiden auferlegt, dem anderen im Falle eines Angriffs gegen jedweden Aggressor zu Hilfe zu eilen.«

Thalinuel sog scharf die Luft ein. Bis gerade hatte sie noch gehofft, dass Lotharon nur gekommen war, um weitere Kampfhandlungen zu unterbinden und zu versuchen, aus einer einigermaßen neutralen Position heraus einen Waffenstillstand zu erzwingen. Ein formelles Bündnis hingegen, das offenbar in aller Eile und Heimlichkeit geschlossen worden war, war etwas völlig anderes.

Auch Olvarian war für einen Moment die Unsicherheit anzumerken, doch überdeckte er sie sofort wieder mit einer Maske aus Großspurigkeit.

»Also schreckst du selbst vor der höchsten Stufe des

Verrats nicht zurück«, stieß er hervor. »Der König der Elben verbündet sich gegen sein eigenes Volk mit dessen Feinden! Damit hast du den Weg deines eigenen Untergangs beschritten. Niemand wird dir in Zukunft noch einen Funken Achtung entgegenbringen. Schon sehr bald wird es das Königreich nicht mehr geben, weil auch der letzte Elb sich hinter Molakan stellen wird, sobald dies bekannt wird.«

»Sieh es, wie du willst.« Unnachgiebig starrte Lotharon ihn an. »Molakans Krieg gegen König Hollan ist vorbei, es sei denn, er wählt den Weg *seines* Untergangs. Sag ihm, ich wünsche nicht, gegen ihn zu kämpfen, aber ich werde auch nicht davor zurückschrecken, wenn es nötig sein sollte. Ich habe fast zehntausend Krieger hinter mir, dazu kommt die Armee König Hollans. Er wird nicht so vermessen sein, es mit uns beiden aufzunehmen. Selbst wenn er noch einmal die Mächte der Finsternis beschwört, würde ihm dies nichts nutzen. Meine eigenen Magier sind mühelos dazu in der Lage, jeden entsprechenden Zauber unwirksam zu machen.«

Olvarians Gesicht war wie versteinert. Er umklammerte die Zügel seines Pferdes so fest, als wolle er sie zwischen seinen Fingern zermalmen.

»Was sind deine Forderungen, *König*, damit ich sie Molakan überbringen kann?« Die Anrede betonte er wie ein Schimpfwort.

»Sein Heer hat unverzüglich abzurücken. Dafür bleiben ihm zwei Stunden Zeit. Sollte diese Frist ungenutzt verstreichen, werde ich zum Angriff blasen lassen. Das Heer hat in den Süden zurückzukehren, wo es sich auflösen wird. Ferner werde ich jeglichen bewaffneten Übergriff seitens der Thir-Ailith gegen die Menschen oder eines der anderen Völker mit unnachgiebiger Härte ahnden. Weitere Verhandlungen wird es nicht mehr geben.«

Ohne ein weiteres Wort wendete er sein Pferd und ritt mit seinen Begleitern davon. Auch Thalinuel kehrte niedergeschlagen mit Olvarian und den anderen zu ihrem Heer zurück, wo der Heerführer Molakan Bericht erstattete.

Der ehemalige Hüter der Türme von Saltinan schäumte vor Wut, aber noch ehe die gestellte Frist zur Hälfte verstrichen war, gab er den Befehl zum Aufbruch.

Obwohl sie in der eigentlichen Schlacht siegreich gewesen waren, verließen sie das Schlachtfeld als Verlierer. Wie nicht anders zu erwarten, herrschte dementsprechend während des Rückzugs eine zutiefst gedrückte, miserable Stimmung im Heer der Thir-Ailith, eine Mischung aus Enttäuschung, Zorn und Besorgnis. Enttäuschung darüber, dass ihnen der bereits sicher geglaubte Sieg im letzten Moment noch aus den Händen geglitten war, und Zorn auf König Lotharon, der durch seinen Verrat daran die Schuld trug, aber auch Sorge darüber, wie es nach dem Bündnis zwischen ihm und den Menschen weitergehen mochte.

Molakan hatte es nicht nur als Schande und Verrat, sondern auch als eine Kriegserklärung bezeichnet. Das Schlimmste daran war, dass sich Thalinuel nicht sicher war, ob er dies nur aus einer momentanen Empörung heraus gesagt hatte oder ob er es wirklich wörtlich meinte. Beides war möglich, bei Molakan konnte man nie genau wissen, woran man war. Auf dem Schlachtfeld bei den myloischen Hügeln hatte er sich zurückgezogen, aber weder würde er die Niederlage vergessen noch sie einfach so hinnehmen, dafür kannte sie ihn inzwischen gut genug.

Obwohl die Menschen allein keine Chance mehr gehabt hätten, würden sie die Schlacht als großen Erfolg verbuchen, daran zumindest hegte Thalinuel keinen Zweifel. Künftig würden die Menschen und die anderen Völker noch rebellischer und aufsässiger sein. Sogar in den bereits befriedeten und unter Kontrolle der Thir-Ailith stehenden Gebieten könnten neue Aufstände ausbrechen, und wenn Molakan keinen Flächenbrand riskieren wollte, würde ihm gar nichts anderes übrig bleiben, als diese niederzuschlagen.

Würde König Lotharon tatsächlich entschlossen sein, als Antwort darauf sein Heer zu entsenden? Dann würde es mit Sicherheit Krieg geben. Niemals würde Molakan es sich gefallen lassen, wenn der König ihn sogar in dem von ihm beanspruchten Gebiet bedrohte, in dem alle Elbenstädte sich auf seine Seite gestellt hatten und sich sämtliche Siedlungen der Menschen unter seiner Kontrolle befanden. Dabei konnte er sich des Rückhalts aller Thir-Ailith gewiss sein, auch von Thalinuel, selbst wenn es dadurch zum Äußersten kommen sollte.

Zum Äußersten …

Sie schauderte, als sie sich vor Augen führte, was das bedeutete. Noch immer kam ihr alles fast wie ein böser Traum vor. Schon die Spaltung ihres Volkes war schlimm genug, aber wenn es wirklich zu Kämpfen Elben gegen Elben kommen sollte … Es war nicht auszudenken.

In der Ferne sah sie schließlich die Gipfel der Weißberge aufragen. Anders als auf dem Hinweg passierten sie diese diesmal im Osten, was ihr Heer näher an einige große Städte der Menschen, aber auch der Elben heranführte. Es war eine ganz bewusste Provokation, doch mussten sie dafür durch stark bewaldetes Gebiet ziehen, was ihr Vorankommen erschwerte und verlangsamte. Zudem gruppierte Molakan ihren Heerzug aus Gründen, die wohl nur ihm selbst bekannt waren, auch noch ständig um, was zeitweilig zu erheblichem Chaos führte.

Ehe sie offeneres Land erreichten, rasteten sie über Nacht in der Nähe des Waldrandes noch einmal unter den Bäumen, brachen jedoch früh am nächsten Morgen auf. Während sie es bislang nicht besonders eilig gehabt hatten, ließ Molakan sie nun mit hohem Tempo reiten. Die Hufe der Pferde wirbelten viel Staub und trockene Erde auf, sodass ihr Heer in eine dichte Wolke gehüllt war. Thalinuel war froh, dass sie ziemlich weit an der Spitze ritt.

Erst gegen Mittag verlangsamte Molakan das Tempo. Er ritt noch vor Thalinuel, und sie schloss zu ihm auf. Sie brauchte erst gar nichts zu sagen, er richtete von sich aus das Wort an sie, kaum dass sie ihr Pferd neben seines gelenkt hatte.

»Ich weiß, was du fragen willst«, behauptete er. Anders als in den Tagen zuvor wirkte er beinahe vergnügt. »Die Route, die wir nehmen, das häufige Umformieren des Heeres, der scharfe Ritt – es scheint wenig Sinn zu ergeben, nicht wahr?«

Thalinuel nickte.

»Du bist nicht die Erste, die sich darüber wundert, aber glaub mir, ich hatte gute Gründe dafür. Du wirst alles verstehen, aber im Moment ist es noch zu früh, darüber zu sprechen. Selbst dir gegenüber.«

Das war nicht gerade die Antwort, die Thalinuel sich erhofft hatte. Plötzlich fiel ihr etwas auf.

»Wo ist Verilon?«, fragte sie. »Und Olvarian sehe ich auch nirgendwo.« Durch die häufigen Änderungen ihrer Formation war es nicht ganz einfach gewesen nachzuvollziehen, wo sich wer zuletzt befunden hatte, doch sie war sich ziemlich sicher, dass die beiden zuletzt nahe bei Molakan an der Spitze geritten waren. Auch andere seiner Vertrauten vermisste sie, als sie sich genauer umsah.

Einen Moment lang verfinsterte sich Molakans Gesicht, doch dann lächelte er.

»Du bist schlau und hast eine scharfe Beobachtungs- und Auffassungsgabe«, sagte er. »Das schätze ich so an dir. Es hat wohl keinen Sinn zu behaupten, dass sie weiter hinten reiten würden.« Er vergewisserte sich, dass ihnen niemand nahe genug war, um sie zu hören, und senkte seine Stimme noch mehr, als er hinzufügte: »Sie erfüllen einen ganz speziellen Auftrag, doch frag mich nicht, um was es sich handelt.«

Ganz plötzlich begriff Thalinuel. Alles ergab mit einem Mal tatsächlich einen Sinn.

»Sie sind nicht allein fort«, stieß sie hervor. »Lotharons Späher überwachen unseren Rückzug aus der Ferne. Der Weg durch die Wälder und das ständige Umformieren des Heeres dienten nur dazu, dass sich ein Teil der Krieger unbemerkt entfernen konnte, und der schnelle Ritt, bei dem wir viel Staub aufgewirbelt haben, sollte vor den Spähern verbergen, dass unser Heer geschrumpft ist.«

Molakans Augen verengten sich zu schmalen Schlitzen.

»Du bist in der Tat schlau, sehr schlau«, stieß er hervor. »Manchmal vielleicht sogar schlauer, als gut für dich ist.«

Seine Züge entspannten sich wieder. »Seit du mitgeholfen hast, das Lager der Tzuul und Trolle einzunehmen, habe ich erkannt, welches große Potential in dir steckt, und dich nach Kräften gefördert. Diese Hoffnungen, die ich in dich gesetzt habe, hast du seither immer wieder bestätigt. Du bist eine hervorragende Kriegerin, eine der stärksten, die ich jemals getroffen habe. Darüber hinaus besitzt du Weitblick und einen scharfen Verstand. Du bist nicht darauf aus, dich unnötig zu beweisen und Ruhm zu ernten, wie dieser Narr Larinias, sondern hast jeden Auftrag, den ich dir bislang anvertraut habe, zu meiner vollsten Zufriedenheit erfüllt. Du wirst es einmal weit bringen, wenn du mir weiterhin treu zur Seite stehst, aber du bist noch jung und lässt dich manchmal zu sehr von deinen Gefühlen beeinflussen.«

Das war eine Menge Lob, über das Thalinuel sich freute, aber sie ließ sich davon nicht einlullen. Sie und Molakan waren gerade in letzter Zeit nicht immer einer Meinung gewesen, zuletzt bei der Anwendung finsterer Magie während der Schlacht. Was er über ihre Gefühle gesagt hatte, bezog sich offensichtlich darauf.

»Und das bedeutet?«, fragte sie.

»Es herrscht Krieg. Ein Krieg, den wir nicht gewollt haben und der nicht länger nur uns und die jüngeren Völker betrifft. Ein Krieg ist grausam, und manchmal muss man zu Mitteln greifen, die man eigentlich verabscheut. Das ist etwas, was du noch lernen musst. Im Krieg gelten andere Maßstäbe als im Frieden. Auch unsere Vorfahren haben die Schattenmahre nicht bezwungen, indem sie an ihre Vernunft appelliert haben.«

»Dann glaubt Ihr, dass es wirklich zu Kämpfen zwischen Elben kommen wird?«

»Lotharon hat keinen Zweifel daran gelassen, dass er nicht einmal davor zurückschreckt. Er hat uns den Krieg erklärt, nicht umgekehrt. Wenn wir jetzt klein beigeben und uns einfach zurückziehen, wird sich daraus ein Flächenbrand entwickeln. So weit darf es auf keinen Fall kommen. Um unsere Stärke zu demonstrieren, bedarf es eines hell lodernden Fanals, dessen Botschaft überall verstanden wird.«

»Olvarian soll eine der großen Menschenstädte angreifen, die unter Lotharons Schutz stehen?«

»Du klingst erschrocken. Genau das habe ich gemeint, als ich sagte, deine Gefühle stünden dir manchmal noch im Weg. Und deshalb denke ich, dass du für manche Aufträge noch nicht bereit bist.«

Wenn er das als Tadel meinte, so traf er sie nicht. *Im Krieg gelten andere Maßstäbe als im Frieden*, hatte er gesagt, und er hatte mehr als einmal bewiesen, dass er so dachte, doch für sie galt das nicht. Was nutzte es, für hohe Werte zu kämpfen, diese aber während des Krieges zu verraten? Immerhin, sie war froh, dass er andere die Schmutzarbeit verrichten ließ, doch sorgte sie sich, dass diesmal ausgerechnet Verilon daran beteiligt war.

»Um was für eine Mission es sich handelt, wollt Ihr mir deshalb auch nicht verraten?«

Molakan zögerte kurz, dann zuckte er die Achseln.

»Inzwischen dürfte bereits alles vorbei sein, und du wirst es ja sowieso bald erfahren. Es geht nicht um Menschenstädte. Um so viele Krieger in den Norden zu führen, musste Lotharon sein eigenes Reich entblößen und fast ohne Schutz zurücklassen. Olvarian hat den Auftrag, nach Saltinan zu marschieren und Königin Larisal gefangen zu nehmen. Damit können wir diesen Krieg auf einen Schlag beenden. Wenn wir sie als Geisel halten, können wir Lotharon unsere Bedingungen diktieren!«

Den ganzen restlichen Tag über fühlte sich Thalinuel wie betäubt. Sie ritt mit den anderen Kriegerinnen und Kriegern, doch ihr Körper schien sich losgelöst von ihrem Geist zu bewegen, und sie nahm kaum etwas um sich herum wahr, weil sie tief in Gedanken versunken war.

Molakans Pläne waren niemals leicht vorauszusehen. Manchmal waren seine Handlungen äußerst konventionell und auf Sicherheit bedacht, dann wieder unternahm er Vorstöße, die äußerst riskant und mutig waren. Der Auftrag, den er Olvarian erteilt hatte, gehörte eindeutig in letztere Gruppe. Er war nicht nur mutig, sondern *wagemutig.*

Ein Angriff auf Saltinan, die größte von Elben bewohnte Stadt, die Hauptstadt des Elbenreiches, in der sie selbst einst gelebt und Molakan das höchste Amt als Hüter der Türme ausgeübt hatte – normalerweise wäre dies völliger Wahnsinn gewesen. Und noch verrückter war die Idee, Königin Larisal als Geisel in seine Gewalt zu bringen.

Aber vielleicht versprach sie gerade deshalb Aussicht auf Erfolg.

Einen solchen Zug würde Lotharon mit Sicherheit nicht voraussehen. Er hatte mit seinem Heer sehr schnell aufbrechen müssen. Ihm war keine Zeit geblieben, Truppen aus weiter entfernten Teilen des Landes zusammenzuziehen, darüber hinaus wäre dies Molakan nicht verborgen geblieben. Da es sich zudem um ein sehr großes Heer handelte, war dem König wohl nichts anderes übrig geblieben, als auf fast alle Krieger aus Saltinan und den umliegenden Städten zurückzugreifen.

Er hatte sich zu sicher gefühlt und sie nahezu schutzlos zurückgelassen. Das würde sich nun rächen. Olvarian hatte siebenhundert Krieger bei sich. Genug, um eine fast schutzlose Stadt einzunehmen, aber zugleich so wenige, dass ihr Fehlen den Spähern nicht sofort auffallen würde, erst recht nicht bei den ganzen Verschleierungsmanövern, die Molakan angewandt hatte.

Vor allem aber waren es so wenige Krieger, dass sie sich in den dichten Wäldern verbergen und sich mit etwas Glück und Geschick Saltinan unbemerkt so weit nähern konnten, um einen Überraschungsangriff durchzuführen.

Der Plan hatte tatsächlich Aussicht auf Erfolg, und dennoch war das ganze Unterfangen Wahnsinn. Mit der Königin als Geisel würde Molakan ein starkes Druckmittel besitzen, doch würde er sich auch Lotharons unversöhnlichen Hass zuziehen, und er könnte sie nicht ewig gefangen halten.

Schlug der Angriff hingegen fehl, würde Lotharon sich unverzüglich rächen und tödliche Gegenmaßnahmen einleiten. Dann wäre ein Bruderkrieg unausweichlich. Molakan hatte von einem Flächenbrand gesprochen, den es unbedingt zu verhindern galt. Gleichzeitig aber spielten er und der König gleichermaßen in geradezu haarsträubender Weise mit dem Feuer und drohten genau einen solchen Brand zu entfachen, in dem allzu leicht ihr gesamtes Volk verbrennen könnte.

Aber die Würfel waren gefallen, und Thalinuel konnte ohnehin nichts daran ändern. Wie Molakan gesagt hatte, war der Angriff auf Saltinan vermutlich bereits erfolgt.

Sie ritten bis spät in den Abend hinein, und auch dann legten sie nur wenige Stunden Rast ein, während derer Thalinuel kein Auge zumachte. Auch an den folgenden Tagen gönnte Molakan ihnen kaum eine Pause. Da quälende Gedanken und die Sorge um Verilon sie des Nachts wachhielten, schlief Thalinuel ein paarmal fast im Sattel ein.

Um alle Elbensiedlungen, aber auch um die Niederlassungen der Menschen machten sie einen Bogen, bis sie den Einflussbereich König Lotharons verlassen hatten und in Gegenden kamen, wo man ihnen freundlicher gesonnen war. Olvarian stieß mit seinen Begleitern nicht wieder zu ihrem Heer, wie sie gehofft hatte, sondern würde sich direkt nach Talarien wenden.

Sie ritten nun gemächlicher, und Thalinuel hatte ihren Schrecken über den Angriff auf Saltinan inzwischen überwunden. Allerdings war sie nach wie vor froh, dass Molakan sie nicht ausgewählt hatte, daran teilzunehmen. Obwohl sie König Lotharons Verhalten mehr denn je für verhängnisvoll hielt, hoffte sie noch immer, dass sich die Spannungen ohne Blutvergießen zwischen Elben beilegen ließen, so gering diese Hoffnung in letzter Zeit auch geworden war.

Vor allem aber war Saltinan ihre Heimatstadt, in der sie den größten Teil ihres bisherigen Lebens verbracht hatte. Sie liebte sie noch immer, besonders die prächtigen Baumtürme, die ihresgleichen suchten. Vermutlich würde sie Saltinan niemals wiedersehen, aber ganz gewiss *wollte* sie nicht als Eroberin in die Stadt zurückkehren. Damit musste auch Verilon große Probleme gehabt haben.

Sie sehnte sich danach, endlich Genaueres über den Angriff zu erfahren, ob er siegreich verlaufen war und ob es gelungen war, Königin Larisal gefangen zu nehmen.

Am frühen Nachmittag hatte das Bangen endlich ein Ende, als ein Bote von Olvarian das Heer erreichte, doch die Nachrichten, die er überbrachte, waren ganz und gar nicht die, die sie sich erhofft hatte.

»Wir konnten uns Saltinan unbemerkt nähern«, berichtete er. »Doch als wir in die Stadt eindrangen, schlug uns stärkerer Widerstand entgegen als erwartet. Vor allem die Königsgarde wehrte sich verbissen. Sie ist vollzählig in Saltinan zurückgeblieben, zusammen mit etwa zweihundert weiteren Kriegern. Es gab erbitterte Kämpfe, während derer Teile der Stadt in Flammen aufgingen. Letztlich waren wir siegreich, doch es gelang der Königin, mit ihrem Hofstaat auf ein im Hafen vor Anker liegendes Schiff zu fliehen und abzulegen, sodass sie für uns unerreichbar war.«

Was sie hörte, schockierte Thalinuel in gleich mehrfacher Hinsicht. Kämpfe … Teile der Stadt in Flammen … Die Königin auf ein Schiff geflohen … Wie Schreckgespenster wirbelten die Worte in ihrem Kopf herum.

Wie schon die Schlacht war der Angriff siegreich verlaufen und doch ein völliger Fehlschlag gewesen. Es war Olvarian nicht gelungen, Königin Larisal gefangen zu nehmen, aber es war zu Kämpfen gekommen, bei denen es sicherlich auch Tote gegeben hatte. Zum ersten Mal, seit es ihr Volk gab, hatten Elben elbisches Blut vergossen.

Sie wusste, was das bedeutete, und an Molakans Gesicht war abzulesen, dass er es auch wusste. Er war ein hohes Risiko eingegangen und hatte verloren. Nun war ein offener Krieg nicht nur unvermeidlich, er hatte bereits begonnen.

»Das ist eine Katastrophe«, stieß er hervor. Qual zeigte sich auf seinem Gesicht, und seine Stimme bebte. »Ich habe keine längeren Kämpfe gewollt, sondern hatte gehofft, wir könnten die Stadt im Handstreich einnehmen. Hat es Verluste gegeben?«

»Wie ich schon sagte, es waren teils sehr erbitterte Kämpfe«, berichtete der Bote. »Die Königsgarde hat uns aus dem Schutz der Bäume heraus mit Pfeilen beschossen. Deshalb blieb Olvarian auch nichts anderes übrig, als Feuer an sie zu legen.« Er holte ein zusammengerolltes Stück Pergament aus der Tasche und reichte es Molakan. »Hier ist eine Aufstellung der Verluste auf unserer Seite.«

Molakan presste die Lippen fest aufeinander, und die Qual in seinem Gesicht vertiefte sich noch, während er die Liste überflog. Es standen viele Namen darauf, wie Thalinuel erkennen konnte, und sie spürte, wie die Angst ihr die Luft abzuschnüren drohte.

Molakan reichte die Liste an einen Krieger neben sich weiter, der sie kurz darauf an sie weitergab. Thalinuel schwindelte, sie hatte das Gefühl, der Boden würde ihr unter den Füßen weggezogen. Ein glühendes Schwert schien sich in ihre Brust zu bohren.

Sie brauchte nicht lange zu suchen; Verilons Name stand gleich als vierter auf der Liste.

22

DIE MAUER

September 9430 neuer Zeitrechnung der Elben

»Die Außenbereiche werden nicht zu halten sein«, stellte Warlon fest. »Die Mauern sind zu niedrig und zu wenig befestigt. Keine Wehrgänge, keine Zinnen, die Schutz bieten – nur ein Mäuerchen, über das ein Soldat zur Not sogar ohne Leiter klettern kann. Wir hätten längst schon viel mehr Wert auf ihren Ausbau legen sollen.«

»Eine Situation wie diese konnte niemand vorhersehen«, entgegnete Kriegsmeister Sokan. »Deshalb war der Außenwall ja auch nie für einen solchen Zweck konzipiert worden. Er soll die Ernte vor Tieren und die Karawanen vor Plünderern schützen, aber keine feindliche Armee abwehren.«

»Dennoch denke ich, wir sollten ihn nicht einfach kampflos preisgeben.«

»Aber Ihr habt gerade gesagt …«, begann Sokan.

»Ich weiß, was ich gesagt habe«, fiel Warlon ihm ins Wort. »Natürlich ist der Außenwall nicht zu halten, aber wir können den Soldaten einen blutigen Zoll abverlangen, wenn sie ihn überwinden. Sie werden sich sehr mutig fühlen, wenn wir uns vor ihnen im Inneren des Berges verstecken. Deshalb sollten wir ihnen vor Beginn der Belagerung noch einmal in Erinnerung rufen, warum unsere

Krieger als Kämpfer berüchtigt sind. Es wird den Kampfesmut der Menschen ein wenig abkühlen.«

Warlon ließ seinen Blick umherwandern. Der größte Teil der Ernte war bereits eingeholt worden, und die Nahrungsmittellager waren gut gefüllt. In aller Eile wurden auch die letzten Äcker noch abgeerntet, außerdem trieb man das im Freien weidende Vieh ins Innere des Berges. Arbeiter mauerten das Tor in der Mauer von innen zu. Es bestand nur aus Holz und würde selbst ohne einen Rammbock leicht einzureißen sein. Zugemauert würde es bessere Dienste leisten, zumal jetzt niemand mehr die Mine betreten oder verlassen musste.

Warlon drehte sich um und ließ seinen Blick an der Flanke des Kalathun entlang in die Höhe schweifen, des Berges, der über der Mine aufragte. Der Weg empor zum Baran-Tahal, dem großen Tor von Zarkhadul, war eng und gewunden. Er würde leicht zu verteidigen sein, vor allem aber war es nicht möglich, schweres Kriegsgerät darüber zu transportieren. Das war wichtig, denn das Tor war der größte Schwachpunkt der Verteidigungsanlagen.

Das ursprüngliche Baran-Tahal war ein Koloss aus Holz und Stahl und Stein gewesen, ein mehr als ein Meter dickes Meisterwerk zwergischer Handarbeit, das keine noch so große Ramme hätte durchbrechen können. Aber der Hauptzugang zu der Mine war für mehr als tausend Jahre unter unzähligen Tonnen von Gestein verborgen gewesen. Es hatte als unmöglich gegolten, ihn überhaupt wieder freizulegen, doch mittels gleichzeitiger Arbeiten von innen und außen und mit dem Einsatz von Sprengpulver war es schließlich doch gelungen.

Die gewaltigen Torflügel jedoch waren zerstört gewesen.

Man hatte sie neu gefertigt, doch bei weitem nicht so massiv wie einst. Seit der Neubesiedlung wurde überall in der Mine gearbeitet, und diese Arbeiten waren noch längst nicht abgeschlossen. Irgendwann einmal würden sie ein neues Tor fertigstellen, das sich mit dem alten messen konnte, doch würde dies viele Jahre in Anspruch nehmen. Das derzeitige war zwar wehrhaft, aber nicht undurchdringlich.

Umso wichtiger war es, dass die Menschen es erst gar nicht erreichten. Die Verteidigung von Warlons Volk würde sich keinesfalls nur darauf beschränken, sich hinter dem Tor zu verschanzen. Es gab eine Vielzahl kleiner Löcher in der Außenwand des Berges, durch die angreifende Feinde beobachtet und mit Pfeilen beschossen oder Speeren beworfen werden konnten. Manche dieser Öffnungen waren an der Außenseite verkleidet, einige in Form kleiner, schmaler Türmchen mit spitzen Dächern, andere bildeten kleine Balkone oder Wehrgänge mit hohen, Deckung bietenden Brüstungen und Zinnen.

Einige der Türmchen und Erker waren sogar mit blauen Fähnchen geschmückt, die das Wappen Zarkhaduls zeigten. Statt im Wind zu flattern, hingen sie derzeit jedoch nur nass und schwer vom Regen herab, als spürten selbst sie das drohende Unheil.

All diese Ausbauten standen noch ziemlich am Anfang, doch dienten sie zu einem beträchtlichen Teil auch nur der Zier. Wenn sie irgendwann abgeschlossen waren, würde der gesamte Berghang ein Abbild der Pracht sein, die im Inneren der Mine herrschte, so wie es schon vor langer Zeit einmal gewesen war. Für die Stärke der Verteidigung spielten sie jedoch keine Rolle.

Dafür waren andere Ausbauten umso wichtiger. Fieberhaft arbeiteten Kolonnen von Zwergen daran, Steinbrocken aufeinanderzuschichten und zu sichern, die sich in tödliche Lawinen verwandeln ließen. Andere kontrollierten die verborgenen Ausfalltüren, von denen es mehrere gab.

Sie waren klein und sehr massiv. Selbst wenn eine von ihnen entdeckt wurde, war sie deshalb mit Gewalt kaum aufzubrechen, darüber hinaus waren die Stollen dahinter schmal und so niedrig, dass selbst ein Zwerg dort nur gebückt gehen konnte. Ein Mensch könnte höchstens auf allen vieren kriechen, und ein Gegner auf Händen und Knien war nicht allzu gefährlich.

Es war geplant, irgendwann auch weiterreichende Abwehrwaffen zu bauen, große Schleudern und Katapulte, wie es sie einst zur Verteidigung von Zarkhadul gegeben hatte, doch noch war nichts dergleichen fertiggestellt.

»Was haben wir bloß in den vergangenen Jahren gemacht?«, murmelte Warlon. »Wir haben Straßen, Plätze und Springbrunnen instandgesetzt, haben Häuserwände mit Stuckarbeiten verziert und dergleichen Unsinn mehr, aber an unsere Verteidigungsanlagen haben wir kaum einen Gedanken verschwendet. Als Vertreter der Kriegerkaste hätten wir uns mehr für unsere Belange einsetzen sollen.«

»Es gab bis jetzt keine drohende Gefahr, da erschien unsere Verteidigung doch weniger dringend«, erwiderte Sokan. »Deshalb gingen zivile Ausbauten vor. Selbst wir haben dem zugestimmt.«

»Und jetzt fehlt uns beides, wirksame Verteidigungsanlagen und dazu noch die Krieger, die wir in die Falle geschickt haben.« Warlon seufzte. »Ich wollte niemals im Hohen Rat sitzen, und wie sich jetzt zeigt, bin ich ein miserabler Vertreter der Kriegerkaste.«

»Ihr habt eben stets mehr die Interessen des Allgemeinwohls als nur die unserer Kaste im Blick gehabt, was völlig ehrenhaft ist. Immerhin haben wir dadurch gewaltige Fortschritte in Zarkhadul erreicht, die anders nicht möglich gewesen wären. Die Verteidigung wird auch so standhalten. Auf freiem Feld könnten die Menschen uns durch ihre zahlenmäßige Überlegenheit vielleicht schlagen, aber sie sind nicht stark genug, Zarkhadul zu erobern. Und aushungern können sie uns auch nicht so leicht, dafür haben wir zu viele Vorräte gelagert.«

»Ich glaube nicht, dass sie sich auf eine lange Belagerung einlassen werden«, behauptete Warlon. »Sie würden einen äußerst ungemütlichen Winter erleben, und ich bin sicher, sobald man im goldenen Tal erfährt, was hier vor sich geht, wird die Herrin Illurien uns Hilfe schicken. Die Menschen werden es sich gut überlegen, ob sie gegen uns und die Elben gleichzeitig Krieg führen wollen.«

Es war ein Anblick, als würde eine gigantische, immer weiter anschwellende Flutwelle das Flachland überschwemmen und sich um ein Vieltausendfaches verlangsamt auf den Kalathun zuwälzen. Nicht lange nach Einbruch der Dunkelheit waren in der Ferne sich nähernde Fackeln zu sehen gewesen, aus denen bald darauf die zahlreichen Lagerfeuer eines Heerlagers geworden waren.

Nun, mit dem ersten Licht des neuen Tages, drangen die Soldaten vor. Das Grün der Wiesen wich immer mehr dem Stahl ihrer Helme, Rüstungen und Kettenhemden. Wie Warlon von Malcorion wusste, handelte es sich um die radonische Armee unter dem Kommando von General Tajir. Sie bestand je etwa zur Hälfte aus Infanterie und

Kavallerie, allerdings waren die Pferde jenseits des Heerlagers angepflockt worden. Beim Kampf an den Berghängen wären sie ohnehin nicht von Nutzen gewesen, und es waren keine berittenen Ausfälle der Zwerge zu befürchten.

Die beiden Armeen der Menschen hatten sich nicht vereinigt, sondern würden getrennt zuschlagen. Während König Kalmar gegen Elan-Dhor vorrückte, würde General Tajir Zarkhadul angreifen. Seine Armee war etwas kleiner als die lartronische, doch immer noch gewaltig. Auch Malcorion hatte keine genauen Angaben machen können, doch als er sie jetzt vor sich sah, schätzte Warlon, dass es sich um mindestens fünfzehntausend Soldaten handelte. Ohne die in Gefangenschaft geratenen Truppen konnte er gerade einmal ein Drittel dieser Anzahl in den Kampf führen.

Die Mitglieder des Hohen Rates, vor allem aber Ailin, hatten sich bemüht, ihn davon abzubringen, die am Außenwall postierten Krieger persönlich zu befehligen, doch Warlon hatte darauf bestanden. Dies war das gefährlichste Kommando, denn voraussichtlich würde es nur hier zu direkten Kampfhandlungen Mann gegen Mann kommen.

Gerade deshalb war es wichtig, dass er sich hier befand. Die Krieger liebten und achteten ihn, vor allem weil er sich bei Gefahr nicht in den Hintergrund zurückzog und andere vorschickte. Wenn er hier mit ihnen kämpfte, würde sie das ganz besonders anspornen. Mochte die Übermacht noch so erdrückend sein, keiner der Krieger würde von seinen Posten weichen und ihn im Stich lassen. Stattdessen würde sich jeder Einzelne von ihnen im Notfall für ihn in Stücke hacken lassen.

Warlon beschattete seine Augen mit der Hand, während er von dem Turm über dem zugemauerten Tor aus zu dem heranrückenden Heer hinüberstarrte. An diesem Morgen präsentierte sich das Wetter wieder von seiner angenehmeren Seite. Es war zwar kühl, aber wenigstens trocken, und gelegentlich brach sogar die Sonne durch die Wolken. Der Regen des Vortags jedoch hatte den Boden aufgeweicht und matschig werden lassen, was den Vormarsch der Soldaten behinderte.

Aber auch wenn sie nur langsam vorankamen, näherten sie sich unerbittlich. Als sie bis auf Schussweite heran waren, blieben die Bogenschützen stehen und sandten einen Pfeilhagel. Da sich die Zwergenkrieger hinter der Mauer in Deckung befanden, konnten sie diese nicht direkt unter Beschuss nehmen. Stattdessen schossen sie die Pfeile weit nach oben, sodass sie dicht hinter der Mauer herabprasselten. Dennoch richteten sie kaum Schaden an, da die Krieger ihre Schilde rechtzeitig über den Kopf hoben und sich so schützten.

Nach wenigen Salven hörte der Beschuss auf, da die Soldaten der Mauer inzwischen so nahe gekommen waren, dass die Pfeile auch sie gefährdet hätten. Viele von ihnen trugen kleine Leitern bei sich. Da die Mauer kaum mannshoch war, waren sie nicht unbedingt nötig, würden das Übersteigen aber vereinfachen, vor allem da die Zwergenarbeiter den größten Teil der vergangenen Nacht genutzt hatten, um die Mauerkrone mit stählernen Spitzen zu bestücken.

Die Zwergenkrieger, die mit Schwertern oder kleinen, mit einer Hand zu führenden Äxten kämpften, senkten ihre Schilde. Diejenigen, die auf große Streitäxte vertrauten, für die sie beide Hände benötigten, ließen sie sogar ganz fallen.

Zwanzig Krieger, die ein Stück hinter den anderen standen, schleuderten kleine Beutelchen mit Sprengpulver über die Mauer, nachdem sie die Zündschnüre in Brand gesetzt hatten. Feuerpilze wuchsen von ohrenbetäubendem Donner begleitet in die Höhe und trugen Tod und Vernichtung in die Reihen der dicht gedrängt vorrückenden Soldaten.

»Zeigt ihnen, wie wir Zwerge kämpfen und dass wir unseren Ruf nicht zu Unrecht tragen!«, brüllte Warlon, als trotz der Explosionen kurz darauf die ersten Leitern gegen die Mauer gelehnt wurden. Auch er hatte sich für eine große Streitaxt entschieden. Es handelte sich um Knochenbrecher, die Axt seines Freundes Barlok, die er seit dessen Tod anstelle seiner eigenen trug.

Gleich darauf tauchten die ersten Köpfe über der Mauer auf, und die Waffen der Zwerge begannen ihr tödliches Lied zu singen. Äxte und Schwerter trafen klirrend auf Helme oder bohrten sich durch Kettenhemden und Lederwämser. In den wenigen Sekunden, in denen sie sich über die Spitzen auf der Mauer zu schwingen versuchten, waren die Soldaten nahezu hilflos.

Mit seiner Streitaxt schlug Warlon einem Soldaten den Kopf ab und spaltete einem anderen den Helm mitsamt des Schädels, dann blickte er sich hastig um.

Bislang hielt ihre Verteidigung stand. Nicht einmal einem Dutzend Soldaten war es gelungen, die Mauer zu überwinden, und sie waren anschließend mühelos niedergemacht worden, während nur ein einziger seiner eigenen Krieger gefallen war.

Dennoch gab Warlon sich keinen falschen Hoffnungen hin. Es war unmöglich, mit nur dreihundert Kriegern ein Heer von fünfzehntausend Feinden längere Zeit aufzuhalten. Vielleicht mochte dies in einem Stollen oder einer engen Gebirgsschlucht gelingen, wo die zahlenmäßige Überlegenheit keine so große Rolle spielte, aber nicht auf nahezu freiem Feld mit nur einem Mäuerchen als Barriere.

Er rammte einem Soldaten das Kopfstück seiner Axt ins Gesicht. Schreiend stürzte der Mann auf der anderen Seite der Mauer zu Boden. Dort begannen sich die Leichen der Gefallenen bereits zu türmen und ermöglichten es den Angreifern in immer größerer Zahl, ohne Leitern auf die Mauer zu steigen.

Auch verteidigten die Zwerge nur einen kaum hundert Meter langen Streifen. Mehr und mehr Soldaten quollen mittlerweile jenseits davon über das Hindernis und griffen sie von den Seiten aus an. Ihre Verteidigung wurde überrannt und ließ sich nicht länger halten.

Warlon tötete zwei weitere Soldaten mit einem gewaltigen Hieb, doch fast gleichzeitig sprang ein dritter mit vorgestrecktem Schwert auf ihn herab. Im letzten Moment gelang es ihm, die Klinge mit seiner Axt abzuwehren.

»Zieht euch zurück!«, brüllte er und ließ die Axt auf den Soldaten niedersausen, der neben ihm zu Boden gestürzt war. »Rückzug!«

Ein Krieger zog einen Pfropfen aus einem Fass. Petroleum floss gluckernd in eine Rinne, die unter der Mauer hindurchführte und auf der anderen Seite an ihr entlang. Sobald es sich verteilt hatte, entzündete es ein weiterer Zwerg. Schreie ertönten jenseits der Mauer, als die Flammen in die Höhe loderten und die Soldaten zurücktrieben.

»Rückzug!«, brüllte Warlon noch einmal.

Die Zwerge begannen zu laufen. Diejenigen, die das Sprengpulver geworfen hatten, schleuderten noch einige Säckchen, dann schlossen auch sie sich den anderen an.

Die Flammen verschafften ihnen einen Vorsprung, doch

brannten sie nicht lange. Ungehindert schwappte die stählerne Woge nun über die Mauer hinweg und breitete sich dahinter aus. Nachdem sie binnen weniger Minuten unerwartet so viele ihrer Kameraden verloren hatten, kämpften die Soldaten nicht mehr nur, weil es ihnen befohlen wurde, sondern sie waren von Hass und dem Gedanken an Rache erfüllt.

Die Zwerge hetzten den Gebirgsweg hinauf, doch mit ihren längeren Beinen waren die Soldaten deutlich schneller als sie, und der Abstand verringerte sich rasch. Aber das war vorauszusehen gewesen, und Warlon hatte auch dafür Vorsorge getroffen.

Neben einem Haufen aufgetürmter Felsbrocken, die von durch Stützen gesicherten Brettern zurückgehalten wurden, blieb er stehen und wartete, bis alle anderen Zwerge an ihm vorbei waren. Dann schlug er mit seiner Axt die Stützen weg und sprang rasch zur Seite.

Wie eine Lawine stürzten die Felsbrocken in die Tiefe, direkt auf die Soldaten zu, rissen alles mit sich, was ihnen im Weg stand, und zermalmten es unter sich. Die Menschen hatten keine Möglichkeit zum Ausweichen, weil der Pfad an der Stelle, an der sie sich befanden, fast mannstief ins Gestein eingeschnitten war und zu beiden Seiten Felswände aufragten.

Begleitet von ihren Schreien eilte Warlon weiter.

Was für ein Wahnsinn!, dachte er. *So viele Tote, so viel Leid in einem völlig unsinnigen Krieg. Wozu das bloß alles? Nur wegen ein paar angeblich von uns gefertigter Waffen, die Barbaren bei einem Überfall auf ein Dorf verwendet haben? Obwohl diese Waffen auch sonst woher stammen könnten?*

Zwergenstahl war härter als der, den die Menschen herstellen konnten, deshalb waren auch daraus gefertigte Waffen denen der Menschen überlegen. Gerade aus diesem Grund waren sie geschätzt und mittlerweile weit verbreitet. Aber die Barbaren hätten sie nicht einmal benötigt. Der Angriff auf die unbewaffneten Dorfbewohner wäre auch mit normalen Waffen kein bisschen anders verlaufen.

Und Warlon konnte mit Sicherheit behaupten, dass von Zarkhadul aus nicht eine einzige Waffe an die Wilden verkauft worden war.

Stattdessen hatten die lartronische und die radonische Armee zu den größten Käufern gehört. Viele der Waffen, mit denen die Soldaten gerade gegen sie in den Kampf zogen, waren in Zarkhadul geschmiedet worden. Ein verhängnisvoller Fehler, wie sich jetzt herausstellte.

Die Menschen hatten sich ihnen als Verbündete präsentiert, sogar als Freunde, und nachdem es über viele Jahre hinweg kaum Kontakte zur Oberfläche gegeben hatte, hatte sein Volk sich allzu bereitwillig davon täuschen lassen. Darüber hinaus hatte gerade der Verkauf der Waffen immensen Reichtum in die Kassen von Elan-Dhor und Zarkhadul gespült, und nichts hatte dagegengesprochen, unter Verbündeten damit zu handeln.

Aber die Menschen waren wankelmütig, und obwohl in den meisten von ihnen viel Gutes steckte, besaßen sie auch ihre dunklen Seiten. Allzu leicht ließen sie sich von der Gier nach Macht und Reichtum verblenden. Warlons Volk hätte voraussehen müssen, dass sie keine wirklich verlässlichen Verbündeten waren und sich die an sie verkauften Waffen irgendwann gegen die Zwerge selbst richten könnten, wie es nun der Fall war.

Genau diese Gier nach Reichtum und Gold warf man

auch den Zwergen oft vor, doch die Situation war bei ihnen eine völlig andere. So sehr sie an irdischen Besitztümern hingen, die Ehre besaß bei ihnen einen noch viel höheren Stellenwert. Kein Zwerg von Ehre würde ein gegebenes Wort brechen oder einem Verbündeten in den Rücken fallen, nicht für noch so viel Gold.

Dennoch – schon zum zweiten Mal innerhalb weniger Jahre drohte ihnen ihr Verlangen nach Reichtum zum Verhängnis zu werden. Hätten sie ihre Waffen an niemanden verkauft, könnte dies nicht als Vorwand für diesen Krieg gelten.

Denn ein bloßer Vorwand war es. Daran hätte es für Warlon auch ohne Malcorions Bericht über den Kyrill-Priester keinen Zweifel gegeben. Welche Motive dieser auch immer haben mochte, vermutlich lief zumindest bei den Königen wiederum alles auf Gier hinaus. Der wahre Grund, warum Kalmar und Lorian diesen Krieg begonnen hatten, bestand vermutlich darin, dass sie den Reichtum der Zwergenminen an sich reißen wollten.

Aber so weit würde es nicht kommen. Warlon war entschlossen, alles zu tun, um dies zu verhindern, und die Menschen würden einen blutigen Preis für ihren Vertrauensbruch bezahlen müssen!

Die Gesteinslawine hatte sie nicht nur aufgehalten und viele von ihnen getötet, sondern ihnen anscheinend auch einiges von ihrer Angriffslust geraubt. Aus Angst vor weiteren Lawinen drangen sie nun nur noch wesentlich langsamer und vorsichtiger weiter vor. Wäre der Abstand knapper gewesen, hätte Warlon seinen Trupp aufgeteilt und die Krieger in kleinen Gruppen zu verschiedenen geheimen Eingängen in die Sicherheit Zarkhaduls geschickt. So jedoch würden sie bis zum Baran-Tahal emporsteigen. Es gab auch noch einen weiteren Felshaufen, doch verzichtete er darauf, noch eine Lawine auszulösen.

Es hatte bereits mehr als genug Tote gegeben. Neun Zwergenkrieger waren gefallen, aber sicherlich mehr als tausend Angreifer. Vielleicht würde das Massaker die radonischen Generäle zur Vernunft bringen, sodass sie den Angriff aufgaben, doch Warlon wagte kaum darauf zu hoffen.

Wie immer waren es nur die einfachen Soldaten, die den Kopf hinhalten mussten, nicht diejenigen, die für das Unheil verantwortlich waren. König Lorian war nicht einmal in der Nähe, sondern saß auf seiner Burg in Radon, und König Kalmar befehligte den Angriff auf Elan-Dhor, aber sicherlich würde auch er dort nicht in erster Reihe kämpfen.

Erneut warf Warlon einen Blick über die Schulter. Die Soldaten waren zurückgeblieben, folgten ihnen nicht mehr. Er rief einige Befehle. Die Zwerge hielten an und formierten sich in Viererkolonnen. Einer der riesigen Flügel des Baran-Tahal wurde geöffnet, und statt in wildem Durcheinander kehrten sie stolz und siegreich in Marschordnung nach Zarkhadul zurück.

23

DAS ERWACHEN

In ferner Vergangenheit, vor der Zeitrechnung der Elben

Barlok konnte sich kaum noch an den Schluss von Thalinuels Bericht erinnern, und noch weniger an alles, was danach passiert war. Sein Verstand hatte sich vernebelt, und er war von Fieberschauern geschüttelt worden. Heftige, wilde Träume hatten ihn zu quälen begonnen, die auch nicht wichen, wenn er erwachte, sodass er nicht einmal mehr unterscheiden konnte, was Traum und was Wirklichkeit war.

Alle möglichen Ungeheuer tauchten in seinen Fieberträumen auf, fliegende Monster, Felsenwürmer, Craal und auch Nocturnen. Er hatte darum gebeten, mit Urlak zu sprechen, aber ob dieser ihn wirklich aufgesucht hatte oder ob auch dies nur Teil seiner Träume gewesen war, wusste Barlok nicht zu sagen. Das Gleiche galt für Thalinuel. Mal gab sie ihm zu essen und zu trinken, dann wieder fügte sie ihm Schmerzen zu. Alles blieb in seiner Erinnerung vage und verschwommen.

Es gelang ihm auch nicht, diese zu ordnen, als das Fieber schließlich nachließ und er wieder einigermaßen klar denken konnte, und ebenso wenig wusste er, wie lange es angedauert hatte. Den Überblick über Tage und Nächte hatte Barlok vollständig verloren. Er erinnerte sich nur daran, dass er manchmal eine brennende Kerze gesehen hatte, und einige Male stattdessen Tageslicht ins Innere des Wagens gefallen war, also mussten auf jeden Fall mehrere Tage vergangen sein.

»Sogar fast drei Wochen«, behauptete Thalinuel. Einige Sekunden lang blickte Barlok sie verständnislos an, dann erst begriff er, dass er seine Gedanken wohl laut ausgesprochen hatte.

»Drei Wochen?«, echote er dumpf. Der Gedanke hätte Schrecken in ihm auslösen sollen, doch außer einer leichten Verwunderung spürte er gar nichts. Irgendwie schien sein Verstand noch nicht richtig zu funktionieren. Seine Gedanken bewegten sich zähflüssig wie Lava, und es fiel ihm schwer, sich auf etwas zu konzentrieren, als würde alles an ihm vorbeitreiben, und er wäre nur ein Beobachter.

Vor allem aber fühlte er sich unglaublich matt und schwach, viel schlimmer als unmittelbar nach der Verletzung.

»Was … ist geschehen?«

»Etwas, was auch ich nicht bedacht habe. Der Dolch, den Ore nach dir geschleudert hat, war nicht einfach nur ein Messer, sondern ein Kriegsdolch der Craal.«

»Du meinst … die Klinge war … vergiftet?«

»Nicht vergiftet, jedenfalls nicht in dem Sinne, dass sie mit einem giftigen Elixier oder dergleichen bestrichen war. Schlimmer. Die Nocturnen und vor allem die Craal sind Wesen der Finsternis. Wenn sie kämpfen, dann kennen sie kein Mitleid, sie kämpfen, um zu töten. Ihre Bosheit, die finstere Macht der Götter, denen sie dienen, sie fließt auch in ihre Waffen ein. Eine Art von Magie, wenn du so willst, die auch den Dolch, der dich verwundet hat, zu einer tödlichen Waffe macht. Auf uns Elben als Wesen des Lichts hätte sie eine noch verheerendere Wirkung gehabt. Dennoch war es ein fast aussichtsloser Kampf, dich zu retten, und ich war mehr als einmal nahe dran, aufzugeben. Ich bin keine Heilerin, meine magischen Kräfte sind nur gering. Du hast vor Fieber fast geglüht, aber du besitzt eine erstaunliche Stärke. Möglicherweise hat dich hauptsächlich gerettet, dass du bereits im Kampf gegen die Thir-Ailith verwundet wurdest und eine ähnliche Finsternis mit Hilfe deiner Priesterinnen schon einmal besiegt hast. Es scheint deine Widerstandskraft gegen die Macht des Bösen gestärkt zu haben, sonst hätte auch ich dir nicht helfen können.«

»Drei Wochen«, murmelte Barlok noch einmal. Er versuchte, den Kopf ein wenig anzuheben, doch es gelang ihm nicht. Alle Kraft schien aus seinem Körper gewichen zu sein. Aber der Wagen stand still, also war es wahrscheinlich Tag. »Wir leben beide noch, und ich hoffe, dem Prinzen geht es auch gut. Also scheint Urlak sein Versprechen gehalten zu haben.«

»Das hat er«, bestätigte Thalinuel. »Wir sind bereits weit nach Süden gelangt. Zweimal wurden wir von Patrouillen der Craal kontrolliert. Es wäre leicht für ihn gewesen, uns zu verraten, aber er hat es nicht getan. Und dennoch …« Sie seufzte und machte eine kurze Pause. »Obwohl er uns hilft, sind und bleiben er und seine Sippe Nocturnen. Wir haben kaum etwas gemeinsam. In den ersten Tagen habe ich einige Male mit ihm und den anderen gesprochen, um Informationen zu bekommen. Vor allem, wenn es um die Unterdrückung ihres Volkes ging, haben sie meine Fragen bereitwillig beantwortet, aber das war es auch. Kein Wort mehr als nötig, nichts Persönliches. Die meiste Zeit gehen sie mir aus dem Weg und ich ihnen. Sie scheinen sich in meiner Gegenwart ebenso unwohl zu fühlen wie ich mich in ihrer.«

»Was ist mit Harlan?«

»Für ihn gilt das Gleiche, sie meiden ihn ebenfalls. Er langweilt sich und hat schon ein paarmal verlangt, dass wir uns von den *Dunklen* trennen, wie er die Nocturnen nennt, weil er nicht begreift, in welcher Gefahr wir schweben und was das alles zu bedeuten hat. Ich fürchte, wir hätten schon längst große Schwierigkeiten bekommen, wenn wir Puschel nicht hätten, der unermüdlich auf ihn einwirkt und ihn bei Laune hält. Mit Harlan kann er seine Späße treiben, und der Junge freut sich sogar darüber. Die beiden ergänzen sich ideal und sind unzertrennlich. Die Nocturnen hingegen ignorieren Puschel völlig.«

»Was man ihnen nicht verdenken kann«, brummte Barlok. »Ich möchte Urlak kennen lernen und mir selbst ein Bild von ihm machen. Bitte richte ihm das aus.«

»Er wird nicht kommen. Ich habe es ihm bereits gesagt, bevor es dir so schlecht ging, doch er hat es abgelehnt, dich aufzusuchen. Mir scheint, er betrachtet dich nur als eine Kuriosität. Seine Hilfe gilt nur Harlan und mir, weil er sich von unserem Volk Rettung aus der Sklaverei verspricht. Du bedeutest ihm nichts, genau wie Puschel. Ich glaube, er hätte sogar nichts dagegen gehabt, wenn du an der Verletzung gestorben wärst. Er kann nicht verstehen, warum ich versucht habe, dich zu retten. Einmal sagte er sogar, dass die Gefahr für ihn sinken würde, je weniger wir wären, und es bei deinem Tod ein hungriges Maul weniger zu stopfen gäbe.«

»Das macht ihn mir ja gleich richtig sympathisch.«

»Die Nocturnen sind nun einmal Geschöpfe der Finsternis. Sie haben völlig andere Werte und andere Ansichten über nahezu alles, sie *denken* sogar völlig anders als wir. Ein einzelnes Leben bedeutet ihnen nichts. Wegen dieser Unterschiede wird es wohl nie mehr als ein Zweckbündnis wie jetzt zwischen uns geben. Die Nocturnen haben bis in meine Zeit als Einziges der Schattenvölker überlebt, aber sie waren stets isoliert.«

Es fiel Barlok immer schwerer, seine Augen offen zu halten und sich auf ihre Worte zu konzentrieren. Noch immer brannte das Fieber in seinem Körper, und er musste gegen Schwäche und Müdigkeit ankämpfen.

Thalinuel lächelte.

»Ich sehe schon, in dir führen Neugier und Müdigkeit einen harten Kampf gegeneinander«, sagte sie. »Aber deine Fragen werden dir nicht weglaufen, sondern noch genauso auf dich warten, wenn du wieder aufwachst. Dann werde ich dir auch etwas Fleisch und Brot bringen. Du wirst hungrig sein, nachdem ich dir in den letzten Wochen fast nur Brühe eingeflößt habe.«

Ihre letzten Worte hörte Barlok schon kaum noch und schlief unmittelbar danach ein.

Als er das nächste Mal erwachte, fühlte er sich ein wenig besser, aber immer noch schwach und wie ausgelaugt. Er spürte, dass er lange geschlafen hatte, und zum ersten Mal seit Wochen war es ein tiefer, erholsamer Schlaf ohne Fieberträume gewesen.

Auch verspürte er Hunger, und wie Thalinuel versprochen hatte, brachte sie ihm eine Scheibe gebratenes Fleisch und einen Kanten Brot, das jedoch hart und trocken war und nicht besonders gut schmeckte. Trotzdem schlang er es mit solchem Heißhunger hinunter, dass die Elbin ihn ermahnen musste, langsam zu essen. Auch lehnte sie es ab, ihm noch mehr zu bringen, da sein Magen sich erst wieder langsam an feste Nahrung gewöhnen müsste. Stattdessen reichte sie ihm noch eine Schale mit Brühe und einen ihrer widerlich stinkenden Kräutersude.

Anschließend beantwortete sie ihm geduldig seine Fragen, von denen die meisten Urlak und seine Sippe betrafen und die Eindrücke, die sie während der bisherigen Reise von den Nocturnen allgemein, den Craal und den Zuständen in diesem Land gesammelt hatte.

»Früher hätten die Nocturnen niemals Brot gegessen, sondern ausschließlich Fleisch«, berichtete sie. »Auch lebten nur wenige von ihnen in Siedlungen oder kleinen Dörfern. Die meisten streiften mit ihren Sippen als Nomaden durch das Land und waren untereinander verfeindet, weshalb sie sich ständig gegenseitig bekämpften. Ein Großteil des Fleisches, das sie verzehrten, stammte aus diesen Kämpfen.«

Entsetzt starrte Barlok sie an und dachte daran, was er gerade gegessen hatte, doch die Elbin lächelte nur.

»Sei unbesorgt, diese Zeiten sind vorbei. Als wir Elben zu einer ernsthaften Gefahr für die Schattenmahre heranwuchsen und sie große Armeen aufstellten, benötigten sie die Nocturnen, um die Heerscharen zu versorgen, da sie als Krieger im Vergleich zu ihren sonstigen Horden eher schwach waren. Die Craal unterbanden ihre Kämpfe untereinander und zwangen ihnen eine andere Lebensweise als Bauern und Viehzüchter auf. Der Kannibalismus wurde ihnen bei Todesstrafe verboten; überhaupt kennen die Craal als Strafe für jedes noch so kleine Vergehen nur den Tod. Den Nocturnen wurde befohlen, sich hauptsächlich von Brot zu ernähren, selbst ihr Vieh müssen sie fast vollständig in den Süden liefern. Das Fleisch, das du gegessen hast, stammt von einem Hirsch, den Urlak und seine Söhne in den Wäldern erlegt haben.«

»Du glaubst nicht, wie sehr mich das beruhigt. War Urlak deshalb dafür, mich sterben zu lassen, damit er mal Zwerg auf den Speiseplan bekommt?«

Es sollte ein makabrer Scherz sein, doch Thalinuel blieb ernst.

»Ich glaube, er hatte eher im Sinn, dich ihren Göttern zu opfern, wie sie es früher mit den Gefangenen ihres eigenen Volkes getan haben«, erwiderte sie. »Zumindest dein Blut. Was danach mit deinem Leichnam geschehen wäre, ist eine andere Sache. Stattdessen haben sie ihnen den Hirsch geopfert. Sie haben ihn lebend gefangen und ihm dann bei ebenfalls noch lebendigem Leib die Läufe abgeschnitten und ihn gehäutet, bis er verblutet war. Es war widerlich und abstoßend, Bestandteil einer unvorstellbar grässlichen Zeremonie. Weitere Einzelheiten erspare ich dir lieber, ich wünschte, ich könnte sie selbst aus meinem Gedächtnis verbannen.«

»Darauf kann ich auch gut verzichten.« Barlok schauderte schon bei der Vorstellung. »Und mit solchen Ungeheuern ziehen wir nun umher und haben ihnen unser Leben anvertraut.«

»Wie ich schon gesagt habe, ich traue Urlak als Person

kein bisschen. Begriffe wie Ehre, Treue und Vertrauen bedeuten den Nocturnen gar nichts. Wenn er einen Vorteil darin sähe, würde er uns, ohne zu zögern, an die Craal verraten. Gelegenheiten dafür hätte er schon viele gehabt, aber offenbar sieht er den größeren Vorteil darin, wenn er uns unbeschadet zum Finsterwald bringt, wie ihr in eurer Zeit den Elem-Laan nennt. Deshalb habe ich wenig Zweifel daran, dass er den Pakt auch weiterhin einhalten wird.«

»Hast du ihm gesagt, dass ich mit ihm sprechen will?«

»Ja, aber wie ich erwartet habe, sieht er keinen Grund, dich aufzusuchen. Für ihn zählen nur Harlan und ich. Puschel und dich betrachtet er lediglich als Ballast.«

»Zumindest im Moment bin ich das ja wohl auch. Was glaubst du, wann ich wieder aufstehen kann?«

»Das liegt allein an dir. Die Wunde ist inzwischen vollständig verheilt, von daher gibt es keine Bedenken. Es kommt nur darauf an, wann du dich kräftig genug dafür fühlst.«

Über die kleine Trittleiter kam Harlan mit Puschel auf dem Arm in den Wagen geklettert und musterte ihn neugierig, aber auch mit ein bisschen Scheu.

»Thalinuel hat gesagt, dass es dir wieder besser geht. Heißt das, dass du nicht sterben wirst?«

»Das hättest du dem Jungen gar nicht sagen sollen«, sagte Barlok mit einem vorwurfsvollen Blick zu Thalinuel, ehe er sich dem Jungen zuwandte. »Genau das heißt es. Wir Zwerge sind ein zähes Volk und sterben nicht so schnell. Es geht mir schon wieder besser, in ein paar Tagen kann ich bestimmt wieder aufstehen.«

»Das ist schön«, freute sich der Prinz. »Die Dunklen sind ziemlich blöd, und es ist alles furchtbar langweilig.«

»O ja, ich freue mich auch schon«, ergänzte Puschel feixend, schnitt einige Grimassen und streckte ihm die Zunge heraus. »Ganz ungeheuer. Kann es kaum noch erwarten.«

Barlok lächelte matt. Er war so froh, dass nicht einmal das vorlaute Fellknäuel ihm an diesem Tag die Laune verderben konnte.

»Siehst du, wir haben dich alle vermisst«, stellte Harlan fest. »Ich hoffe, du bist bald wieder ganz gesund.« Mit einem fröhlichen Hopser sprang er aus dem Wagen.

Barlok seufzte.

»Das hoffe ich auch, aber im Moment fühle ich mich noch, als hätte jemand sämtliche Kraft aus mir herausgesogen. Ich schaffe es nicht mal, meine Arme und Beine länger als ein paar Sekunden anzuheben.«

»Das wird rasch wieder«, behauptete Thalinuel tröstend. »Du wirst es erleben, in ein paar Tagen sieht alles schon wieder ganz anders aus.«

Thalinuels Vorhersage erfüllte sich auf eine Art, an die sie sicherlich nicht gedacht hatte. Barlok spürte, wie er allmählich wieder zu Kräften kam, allerdings langsamer als erhofft. Er hatte geglaubt, noch einige Tage in Ruhe liegen bleiben zu können, um sich zu erholen, doch es kam anders.

Spät am übernächsten Abend, etwa zwei Stunden, nachdem die Nocturnen sich wieder auf den Weg gemacht hatten, kam Thalinuel plötzlich während der Fahrt in seinen Wagen geklettert. Nachdem er in letzter Zeit hauptsächlich geschlafen hatte, fühlte sich Barlok nicht sonderlich müde und döste lediglich ein bisschen vor sich hin. Sofort begriff er, dass etwas passiert sein musste. Es war ungewöhnlich, dass sie ihn nachts aufsuchte, zumal während der Fahrt, außerdem erkannte er im Licht der Kerze neben seinem Lager den besorgten Ausdruck auf ihrem Gesicht.

»Eine Kontrolle der Craal!«, stieß sie hervor. »Ein Stück vor uns haben sie die Straße gesperrt.«

Augenblicklich war Barlok hellwach.

»Glaubst du, dass sie nach uns suchen?«

»Sie suchen nach allem, was ihnen irgendwie verdächtig erscheint. Es ist nicht die erste derartige Kontrolle, in die wir geraten. Bislang sind sie zum Glück glimpflich abgelaufen. Urlak besitzt einen Passierschein, der es ihm erlaubt, frei umherzufahren, und Papiere von irgendeiner hohen Stelle, in denen seine Verdienste um die Volksmoral ausdrücklich gelobt werden.«

»Dann ist doch alles in Ordnung, oder?«

»Ein Risiko bleibt immer. Die Craal scheren sich nicht unbedingt viel um Papiere. Außerdem können die meisten von ihnen überhaupt nicht lesen und lassen sich nur von dem Siegel beeindrucken. Sie hegen ein tiefes Misstrauen gegen Nocturnen, die frei im ganzen Land umherziehen, statt auf den Feldern oder in den Waffenschmieden zu arbeiten.«

Der Wagen verlangsamte seine Fahrt noch weiter. Auch der Prinz kam nun mit Puschel in den Wagen gestiegen und setzte sich in eine Ecke.

»Du weißt, was du zu tun hast«, wandte sich Thalinuel an ihn. »Mach alles genauso wie bei den letzten Malen.«

»Ja, ja«, brummte Harlan missmutig. »Ich habe gerade so schön geschlafen. Warum darf ich die Ungeheuer nicht einfach töten? Das wäre viel einfacher, und verdient hätten sie es auch. Das würde endlich mal ein bisschen Spaß machen.«

»Es darf niemals *Spaß* machen, andere umzubringen!«, wies ihn Thalinuel scharf zurecht. »Sonst bist du nicht besser als sie. Du wirst sogar zu einem von ihnen, wenn du deine Kräfte leichtfertig zu bösen Zwecken einsetzt, das weiß kaum einer besser als ich. Auch ich kann mit meinem Schwert töten, trotzdem tue ich es nur widerwillig und nur dann, wenn mir keine andere Wahl bleibt. Das unterscheidet unser Volk von den Dunklen, und deshalb werden wir sie auch besiegen. Hast du das verstanden?«

»Ja, ja«, maulte der Prinz erneut.

Sein Verhalten erfüllte Barlok mit beinahe größerem Schrecken als die Kontrolle. Wieder wurde ihm bewusst, was für eine gefährliche Mischung ein Elb mit so ungeheuren Kräften, aber dem Verstand eines kleinen Kindes darstellte. Noch ließ er sich von Thalinuel beeinflussen und hörte auf sie, aber wenn das irgendwann nicht mehr der Fall sein sollte, könnte es zu einer Katastrophe kommen. Er hoffte, dass sie ihr Ziel bald erreichten und ihn wieder in die Hände seines Volkes übergeben konnten.

»Sie hat Recht«, bekräftigte Puschel zu seiner Überraschung mit ausnahmsweise völlig ernster Stimme. »Du willst doch nicht selbst so böse wie die Dunklen werden, oder?«

»Nein, natürlich nicht«, murmelte Harlan.

»Dann tu, was sie sagt. Wenn du die Craal töten würdest, würde außerdem schnell auffallen, dass sie verschwunden sind, und dann würden wir in noch größere Gefahr geraten. Wir müssen sie täuschen, dadurch sind wir ihnen überlegen.«

»Also gut.«

Harlans Umrisse begannen ebenso wie die Thalinuels leicht zu flimmern, und gleich darauf hatten sie das Aussehen von Nocturnen angenommen. Puschel hatte sich in ein Baby verwandelt, das scheinbar friedlich auf Harlans Arm schlief.

»Gut so«, lobte Thalinuel ihn.

Wenige Minuten später kam der Wagen zum Stehen. Stimmen klangen von draußen herein.

»... Wisch interessiert mich nicht«, hörte Barlok jemanden barsch sagen. »Fahrendem Gesindel wie euch ist nicht zu trauen. Hier habe ich zu bestimmen, und ich lasse euch nicht durch, bevor ich die Wagen durchsucht habe. Ihr habt doch nichts zu verbergen, oder?«

»Nur das, was diese Bande ihnen abnehmen wird, denn nur darum geht es«, raunte Thalinuel. »Es sind nicht mehr als Wegelagerer. Sie nehmen sich, was ihnen gefällt, aber nie übertrieben viel, denn sie wissen, dass Urlak mächtige Gönner hat. Alles Wertvolle ist in Geheimfächern in den Wagen versteckt, die man wohl nur entdeckt, wenn man diese zertrümmert. Er könnte die Craal auch bezahlen, aber es gefällt ihnen besser, sich einfach etwas zu nehmen. Meist Nahrung und ein bisschen Tand. Ich fürchte, morgen werden wir keinen Hirsch mehr zu essen bekommen.«

Sie verstummte, als einer der Craal seinen hässlichen Kopf in ihren Wagen steckte. Verblüfft musterte er Barlok.

»Was ist mit ihm?«

»Das ist mein Sohn«, behauptete Thalinuel. »Er ist krank.«

»Und was gibst du dich noch mit ihm ab? Töte ihn einfach, wie es sich gehört.«

»Nein, ich …«

»Was ist da los?«, ertönte wieder die barsche Stimme von zuvor.

»Ein Kranker«, berichtete der Craal und trat zur Seite. Ein weiteres der vierarmigen Ungeheuer blickte herein und zwängte sich in den Wagen.

»Ein Kranker? Was füttert ihr einen Kranken durch? Tötet ihn, oder soll ich das für euch erledigen?« Er zog sein Schwert und richtete die Spitze auf Barlok, dem fast das Herz stehen blieb.

»Nein, Herr, tut es nicht«, flehte Urlak, der ihm in den Wagen gefolgt war. »Bei normaler Arbeit sind wir leicht zu ersetzen, da würde ich selbst nicht zögern, ihn zu töten. Aber in unserem Gewerbe ist das anders. Er besitzt großes Talent und ist einer der besten Messerwerfer, die ich je erlebt habe. Im Moment ist er nur ein unnützes Maul, das gestopft werden muss, aber er ist unersetzbar für unsere Vorführungen.«

Der Craal zögerte.

»Jeder ist zu ersetzen, und der da sieht schon mehr tot als lebendig aus. Der wird euch wohl nicht mehr viel nützen.«

»Doch, Herr, bestimmt, das werde ich. Es geht mir schon besser«, beteuerte Barlok, darum bemüht, den unterwürfigen Tonfall der Nocturnen nachzuahmen.

»Dann beweise es und steh auf! Wenn du es schaffst, mögen diese Narren dich weiter pflegen, wenn sie wollen, sonst ist dein Leben verwirkt.«

Barlok konnte kaum glauben, was er hörte. Man hatte ihm berichtet, wie wenig den Craal das Leben eines Nocturnen galt, und auch untereinander waren sie nicht zimperlich, dennoch schockierte ihn die Gleichgültigkeit, mit der hier um sein Leben oder seinen Tod geschachert wurde.

Hilflos blickte er sich um, doch niemand schien ihm mehr beistehen zu können. Jetzt lag alles allein an ihm.

Wie jedoch sollte er es schaffen aufzustehen, wenn er kaum die Kraft hatte, seine Glieder zu bewegen? Er fragte sich, wie der Prinz reagieren würde, wenn es ihm nicht gelang. Würde er tatenlos zusehen, wie der Craal ihn tötete, oder würde er selbst vorher unter Missachtung von Thalinuels Befehl das Ungeheuer töten? Aber dann musste er auch die anderen alle umbringen. Keiner durfte entkommen, um davon zu berichten und mit Verstärkung zurückzukehren, und Barlok wusste nicht einmal, wie viele Craal sich noch außerhalb des Wagens befanden, noch konnte er abschätzen, welche Folgen es für Harlan haben würde.

So weit durfte es nicht kommen. Er war ein Zwerg, und aufgeben kam für ihn nicht in Frage.

Barlok spannte ein paarmal seine Muskeln an, soweit er sie spüren konnte. Viele schienen gar nicht mehr vorhanden zu sein, und die anderen hatten sich offenbar in Gelee verwandelt.

Mühsam schob er seine Beine über den Rand seines Lagers und setzte die Füße auf den Boden. Schon diese kleine Anstrengung trieb ihm den Schweiß auf die Stirn, und seine Beine begannen unkontrolliert zu zittern. Niemals würden sie das Gewicht seines Körpers tragen.

Trotzdem versuchte er als Nächstes, seinen Oberkörper aufzurichten. Mehrmals sank er wieder zurück, und er schaffte es schließlich nur, indem er sich auf seine zitternden Arme stützte, doch damit war auch der letzte Rest seiner Kraft aufgebraucht.

»Das ist Zeitverschwendung«, stieß der Craal hervor und richtete sein Schwert erneut auf Barlok. »Dieser Kerl nutzt euch nichts mehr. Machen wir dem ein Ende.«

»Nein, Herr, bitte nicht! Er wird es schaffen, bestimmt«, rief Thalinuel und legte Barlok die Hand auf die Schulter.

»Zurück!«, herrschte der Craal sie an und riss sie mit einer seiner vier Hände zur Seite, während er sein Schwert unverwandt auf Barlok richtete. »Niemand wird ihm helfen. Ich bin diese Posse leid.«

Aber sie hatte Barlok bereits geholfen!

Ihre Berührung war mehr als nur eine einfache Berührung gewesen. Im gleichen Moment, in dem er ihre Hand gespürt hatte, hatte er sich stärker gefühlt. Kraft war von ihr auf ihn übergeströmt. Es war nicht seine eigene Stärke, und sie würde nicht lange anhalten, das spürte er, aber im Moment konnte er sie nutzen.

Obwohl seine Muskeln mit schreiendem Schmerz dagegen protestierten, stemmte er sich in die Höhe. Er taumelte, aber es gelang ihm, auf seinen eigenen Füßen zu stehen.

Die Enttäuschung im Gesicht des Craal war nicht zu übersehen.

»Also gut«, sagte er. »Vielleicht magst du doch wieder zu etwas nutze werden. Soll dieses Gesindel, das du Sippe nennst, über dein Schicksal entscheiden.« Er versetzte Barlok einen Stoß, der ihn hart auf sein Lager zurückstürzen ließ. Gleichzeitig packte er Urlak. »Und auch du kannst deinen Nutzen unter Beweis stellen. In Hurk hat es in letzter Zeit immer wieder Unruhen gegeben, und wenn ich noch mehr Hinrichtungen befehle, geht mir allmählich das Pack für die Feldarbeit aus. Deshalb werdet ihr kommende Nacht dort auftreten. Vielleicht wird das die Lage etwas beruhigen.«

»Aber … Hoher Herr, wir haben Auftrag, so schnell wie möglich in den Süden zu kommen, um dort in mehreren Städten aufzutreten. Ein geflügelter Bote hat uns den Befehl von höchster Stelle überbracht.«

»Hurk liegt auf eurem Weg. Ein paar Stunden Verzögerung werden dich schon nicht den Kopf kosten. Aber ihr werdet ihn mit Sicherheit alle verlieren, wenn ihr euch weigert, meinem Befehl zu folgen. Weigert ihr euch?«

24

DER KAMPF UM ZARKHADUL

September 9430 neuer Zeitrechnung der Elben

Der Kampf dauerte nun schon eine Woche, und das Kriegsglück war den Zwergen bislang treu geblieben. Warlons Hoffnung, dass es nur noch eine Frage der Zeit wäre, bis die Menschen die Belagerung aufgeben und abrücken müssten, hatte dadurch neue Nahrung gefunden.

Der einzige Weg zu ihrem Sieg führte über eine Erstürmung des Baran-Tahal. Bislang jedoch hatte das Tor ihnen getrotzt, obwohl sie alle ihre Anstrengungen darauf konzentriert hatten, es zu durchbrechen. Im Schutz ihrer Schilde hatten sie sich durch den ihnen entgegenschlagenden Hagel aus Pfeilen und Speeren den Berg hinaufzukämpfen versucht, doch bloßes Holz vermochte den Pfeil- oder Speerspitzen aus Zwergenstahl nicht zu trotzen. Mühelos drangen sie hindurch und töteten jene, die dahinter Schutz gesucht hatten, oder verletzten sie zumindest. Viele Soldaten konnten ihre Schilde nicht einmal mehr wegwerfen, weil die Pfeile nicht nur das Holz, sondern auch den Arm, der es trug, durchbohrt hatten.

Schon im Kampf gegen die Thir-Ailith hatte sich die große Wirksamkeit von Pfeil und Bogen erwiesen, doch waren dies Waffen, für die Zwerge kein Geschick besaßen. Warlon hatte schon vor Jahren das Training damit zur Pflicht für alle Krieger erhoben, die meisten waren allerdings nicht sehr viel besser geworden. Sie stellten im besten Fall eine größere Gefahr für den Feind als für sich selbst oder den Zwerg neben ihnen dar.

Entsprechend waren auch jetzt die meisten Treffer nur durch Glück erfolgt, aber durch die große Menge an abgefeuerten Pfeilen hatten sie die Angreifer dennoch rasch in die Flucht schlagen können.

Anschließend hatten die Soldaten große, mit Rädern versehene Wände aus Holz gebaut, in deren Schutz sie sich dem Tor genähert hatten. Auf Warlons Befehl hin ausgelöste Steinschläge hatten sie zurückgetrieben und die Schilde zerschmettert. Aber sie hatten immer neue gebaut, und schließlich war es ihnen gelungen, bis zum Baran-Tahal vorzudringen. Unter hohen Verlusten hatten sie versucht, das Tor mit mächtigen Rammböcken zu durchbrechen, doch es hatte ihren Angriffen mühelos standgehalten.

Es war nur gut, dass die Rezeptur für Sprengpulver den Menschen unbekannt war. Sie konnten es nicht selbst herstellen, und trotz zahlreicher Bitten hatte sein Volk sich stets geweigert, ihnen welches zu liefern. Jetzt zeigte sich, wie weise diese Vorsicht gewesen war. Einer direkten Explosion hätte wohl selbst das Baran-Tahal nicht widerstehen können.

Danach waren die Angriffe für zwei Tage ins Stocken geraten. Von dem kleinen Spähposten auf dem Gipfel des Kalathun aus, den sie schon vor einiger Zeit wieder freigelegt hatten, hatte Warlon beobachten können, wie die Menschen große Wurfmaschinen bauten. Mit diesen schleuderten sie seither vom Tal aus Felsbrocken gegen das Tor. Obwohl die meisten ihr Ziel knapp verfehlten, war ihre

Treffgenauigkeit beachtlich. Bislang hatten jedoch selbst die Felsbrocken dem Baran-Tahal nichts anhaben können, obwohl sie es jedes Mal ordentlich erbeben ließen, ehe sie auf dem Hang wieder zum Fuße des Berges zurückrollten.

Mittlerweile hatten die Menschen mit dem Bau noch größerer Wurfmaschinen begonnen. Zwar hatte Schürfmeister Caron von der Arbeiterkaste versichert, dass das Tor selbst den Aufprall mannsgroßer Brocken aushalten könnte, doch völlig überzeugt war Warlon davon nicht. Schließlich ging es nicht um einzelne Treffer, sondern um einen Dauerbeschuss. Zur Sicherheit hatten sie bereits auf der Innenseite Felsen aufgehäuft und Stützbalken eingezogen, um dem Tor eine größere Festigkeit zu verleihen.

»Du machst dir zu viele Sorgen«, behauptete Ailin.

In den letzten Tagen und Nächten hatten sie sich nur selten gesehen. Die wenigen Stunden Schlaf, die Warlon sich gegönnt hatte, hatte er meist gleich in den Kasernen verbracht. Erst letzte Nacht hatte er erstmals wieder in ihrem gemeinsamen Heim geruht.

Er gehörte dem Hause Korrilan an, schon in Elan-Dhor eine der reichsten und einflussreichsten Familien, und das galt auch für den Zweig in Zarkhadul. Wenn er gewollt hätte, hätte er zusammen mit Ailin in dem riesigen Anwesen wohnen können, das sich seine Familie hier geschaffen hatte. Diese wäre äußerst stolz darauf gewesen, gleich zwei Mitglieder des Hohen Rates unter ihrem Dach zu beherbergen, doch er hatte sich dagegen entschieden.

Das Haus, das sie stattdessen in Zarkhadul bewohnten, war ebenfalls recht prachtvoll und für sie beide und ihre wenigen Diener eigentlich zu groß, aber der Rat hatte darauf bestanden, ihnen eine Heimstatt zur Verfügung zu stellen, die ihrem hohen Rang und ihren Verdiensten angemessen war. Außerdem hatten sie nicht vor, dauerhaft allein zu bleiben. Irgendwann würden sie Kinder haben, und dann sollte dies der Stammsitz ihres eigenen, neu gegründeten Hauses werden, das es an Bedeutung und Reichtum vielleicht einst sogar mit Korrilan würde aufnehmen können.

»Es steht auch genug auf dem Spiel«, erwiderte er. »Wenn das Baran-Tahal durchbrochen wird, fällt Zarkhadul. Die Menschen sind uns im Kampf unterlegen, aber es sind einfach zu viele, als dass wir hoffen dürfen, ihnen ohne den Schutz unserer Mauern und Tore trotzen zu können. Erst gestern sind …«

»Nicht«, unterbrach ihn Ailin und legte ihm einen Finger auf die Lippen. »Wir haben wenig genug Zeit für uns, da sollten wir nicht noch in den wenigen Stunden darüber sprechen, in denen wir zusammen sind.«

Er küsste ihren Finger, ergriff dann ihre Hand und küsste auch die Handfläche, ehe er sie wegschob.

»Ich wünschte, ich könnte es, aber ich vermag derzeit an nichts anderes zu denken. Zu groß ist die Gefahr, auch wenn Hoffnung angebracht ist. Aber noch steht alles auf Messers Schneide, und die Verantwortung lastet schwer auf mir. Sokan ist ein großer Krieger, aber zu unsicher, um auch ein großer Befehlshaber zu sein. Er überlässt fast alle Entscheidungen allein mir. Von mir hängt unser aller Schicksal ab, das Schicksal von ganz Zarkhadul. Nicht nur das Volk, auch die meisten im Rat scheinen in mir eine Art Vizekönig zu sehen, der in Tharlias Abwesenheit regieren soll. Das ist nicht nur eine drückende Last, sondern auch eine Verantwortung, die ich nie gewollt habe.«

»Aber du bist stark genug, sie zu tragen, dafür kenne ich

dich gut genug«, behauptete Ailin. »Und ich werde dir dabei helfen, so gut ich kann. Aber gerade weil so viel von dir abhängt, ist es wichtig, dass du auch einmal zur Ruhe kommst, um wieder klar denken zu können.«

»Ich weiß«, erwiderte er. »Du glaubst gar nicht, wie sehr ich es genossen habe, die letzte Nacht wieder einmal hier bei dir zu verbringen. Aber es gelingt mir einfach nicht, den Kopf frei zu bekommen.«

»Du wirst sehen, alles wird gut. Li'thil wird uns beistehen. Wir Priesterinnen beten unablässig zu ihr. Sie lässt ihre Kinder nicht im Stich.«

»Ich wünschte, mein Glaube wäre so stark wie deiner, aber …«

Das Ertönen eines lauten Horns, dessen Klang durch die gesamte Mine schallte, ließ ihn verstummen.

»Ich weiß schon, es ist etwas passiert, und du musst dich darum kümmern«, sagte Ailin und senkte den Blick. »Dann geh, das ist jetzt wichtiger. Sobald die Belagerung vorbei ist, werden wir wieder mehr Zeit für uns haben.«

»Das war das Signal des Postens auf dem Berggipfel. Er hat etwas entdeckt.« Warlon umarmte und küsste sie, dann eilte er aus dem Haus, in Gedanken schon ganz bei dem, was ihn erwarten mochte. Hoffentlich waren es diesmal gute Nachrichten, nicht so wie gestern. Auch da war das Horn ertönt. Zu ihrem Schrecken hatte sich eine weitere, sicherlich noch einmal mindestens fünf- bis sechstausend Mann starke Armee aus Radon genähert und sich inzwischen mit dem Rest des Heeres vereint.

Er eilte auf den Aufzug zu dem Ausguck zu. Es gab auch eine Treppe, doch sie war viele tausend Stufen lang und nur für den Notfall gedacht. Mit dem Aufzug ging es wesentlich schneller und leichter, und es wurden nicht seine eigenen Beinmuskeln beansprucht, sondern die Arme derjenigen, die den Metallkäfig durch das Drehen an gewaltigen Kurbeln nach oben beförderten. Das Ganze lief über ein kompliziertes System von Rollen und Gegengewichten, sodass die Anstrengung vergleichsweise gering war.

Auf ein Druckmittel hatten die Menschen zum Glück bislang nicht zurückgegriffen, ging es Warlon durch den Kopf, während der Käfig langsam aufstieg. Sie könnten damit drohen, die gefangenen Zwerge hinzurichten, wenn sich die Verteidiger nicht ergaben, doch so weit waren sie bislang nicht gegangen. Vielleicht wussten sie auch, dass Zwerge sich nicht erpressen ließen und die Gefangenen bereitwillig ihr Leben für das Wohl ihres Volkes opfern würden. Wenn eine solche Drohung keinen Erfolg hatte, würde den Königen nichts anderes übrig bleiben, als sie in die Tat umzusetzen, und vor einem solchen Massenmord schreckten wohl selbst sie zurück. Ihnen musste klar sein, dass eine solche Gräueltat jede Hoffnung auf einen Frieden zunichtegemacht hätte und die Zwerge sich nach dem Ende der Belagerung grausam dafür rächen würden.

Mit einem Ruck kam der Aufzug zum Stehen. Warlon trat auf das kleine Plateau hinaus, das sich fast direkt auf dem Gipfel des Kalathun befand und von einer steinernen Brüstung begrenzt wurde. Dahinter fielen die Felswände steil ab, sodass es unmöglich war, es von außen zu erklimmen.

Der Blick, der sich ihm bot, war unglaublich, reichte unzählige Meilen weit über das Land, zumal die Luft an diesem Morgen klar und die Sicht phantastisch war. Nicht nur die radonische Armee am Fuße des Berges war zu sehen. Warlon glaubte, fern im Norden sogar als dunklen Fleck die lartronischen Heerscharen entdecken zu können, die Elan-Dhor belagerten.

»Was ist los?«, wandte er sich an den Krieger, der hier Wache hielt und das Land nach allem Verdächtigen absuchte.

»Schiffe nähern sich auf dem Oronin, Kriegsmeister«, berichtete der Mann knapp. Die Aufregung ließ seine Stimme zittern. Er reichte Warlon sein Glas, ein Rohr mit geschliffenen Linsen im Inneren, durch das man ferne Dinge wesentlich deutlicher beobachten konnte. »Es sind Elbenschiffe.«

Die Nachricht versetzte auch Warlon in höchste Aufregung. Hastig griff er nach dem Glas und blickte hindurch. Sprunghaft schien der mit bloßem Auge kaum zu erkennende Oronin im Norden näher zu rücken, und damit auch die Segel der Schiffe, die über das Wasser glitten.

Es waren ohne jeden Zweifel Elben.

Erleichtert ließ er das Rohr wieder sinken und begann zu lachen. Mit Hilfe der Elben würde der ganze Spuk nun hoffentlich schnell ein Ende finden.

Ein ereignisloser Tag reihte sich an den nächsten, und die meiste Zeit saß Kampfführer Ralor regungslos auf dem Boden, haderte mit seinem Schicksal, starrte ins Leere und machte sich immer neue Vorwürfe, dass er den Menschen so leichtfertig in die Falle gegangen war. Viel konnte er sonst auch nicht tun.

Er wusste, dass man ihm nicht die Schuld an dem geben konnte, was geschehen war. Schon der Hohe Rat und sogar Königin Tharlia hatten sich täuschen lassen. Sie hatten entschieden, die Krieger auszuschicken; er hatte lediglich die Befehle befolgt, die man ihm erteilt hatte.

Dennoch machte er sich Vorwürfe, dass er die Falle nicht erkannt hatte, selbst wenn diese unberechtigt waren. Aber das Gefühl der Demütigung saß einfach zu tief in ihm.

Beim Aufwachen waren sie alle einzeln gefesselt gewesen, doch da man sie weder füttern noch verhungern lassen wollte, hatten die Soldaten in aller Eile mehrere riesige Lagerhäuser aus Holz errichtet. Im Grunde waren es sogar nur die äußeren Wände gewesen, auf ein Dach hatten sie verzichtet. Anschließend hatte man jeweils mehr als tausend Zwerge in jedes davon getrieben und sie in Gruppen von mehreren Dutzend an den Knöcheln zusammengekettet, um einen Ausbruchversuch zu erschweren.

In unerreichbaren zwei oder drei Metern Höhe über ihn patrouillierten auf Laufstehen zudem ständig mit Pfeil und Bogen bewaffnete Wächter. Anfangs hatte Ralor mehrfach versucht, mit ihnen ins Gespräch zu kommen, um wenigstens den Grund für ihren Verrat zu erfahren, doch sie hatten auf keine seiner Fragen geantwortet, und schließlich hatte er seine Bemühungen aufgegeben.

Auch waren die Ketten zu massiv, um die Glieder aufzubiegen oder sie sonstwie zu zerstören, sodass ihm nichts anderes übrig geblieben war, als sich in sein Schicksal zu ergeben.

Welchen Sinn ihre Gefangennahme haben sollte, konnte er sich immer noch nicht erklären. Seit Jahren war das Zwergenvolk mit König Kalmar und damit ganz Lartronia verbündet, und es fand Handel in großem Ausmaß und zu beiderseitigem Vorteil statt. Genau genommen befanden sie sich sogar mit niemandem im Krieg. Hätte die lartronische Armee sie überwältigt, hätte dies noch einen gewissen Sinn ergeben, da sie zumindest symbolisch für König Kalmar Partei ergriffen hatten.

Aber dass dieser selbst sie gefangen hielt…

Wenn er hoffte, sie als Druckmittel benutzen zu können, damit die Zwerge aktiv in den Krieg gegen Radon eingriffen, dann hatte er einen großen Fehler begangen, und dieser Verrat würde auf ihn selbst zurückfallen. Königin Tharlia würde sich niemals auf diese Art erpressen lassen.

So richtig ergab nichts davon einen Sinn. Inzwischen hatte Ralor es weitgehend aufgegeben, sich den Kopf darüber zu zerbrechen. Er würde doch zu keinem Ergebnis kommen. Auch mit den anderen Gefangenen sprach er kaum.

An diesem Abend döste er im Halbschlaf vor sich hin und träumte von Elan-Dhor, als Tumult außerhalb der Befestigung ihn aufschrecken ließ. Wilde Rufe gellten heran, dann erklangen das Klirren von Waffen und überraschte und schmerzerfüllte Schreie.

Aufgeregtes Raunen und Tuscheln erhob sich, aber die meisten Zwerge lauschten nur verblüfft. Hatte der Krieg sie nun hier eingeholt, handelte es sich um einen Angriff radonischer Truppen?

Ein Angriff war es jedenfalls zweifelsohne. Das begriffen allmählich auch die Wachen. Aufgescheucht hasteten sie über die nur von außerhalb des Gebäudes zu erreichenden Laufstege. Dunkle, in der bereits fortgeschrittenen Dämmerung nur undeutlich zu sehende Gestalten drangen auf die Stege vor. Einigen der Wachen gelang es, ihre Bögen abzuschießen. Andere stellten sich den Eindringlingen mit ihren Schwertern.

Wuchtige Schläge erschütterten das einzige Tor des Gebäudes, bis es aufsprang. Weitere der dunklen Gestalten drangen ins Innere vor. Wieder klirrte Stahl auf Stahl.

Entsetzt sprang Ralor auf, für einen Moment von dem Glauben erfüllt, dass die Unbekannten begonnen hätten, seine Begleiter abzuschlachten. Erst dann wurde ihm wieder bewusst, dass die anderen Zwerge genau wie er keine Waffen besaßen und es keine Kampfgeräusche waren, die er hörte. Stattdessen hatten die Unbekannten begonnen, mit Äxten sowie mit Meißeln und großen Hämmern die Ketten zu zerschlagen.

Die Kämpfe auf den Laufstegen und außerhalb des Gebäudes hatten mittlerweile geendet. Wer immer es sein mochte, der ihnen zur Flucht verhalf, war siegreich gewesen.

Kurz darauf näherte sich einer der Unbekannten auch Ralor und den Männern um ihn herum. Für einen Moment hatte er das Gefühl, es handele sich um ein wildes Tier, am ehesten einem Bären vergleichbar. Der Mann war groß und so breitschultrig, dass er fast missgestaltet wirkte. Dann jedoch erkannte Ralor, dass er lediglich in dicke Felle gekleidet war.

Ihre Befreier waren keine radonischen Soldaten.

Sie waren Barbaren.

»Was machen die bloß die ganze Zeit? Was haben sie so lange miteinander zu besprechen?«, murmelte Warlon.

Von dem Ausguck auf dem Gipfel des Berges aus hatte er beobachtet, wie die Schiffe am Ufer des Oronin angelegt hatten. Von jedem davon waren weit mehr als hundert Elben an Land gegangen; insgesamt um die tausend. Das waren deutlich zu viele, als dass ihr Auftauchen zu genau dieser Zeit hier Zufall sein konnte. Sie mussten bereits vor ihrem Aufbruch gewusst haben, dass die Zwergenminen belagert wurden, und waren deshalb mit einer ganzen Streitmacht gekommen. Nicht einmal der General der radonischen Armee würde sich dieser geballten Kampfkraft entgegenzustellen wagen, zumal er damit rechnen musste, dass seine Truppen zwischen den Zwergen auf der einen und den Elben auf der anderen Seite wie zwischen Hammer und Amboss zermalmt werden würden.

Bereits unmittelbar nach dem Anlegen der Elben hatte Warlon einen berittenen Boten durch die unterirdischen Stollen und Höhlen nach Elan-Dhor geschickt, der Königin Tharlia von den Neuigkeiten berichten sollte.

Seither stand er zusammen mit den anderen Angehörigen des Hohen Rates und einigen weiteren Würdenträgern, vor allem aus der Kriegerkaste, auf einem der Wehrgänge oberhalb des Baran-Tahal. Zum Schutz befanden sich vor den Öffnungen Klappen, die aufgestoßen werden konnten, um Steine und Speere ins Freie zu schleudern. Da der Beschuss mit den Katapulten aufgehört hatte, waren sie jetzt weit geöffnet.

»Hab Geduld«, erwiderte Ailin. »So etwas dauert eben seine Zeit.«

»Die Elben brauchen den radonischen Heerführern nur zu sagen, dass sie die Belagerung ihrer Verbündeten augenblicklich zu beenden haben und verschwinden sollen, sonst bekämen sie es mit ihnen zu tun. Was soll daran lange dauern?«

Etwa eine Meile nördlich der radonischen Armee war das Heer der Elben zum Stehen gekommen. Eine kleine Delegation hatte sich davon gelöst und war zu den Menschen gegangen. Gut zwei Stunden war das nun her, eine Zeit, die Warlon wie eine Ewigkeit erschien.

Ailin lachte, etwas, was er in der letzten Zeit schmerzhaft vermisst hatte. Überhaupt hatte sich die gedrückte Stimmung der letzten Woche mit der Nachricht von der Ankunft der Elben merklich aufgelockert.

»Ich fürchte, es wäre nicht gerade elbische Art, so unverhohlen zu drohen«, sagte sie. »Selbst wenn es inhaltlich auf das Gleiche hinausläuft, werden sie sehr viel mehr und sehr viel freundlichere Worte benutzen. Schließlich pflegen sie auch mit Radon gute Beziehungen, und trotz der gegenwärtigen Situation werden sie diese nicht durch ein allzu kriegerisches Auftreten auf lange Sicht zerstören wollen.«

»Ob sie ihre Forderung mit freundlichen oder barschen Worten vortragen, es wird weder König Lorian noch König Kalmar gefallen, wenn sie ihre Armeen zum Rückzug zwingen.«

»Ihrer Art entsprechend werden sie sehr vorsichtig und diplomatisch vorgehen und keinesfalls etwas überstürzen«, entgegnete Selon. »Wie Ihr wisst, haben die Elben sich lange Zeit völlig aus allen weltlichen Belangen herausgehalten. Zwar haben sie ihre strikte Isolation inzwischen aufgegeben, aber Gewalt oder ihre Androhung wird auch weiterhin nur ihr letztes Mittel darstellen.«

Seine Worte ließen Warlon zögern. Er gab sehr viel auf die Meinung des Schriftgelehrten. Selon mochte ein Greis sein, der sich manchmal aus eigener Kraft kaum auf den Beinen halten konnte, doch sein Verstand war noch immer scharf. Warlon hielt ihn für den vielleicht klügsten, ganz sicher aber gebildetsten Zwerg, dem er je begegnet war.

»Die bloße Anwesenheit von eintausend Elbenkriegern stellt bereits eine Drohung dar«, sagte er.

»Dennoch werden ihre Verhandlungsführer nichts übereilen, sondern sich alle vorgeschobenen oder tatsächlichen Gründe für diesen Krieg genau anhören und versuchen, als Vermittler einen Kompromiss auszuhandeln. Über Jahrtausende hinweg herrschte gerade zwischen uns Zwergen und den Elben Missgunst, weil wir so grundverschieden sind. Dieser Groll wurde mittlerweile ausgeräumt, und da wir beide Außenseiter in einer immer stärker von den Menschen beherrschten Welt sind, stehen sie uns nun vermutlich sogar näher als ihnen. Aber so leicht werden die Elben nicht in einen offenen Kampf gegen die Menschen ziehen.«

Warlon verzog das Gesicht. Vermutlich hatte Selon Recht, aber das war einer der großen Unterschiede zwischen ihren Völkern. Wenn er erfahren hätte, dass das goldene Tal von einer Armee der Menschen angegriffen würde, wäre auch er sofort mit einer Streitmacht losgezogen. Allerdings hätte er vor Ort nicht erst lange Verhandlungen geführt, sondern unmissverständlich ein sofortiges Ende der Belagerung gefordert.

»Da tut sich etwas«, stieß Sokan hervor.

Tatsächlich löste sich eine Abordnung aus dem Heerlager und näherte sich der Mine, doch handelte es sich nicht nur um Elben, wie Warlon durch sein Fernrohr sah. Mehrere Menschen begleiteten sie, darunter General Tajir. Angeführt wurde die Delegation von …

»Illurien«, murmelte er verblüfft und schaute noch einmal genauer hin. Ja, es gab keinen Zweifel, die Herrin der Elben selbst führte die Abordnung an.

»Das ist gut«, stellte Schürfmeister Mirkol fest. »Die

Herrin hat sich immer in besonderem Maße für die Aussöhnung und die Freundschaft zwischen unseren Völkern eingesetzt.

Gut hundert Meter vor dem Baran-Tahal blieben Illurien und ihre Begleiter stehen.

»Ich wende mich an den Hohen Rat von Zarkhadul!«, rief sie mit lauter Stimme. »Berichte über ungeheuerliche Vorgänge sind bis in den hohen Norden, bis zu uns ins goldene Tal gelangt und haben mich veranlasst, persönlich herzukommen, um mir ein Bild von der Lage zu machen.«

»Wir grüßen Euch, Herrin, und danken Euch dafür«, erwiderte Warlon. »Ohne dass wir ihnen Grund dafür geboten haben, haben die Menschen ihre Bündnisse mit uns aufgekündigt und uns unter haarsträubenden Vorwänden mit Krieg überzogen.«

»Schweigt!«, donnerte Illurien. »Es wird Euch nicht mehr helfen, die Wahrheit zu verdrehen. Euer Verrat ist durchschaut. Ich kenne Eure Absichten, und ich weiß von dem heimtückischen Angriff auf das Heer König Kalmars, der glücklicherweise fehlgeschlagen ist, woraufhin Eure Krieger in Gefangenschaft geraten sind. Es ist nicht unsere Art, uns in die Angelegenheiten anderer Völker einzumischen, und wir könnten sogar über Euren Verrat an uns und den Menschen gleichermaßen hinwegsehen – auch wenn Ihr entgegen Eurer Beteuerungen Waffen an die barbarischen Stämme liefert, die diese zu Überfällen auf unsere Schiffe und die Dörfer der Menschen benutzen. Doch werde ich nicht zulassen, dass das Zwergenvolk diese ganze Region nur aus Gier und Machthunger in Krieg und Chaos stürzt.«

Warlon konnte nicht glauben, was er hörte, er fühlte sich unversehens in die tiefsten Tiefen eines Albtraumes hinabgestoßen, der noch schlimmer war als alles, was sich während der vergangenen Woche zugetragen hatte. Neben ihm schnappten einige der anderen Ratsmitglieder nach Luft.

»Das ist … das …«, keuchte er, doch Schrecken, Ungläubigkeit und Empörung über das, was er gerade gehört hatte, machten es ihm unmöglich, einen ganzen Satz herauszubringen.

»Nichts davon entspricht der Wahrheit!«, rief Ailin an seiner Stelle. »Freundschaftliche Bande verknüpfen Euer und unser Volk, Herrin, und Ihr und Eure Begleiter seid herzlich in Zarkhadul willkommen, damit wir uns in Ruhe zusammensetzen und gemeinsam die falschen Vorwürfe aus der Welt räumen können.«

»Verrätern ist nicht zu trauen, und dass Ihr Euren Verrat unter dem Tarnmantel der Freundschaft mit uns und den Menschen verübt habt, macht alles noch schlimmer. Wir werden uns nicht in Eure Gewalt begeben und uns dadurch zu Geiseln machen. Stattdessen verlangen wir, dass Ihr unverzüglich Euren Widerstand aufgebt und Euch ergebt. Für diesen Fall sichern wir Euch ein faires Tribunal zu, bei dem ich selbst den Vorsitz führen werde. Dort soll über Eure Verbrechen gerichtet werden, und dort könnt Ihr Euch verteidigen und Eure Unschuld beweisen, wenn dem wirklich so ist. In diesem Fall habt Ihr nichts zu befürchten. Weigert Ihr Euch jedoch, werden wir dazu beitragen, diesen Krieg zu einem raschen Ende zu führen. Weder Zarkhadul noch Elan-Dhor sind stark genug, sich gegen die vereinigte Macht der Elben und Menschen zu behaupten. Auch Eure Tore werden uns nicht aufhalten.«

War das wirklich die Herrin Illurien, die da sprach? Warlons Gefühl, in einem Albtraum zu versinken, wurde immer stärker. Noch vor wenigen Minuten war er überzeugt gewesen, dass dieser ganze Spuk durch das Eingreifen der Elben ein rasches Ende finden würde, doch stattdessen ergriffen diese für die Menschen Partei und drohten, an deren Seite in den Krieg zu ziehen. Er fühlte sich hilflos wie selten zuvor.

War denn die ganze Welt verrückt geworden?

»Eure Bedingungen sind unannehmbar!«, rief Sokan. »Ihr habt es selbst gesagt, Verrätern ist nicht zu trauen, und die Menschen haben uns verraten. Niemals werden wir freiwillig das Baran-Tahal öffnen, um eine bewaffnete Streitmacht von ihnen nach Zarkhadul zu lassen, damit sie nach Belieben plündern und rauben können. Eher sterben wir!«

Seine Worte waren ebenso tapfer wie dumm, und doch, welche andere Wahl blieb ihnen schon? Aufzugeben und sich den Belagerern auf Gedeih und Verderb auszuliefern, kam auch für Warlon nicht in Frage.

»Wie Ihr meint«, antwortete Illurien mit kalter, schneidender Stimme. »Wir geben Euch Zeit, Eure Entscheidung zu überdenken, bis die Sonne ihren höchsten Punkt erreicht. Und vertraut nicht zu sehr auf die Festigkeit Eures Tores. Wir werden Euch eine kleine Demonstration unserer Macht geben.«

Sie ergriff die Elbin und den Elben neben sich an der Hand, und die beiden streckten jeweils ihre freie Hand in Richtung der Mine aus. Bläuliche Flämmchen begannen um ihre Fingerspitzen zu tanzen.

Augenblicklich erkannte Warlon die Gefahr und fand auch endlich seine Sprache wieder.

»Weg hier!« brüllte er und schlug auf einen Hebel. Die Klappen vor den Felsöffnungen sausten herab und schlossen sich krachend. Gleich darauf ertönte ein Prasseln, als ob ein Sturm von außen Sandkörner dagegenschleudern würde.

Warlon versetzte Ailin und Mirkol einen Stoß, der sie zurücktaumeln ließ, dann packte er Selon, lud sich den greisen Mann kurzerhand über die Schulter und trug ihn davon. Die anderen wichen mit ihm zurück.

Die Schutzklappen begannen in düsterem Rot zu glühen. Der massive Stahl verformte sich und fing an zu schmelzen; zähflüssig rannen Tropfen daran herab. Eine unerträgliche Hitze breitete sich aus und trieb die Zwerge noch weiter zurück.

Als das Prasseln nach kaum einer Minute aufhörte, klafften faustgroße Löcher in den Klappen, und sie hingen deformiert in ihren Angeln. Noch ein paar Sekunden länger, und sie wären vollends herausgebrochen, aber die Demonstration reichte auch so aus.

»Das ist unser Ende«, stöhnte Kriegsmeister Sokan. »Was sollen wir gegen solche ungeheuerlichen Kräfte aufbieten? Auch das Baran-Tahal wird ihnen nicht standhalten. Zarkhadul ist verloren!«

25

UNTER GAUKLERN

In ferner Vergangenheit, vor der Zeitrechnung der Elben

Natürlich weigerte sich Urlak nicht, dem Befehl des Craal nachzukommen, da niemand einen Zweifel hegte, dass dieser seine Drohung sonst wahrmachen und sie alle töten lassen würde.

»Was war das?«, fragte Barlok, als das Ungeheuer den Wagen verlassen und sie wieder ihre normale Gestalt angenommen hatten. Auch Harlan und Puschel waren hinausgegangen.

Barlok fühlte sich wieder so schwach wie zuvor und hatte sich auf sein Lager zurücksinken lassen. »Als du mir die Hand auf die Schulter gelegt hast… Mit einem Mal habe ich mich viel stärker als vorher gefühlt, sonst hätte ich es nie geschafft aufzustehen.«

»Ich weiß«, antwortete Thalinuel. »Deshalb habe ich etwas von meiner eigenen Kraft auf dich übertragen.«

»Kannst…«

»Nein«, fiel sie ihm barsch ins Wort. »Weder kann ich dir über einen längeren Zeitraum hinweg Kraft spenden, noch kann ich es auf absehbare Zeit noch einmal tun. Ich habe nur sehr wenig auf dich übertragen, aber es ist gefährlich und kostet enorm viel Kraft, dies überhaupt zu tun. Kraft, die ich so schnell nicht noch einmal aufbringen kann.«

»Auf jeden Fall danke ich dir dafür. Ohne deine Hilfe wäre ich verloren gewesen. Die Sitten in dieser Zeit und bei diesen Kreaturen sind wirklich grausam, und nicht nur, was die Craal betrifft. Ich glaube, Urlak hätte sich über meinen Tod womöglich gefreut. Wenn wir in Elan-Dhor jeden getötet hätten, der einmal krank war oder verletzt worden ist, wäre unser Volk vermutlich schon ausgestorben.«

Langsam setzten sich die Wagen wieder in Bewegung und rumpelten weiter.

»Mir bereitet diese Vorstellung Sorgen, die Urlak und seine Leute morgen Abend geben sollen«, wechselte Thalinuel das Thema. »Weniger wegen des einen Tages, den wir dadurch verlieren, aber ich fürchte, dass Urlak anschließend die restliche Nacht und den darauffolgenden Tag in diesem Dorf verbringen will. Das könnte für uns gefährlich werden. Wenn nur ein einziger fremder Nocturne aus Neugier heimlich einen Blick in die Wagen wirft und uns in unserer wahren Gestalt zu sehen bekommt …«

»Das würde auch für die Gaukler den Tod bedeuten. Du musst mit Urlak sprechen, damit wir nach der Vorführung gleich weiterfahren. Er wird wohl einsehen, dass sonst auch für ihn die Gefahr zu groß wäre.«

»Ich hoffe es. Aber meine Sorge gilt weniger neugierigen Nocturnen als vielmehr Harlan. Ihm ist langweilig, und das macht ihn mürrisch; es wird immer schwerer, ihn unter Kontrolle zu halten. Wenn wir innerhalb einer Stadt sind, wird es fast unmöglich werden, ihn davon abzuhalten, sich auf eigene Faust dort umzusehen.«

»Auch das noch«, brummte Barlok. »Selbst wenn er das Aussehen eines Nocturnen annimmt, wird er auffallen, und uns kann er nicht tarnen, wenn Craal auftauchen oder dergleichen. Müssen wir es angesichts seiner Kräfte ausgerechnet bei ihm mit dem einzigen geistig zurückgebliebenen Elben zu tun bekommen, dem ich je begegnet bin?«

»Ich fürchte, das eine geht mit dem anderen Hand in Hand. Es sind seine Kräfte, die seinen Verstand gebeugt und niedergedrückt haben, und vielleicht ist es auch besser so. Ein Wesen, das so große Macht *und* dazu noch einen scharfen Verstand besitzt – wer weiß, ob es den Verlockungen widerstehen könnte, sich zu einem Herrscher aufzuschwingen, der noch schrecklicher als die Schattenmahre wäre. So jedoch besteht diese Gefahr nicht. Harlan ist ein sanftmütiger Junge – wenn er seine Kräfte missbraucht, dann höchstens aus seinem kindlichen Temperament heraus. Er wird lernen, dieses ebenso wie seine Magie besser zu beherrschen.«

»Mir scheint, zumindest Letztere beherrscht er dank dir mittlerweile ganz hervorragend. Während der ganzen Zeit, in der der Craal hier war, hat er scheinbar ohne große Mühe unsere Tarnung perfekt aufrechterhalten. Du hast wirklich gute Arbeit geleistet.«

Thalinuel seufzte.

»In einer einzelnen Eichel kann eine ungeheure Kraft schlummern. Wenn man sie in der Erde legt, mag daraus einst die größte und stärkste Eiche werden, die es je gab. Aber dieser Prozess braucht Zeit. Wie stark ein Schössling auch sein mag, er kann nicht in wenigen Tagen zu einem stattlichen Baum heranwachsen.«

Barlok nickte bedächtig.

»Bei uns heißt es, es reicht nicht aus, ein Stück Kohle zusammenzupressen, um es in einen funkelnden Diamanten zu verwandeln, aber gemeint ist das Gleiche. Manche Dinge brauchen ihre Zeit. Aber was hat das mit Harlan zu tun?«

»Der Junge ist wie so eine Eichel, eine Supereichel gewissermaßen, vermutlich die stärkste, die es je gab. Doch für jemanden, der nie in der gezielten Anwendung von Magie ausgebildet wurde, hat er einfach zu schnell gelernt, seine Fähigkeiten einzusetzen und zu kontrollieren. Ich bin selbst nicht einmal eine Magierin und weiß kaum etwas über diese Kräfte. Das bisschen Training, das ich mit ihm absolviert habe, ist so unbedeutend, dass es eigentlich so gut wie kein Ergebnis hätte bringen dürfen.«

»Hat es aber, du siehst es ja. Offenbar bist du eine bessere Lehrerin, als du glaubst.«

»Nein.« Entschieden schüttelte Thalinuel den Kopf. »Es liegt nicht an mir und dem Training, oder höchstens zu einem kleinen Teil. Es hat lange gedauert, bis ich es gemerkt habe, dass da noch eine weitere Macht im Spiel ist. Jemand anders nimmt Einfluss auf Harlans Fähigkeiten und lenkt sie in die richtige Richtung, wozu der Junge allein momentan nie in der Lage wäre.«

»Und wer, bitteschön, soll das sein?«

»Wer schon?« Sie verzog das Gesicht zu einem freudlosen Lächeln, das eher wie eine Grimasse aussah, und blickte zum Ausstieg des Wagens. »Mit wem ist er denn die ganze Zeit zusammen?«

Die Gaukler fuhren nicht mehr weit, sondern schlugen bereits nach wenigen Meilen für den Rest der Nacht und den größten Teil des nächsten Tages ihr Lager auf. Auch Barlok schlief die meiste Zeit, doch es war ein unruhiger, von wirren Albträumen erfüllter Schlaf. Craal und andere Ungeheuer kamen darin vor, die ihn jagten, während Nocturnen sie geifernd anfeuerten. Ein paarmal veränderte er sein Aussehen, um seine Verfolger abzuschütteln, aber nie gelang es ihm. Auch der Prinz und sogar Puschel tauchten in seinen Träumen auf, auch wenn er sich hinterher nicht mehr erinnerte, welche Rolle sie darin gespielt hatten.

Früher als gewöhnlich erwachten Urlak und sein Clan und verließen ihre Wagen, bereits am späten Nachmittag, nicht wie sonst erst bei Einbruch der Dunkelheit. Die Sonne schien an diesem Tag nicht. Graue Wolken bedeckten den Himmel, wie Thalinuel berichtete, und gelegentlich fiel sogar ein bisschen Regen, sodass das Tageslicht den Nocturnen nicht groß zu schaffen machte.

Wenig später brachen sie auf, allerdings fuhren sie auch jetzt nicht besonders weit. Schon nach nicht einmal einer Stunde änderte sich das Geräusch der Räder. Sie rollten nicht länger über eine unbefestigte Straße, sondern über Pflaster. Thalinuel erhob sich, schob die Plane vor dem Eingang ein Stückchen zur Seite und warf vorsichtig einen Blick aus dem Wagen.

»Ein Dorf, vermutlich dieses Hurk«, berichtete sie. »Alles ziemlich heruntergekommen, und besonders groß scheint es auch nicht zu sein. Niemand ist auf den Straßen zu sehen.«

Nach einer Weile hörte das Pflaster wieder auf. Erneut stand Thalinuel auf und blickte ins Freie.

»War wohl doch noch nicht der richtige Ort. Wir sind nur hindurchgefahren«, teilte sie mit, doch gleich darauf bogen die Wagen von der Straße ab. »Eine große Wiese. Offenbar soll die Vorstellung hier stattfinden.«

Laute Rufe und andere Geräusche ertönten außerhalb. Planen wurden zurückgeschlagen, scheppernd öffneten sich die Seitenklappen einiger der Wagen, und Gegenstände wurden abgeladen.

»Hilf mir auf«, bat Barlok. »Aus eigener Kraft schaffe ich es noch nicht aufzustehen, aber sitzen kann ich. Ich möchte zusehen, was da draußen geschieht.«

Mit Thalinuels Hilfe schaffte er es, sich in die Höhe zu stemmen und sich auf einer Kiste neben dem Eingang niederzulassen. Durch einen Spalt spähte er ins Freie. Urlak und seine Leute waren damit beschäftigt, aus vorgefertigten hölzernen Teilen, die sie von den Wagen luden, eine Art Bühne zu errichten. Sie wurde so aufgebaut, dass Barlok von seinem Platz aus einen guten Blick darauf hatte, worum Thalinuel den Nocturnen gebeten hatte. Da Barlok sich am schlechtesten bewegen konnte, würden sie die Zeit während der Vorstellung gemeinsam hier in seinem Wagen verbringen, um auf unvorhergesehene Vorfälle sofort reagieren zu können, wollten von den Darbietungen aber auch etwas mitbekommen.

Derzeit hielt Harlan sich mit Puschel noch im Freien auf und beobachtete den Aufbau der Bühne, hatte aber immerhin das Aussehen eines Nocturnen angenommen.

Was Thalinuel über die beiden erzählt hatte, war für Barlok immer noch kaum zu glauben, aber sie hatte ihm noch mehrfach versichert, dass Puschel nicht nur einen starken Einfluss auf das Gemüt des Jungen ausübte, sondern auch auf seine Kräfte. Ohne jeden Zweifel wäre das erfolgreiche Weben des Tarnzaubers zu einem wesentlich größeren Anteil diesem Einfluss zu verdanken als den Dingen, die sie dem Prinzen beigebracht hatte.

Seit Barlok das seltsame Wesen kannte, war er an Überraschungen gewöhnt, doch diese bereitete ihm die größte Sorge. Wer oder was war das so harmlos erscheinende Fellknäuel wirklich, welche Fähigkeiten besaß es, und vor allem – welche Absichten hegte es? Denn spätestens nach dem, was Thalinuel nun herausgefunden hatte, gab es für ihn keinen Zweifel mehr daran, dass es ein ganz eigenes, bislang undurchsichtiges Spiel trieb.

Es gehörte zu keinem der sonstigen in dieser Zeit lebenden Völker, weder zu denen des Lichts noch denen der Dunkelheit, so viel immerhin stand fest. Das war schon aus dem wenigen hervorgegangen, was Alanion ihm erzählt hatte. Auch dem Elbenfürst war ein Wesen wie dieses noch nie zuvor begegnet. In gewisser Hinsicht war Puschel hier ebenso fremd und gehörte so wenig hin wie er selbst und Thalinuel.

Nach einer Weile, als es dunkel geworden war und der Platz nur noch von Feuern und zahlreichen Fackeln erleuchtet wurde, erschienen einige Craal, und der Prinz kam zu seinem Wagen herüber und stieg herein. Barlok konnte nicht sagen, ob sich sein Peiniger von letzter Nacht bei den vierarmigen Kreaturen befand.

Zunächst hatte er gedacht, die Craal wollten nur kontrollieren, ob sie wirklich wie befohlen auftreten würden, und die Vorbereitungen überwachen, doch dann sah er, dass sie nicht allein gekommen waren. Bei ihnen befanden sich rund ein Dutzend Gefangene. Nocturnen, die an den Händen gefesselt und zudem mit einem Seil aneinandergebunden waren. Mit gesenkten Köpfen schlurften sie hintereinander her. Der Blick ihrer Augen war leer, und gelegentlich ließ einer der Craal eine Peitsche auf sie niedersausen, wenn sie für seinen Geschmack nicht schnell genug gingen.

Oder auch nur zu seinem eigenen Vergnügen.

»Was hat das zu bedeuten?«, fragte Barlok überrascht.

»Sie werden wohl für die Vorführung benötigt«, erwiderte Thalinuel. Auch sie musterte die Neuankömmlinge. »Ich habe aufgeschnappt, dass Urlak etwas von zusätzlichen Statisten erwähnte, die vor der Aufführung gebracht würden.«

»Nach Freiwilligen sieht mir das allerdings nicht aus.« Barlok beobachtete, wie die Gefangenen an Urlak übergeben wurden, der sie immer noch gefesselt hinter die Bühne führte, wo sie Barloks Sicht entzogen waren. Welches Schicksal ihnen auch immer drohte, die Nocturnen schienen sich damit abgefunden zu haben, denn keiner von ihnen wagte aufzubegehren oder zeigte sonst irgendwelche Zeichen von Widerstand.

Allmählich trafen weitere Craal und vor allem viele Nocturnen ein, und die Wiese begann sich zu füllen. Letztere immerhin waren nicht gefesselt und schienen aus freiem Willen zu kommen, doch einen sonderlich glücklichen Eindruck machten auch sie auf Barlok nicht.

Bei seinem Volk gab es keine Gaukler und Schausteller, wohl aber bei den Menschen. Er hatte noch nie eine entsprechende Vorstellung besucht, aber von anderen gehört, dass es eine von Fröhlichkeit und Ausgelassenheit geprägte Veranstaltung war. Nichts davon war jedoch hier zu erkennen. Nur wenige der Nocturnen sprachen miteinander, stattdessen blickten viele von ihnen sich immer wieder ängstlich nach den Craal um. Furcht beherrschte die gesamte Szenerie.

Um die Kräfte des Jungen nicht vorzeitig zu erschöpfen, hatte Thalinuel darauf verzichtet, Harlan aufzufordern, ihnen das Aussehen von Nocturnen zu verleihen. Die im Dunkeln stehenden Wagen wurden ohnehin von niemandem beachtet. Dennoch verhielten sie sich vorsichtig, spähten nur durch winzige Spalten an den Seiten der Planen.

Der Platz füllte sich nun immer rascher. Es mussten Tausende von Nocturnen sein, die sich versammelten, viel mehr, als in dem kleinen Ort lebten, durch den sie gefahren waren. Offenbar strömten sie auch aus allen umliegenden Dörfern herbei.

Eine schrille, disharmonische Musik ertönte, dann trat Urlak in einem blutroten Kostüm auf die Bühne. Er begrüßte die Anwesenden, bedankte sich, dass so viele gekommen waren, und versicherte ihnen mit vielen großspurigen Worten, dass sie es nicht bedauern würden, weil sie eine einmalige, ganz besondere Darbietung erwarten würde, wie es sie nirgendwo sonst auf der Welt gäbe.

»Und nun begrüßt als ersten Künstler des heutigen Abends meinen Sohn Ore, den vermutlich großartigsten Messerwerfer, der je gelebt hat«, schloss er schließlich.

Ein sich steigernder Trommelwirbel setzte an. Auf einem Gestell wurde eine runde Scheibe auf die Bühne gerollt. Einer der Gefangenen war mit gespreizten Armen und Beinen in Form eines großen X daran festgeschnallt. Er war nackt.

Der Trommelwirbel veränderte sich und brach ab, als einer von Urlaks Söhnen die Bühne von der anderen Seite betrat und sich verbeugte. Barlok erinnerte sich an den Namen Ore, es war der Junge, der ihn mit dem Dolch verletzt und beinahe getötet hätte.

»Du solltest dir das nicht ansehen«, wandte sich Thalinuel an den Prinzen. »Setzen wir uns nach hinten in den Wagen, dann erzähle ich dir weiter von meiner Welt.«

Erstaunt blickte Barlok sie an, wunderte sich, warum sie den Jungen von dem harmlosen Vergnügen abbringen wollte.

»Aber ich will das sehen«, widersprach Harlan und schüttelte heftig den Kopf. »Endlich mal ein bisschen Abwechslung. Alanion hat das manchmal auch gemacht. Er konnte sehr gut Messer werfen. Egal wie knapp er geworfen hat, er hat niemals jemanden verletzt.«

Für Ore galt das nicht. Erneut setzte ein Trommelwirbel an, diesmal nur kurz, während der Nocturne Maß nahm und sein erstes Messer schleuderte. Die Klinge bohrte sich in die linke Handfläche des Gefangenen. Dieser bäumte sich in seinen Fesseln auf, schaffte es jedoch, einen Schrei zu unterdrücken.

Ein Raunen ging durch die Zuschauer, doch es klang keineswegs entsetzt, und erst jetzt begriff Barlok plötzlich voller Abscheu, dass es sich keineswegs um einen Fehlwurf gehandelt hatte. Jetzt wurde ihm auch klar, warum Thalinuel versucht hatte, Harlan davon abzubringen, sich die Vorstellung anzusehen.

Wie hatte er nur so naiv sein können? Vermutlich hatte er die Wahrheit gar nicht sehen *wollen*, weil sie so schrecklich war. Bei den Menschen mochte eine Gaukleraufführrung ein harmloses, fröhliches Vergnügen sein, doch ein Volk, das sich den Göttern der Finsternis verschrieben hatte, verstand unter Vergnügen etwas ganz anderes. Sie ergötzten sich an Blut und Grausamkeiten, und Urlaks Truppe lieferte ihnen genau das.

Die Craal kannten nur eine Strafe für ein Vergehen. Die Nocturnen, die sie hergebracht hatten, waren nicht einfach nur Gefangene gewesen, sondern Todgeweihte, deren Hinrichtung während der Vorführung durchgeführt wurde!

Ein weiterer kurzer Trommelwirbel, und Ore schleuderte sein nächstes Messer. Es bohrte sich in die rechte Hand seines Opfers.

»Der ist aber schlecht!«, empörte sich Harlan. »Er tut ihm ja weh!«

»Du solltest auf Thalinuel hören und dir das wirklich nicht ansehen«, sagte Puschel. »Weißt du, die Nocturnen sind anders als wir. Ihnen macht es Freude, anderen wehzutun.«

»Du meinst, er trifft ihn absichtlich?« Mit großen, ungläubigen Augen starrte der Prinz ihn an. »Die sind aber wirklich böse. Dann will ich das erst gar nicht sehen.« Mit dem Fellknäuel auf dem Arm erhob er sich und setzte sich in eine hintere Ecke des Wagens. »Dann erzähl mir was, wie du es versprochen hast«, forderte er Thalinuel auf.

Die Elbin nickte, stand auf und ging zu ihm hinüber, während der nächste Trommelwirbel ertönte. Die Menge vor der Bühne begann zu jubeln und zählte die Treffer lautstark mit…

Thalinuels Geschichte, Januar 11658 alter Zeitrechnung der Elben

Man bereitete ihnen einen kühlen Empfang, als sie nach Talarien zurückkehrten, aber das überraschte Thalinuel nicht. Sie waren in der Erwartung eines überwältigenden Sieges aufgebrochen, doch stattdessen kehrten sie als Besiegte heim. Aber das war es nicht allein, wie sie rasch herausfand. Schmährufe erklangen, während sie langsam mit Molakan und einigen anderen aus seinem engeren Führungsstab durch die Straßen ritt.

Auch Olvarian befand sich bei ihnen. Kurz bevor sie die Stadt erreicht hatten, war er mit seinen Truppen wieder zum Rest des Heeres gestoßen. Sein Bericht hatte heftige Diskussionen ausgelöst, und er hatte sich eine Menge Vorwürfe von Molakan anhören müssen: dass er zu weit gegangen wäre, als er so große Verwüstungen in Saltinan angerichtet hatte. Dies war ganz und gar nicht das Ziel seiner Mission gewesen.

Auch die Schmährufe, mit denen sie nun in Talarien bedacht wurden, bezogen sich hauptsächlich darauf. In den Gesichtern vieler Elben, an denen sie vorbeikam, las Thalinuel Zorn, aber auch Unverständnis und Unsicherheit, sogar Angst davor, welche Reaktionen ihre Tat auslösen würde.

Sie achtete kaum darauf, fühlte sich noch immer wie betäubt. Zu frisch wühlte der Schmerz über den Verlust Verilons in ihr. Sein Tod war für sie schlimmer als alles andere.

Vor dem Sitz des Bewahrers der Säulen von Talarien stiegen sie von ihren Pferden. Larkosh erwartete sie bereits in seinem Amtszimmer. Auch sein Gesicht zeigte Zorn.

»Was habt Ihr Euch bloß bei dem Angriff auf Saltinan gedacht?«, fuhr er Molakan an, ohne sich auch nur Zeit für eine Begrüßung zu nehmen. »Das ist Wahnsinn! Ihr habt einen Bruderkrieg innerhalb des Elbenvolkes begonnen, habt dem König den Krieg erklärt!«

»Falsch«, erwiderte Molakan. »Der König hat unserem Volk den Krieg erklärt. Er hat sich gegen uns und für die Menschen entschieden, hat sich vor ihnen erniedrigt und sich ihnen angebiedert. Wir hatten bereits gesiegt, als er sich mit seinen Truppen schützend vor die Menschen gestellt hat. Damit hat er Verrat an den Interessen unseres Volkes geübt und uns selbst den Krieg erklärt.«

»Aber Saltinan verwüsten, das Juwel unter den Elbenstädten, und die Türme niederbrennen, eines der großen Wunder der Welt, deren Hüter Ihr selbst einst wart ...« Larkosh gestikulierte erregt mit den Händen und ging auf und ab. »Wie konntet Ihr bloß so eine Schreckenstat begehen? Die Nachricht hat sich in Windeseile verbreitet, und ein Aufschrei des Entsetzens und der Empörung geht durch unser Volk. Ihr habt es auf Eurem Weg vielleicht noch nicht mitbekommen, aber hört Euch nur einmal auf den Straßen um. Man jubelt Euch nicht länger zu, sondern wendet sich voller Zorn von Euch ab.«

»Ich habe den Angriff auf Saltinan geführt«, erklärte Olvarian. »Er war so nicht geplant. Es sollte ein Überraschungsschlag werden. Wenn es uns gelungen wäre, die Königin in unsere Gewalt zu bringen ...«

»Wenn, wenn, wenn«, äffte Larkosh ihn nach. »Es ist Euch aber nicht gelungen, und nun wird die Rache des Königs rasch und hart erfolgen. Es ist zu hören, dass überall im Reich, wo sich die Nachricht schon verbreitet hat, die Elben zu den Waffen greifen, um ihn zu unterstützen. Selbst die, die vorher an ihm gezweifelt haben, ohne ganz auf unsere Seite zu wechseln, stellen sich nun hinter ihn. Wir können es nicht mit der geballten Macht des Königs aufnehmen!«

»Auch in den freien Städten, die sich mit uns verbündet haben, werden die Elben zu den Waffen greifen, selbst wenn sie im Moment zornig sein mögen«, behauptete Molakan. »Allein schon, um zu verteidigen, was wir bislang erreicht haben. Es sind Thir-Ailith, für sie gibt es keinen Weg zurück. Und auch nicht für die Verwalter der Städte, die sie aufgenommen haben, denn auch auf ihnen lastet der Bann. Aber das brauche ich Euch wohl nicht zu sagen.«

»Ich habe mich vom Königreich losgesagt und Euch und allen, die nach Euch kamen, Unterschlupf gewährt, weil ich Lotharons Politik den jüngeren Völkern gegenüber für falsch hielt. Aber ich habe niemals vorgehabt, gegen ihn Krieg zu führen! Einen Krieg zudem, den wir nicht gewinnen können.«

»Das sehe ich anders«, widersprach Molakan. »Auch wir haben ein großes Heer und können es kräftemäßig mit dem des Königs aufnehmen.«

»Ihr Narr!«, schrie Larkosh ihn an. »Ich glaube, Euch ist immer noch nicht klar geworden, was Ihr angerichtet habt. Ihr hattet alle Trümpfe in der Hand. Das Bündnis zwischen Lotharon und den Menschen hätte viele erzürnt und Euch zahlreiche neue Anhänger zugetrieben. Aber das interessiert mittlerweile niemanden mehr. Jeder spricht nur von der Verwüstung Saltinans, und alle sind empört darüber. Diejenigen, die vorher unentschlossen waren, Euer Handeln jedoch mit Sympathie verfolgt haben, schlagen sich in Massen wieder auf die Seite des Königs. Sogar viele Eurer Anhänger sagen sich von Euch los.«

»Dann sind sie gleich doppelte Verräter«, knurrte Molakan. »Wahrlich Ausgestoßene, die bei niemandem mehr eine Heimat haben. Aber das Blatt wird sich wieder wenden. Wenn es zum Krieg kommt, wird bald niemand mehr von Saltinan sprechen. Und ich habe noch einen Trumpf in der Hand, den Ihr anscheinend vergessen habt. Mit Tal'Orin verfüge ich über die stärkste Festung, die jemals erbaut wurde. Nicht einmal mit hunderttausend Kriegern könnte Lotharon sie erstürmen!«

»O nein, ich habe Tal'Orin keineswegs vergessen«, behauptete Larkosh. »Sicher, Ihr könnt Euch dort verschanzen, aber was ist mit allen anderen? Unsere Städte sind nicht befestigt und können den Truppen des Königs keinen solchen Widerstand entgegensetzen. Lotharon wird eine abtrünnige Stadt nach der anderen erobern, auch Talarien, und die Verwalter durch ihm treu ergebene Gefolgsleute ersetzen. Mich eingeschlossen. Aber so weit werde ich es nicht kommen lassen!«

Irgendetwas stimmte nicht. Thalinuel wusste nicht zu sagen, woher das Gefühl stammte, aber sie spürte es so deutlich, dass es sie sogar aus ihrem dämmrigen Trauerzustand riss. Alles wirkte trotz des Streits völlig normal, und doch hatte sich etwas verändert. Vielleicht war es nur eine Ahnung, die sie warnte, vielleicht hatte sie aber auch unterschwellig etwas wahrgenommen, das ihrem Bewusstsein noch verschlossen blieb, aber das Gefühl war zu stark, um es zu ignorieren.

»Ich fürchte, es gibt wenig, was Ihr dagegen tun könnt, außer Euch noch enger an mich zu binden«, stieß Molakan hervor. »Wenn, dann kann nur ich Euch vor diesem Schicksal bewahren. Wir werden Talarien nicht kampflos preisgeben. Wenn der König die Stadt will, muss er sie mit Blut erobern, und dann wird sich die öffentliche Meinung schon bald wieder gegen ihn wenden.«

»Unter keinen Umständen werde ich zulassen, dass Talarien ebenfalls verwüstet und unter den Bewohnern ein Blutbad angerichtet wird«, entgegnete Larkosh scharf. »Als Bewahrer der Säulen habe ich die Pflicht, sie …«

»Es brennt«, stieß Olvarian plötzlich mit einem Blick aus einem der Fenster hervor.

Genau wie die anderen warf auch Thalinuel einen Blick ins Freie. Im Norden der Stadt stiegen dichte Rauchwolken auf, und sie konnte den rötlichen Schein lodernder Flammen sehen. Es musste sich um ein großes Feuer handeln.

Einzig Larkosh schien davon kein bisschen überrascht zu sein, dabei hätte gerade er von einem Brand in seiner Stadt besonders betroffen sein müssen. Das ungute Gefühl, das Thalinuel befallen hatte, verstärkte sich sprunghaft. Was immer es ausgelöst hatte, es passierte jetzt, in diesem Augenblick.

»Nachrichten verbreiten sich schnell in unserem Volk, vor allem, wenn Herolde sie überall verkünden«, ergriff Larkosh erneut das Wort. »Da gibt es noch etwas, das Ihr bislang offenbar nicht wisst, Molakan. König Lotharon hat den Verwaltern und Bewohnern aller abtrünnigen Städte Straffreiheit und eine Aufhebung des Banns angeboten, wenn sie sich von Euch lossagen und wieder dem Königreich anschließen.«

Er trat ein paar Schritte zurück, und im gleichen Moment wurde die Tür aufgestoßen. Krieger der Stadtgarde drangen in den Raum.

»Verrat!«, brüllte Molakan.

Ja, es war ein Verrat, und Thalinuel begriff als eine der Ersten, wie weit er reichte. Mit einem Mal wusste sie, was das Feuer zu bedeuten hatte. Im Norden der Stadt lagen die erst in den letzten Monaten errichteten Kasernen des Heers der Thir-Ailith. Da sie allein nicht ganz ausreichten, hatte ein Teil der vom Feldzug zurückgekehrten Krieger dort außerhalb der eigentlichen Stadt zudem ein Zeltlager errichtet, wo sie die Nacht verbringen wollten, ehe sie am nächsten Tag nach Tal'Orin weiterritten.

»Ich werde nicht Euretwegen zulassen, dass die Bewohner dieser Stadt abgeschlachtet werden«, sagte Larkosh. »Ihr habt einen schrecklichen Fehler begangen, Molakan, und Eure Rebellion dadurch selbst zum Scheitern verurteilt. Zeigt wenigstens jetzt etwas Vernunft und ergebt Euch, dann braucht kein Blut zu fließen. Ergreift sie!«

Ein Teil der Krieger drang vor, während die anderen mit gespannten Bögen im Hintergrund der Halle stehen blieben.

»Wir ergeben uns niemals!«, brüllte Olvarian und zog sein Schwert. Ein Pfeil bohrte sich in seine rechte Schulter. Zwei weitere Krieger wurden ebenfalls von Pfeilen getroffen, als sie ihre Waffen ziehen wollten.

Auch Thalinuel wollte, ohne zu überlegen, nach ihrem Schwert greifen, ließ ihre Hand jedoch ein Stück vom Griff entfernt verharren und zog sie wieder zurück. Ein bereits auf sie gerichteter Pfeil blieb auf der Sehne.

Bevor die Gardisten sie erreichten, hechtete sie zur Seite auf Larkoshs langen Tisch zu, schlug einen Salto darüber hinweg und stieß ihn noch in der Drehung mit den Füßen um. Dadurch konnte sie ihren Aufprall nicht richtig abfedern und landete hart auf dem Boden, aber die auf sie abgeschossenen Pfeile schlugen wirkungslos in die Tischplatte ein.

Als sie vorsichtig den Kopf hob und einen Blick darüberwarf, sah sie, dass auch Molakan nicht untätig geblieben war. Mehrere Pfeile flammten in der Luft auf und zerfielen zu Asche. Gleich darauf fingen auch die Bögen der Schützen Feuer, sodass diese sie fallen lassen mussten.

Thalinuel versetzte dem Tisch einen kräftigen Stoß. Er rutschte auf die Gardisten zu und prallte gegen einige von ihnen, riss sie zwar nicht von den Beinen, aber lenkte sie für einen Moment ab.

Ihre Begleiter hatten inzwischen ihre Waffen gezogen und setzten sich gegen die Angreifer zur Wehr, aber die Übermacht der Gardisten war zu groß.

»Ergreift sie endlich!«, rief Larkosh.

Thalinuel rannte los, sprang auf die Seitenkante des umgestürzten Tisches und stieß sich davon ab. Mit einem Salto setzte sie über die Gardisten hinweg und landete fast unmittelbar vor dem Bewahrer der Säulen wieder auf den Beinen. Er versuchte, noch weiter zurückzuweichen, war aber nicht schnell genug. Mit einer Hand packte Thalinuel ihn und zog ihn zu sich heran, mit der anderen griff sie nach einem Messer in ihrem Gürtel und presste ihm die Klinge gegen den Hals.

»Aufhören!«, befahl sie. »Lasst eure Waffen fallen, oder ich töte ihn. Ich schwöre, ich werde ihm die Kehle durchschneiden!«

Die Kämpfe kamen augenblicklich zum Erliegen. Rasch

wurden die Gardisten entwaffnet, aber vor der Tür warteten noch weitere.

»Gut gemacht«, lobte Molakan. Die Krieger scharten sich um Thalinuel. Glücklicherweise war keiner von ihnen schwer verletzt worden. »Und jetzt nichts wie weg von hier. Larkosh nehmen wir als Geisel mit.«

Um einen Befreiungsversuch zu vereiteln, wurde Thalinuel von ihren Begleitern wie von einem lebenden Schutzschild umgeben, als sie die Halle verließen. Die Gardisten wichen vor ihnen zurück und ließen sie unbehelligt passieren.

»Lasst sie gehen!«, stieß Larkosh hervor. »Sie werden ihre Strafe schon noch erhalten.«

Wie Thalinuel vermutet hatte, war er ein Feigling, der sie nur verriet, um sich und sein Amt zu retten. Als Molakans Bewegung rasant am Erstarken gewesen war, hatte er die Zeichen der Zeit erkannt und sich rasch auf dessen Seite gestellt. Nun jedoch, da ihnen der Wind ins Gesicht wehte, wechselte er mit gleicher Geschwindigkeit ein weiteres Mal die Fronten.

Vor dem Gebäude standen immer noch ihre Pferde. Thalinuel wartete, bis ihre Begleiter aufgestiegen waren, dann versetzte sie Larkosh einen Stoß und schwang sich ebenfalls in den Sattel.

»Für Euren heimtückischen Verrat sollte ich Euch töten«, stieß Molakan hervor. »Aber um es mit Euren eigenen Worten zu sagen, Ihr werdet Eure Strafe schon noch erhalten.«

Sie trieben ihre Pferde an, preschten durch die Straßen nach Norden, wo immer noch der Brand wütete. Niemand wagte sich ihnen entgegenzustellen.

Bald kamen ihnen Reiter ihres Heeres entgegen, deren Ziel gewesen war, Molakan zu retten, nachdem sie die Falle erkannt hatten. Entsprechend froh waren sie, ihn und die anderen Befehlshaber mehr oder weniger wohlbehalten anzutreffen. Wie sie berichteten, hatten sie und die anderen Krieger sich nichts ahnend und todmüde von dem langen Ritt auf ihre Betten in den Kasernen fallen lassen, doch kurz darauf waren diese in Flammen aufgegangen. Als sie aus dem Rauch und dem Feuer ins Freie getaumelt waren, hatte die Stadtgarde sie bereits erwartet und war über sie hergefallen.

»Aber sie haben nicht mit unserem erbitterten Widerstand gerechnet«, schloss der Krieger. »Sie haben wenig Kampferfahrung.«

Der Kampf dauerte noch immer an, als sie die Kasernen erreichten. Viele der Krieger hatten ihre Waffen zurückgelassen, als sie voller Panik ins Freie geflohen waren, und bevor sie überhaupt begriffen, was geschah, waren sie ein leichtes Opfer der talarischen Garde geworden. Erleichtert sah Thalinuel, dass die meisten von ihnen jedoch nur niedergeschlagen und nicht getötet worden waren.

Aber wie der Krieger schon gesagt hatte, die Gardisten waren kaum kampferprobt und den Veteranen des Heeres sowohl an Zahl wie auch Erfahrung weit unterlegen, nachdem diese sich erst einmal formiert hatten. Larkosh hatte seine Kämpfer deutlich überschätzt. Vermutlich hatten sie ihre Hoffnungen hauptsächlich auf die Festnahme Molakans und der anderen führenden Thir-Ailith gesetzt und erwartet, dass das Heer sich ergeben würde, wenn diese als Geiseln vorgeführt wurden. Als sie sie jetzt jedoch frei herannahen sahen und erkannten, dass der Plan gescheitert war, wandten sie sich entsetzt zur Flucht.

In dem Zeltlager vor der Stadt bot sich das gleiche Bild. Auch hier hatten die Gardisten gewartet, bis die Krieger müde in ihre Zelte gekrochen waren, und hatten diese anschließend mit Brandpfeilen über ihren Köpfen angesteckt, und auch hier flohen sie entsetzt, als sich die Heerführer näherten.

»Lasst sie fliehen!«, befahl Olvarian. Noch immer steckte der Pfeil in seiner Schulter, und sein Arm hing taub herab. »Und kümmert euch um die Verletzten. Ich vermute, dass Truppen des Königs bereits auf dem Weg nach Talarien sind. Wir müssen weg von hier.«

Viele der Krieger hatten Brandwunden erlitten oder waren bei dem anschließenden Kampf verletzt worden, doch glücklicherweise hatte es nur wenige Tote gegeben.

»Larkosh wird für all das büßen«, presste Molakan zähneknirschend hervor. »Lotharon hat schneller als erwartet gehandelt. Es war ein kluger Zug von ihm, den Verwaltern eine Aufhebung des Banns anzubieten, wenn sie reumütig das Knie vor ihm beugen. So viel Geschick hätte ich einem Sturkopf wie ihm nicht zugetraut, das riecht eher nach einem Plan der Königin. Aber es wird ihnen nichts nützen. Lasst alles zurück, was ihr nicht dringend braucht. Wir reiten nach Tal'Orin!«

In ferner Vergangenheit, vor der Zeitrechnung der Elben

Mit fortschreitender Dauer hatte Barlok immer mehr Thalinuels Schilderung gelauscht, statt das Geschehen auf der Bühne zu verfolgen. Was dort vor sich ging, war einfach nur widerlich und abstoßend, und schließlich hatte er nur noch von Zeit zu Zeit einen Blick auf die Aufführung geworfen, die sich von Darbietung zu Darbietung an Grausamkeit steigerte.

Beim Messerwerfen ging es tatsächlich kein einziges Mal darum, das Opfer zu verfehlen, sondern es so oft wie möglich zu treffen, ohne es zu töten, und Ore erwies sich wahrlich als ein Meister darin. Ein Messer nach dem anderen schleuderte er, und das Publikum johlte begeistert bei jedem Schrei des Opfers und zählte die Treffer laut mit.

Anschließend erhielten mehrere der Todgeweihten Schwerter, um sich auf der Bühne gegenseitig abzuschlachten. Damit sie sich auch wirklich anstrengten, war dem Sieger die Freiheit versprochen worden. Einer der Gaukler jonglierte anschließend mit den noch bluttriefenden Köpfen und anderen abgetrennten Körperteilen der Getöteten. Ein Feuerspucker betrat die Bühne und begann, die Körperteile während des Jonglierens in der Luft zu rösten, ehe sie ins Publikum geschleudert wurden. Gierig fielen die Nocturnen darüber her, und Barlok erinnerte sich, dass sie ursprünglich Kannibalen gewesen waren.

Eine blutrünstige Darbietung reihte sich an die andere, und jede wurde von Urlak vollmundig angepriesen. Dabei stellte Barlok fest, dass es sich bei allen auftretenden Gauklern seiner Sippe entweder um seine Frauen oder seine Söhne und Töchter handelte.

Es war ein widerwärtiges Schauspiel, aber den Zuschauern gefiel es. Immer begeisterter jubelten sie und steigerten sich in einen regelrechten Blutrausch hinein.

Als Höhepunkt wurde schließlich eine Art Theaterstück aufgeführt. Es handelte davon, wie die in beeindruckenden Kostümen dargestellten Schattenmahre Göttern gleich über eine Welt herrschten, in der die Nocturnen und andere Völker frei nach ihren eigenen Regeln und Vorstellungen leben konnten. Dann jedoch tauchten mit albernen blonden Perücken dargestellte Elben auf, die sie feige aus dem Hinterhalt umzubringen begannen. Heldenmütig stellten sich die Craal und sonstigen Wesen der Finsternis ihnen entgegen und drängten sie zurück. Ihr Kampf war jedoch nur möglich, weil sie mit allem, was sie benötigten, von fleißigen Nocturnen beliefert wurden, nicht nur mit Nahrung, sondern auch mit Waffen und Rüstungen.

Es war ein äußerst plumpes Stück, voller pathetischer Reden, die den Nocturnen die Wichtigkeit ihres Beitrags zu diesem Krieg vor Augen führen sollten und sie aufforderten, ihre Pflicht zu erfüllen. Am Ende besiegten die Schattenhorden freilich ihre Feinde und metzelten die letzten als Elben verkleideten Gefangenen nieder.

Als Urlak schließlich wieder die Bühne betrat und das Ende der Vorstellung verkündete, schwammen die Bretter geradezu in Blut, und das Publikum raste vor Begeisterung.

Barlok hingegen war übel, obwohl er zuletzt kaum noch hingesehen hatte und sicherlich alles andere als zart besaitet war. Am liebsten wäre er hinausgestürmt und hätte dem Blut auch noch das von Urlak und seiner Sippe hinzugefügt. Sie waren Monster, Ungeheuer, nicht wert, auch nur einen Tag länger zu leben.

Und diesen Kreaturen hatten sie ihr Leben anvertraut und ließen sich von ihnen in den Süden bringen? Hätte er vorher gesehen, zu welchen Abscheulichkeiten sie fähig waren, hätte er sich niemals mit ihnen eingelassen. Er war nur froh, dass Harlan freiwillig darauf verzichtet hatte, sich das anzusehen. Allein schon die Schreie und was er sonst hatte hören müssen, waren schlimm genug gewesen, obwohl Thalinuel ihn abgelenkt hatte.

Allmählich zerstreute sich die Menge der Zuschauer, allerdings gingen nicht alle freiwillig. Einige waren so im Blutrausch, dass sie aufeinander losgingen und von den Craal auseinandergetrieben werden mussten, wobei es Verletzte und auch wiederum einige Tote gab. Ungerührt davon begannen Urlak und seine Leute die Bühne abzubauen, und knapp eine Stunde später setzten sie ihre Reise fort, als hätten sie nur eine Rast wie jede andere eingelegt.

In den folgenden Tagen konnte Barlok spüren, wie es ihm fast stündlich besser ging und seine Kräfte zurückkehrten. Seine Wunde hatte sich geschlossen und war gut verheilt, er konnte seinen Arm wieder ohne Einschränkungen bewegen.

Zwei Tage nach der Aufführung konnte er aus eigener Kraft aufstehen. Er genoss es, seinen Wagen zum ersten Mal nach Wochen zu verlassen, und seine Stimmung besserte sich schlagartig. An einen Felsen gelehnt saß er mehrere Stunden lang im Freien und ließ sich die Sonne ins Gesicht scheinen. Zwischendurch ging er auf Thalinuels Rat hin immer wieder eine Weile auf und ab. Seine Muskeln waren vom langen Liegen erschlafft, er musste sie erst wieder neu trainieren und an Bewegungen gewöhnen.

Anfangs bereitete ihm dies noch große Mühen, doch war er gerne bereit, diese zu erdulden. Sich nach so vielen Tagen endlich wieder zu bewegen, frische Luft atmen und statt der fleckigen Zeltplane den Himmel und die freie Landschaft sehen zu können, entschädigte ihn für alles andere.

Mit jedem Tag gelang es ihm besser, und nach einer knappen Woche fühlte er sich wieder fast so wie vor seiner Verletzung.

Nach seinem Erwachen hatte er den Wunsch verspürt, mit Urlak zu sprechen und ihn näher kennen zu lernen. Dieser Wunsch hatte sich jedoch nach der Aufführung ins Gegenteil verkehrt. Er mied die Gaukler sogar, so gut es ging, kehrte bei Einbruch der Dunkelheit, wenn sie aufstanden, stets in seinen Wagen zurück, um ihnen erst gar nicht zu begegnen. Er wusste, dass sie ohne Urlak den Süden niemals erreichen würden, und war ihm noch immer dankbar für die Hilfe. Wenn er jedoch an die Nocturnen dachte, stiegen stets die blutigen Bilder aus Hurk aus seiner Erinnerung empor, und er verspürte nur Abscheu.

Dafür versuchte er mehrfach, mit Puschel ins Gespräch zu kommen, in der Hoffnung, von ihm etwas über seine Beziehung zum Prinzen zu erfahren. Aber alle Fragen, die auch nur vage in diese Richtung gingen, blockte er mit albernen Späßen und Grimassen ab, bis Barlok seine Versuche schließlich aufgab.

Allmählich begann sich die Umgebung zu verändern. War ein Großteil des Landes, durch das sie bislang gefahren waren, landwirtschaftlich genutzt worden, so entdeckte Barlok nun immer häufiger Rauchfahnen am Horizont. Von den Nocturnen erfuhr Thalinuel, dass es in den südlichen Landesteilen hauptsächlich Köhlereien, Essen und Waffenschmieden gab, in denen unter der Aufsicht der Craal Waffen und Rüstungen hergestellt wurden. Sie umfuhren diese möglichst weiträumig. Dennoch gerieten sie nun immer häufiger in Kontrollen der Craal, die jedoch ohne nennenswerte Zwischenfälle abliefen.

Als Barlok eines Morgens aus seinem Wagen trat, entdeckte er in der Ferne einen Fluss, hinter dem sich eine große, düstere Wand erhob. Zunächst glaubte er an eine Mauer, doch dann erkannte er, dass es sich um Bäume handelte, um den größten Wald, den er jemals gesehen hatte. So weit er blicken konnte, erstreckte er sich von einer Seite des Horizonts zur anderen und noch darüber hinaus.

»Elem-Laan, der Finsterwald, wie die Menschen ihn einst nennen werden«, sagte Thalinuel und trat neben ihn. »Alanion hat behauptet, dass ein großer Teil des Elbenvolkes von dort aus den Kampf gegen die Horden des Bösen führt.«

»Dann haben wir unser Ziel fast erreicht. Allerdings liegt da noch ein großes Hindernis im Weg. Der Fluss sieht ziemlich breit und wild aus.«

»Das muss der Aloron sein. In meiner Zeit ist er vom Wald verschlungen worden und nahezu ausgetrocknet, aber man kann noch erkennen, dass er einst ein mächtiger Strom war. Und das war er wohl tatsächlich. Ein Hindernis, da hast du Recht.«

»Einstmals gab es Brücken, doch sie wurden zerstört, um es den Elben zu erschweren, Angriffe auf diese Seite des Flusses durchzuführen«, behauptete Urlak.

Barlok zuckte zusammen. Er hatte nicht einmal gemerkt, dass sich der Nocturne ihnen genähert hatte, hatte geglaubt, dieser würde bereits in seinem Wagen schlafen. Zum Schutz gegen das Tageslicht trug der Gaukler wieder seinen langen Umhang, und Barlok war froh, dass sein Gesicht unter der weit vorgezogenen Kapuze verborgen war.

»Morgen werden wir den Fluss erreichen und an seinem Ufer unser Lager aufschlagen, bevor wir an ihm entlang nach Osten in die dichter besiedelten Gebiete weiterziehen«, fuhr er fort. »Wie ihr ihn überquert, ist allein eure Sache. Ich habe euch hergebracht, wie ich es versprochen habe. Teilt dies den Anführern der Elben mit. Sie mögen daran denken, wenn sie den Sieg erringen sollten und über die Zukunft unseres Volkes entscheiden. Wir sind keine Ungeheuer, wie viele denken, und wir spielen unsere Rolle in diesem Krieg nicht freiwillig.«

Es gab eine Menge, was Barlok ihm gerne darauf erwidert hätte, doch ohne eine Antwort abzuwarten, schlurfte der alte Mann bereits davon.

»Ob er weiß, dass sein Volk so oder so zum Untergang verurteilt ist?«, rätselte Thalinuel. »Meine Vorfahren werden die Nocturnen verschonen, aber vielleicht war das keine so große Gnade, wie sie dachten.«

»Gnade oder nicht, ich bin nur froh, dass es sie in meiner Zeit nicht mehr gibt«, stieß Barlok hervor. »Deine Vorfahren hätten einer ihrer Aufführungen beiwohnen sollen, vermutlich hätten sie dann ein anderes Urteil gefällt.«

Thalinuel zuckte nur wortlos mit den Schultern.

Als Barlok am nächsten Morgen bei Tagesanbruch aufstand und ins Freie trat, hatten sie den Fluss tatsächlich erreicht, und er musste feststellen, dass dieser noch breiter war, als er aus der Ferne ausgesehen hatte. Der Anblick trieb ihm einen Schauder über den Rücken. Als Zwerg verspürte er eine tiefsitzende Abneigung gegen Wasser in jeder Form, außer vielleicht zum Trinken, wenn es nichts Wohlschmeckenderes gab. In einen Fluss wie diesen würde er niemals auch nur eine Zehenspitze setzen. Um ihn zu überqueren, konnten sie nur hoffen, dass sie eine noch intakte Brücke fanden oder dass ihnen Flügel wuchsen.

Thalinuel, Harlan und Puschel erwarteten ihn bereits. Die Elbin trug ein Bündel über der Schulter.

»Ein paar Vorräte und sonst einige nützliche Sachen, die eine von Urlaks Frauen für uns zusammengepackt hat«, sagte sie. »Gehen wir.«

»Jetzt gleich, einfach so?«, wunderte sich Barlok, obwohl ihm genau das am liebsten gewesen wäre.

»Ich glaube nicht, dass die Gaukler großen Wert auf eine Verabschiedung legen. Sie werden nur froh sein, dass sie uns endlich los sind und nicht mehr wegen uns in Gefahr schweben.«

»Wie du meinst. Und wohin sollen wir uns wenden?«

»Urlak hat gestern gesagt, dass er mit seiner Sippe in dichter besiedelte Gebiete nach Osten weiterziehen wird. Also sollten wir nach Westen gehen und versuchen, eine Furt oder eine noch einigermaßen intakte Brücke zu finden.«

Ohne Verzögerung machten sie sich auf den Weg und verließen das kleine Lager der Gaukler. Als die Wagen hinter ihnen zurückblieben, hatte Barlok das Gefühl, eine Last fiele ihm von der Seele.

In östliche Richtung führte eine gut ausgebaute Straße, wie er beim Aufbruch gesehen hatte. Auch hier hatte es einst eine Straße gegeben, doch wurde sie offenbar nur noch extrem selten benutzt, wenn überhaupt, denn sie war fast völlig zugewachsen. Nach einiger Zeit endete sie ganz oder führte vom Fluss weg, das war nicht zu erkennen. Glücklicherweise war das Ufer hauptsächlich mit üppigem Gras bewachsen, auf dem man gut laufen konnte. Dazwischen ragten nur einige Büsche und vereinzelt ein paar Bäume auf.

Ganz anders sah es am gegenüberliegenden Ufer aus. Dort wucherte der Wald bis direkt ans Ufer heran, die vorderste Reihe der Bäume streckte ihre Wurzeln sogar bis ins Wasser.

Barlok kannte den Finsterwald aus Warlons Schilderung seiner Reise zum goldenen Tal der Elben, aber erst jetzt, da er ihn erstmals mit eigenen Augen sah, stellte er fest, wie treffend der Name wirklich war. Die Bäume wuchsen zumindest am äußeren Rand so eng nebeneinander, und durch ihr dichtes Blätterdach drang so wenig Licht, dass sie wirklich eine dunkle Mauer zu bilden schienen.

Das ebene Land auf dieser Seite des Ufers erleichterte ihnen zwar das Vorankommen, dennoch war Barlok nicht glücklich darüber. Ständig blickte er sich um und musterte seine Umgebung aufmerksam. Sie waren in ihrer wahren Gestalt unterwegs, da es selbst dem Prinzen nicht möglich gewesen wäre, ihre Tarnung über Stunden hinweg aufrechtzuerhalten.

Gegen Mittag stießen sie auf eine ehemalige Anlegestelle, an der früher vermutlich ein Boot oder eine Fähre gelegen hatte, die mittlerweile jedoch völlig verrottet war. Auch die Überreste einer Brücke, die sie wenige Stunden später erreichten, halfen ihnen nicht weiter. An beiden Uferseiten standen nur noch kaum einen Meter breite Ansätze, alles Weitere war vollständig verschwunden.

»Glaubst du wirklich, dass das Sinn hat?«, fragte Barlok niedergeschlagen. »Man kann viel über die Nocturnen sagen, aber sie sind keine Dummköpfe. Ich glaube kaum, dass sie eine Brücke übersehen und für uns stehen gelassen haben.«

»In dieser Gegend scheinen keine von ihnen zu leben«, entgegnete Thalinuel. »Vielleicht sind sie nicht so weit nach Westen vorgedrungen, und es gibt dort doch eine Brücke. Oder wenigstens eine Furt, die würde uns ja auch schon reichen.«

»Eine ziemlich kleine Hoffnung.« Was Barlok von dem Gedanken an eine Furt hielt, sprach er lieber gar nicht erst aus.

»Und doch die einzige, die wir haben. Wir sind bereits so weit gekommen, obwohl es unmöglich schien, dass wir es bis hier schaffen würden. Willst du jetzt etwa nur wegen eines Flusses aufgeben?«

»Nein, natürlich nicht. Aber vielleicht sollten wir anfangen über … andere Ideen nachzudenken, wie wir auf die andere Seite kommen, wenn wir keine Brücke finden.«

»Nichts hindert dich daran. Wenn du eine Idee hast, dann nur heraus damit.«

»Nein«, musste Barlok zugeben.

»Dann lass uns weitergehen, während du überlegst.«

Die Nacht verbrachten sie im Schutz einer Gruppe von Büschen. Obwohl sie den ganzen Tag über weder Nocturnen noch Craal noch sonst jemanden zu Gesicht bekommen hatten, wagten sie nicht, ein Feuer anzuzünden. Hunger brauchten sie dennoch nicht zu leiden. Die Gaukler hatten ihnen Brot, Käse und getrocknetes Fleisch für mindestens drei Tage mitgegeben.

Am nächsten Tag legten sie erneut mehrere Meilen zurück, ehe sie an eine weitere Brücke kamen. Auch sie war zerstört, doch ragte in der Mitte des Flusses noch ein Teil eines hölzernen Pfeilers, auf dem sie einst geruht hatte, aus dem Wasser auf.

»Ist dir schon eine Idee gekommen?«, erkundigte sich Thalinuel.

Barlok schüttelte den Kopf.

»Mir aber«, sagte sie und lächelte. »Wir werden an dieser Stelle hinüberschwimmen.«

Es war Wahnsinn.

Der Aloron war nicht nur mehr als dreißig Meter breit, sondern floss mit reißender Geschwindigkeit dahin und war von gefährlichen Stromschnellen durchsetzt. Selbst für einen geübten Schwimmer wäre eine Durchquerung des Flusses lebensgefährlich gewesen. Barlok hingegen *konnte* nicht einmal schwimmen. Den seinem Volk angeborenen Abscheu gegen Wasser hätte er zur Not überwinden können, aber die bloße Vorstellung, sich in diesen tosenden Hexenkessel hineinzustürzen, erfüllte ihn mit Entsetzen.

Schäumend und tosend brach sich das Wasser an den im Fluss verstreut liegenden Felsen und ließ Gischt aufspritzen. Es war ein Mahlstrom, der jeden mit sich fortreißen und zerschmettern würde. Kein Elb und erst recht kein Zwerg hätte darin eine Überlebenschance.

»Du … du bist verrückt!«, keuchte er. »Das schaffen wir niemals!«

»Doch, das werden wir«, beharrte Thalinuel. Sie griff in ihr Bündel und holte ein zusammengerolltes, etwa fingerdickes Seil heraus. »Und zwar damit. Ich habe mir gleich gedacht, dass wir ein Seil brauchen würden und darauf bestanden, dass man uns eins einpackt. Wir Elben sind gute Schwimmer, und der Pfeiler bietet uns die Möglichkeit, den Fluss in zwei Etappen zu überwinden. Das ist deutlich einfacher, als ihn in seiner gesamten Breite zu durchqueren.«

»Trotzdem!«, stieß Barlok hervor. »Das ist…«

»Meine Aufgabe wird die schwerste sein«, fiel sie ihm ins Wort. »Ich werde als Erste zu dem Pfeiler hinüberschwimmen. Für den Fall, dass die Strömung mich abtreibt, musst du mich an dem Seil halten. Sobald ich den Pfeiler erreicht habe, binde ich das Seil dort fest. Dann kannst du dich daran hinüberziehen, Harlan. Du wirst es schaffen, das weiß ich.« Sie blickte Puschel an. »Was wir mit dir machen, weiß ich allerdings nicht so recht. Am besten kriechst du bei Harlan in eine Tasche und…«

»Mach dir um mich nur keine Sorgen«, behauptete das Fellwesen großspurig. »Was ihr könnt, das kann ich schon lange. Ihr werdet euch wundern.«

Thalinuels skeptischem Gesichtsausdruck zufolge war sie davon nicht sonderlich überzeugt, versuchte jedoch gar nicht erst, mit ihm darüber zu diskutieren.

»Und zuletzt du«, wandte sie sich stattdessen an Barlok. »Du brauchst kaum etwas zu tun, ich werde dich hinüberziehen. Glaub mir, wenn ich eine andere Möglichkeit sehen würde, würde ich das nicht von dir verlangen, aber es gibt keine. Es wird gelingen, vertrau mir.«

Zwar war Barlok keineswegs so zuversichtlich wie sie, aber mit dem Seil bestand immerhin tatsächlich eine kleine Chance, dass sie es schaffen könnten. Er nickte stumm.

Thalinuel band ihm das eine Ende des Seils um die

Brust, das andere sich selbst, ehe sie in den Fluss watete. Schon nach drei Schritten reichte das Wasser ihr bis zur Brust und zerrte so heftig an ihr, dass sie sich mit äußerster Kraft dagegenstemmen musste, um nicht umgerissen zu werden. Danach blieb ihr nichts anderes mehr übrig als zu schwimmen.

Sofort wurde sie von der Strömung gepackt, die sie mit sich zerren wollte, doch verbissen kämpfte sie dagegen an und quälte sich Stück für Stück vorwärts. Langsam ließ Barlok das Seil durch seine Hände gleiten, packte aber sofort zu und hielt es fest, wenn die Strömung sie abzutreiben drohte oder sie einer Stromschnelle zu nahe kam.

Einmal geriet sie in einen Strudel und wäre unweigerlich mitgerissen worden, wenn er das Seil nicht eisern festgehalten und sie ein Stück zurückgezogen hätte, bis sie sich aus dem Strudel befreien und ein Stück weiter links daran vorbeischwimmen konnte.

Schließlich schaffte sie das fast Unmögliche und erreichte den Pfeiler. Erschöpft schwang sie sich auf einen der Balken hinauf. Sie verschnaufte einige Sekunden lang und schöpfte frische Kraft, dann erst band sie das Seil an dem Balken fest.

»Lasst mich als Nächsten«, verlangte Puschel. »Und passt gut auf, wie man so was macht.«

Er schwang sich auf das Seil hinauf und glitt so leichtfüßig darauf entlang, dass es aussah, als würde er darüberrollen. Binnen weniger Sekunden erreichte auch er den Pfeiler, ohne auch nur einmal mit dem Wasser in Berührung gekommen zu sein.

Danach war Harlan an der Reihe. Der Junge schien keinerlei Angst zu verspüren, als er in den Fluss watete und sich dann Hand über Hand an dem Seil vorwärtszog. Es sah beinahe leicht aus, und wo er durch das Wasser glitt, schien es sich zu beruhigen und langsamer zu fließen. Ohne sichtbare Mühe gelangte er zu Thalinuel hinüber, die ihm half, neben ihr auf den Balken zu klettern.

Um noch ein paar Sekunden Zeit zu gewinnen, überprüfte Barlok noch einmal, ob das Seil wirklich fest um seine Brust geknotet war, und versuchte, gegen seine Panik anzukämpfen. Dann holte er tief Luft und watete todesmutig ebenfalls in den Aloron hinein. Sofort griff das Wasser wie mit gierigen und noch viel stärkeren Händen nach ihm, als er es sich vorgestellt hatte. Ohne das Seil wäre er schon in den ersten Sekunden rettungslos verloren gewesen.

Rings um ihn herum schien der Fluss zu kochen. Er wurde herumgewirbelt und verlor fast augenblicklich die Orientierung. Die Strömung prügelte wie mit Fäusten auf ihn ein. Überall um ihn herum war Wasser. Es drang in seinen Mund, und er musste würgen, bekam keine Luft mehr.

Er versuchte, ähnliche Schwimmbewegungen zu machen, wie er sie bei Thalinuel gesehen hatte, doch schaffte er es nur, blindlings um sich zu schlagen.

Das ist das Ende, dachte er. Es gab keine Chance, dieses Inferno zu überleben. Er würde sterben. Jetzt. Hier.

Er hatte das Gefühl, sein Körper würde auseinandergerissen, als sich das Seil straffte und er vorwärtsgezerrt wurde.

Dass er überlebte, hatte er allein Thalinuel zu verdanken, die ihn mit Hilfe des Seils Stück für Stück zu sich heranzog. Er wusste nicht einmal mehr, in welcher Richtung das Ufer und in welcher der Pfeiler lag, hätte sich nicht über Wasser halten und schon gar nicht auf ein Ziel zuschwimmen können.

Die Distanz betrug nur knapp zwanzig Meter, aber eine Ewigkeit, in der er nichts anderes als Schmerzen und nackte Todesangst verspürte, schien zu vergehen, bis Barlok sich schließlich von starken Händen gepackt fühlte und endlich wieder Sauerstoff in seine brennenden Lungen bekam. Hustend und würgend klammerte er sich an den Pfeiler, spuckte Wasser und schnappte nach Luft.

Barlok wusste hinterher nicht mehr zu sagen, wie sie die restliche Strecke schafften. Sie gönnten sich fast eine Viertelstunde Pause, ehe Thalinuel zum anderen Ufer hinüberschwamm und das Seil an einer der ins Wasser ragenden Baumwurzeln befestigte. Puschel und der Prinz überwanden die Strecke ähnlich leicht wie das erste Stück, doch für Barlok wurde es abermals die Hölle. Er erinnerte sich noch, dass er für einige Sekunden das Bewusstsein verloren hatte, als er mit dem Kopf gegen ein vorübertreibendes Stück Holz geprallt war, ansonsten ließ sein Gedächtnis ihn vollständig im Stich.

Irgendwann und irgendwie musste er es geschafft haben, das gegenüberliegende Ufer zu erreichen, wo Schmerzen und Erschöpfung endgültig übermächtig geworden waren und er einer Ohnmacht nahe neben einer Wurzel zusammenbrach.

»Bei Li'thil«, keuchte er. »Lieber kämpfe ich unbewaffnet gegen alle Dämonen der Unterwelt, als so etwas noch einmal zu tun.«

»Dein Wunsch kann erfüllt werden«, ertönte eine barsche Stimme vom Waldrand her. »Wenn sich nur einer von euch rührt, werdet ihr sterben!«

EPILOG

September 9430 neuer Zeitrechnung der Elben

Lhiuvan spürte den Triumph des Schattenmahrs, während seine eigene Verzweiflung inzwischen Höhen erreichte, die er sich nicht einmal hatte vorstellen können. Nichts schien die Bestie jetzt noch aufhalten zu können, nahezu alles verlief genau so, wie es von ihr geplant worden war.

Der einzige kleine Rückschlag, den der Mahr erlitten hatte, war völlig unbedeutend. Pelariol war von seiner Mission im goldenen Tal nicht zurückgekehrt, sondern gestorben – Lhiuvan hatte es deutlich spüren können. Seinen Auftrag jedoch hatte er vorher erfüllt, und nur darauf kam es an. Er hatte etwas von dem Schattenmahr auf Illurien, die Herrin der Elben, übertragen und sie damit unter seinen Willen gezwungen. Mochten einige in ihrem Volk sich auch über ihr Verhalten wundern, er benötigte sie nur noch kurze Zeit. Inzwischen hatte sie mit einer beachtlichen Streitmacht Zarkhadul erreicht, und es war nur noch eine Frage von Stunden, bis die Mine fallen würde.

Dabei interessierte Zarkhadul den Mahr nur am Rande. Wichtig war für ihn nur das Tor unter Elan-Dhor, aber wie er beim Verhör eines der gefangenen Zwerge erfahren hatte, gab es mittlerweile eine unterirdische Verbindung zwischen den Minen. Die Zwerge würden versuchen, diese zu verschließen, doch würde ihnen das nicht für lange Zeit gelingen, dafür war ihre Zeit zu knapp. Und wenn die Verbindung erst einmal wieder geöffnet war, wäre es möglich, Elan-Dhor von zwei Seiten aus anzugreifen oder von Zarkhadul aus direkt in die ehemaligen Höhlen der Thir-Ailith vorzudringen.

Es schien unmöglich, den Schattenmahr noch aufzuhalten, als etwas geschah, was selbst Lhiuvan überraschte.

Er wusste, dass der Mahr mit all den verschiedenen Bewusstseinssplittern, die er Elben oder anderen Wesen eingepflanzt hatte, verbunden war, so weit sie auch entfernt sein mochten. Auf diese Art hatte er von Pelariols Tod und der Ankunft Illuriens erfahren, obwohl er selbst sich bei König Kalmars Heer am Fuße des Tharakol befand. Allerdings griff er nur selten darauf zurück, da es ihn jedes Mal enorme Kraft kostete.

Nicht gewusst hatte Lhiuvan jedoch bislang, dass es auch dem eigentlichen Khraátam, der jenseits der verschlossenen magischen Tore auf eine Möglichkeit lauerte, in diese Welt einzudringen, möglich war, mit dem Teil von ihm Verbindung aufzunehmen, der die Kontrolle über Lhiuvan übernommen hatte.

Derartiges war zuvor noch nicht vorgekommen, es ereignete sich jetzt zum ersten Mal. Eine ungeheure Kraft war dazu nötig, das spürte er, auch wenn er sie nicht einmal ansatzweise ermessen konnte.

Der Kontakt dauerte nur den Bruchteil einer Sekunde, und es wurde nur eine einzige Information übermittelt, doch diese änderte alles. Schlagartig verlor der Schattenmahr jegliches Interesse an der Belagerung von Elan-Dhor, eilte zu seinem Pferd und schwang sich hinauf.

Er war nicht länger allein auf das Tor in der Tiefe des Berges angewiesen. Im Norden der Weißberge gab es noch ein weiteres Tor, wie er nun wusste, und dieses wurde von niemandem bewacht, da niemand außer ihm es bislang kannte.

Entsprechend würde er auf keinerlei Schwierigkeiten stoßen, wenn er es für die Schattenmahre öffnete, damit sie erneut Einzug in diese Welt halten konnten!

INHALT